얼티밋 워리어

Ultimate Warrior

얼티밋 워리어 Ultimate Warrior
바다를 삼킨 한국형 핵잠수함

2023년 3월 20일 초판 발행
2023년 3월 31일 초판 3쇄 발행

지은이 | 찰리와 하이파이브
발행인 | 이희태
발행처 | 삼일인포마인
등록번호 | 1995. 6. 26. 제3-633호
주 소 | 서울특별시 용산구 한강대로 273 용산빌딩 4층
전 화 | 02)3489-3100
팩 스 | 02)3489-3141
가 격 | 22,000원

ISBN 979-11-6784-137-7 03810

* 잘못된 책은 구입처에서 바꿔 드립니다.

바다를 삼킨 한국형 핵잠수함

얼티밋 워리어

Ultimate Warrior

찰리와 하이파이브 지음

SAMIL | 삼일인포마인

저자의 말

이 소설은 픽션이다. 등장하는 인물과 장소, 그리고 사건 모든 것들이 허구이다. 그러나 현실에서도 충분히 일어날 법한 일들을 소설의 형식을 빌어 재구성해 보았다는 점에서 마냥 허무맹랑한 이야기도 아니다. 10년 넘게 묵혀둔 원고를 다시 꺼내든 계기는 스탠포드 대학의 Kathryn Stoner 교수가 저술한 'Russia Resurrected(러시아 부활하다, 2021)' 라는 책을 접하게 되면서였다. 이 책을 읽고는 머리를 세게 얻어맞은 느낌이 들었다.

"우리도 이러구 있을 때가 아닌데."

Stoner 교수가 국제정치를 바라보는 시각은 저명한 현실주의 학파의 대가 '미어샤이머 교수'와는 사뭇 결이 다른, 매우 신선한 접근법이었다. 그녀는 구 소련의 해체 후 내리막길을 걷던 러시아가 짧은 기간에 면모를 일신, 누구도 무시 못할 강대국의 반열에 복귀할 수 있었던 몇 가지 이유를 제시했다. 그녀가 내린 결론은 푸틴 대통령 치하의 러시아는 그들이 보유한 Hard Power와 Soft Power, 그리고 Sharp Power를 적재적소에 혼합해서 사용하며 국제사회의 강자로 복귀했다는 것이다.

그 책에서 필자의 눈길을 끄는 부분은 〈Sharp Power〉라는 대목이었다. 통상 국력을 가늠하는 척도로 경제력이나 군사력 등을 따지는 Hard Power(경성권력)나 수준 높은 문화나 예술 그리고 역사적인 유물 등 한 국가의 매력을 일컫는 Soft Power(연성권력)는 익히 들었는데, 아무리 생각해보아도 Sharp Power는 필자의 기억에 없는 낯선 단어였다. 찾아보았더니 Sharp Power는 가짜 뉴스나 갈라치기는 물론이고 불법자금이나 여론조작, 해킹 등 탈법적 수법을 동원해 상대를 굴복시키는 힘이다(상대방의 공격을 막아내는 역량도 당연히 Sharp Power에 포함되어야 함이 옳지 않을까?).

그녀는 SNS와 IT, 사이비 언론을 적절히 활용한 러시아가 세계 곳곳에서 불법적으로 Sharp Power를 휘둘렀는데, 그 대표적인 피해자로 Pizza Gate로 가족이 공격당하고 또 보이스피싱으로 선거캠프가 해킹을 당했던 미국 대선후보 힐러리를 꼽았다. 그 외 2016년 프랑스 대선 당시 마크롱 후보도 러시아의 사이버 공격에 시달렸는데, 당시 러시아는 친러 성향인 르펜 후보를 물심양면 지원했다는 것이다. Stoner 교수는 한때 전 세계를 공포에 떨게 하였던 에이즈(AIDS)의 진원지가 미국이라는 가짜 뉴스를 유포한 곳도 러시아였다고 주장한다.

이쯤에서 필자에게 한가지 의문이 떠올랐는데

"과연 대한민국의 Sharp Power는 어느 정도일까?"

"Sharp Power로 무장한 불순세력의 공격을 막아낼 능력을 가지고 있는가?"

굉장히 취약한 수준인 것이 분명하다. 산업스파이들이 반도체 핵심 제조기술을 훔쳐 경쟁 국가에 넘기려는 시도가 있었다는 보도를 접한 적이 있었는데, 과연 조선이나 자동차, 바이오 등 다른 부분은 저들의 공격으로부터 안전한가? 막 뻗어나가기 시작한 K 방산은?

우리의 국익을 위협하는 세력은 가상적국 외에도 수없이 많을 것이다. 그 중 대표적인 집단이 테러조직이나 범죄단체라는 것이 필자의 생각이다. 이들은 살인과 마약거래는 물론이고 해킹이나 용병 모집 등 돈이 되는 일이라면 물불을 가리지 않고 뛰어든다. 사실 이들의 주 활동무대인 지하세계는 지상세계와 뚜렷하게 구분되는 그런 세계가 아니다. 근래 이들의 돈벌이 수법은 날로 발전하고 확대되어 은행업과 상품거래업까지 진출하였다. 그 결과 우리가 그들의 실체를 구분하는 것은 더 어렵게 되었다. 특히 이들이 국제 사모펀드나 헤지펀드를 등에 업고 공공연하게 투자자 행세를 한다면 그들의 실체는 더 모호하게 된다. 영원한 친구도 적도 없다는 이 냉혹한 국제사회에서 대한민국의 국익을 지켜내기 위해 우리가 해야 할 일은 무엇인가? 이와 관련, 이 소설을 관통하는 메시지는 뚜렷하다.

"우리는 우리의 국익을 스스로 지킬 수 있는 힘을 길러야 한다. 그 힘의 요체는 하이테크 기술력과 강력한 자위력이다."

이때 자위력은 국방력은 물론이고 당연히 Sharp Power도 포함하는 개념이다.

이 소설은 하이테크 기술전쟁과 관련, 국제조직범죄단과 한국형 핵잠수함이라는 카드를 꺼내 들었다. 핵잠수함의 경우, 사모펀드(PEF)를 등에 업은 국제조폭단이 눈독을 들이는 최첨단 무기의 하나로 활용했을 뿐 다른 의도는 없으니 지나친 정치, 군사적 해석을 경계한다.

우리 후손들이 살아갈 부강하고 멋있는 나라, 대한민국을 꿈꾸며

찰리와 하이파이브

차 례

저자의 말 … 04

1 | 세르비아의 총성 … 10

2 | 운명의 끈 … 33

3 | 회색 제국 … 44

4 | 비상하는 독수리 … 63

5 | 핵잠수함 보유국, 대한민국 … 110

6 | 전쟁의 서막 … 148

7 | M&A 카드를 만지는 검은 손 … 185

8 | 인도양을 삼킨 워리어 … 220

9 | 낯선 여자를 조심하라 – 잠언 5장 … 238

10 | 준동하는 어둠의 세력 … 276

11 | 조여오는 그물망 … 313

12 | 독토르 송을 생포하라 … 364

에필로그 … 445

1
세르비아의 총성

1998년 겨울
메트로폴 호텔
베오그라드, 세르비아

남부 유럽 다뉴브강가에 위치한 세르비아의 수도 베오그라드는 하얀 도시라는 별명에 걸맞게 유난히 회색 건물이 많다. 그해 겨울, 유별나게 춥고 차가운 안개가 도시를 뒤덮은 날. 다뉴브강이 내려다보이는 메트로폴 호텔에서 흘러나오는 암녹색 불빛이 밤하늘을 흐릿하게 비추고 있었다.

호텔 라운지에 놓인 가죽 소파에는 검은색 재킷을 입은 네댓 명의 근육질 남자들이 대형 TV 앞에 모여서 축구경기를 보고 있었다. 그들은 화면에서 눈을 떼지 않은 채 수시로 불룩한 안주머니를 손으로 만져보고 있었다. 그들 틈에서 금색 롤렉스시계를 찬 남자가 일어서더니 라운지 입구로 걸어 나가서 바깥을 이리저리 살펴보았다. 이 남자는 러시아의 가장 힘센 조폭단체의 하나인 '체첸마피아'의 중간보스였다.

롤렉스시계를 쳐다본 그 남자는 몇 번 고개를 갸우뚱거리며

"올 때가 됐는데……."

잠시 후 눈을 찡그리며 한곳을 응시하던 그가 핸드폰을 꺼냈다.

"방금 도착한 것 같습다, 보스. 다시 연락드리겠습다."

잠시 후 호텔 정문 회전문이 열리며 한 중년의 남자가 라운지로 들어섰다. 엄청나게 큰 키, 불빛에 반짝거리는 대머리를 흔들며 입구에 들어선 그는 곧장 롤렉스시계를 찬 남자에게 다가가 악수를 청했다.

"안녕하슈, 미스터…? 롤렉스."

분명 만난 적은 있는데 이름이 잘 기억이 나지 않는 모양이었다.

롤렉스를 찬 중간보스가 무심한 표정으로 상대방을 아래위로 훑어보며

"별일 없죠? 미스터 세르게이."

세르게이라고 불린 남자가 손으로 대머리를 쓰다듬으며

"노노. 별일 없소. 젠장 길바닥이 얼어가지구 운전하기가……."

이 거구의 대머리 세르게이는 가전제품 수리업과 석유 유통업을 통해 엄청난 돈을 번 러시아의 사업가로 알려져 있다. 그러나 밖으로 드러난 것과 달리 세르게이는 사업가가 아니라 불법 밀수업자였다. 세르게이는 매월 정부 배급품인 석유와 가스를 싸게 빼내서 다른 동유럽 국가들에게 팔아 수십 배의 이득을 챙기고 있었다. 또 가전제품을 수리한답시고 불량 부품을 수입해서 정품인 양 속여 국내에 유통시키면서 떼돈을 챙기기도 했다.

쓰레기 더미에는 파리떼가 꿇게 마련이다. 세르게이의 불법행위를 눈감아주는 대가로 돈을 요구하는 이들이 우후죽순 생겨났다.

〈Money or your neck. (돈을 내놓기 싫으면 목을 내놓든지.)〉

비밀경찰, 여러 조직폭력단 등 소위 힘센 자들은 목숨을 위협하

며 노골적으로 큰돈을 요구했다. 불법으로 돈을 번 주제인지라 공권력의 보호를 요청하기도 난감한 처지였다. 마침내 세르게이는 중대한 결심을 하게 되었다.

'그래. 조폭이 답이야. 아주 터프한 놈들로 말이야. 그런데 누가 적당할까?'

백방으로 알아보던 그는 유사한 일을 당했던 지인을 통해서 든든한 보호자를 찾아냈다. 바로 일 처리 하나는 확실히 한다는 강력한 조폭단체 '체첸마피아'였다. 몇 해 전, 세르게이는 자기 수입의 10%를 보호 명목으로 바치기로 하고 '체첸마피아'의 경호 대상에 이름을 실었다.

계약서에 사인을 하는 날 체첸의 보스는 세르게이의 눈을 똑바로 쳐다보며

"정확하게 10%입니다. 미스터르 세르게이."

세르게이도 보스의 눈길을 피하지 않고 또박또박 응수했다.

"내가 셈 하나는 정확하게 합니다."

그가 '체첸마피아'의 보호 명단에 올랐다는 소문이 나자 신기하게도 세르게이를 귀찮게 하던 파리떼들이 모조리 사라졌다. 올 초 세르게이와 정부 재산의 불하를 놓고 다투던 한 사업가가 모스크바 중심가에서 터진 차량 폭발 사고로 의문의 죽임을 당했는데, 그 후 눈치 빠른 경쟁자들은 그와 맞서기는커녕 아예 얼굴을 마주치기조차 꺼려 했다.

며칠 전 세르게이는 큰 이권을 놓고 양보할 기색을 보이지 않는 한 '눈치 없는' 사업가를 메트로폴 호텔로 초대하며

"까짓거 우리 둘이 만나서 우호적으로 해결합시다."

상대방이 흔쾌히 수락하면서 오늘 밤 메트로폴에서 만나기로 한 터였다. 그러나 세르게이는 오늘 밤 만남을 우호적으로 끝낼 생각이 전혀 없었다. 약속을 잡은 순간 세르게이는 곧바로 '체첸마피아'의 보스에게 연락을 취했다.

"갸 메트로폴에서 그 친구를 끝내달라는 겁니다."

"오케바리. 요금은 선불이요. 미스터르 세르게이."

"넵넵."

입금을 확인한 '체첸마피아'들은 세르게이가 지명한 그 '눈치 없는' 사업가를 제거하기 위해 미스터 롤렉스를 비롯한 덩치들을 이곳 메트로폴 호텔로 파견한 것이었다.

호텔의 로비 끝에 위치한 커피숍을 향해 앞장서 걸어가던 세르게이가 고개를 돌려 미스터 롤렉스를 바라보며 나직한 목소리로

"그 '눈치 없는 눔'하고 얘기 좀 하다가 화장실 간다며 슬쩍 자리를 비울게요."

세르게이가 손가락으로 목을 긋는 시늉을 했다. 미스터 롤렉스가 손가락을 둥글게 말면서

"오케이. 나머지는 우리에게 맡기쇼."

세르게이가 미스터 롤렉스에게 좀 떨어져 앉으라는 손짓을 하며

"참 그 '눈치 없는' 자식은 나 혼자만 오는 걸로 알고 있소."

"당연하죠."

짧게 답한 미스터 롤렉스가 TV 앞에 모여 있던 덩치들에게 손짓을 하자 그들은 재빨리 자리에서 일어나 커피숍의 구석진 곳에 자리들을 잡고 앉았다.

입구에 자리 잡은 세르게이가 손목시계를 만지작거리며

"몇 분 남았군."

그 시각 메트로폴 호텔로 이어지는 도로 위로 은빛 아우디 차량이 호텔을 향해서 천천히 다가오고 있었는데, 그 차에는 엔지니어 복장을 한 건장한 사내가 두 명 타고 있었다. 운전자가 고개를 돌려 한 손으로 옆 사람의 어깨를 툭 건드렸다.

"코시킨 형. 간단하게 끝내고 한잔하러 가자구요."

옆 좌석에 앉은 사내가 씩 웃으며

"그러자구, 비신스키. 오늘 밤 임무는 뭐 특별히 어려울 것도 없으니 말이야."

코시킨과 비신스키. 이 두 사람은 러시아의 최대 조폭단체인 '솔첸형제단' 소속이다. '솔첸형제단'은 '체첸마피아'의 라이벌로서 두 단체는 러시아 조폭 세계를 양분하고 있다. 살인청부, 납치, 폭력 등 이 두 단체가 하는 일은 유사했지만 조직 구성원의 뿌리는 완전히 달랐다. 체첸은 러시아 남부 카스피해 인근 체첸 지방 출신들이 주류를 이루는 반면 솔첸은 모스크바와 그 부근 출신들로서 슬라브인들이 대다수를 차지한다. 메트로폴 호텔에서 표적을 제거하라는 지령을 받은 두 사람은 일주일 전에 모스크바 공항을 떠났다. 그들은 남쪽으로 2,000킬로미터 남짓 떨어진 체코 프라하의 하벨 공항에 내린 다음 공항에서 차를 렌트해서 베오그라드의 메트로폴 호텔로 가는 중이었다.

비신스키가 턱으로 차 앞유리에 붙여놓은 사진을 가리키며

"이 대머리 친구...... 불쌍하게 됐네요, 형."

코시킨이 무표정한 얼굴로

"그러게 말이야. 우리는 뭐 시키는 대로 하면 되니까."

자세히 보니 흔들리는 차창에 붙어 있는 사진 속의 인물은 바로 세르게이가 아닌가?

뛰는 놈 위에 나는 놈이 있다고 했던가? 세르게이가 제거하려고 마음먹은 그 '눈치 없는 놈'은 오늘 밤 나타나지 않고 대신에 '솔첸 형제단'을 고용해서 세르게이를 제거할 참이었다. 그런 사실을 모르는 세르게이는 메트로폴 커피숍에 앉아 커피를 마시며 흐뭇한 미소를 짓고 있었다.

"근데 형. 왜 하필 우리 두 사람을 보냈을까?"

코시킨이 엄지로 위를 가리키며

"그야 뻔하지, 아우야. 우리 고향이 여기하고 가까우니까 뭐, 그렇고 그런 이유가 아니겠냐?"

비신스키가 수긍한다는 말투로

"그런 것 같네요. 뭐 특별한 이유가 있을라구?"

"암튼 이번 건 잘 처리하면 큰 보너스 주신댔잖어?"

코시킨은 비신스키에게 보스가 해주었던 말을 상기시켰다.

출발 전 보스는 두 사람의 등을 툭 치면서

"이번에 그 대머리를 잘 처리하라고. 이번 건을 가져온 의뢰인은 앞으로 큰 고객이 될 것 같아. 그 친구가 보여준 리스트가 엄청 길더라구."

코시킨과 비신스키, 이 두 사람은 카스피해로 흘러가는 볼가강 하류의 조그마한 어촌마을 출신인데 코시킨이 비신스키보다 세 살 위였다. 서류상 나이가 그렇다는 것이고 실제 나이는 둘 다 정확하게 모른다. 조실부모하고 친척들의 집을 전전하며 자란 코시킨은 어릴 적 기억이 전혀 없었고 또 고아로 자란 비신스키도 출생 내역을 모르기는 마찬가지였다.

학창 시절 코시킨은 동년배의 소녀들에게 인기가 높았는데 그

이유는

"재는 운동도 잘하고, 공부도 얼굴도 짱이야. 까도남처럼 쿨해."

고등학교 시절, 최고 명문 모스크바 대학에 진학할 거라는 소문이 나돌 정도로 학업성적이 뛰어났던 코시킨은 특별활동으로 레슬링부에 가입했다. 그가 왜 레슬링부를 선택했는지는 아무도 모르지만, 주변 사람들이 추측하기로

"배가 고파서 그랬을 거야. 운동부에 가면 잘 먹여주잖아?"

그 후 코시킨은 재미 삼아 출전한 레슬링 지역 예선경기에서 우승컵을 거머쥐었는데 그때 비신스키도 다른 체급에 참가해 우승했다. 눈칫밥을 먹어 본 사람들이 느끼는 동병상련이라고 해야 하나? 우승자 모임에서 만난 두 사람은 급속도로 친해졌다.

그 후 둘은 전국결승전에 참가하기 위해 수도 모스크바로 가게 되었다. 90년대 구소련이 몰락하고 신흥국가 러시아는 혼돈의 시기를 겪으며 서민들의 생활고가 극에 달했다. 합숙소에서 주는 음식은 맛도 없고 양도 적었다. 한창나이에 배고픔을 견디기 어려웠던 두 사람은 자주 합숙소를 무단으로 이탈해 먹을 것을 찾아 모스크바 외곽의 뒷골목을 쏘다녔다.

어느 날 두 사람은 길옆에 서 있는 벤츠 차량 뒷좌석에 놓여 있던 식빵 꾸러미를 훔치다가 경찰에 붙잡혔다. 그 당시 러시아 경찰은 치안 유지를 위해 절도범과 잡범들을 무더기로 잡아들이고 있었다. 경찰들이 몰려들어 두 사람을 신나게 두드려 패기 시작할 때 코시킨이 비신스키를 밀치고 한 걸음 나섰다.

"애는 잘못 없어요. 다 내가 꾸민 일입니다."

그날 경찰들로부터 심한 몽둥이세례를 당한 코시킨은 재판도 없이 근교의 교도소로 보내졌다.

그때 가로수 등불 아래에 서서 끌려가는 코시킨을 바라보던 비신스키는

'아. 저 형…… 진짜 상남자네.'

그다음 날 합숙소에서 쫓겨나와 고향으로 돌아간 비신스키의 가슴에 코시킨의 존재는 깊게 각인되었다. 감방 생활을 하는 동안 코시킨은 같이 수감된 '솔첸형제단' 조직원들과 친해졌고, 몇 달 뒤 출옥하자마자 그들의 도움을 받아서 곧바로 솔첸에 입단했다. 그 며칠 후 코시킨의 연락을 받은 비신스키도 고향을 떠나 솔첸에 입단했다. 지난 몇 해 두 사람은 암살과 총격전, 밀수 등 생사고비를 넘기며 우애가 더욱 돈독해졌다. 고아 출신인 비신스키는 코시킨을 형이라 부르며 잘 따랐고 코시킨도 그런 비신스키를 물심양면 친동생처럼 돌보며 이것저것 잘 챙겨 주었다. 레슬링으로 다져진 몸에 머리 회전이 빠른 코시킨은 조직에서 상사의 눈에 들어 중간보스급으로 빠르게 성장했고, 반면에 고집이 세고 융통성이 부족한 비신스키는 중요한 임무는 맡지 못하고 주로 코시킨의 보조 역할을 담당하고 있었다.

눈앞에 메트로폴 호텔의 불빛이 보이자 차가 속도를 줄였다. 두 사람을 태운 차가 메트로폴 호텔 지하 주차장 안으로 들어섰다.

"형. 어디쯤 세울까요?"

"저기 엘리베이터 옆이 좋겠어."

코시킨이 턱으로 안쪽 후미진 곳을 가리켰다. 차가 멈추자 두꺼운 검정색 코트를 걸친 코시킨이 차에서 홀로 내려 엘리베이터에 올라탔다. 잠시 후 엘리베이터에서 내린 코시킨은 커피숍을 향해 뚜벅뚜벅 걸어갔다.

코시킨은 혼잣말로

"마침 커피숍에 사람도 별루 없군. 입구에 앉아 있는 저 친구 같은데. 완전 대머리군."

오늘 밤의 표적 세르게이의 대머리는 밝은 불빛 아래 유난히 반짝거렸다. 만나기로 한 '눈치 없는 놈' 대신 킬러가 나타날 줄은 꿈에도 생각지 못했던 세르게이는 혼자 발장단을 맞추며 노래를 흥얼거리고 있었다.

세르게이를 향해서 천천히 발걸음을 옮기던 코시킨이 심호흡을 하고는 혼잣말로

"아디오스 대머리. 잘 가게, 친구여."

품에서 기관단총을 꺼낸 코시킨이 대머리 세르게이를 향해 총탄을 퍼부었다.

"뚜뚜뚜."

총탄 세례를 맞은 세르게이가 의자에 앉은 채로 고개를 떨구었다. 순식간에 일을 끝낸 코시킨은 곧바로 엘리베이터로 달려갔다. 그 순간 또 다른 총성이 울려 퍼졌다.

"탕탕탕."

코시킨은 흠칫하며

'이건 뭐야?'

본능적으로 몸을 숙인 코시킨이 고개를 돌리자 검은 재킷을 입은 사내 네댓 명이 자기를 향해 권총을 쏘며 쫓아오는 것이 보였다.

"어쭈구리. 무장 경호원이 있었어?"

코시킨은 엘리베이터를 향해 뒷걸음질 치면서 기관단총의 방아쇠를 잡아당겼다.

"뚜뚜뚜."

"탕탕탕."

검은 재킷 사내 몇 명이 꼬꾸라지는 것을 보면서 코시킨은 급하게 엘리베이터로 뛰어들었다. 총소리에 바싹 긴장한 비신스키가 비틀거리며 승강기에서 뛰쳐나오는 코시킨을 부축해 차 속으로 밀어 넣었다.

"형. 다치지 않았어?"

"노놋. 총탄이 등짝을 살짝 스친 것 같은데 별거 아냐. 일단 여기를 벗어나자."

잠시 후 메트로폴 호텔을 벗어난 아우디는 다뉴브강을 가로지르는 다리를 벗어나 쏜살같이 북쪽으로 내달렸다.

백미러를 쳐다보던 코시킨이 씩 웃으며

"추격자는 없는 것 같군."

핸드폰을 꺼낸 코시킨이 어딘가로 전화를 걸었다. 아직도 흥분이 가시지 않은 듯 코시킨은 목소리를 한껏 높여 저간의 사정을 자세히 설명했다.

"넵넵 대장님. 대머리는 제거했는데 그 대머리가 무장 경호단을 대기시켜 놓았고……."

같은 시각 메트로폴 호텔 로비의 구석진 곳에서 미스터 롤렉스가 핸드폰으로 전화를 거는 모습이 보였다.

"면목 없습니다, 보스. 우리 측은 3명이 당했고 추가로 2명은 경상입니다."

통화기 너머로 '체첸의 수치'니 '복수'니 하는 말들이 들려왔다.

"넵넵. 알았습니다. 보스."

미스터 롤렉스가 신경질적으로 팔을 흔들자 검은 재킷을 입은 두 남자가 절뚝거리며 다가왔다.

"경찰이 오기 전에 이곳을 뜨자구."
그들은 베오그라드의 어둠 속으로 사라졌다.

2000년 가을
철갑상어 양식장
카스피해

볼가강은 러시아 서부를 가로지르는 서유럽 최대의 강으로서 길이가 3,700km에 달한다. 모스크바 외곽 발다이구릉에서 발원하여 삼림, 스텝 지대 및 반사막 지역을 지나 남쪽 카스피해로 흐른다. 카스피해를 만나는 강 하구의 거대한 삼각주에는 철갑상어를 비롯한 다양한 어종이 서식하고 있다. 철갑상어의 알을 소금에 절여서 만든 캐비어는 송로버섯, 푸아그라와 함께 세계 3대 진미로 꼽힌다. 이 중에서도 카스피해산 캐비어는 세계적인 명품으로 인정받고 있는데 비싼 값에도 불구하고 찾는 사람이 많다 보니 늘 공급이 달리는 실정이다.

수초가 우거지고 무성한 갈대밭이 끝없이 펼쳐진 들판의 후미진 곳에 자리 잡은 한 양식장.

"하나, 둘, 셋."

썰물에 웅덩이에서 물이 빠지자 수십 명의 어부들이 대형 그물을 잡아당기고 있었다.

그물을 가득 채운 수십 마리의 철갑상어가 바둥거리는 모습을 보면서 다들 신바람을 내며

"브라보."

이들의 그물 작업은 한동안 계속되었고 건져 올린 '귀하신' 물고

기는 대기 중이던 낡은 냉동차에 실려 인근의 캐비어 가공공장으로 옮겨질 터였다. 그때 가공공장으로 이어지는 비포장도로에 검은색 SUV 차량이 먼지를 일으키며 나타나더니 순식간에 어부들이 있는 곳으로 다가왔다. 어부들이 일손을 멈추고 옆에 선 차량을 바라보며 한마디씩 했다.

"벤츠잖아? 이 촌구석에 웬 벤츠야?"

"우씨. 운전 한번 거칠게 하네."

"길을 잘못 찾아온 거 아냐?"

재미난 구경거리라도 생긴 듯 어부들이 삼삼오오 벤츠 주변으로 모여들었다. 앞좌석에 앉은 운전자는 차에서 내리지 않은 채 검게 코팅된 앞유리창을 통해 어부들을 오랫동안 둘러보았다. 잠시 후 운전석 문이 열리면서 야구모자에 선글라스를 얹은 근육질의 남자가 차에서 뛰어나왔다.

"형. 형."

선글라스 남자가 큰 소리로 외치자 어부들은 어리둥절한 표정을 지으며 서로들 쳐다보았다.

그 남자는 야구모자를 벗고 어부들 사이를 바라보며 큰 소리로

"형, 형. 코시킨 형."

잠시 후 작업모를 깊게 눌러쓰고 진한 뿔테안경을 쓴 사내가 어부들 틈 속에서 불쑥 튀어나오며

"어? 비신스키 아냐?"

"나요, 나. 비신스키."

서로를 껴안은 두 사람은 손을 맞잡은 채 작업실 뒤편의 후미진 곳으로 자리를 옮겼다.

코시킨이 비신스키의 어깨를 툭 치며

"여, 비신스키. 깜놀이다. 우리 몇 년 만이야?"

"한 2년 넘었잖수?"

"벌써 그렇게나 됐냐? 근데, 날 어케 찾아냈냐?"

비신스키가 코시킨을 보고 피식 웃으며

"내 참 형님두. 우리 정보원들이 곳곳에 깔렸잖수?"

코시킨은 어떻게 이곳에 있고 또 비신스키는 무슨 일로 찾아왔을까?

2년 전 코시킨이 메트로폴 호텔에서 대머리 세르게이를 사살할 때 그는 뜻하지 않게 '체첸마피아' 조직원 3명을 쏴 죽였다.

"감히 우리 체첸을 건드려?"

'체첸마피아'의 빅보스는 복수를 하겠다고 선언했다. 사건 당일 호텔 보안카메라에 찍힌 영상을 확보한 그들은 저격범의 신원을 확인해냈다.

"코시킨이라는 친구인데, 솔첸이래."

얼마 후 더 자세한 신원이 드러났다.

"그 새끼, 체첸하고 가까운 볼가강 하류에서 태어났대."

"그렇다면 결국 우리하고 같이 카스피해 물고기 잡아먹고 큰 눔이잖아."

"레슬링 국대급이래."

그 저격범이 강력한 라이벌 '솔첸형제단'이라는 사실만으로도 열이 솟구치는데 그가 동향이라는 사실에 체첸의 보스는 격분했다. 그가 내린 명령은 간단했다.

"코시킨이란 새끼. 무슨 수를 쓰든지 산 채로 잡아들여."

그날 이후 '체첸마피아'는 만사를 제쳐두고 코시킨 생포작전에 돌입했다. 2-3명씩 조를 이룬 '체첸마피아'는 코시킨의 사진을 들고 다니며 모스크바 도심의 카페를 급습하거나 뒷골목을 수색하고 다녔다. 심지어 '솔첸형제단' 조직원에게까지 접근해서 코시킨의 행방을 알려주면 사례하겠다는 제안까지 한 터였다. 눈치 빠른 코시킨은 더 늦기 전에 먼 곳으로 피신하기로 마음먹었다.

그 며칠 후 남쪽으로 출발하는 야간열차 앞에서 코시킨은 비신스키의 손을 잡으며

"이제 한동안 못 보겠지? 비신스키."

눈시울이 뜨거워진 비신스키가 코맹맹이 소리로

"잘 가슈, 형. 꼭 연락하슈."

비신스키는 돈뭉치가 든 봉투를 코시킨의 주머니에 찔러주었다.

비신스키의 안전에 마음이 쓰이는지 기차에 오르는 순간까지 코시킨은

"너도 의심받는다. 빨리 돌아가라, 비신스키. 자리 잡으면 바로 연락할게."

그 이후 서로 연락이 없던 차에 비신스키가 불쑥 나타났으니 코시킨이 놀랄 만도 했다.

"형. 내가 찾아와서 놀랐지? 그 이유는."

코시킨이 그의 말을 끊으며

"일단 우리 집으로 먼저 가자. 집사람이 요리를 잘해."

집사람이라는 말에 비신스키가 흠칫 놀라며

"형. 결혼했어요?"

코시킨은 대답 대신 고개를 끄덕였다.

잠시 후 두 사람을 태운 벤츠는 잡풀이 황량한 들판 사이로 난

길을 따라 30분 정도 달렸다. 수목이 우거진 언덕배기 기슭에 나무로 지은 아담한 집이 한 채 서 있었는데 주변에는 인가가 보이지 않았다.

"저기야, 우리 집이."

집 앞의 공터에 차를 세운 두 사람이 집안으로 들어섰다.

"라이샤. 라이샤."

한 금발의 여인이 부엌에서 뛰어나왔다.

"오, 자기. 웬일로 이렇게 일찍? 당신 좋아하는 요리 만들고 있었는데."

"라이샤. 오늘 반가운 손님이 찾아왔어. 자주 얘기했지? 비신스키라고."

코시킨이 두 사람을 번갈아 쳐다보며

"비신스키. 이쪽은 라이샤야."

비신스키가 고개를 숙이며 인사를 했다.

"인사 늦었습니다. 형수님."

"말씀 많이 들었어요. 두 분 차 드시면서 얘기 나누세요."

라이샤가 저녁 준비하겠다며 부엌으로 가자 두 사람은 거실로 자리를 옮겼다. 좁은 거실에는 나무로 만든 탁자와 의자 두 개, 낡은 가죽 소파가 놓여 있었는데, 두 사람은 의자를 끌어당겨 마주 보며 탁자에 앉았다.

"형. 그때 헤어지고 어케 지냈슈?"

비신스키가 차를 마시며 코시킨을 바라보았다.

"말도 마라. 자리 잡는 데 고생 좀 했다."

코시킨이 창밖을 내다보며 말을 이어갔다.

"그니까, 그때 너하고 헤어지고 바로 동유럽으로 날랐어."

"동유럽이요?"

"그래. 그곳에서 쌍꺼풀 수술하고 얼굴에 보형물 박고, 귀도 좀 더 키우고 콧수염도 달고."

코시킨이 자기 귀를 아래로 잡아당기고 얼굴을 들이대며 눈을 깜박거렸다.

냉전 시절부터 동유럽 국가들에는 성형과 정형수술을 해주는 병원이 많았다. 주요 고객은 신분 세탁이 필요한 스파이나 정보기관 에이전트들이었다.

코시킨이 비신스키의 손을 꼭 잡으며

"비신스키. 니가 준 돈으로…… 큰 힘이 됐어."

사실 코시킨처럼 터프한 남자는 남의 도움을 받기 싫어한다. 갚아야 할 빚이기 때문이다. 그들은 도움을 받고 갚아주지 않는 것을 수치로 여긴다.

"얼굴 좀 개조한 다음에 이곳 철갑상어 양식장의 인부로 취직했어. 여긴 뜨내기들이 많으니까. 출신이나 배경 등등 골치 아픈 건 안 물어보거든. 양손에 철갑상어 한 마리씩 들어 올릴 힘만 있으면 합격이야."

코시킨이 양팔을 들고 흔들자 비신스키가 피식 웃었다.

"한 1년 일하다 보니까 애인 생각도 나고…… 자리를 잡아도 되겠다 싶더라."

코시킨이 부엌 쪽으로 고개를 돌리며

"작업 하루 빼먹고 라이샤를 찾아갔어. 왜 예전에 내가 시합할 때마다 꽃다발 사 들고 맨 앞줄에 앉아 있던 여학생 있잖아?"

"아아 맞아요. 생각나유. 형수가 바로 그 여학생이유?"

"빙고. 다짜고짜 같이 살자 했지. 중간에 우여곡절이 좀 있기는 했는데…… 이렇게 살다가 나중에 결혼식 올리기로 했어."

이제야 이해가 된다는 듯 고개를 끄덕이던 비신스키가 인상을 쓰며

"형. 근데 내가 온 이유는."

코시킨도 따라서 미간을 찌푸렸다.

"그래그래. 나를 어케 찾았냐?"

"형. 여기도 더 이상 안전치 않아유. 형이 이 부근 철갑상어 양식장에 숨어 지낸다는 얘기가 쫙 퍼졌어."

코시킨이 한숨을 내쉬었다.

"휴. 세상에 비밀은 없다더니……."

"형이 일하는 작업장에 체첸 애들이 언제 덮칠지 몰라. 걔들이 어느 정도 형을 찾고 다니냐면……."

비신스키의 설명은 한동안 이어졌다. 잠시 침묵이 흐른 뒤 먼저 말을 꺼낸 쪽은 비신스키였다.

"그래서 형. 내가 생각해 봤는데…… 걍 멀리 튀는 게 상수요. 여기, 위조 여권 몇 개 가져왔어. 이 중 하나 골라서 여기를 뜨슈."

비신스키가 내민 여권은 모두 독일과 프랑스 여권이었는데, 여권 속 사진의 주인공은 모두 금발이었다.

"형이 금발이니까, 이 중에서 적당한 거 골라서 빨랑 날으슈."

여권 속 사진을 꼼꼼히 들여다보던 코시킨이 손으로 머리를 쓸어올렸다.

"니 얘기 듣고 보니 빨랑 튀어야겠다. 또 한 번 베를린으로 가서, 이번에는 칼 좀 제대로 대야겠다."

여권 속 사진을 들여다보던 비신스키도 고개를 끄덕였다.

"맞아유. 일단 얼굴부터 확 뜯어고치고 그 다음 일은 차차……."

코시킨이 부엌을 가리키며

"그나저나 라이샤가 걱정이구만."

"형수는 걱정 마슈. 형 자리 잡을 때까지 내가 잘 챙길게요."

코시킨이 민망한 표정을 지으며

"아우야. 니 신세를 또 지게 생겼네."

찻잔을 비운 비신스키가 일어서더니 안주머니에서 돈뭉치를 꺼내 탁자에 내려놓으며

"형. 부담 갖지 마슈. 우린 친형제와 다름없잖슈."

시계를 보며 속으로 셈을 해보던 비신스키는 라이샤가 준비한 저녁도 먹지 않고 급하게 떠났다.

다음 날 새벽 문을 열고 조용히 집을 나서는 코시킨의 모습이 보였다.

운명의 장난인가? 아니면 불법이 판치던 그 당시 러시아 사회를 탓해야 하나? 인생 여정은 실로 오묘해서 장래를 기약하기 어렵다. 앞날이 창창했던 한 젊은 운동선수가 도망자의 신세로 전락할 줄 그 누가 알았으랴? 코시킨은 혼탁한 러시아 사회에서 살아남기 위해 조폭이 되었고 냉혹한 살인도 저질렀다. 그리고 오늘 그는 추격자를 피하고 가족을 지키기 위해 도망치듯 고향을 떠났다. 쓰린 가슴을 부여안고 둥지를 떠나는 코시킨이 먼 훗날 대한민국의 천재 과학자와 잠수함 기술을 놓고 사생결단의 대결을 펼치리라는 생각을 그 누가 했겠는가?

눈이 퉁퉁 부은 라이샤가 창가에 서서 도둑고양이처럼 조용히 정든 집을 떠나는 남편의 뒷모습을 지켜보고 있었다.

신부 라이샤를 남겨두고 급하게 도망길에 오른 코시킨은 곧바로 독일행 기차에 올라탔다. 비신스키가 넘겨준 프랑스 여권을 품에 넣고 당분간 프랑스인 행세를 하기로 마음먹은 터였다. 베를린에 도착한 코시킨이 맨 먼저 찾아간 곳은 슈프레강가에 위치한 한 성형외과였다.

비신스키가 강추한 이곳은

"형. 애네들 성형 실력이 짱이래. 심지어 가족들조차 얼굴을 못 알아본대."

그 병원은 70년대 냉전 시절 동서 양 진영에서 버림받은 이중스파이들이 변신을 위해 즐겨 찾던 곳 중 하나였다. 개인의 신상 명세가 철저하게 보호되는 것은 물론이었다.

코시킨의 한 달에 걸친 입원 수술은 성공적이었다.

퇴원하기 전날 붕대를 풀고 거울을 쳐다본 코시킨은 놀라운 표정으로

"어어. 여권 속 프랑스인과 진짜 비슷하게 생겼네."

거울 속의 인물은 예전의 코시킨에 비해 턱선은 더 날카로워졌고 눈 주위의 피부도 팽팽했다. 인공치아로 교체된 앞니 몇 개가 입술을 앞으로 밀어내다 보니 인상이 전반적으로 부드러워지고 다소 엉성해 보였다.

"나도 나를 못 알아보겠는걸. 이제 코시킨은 없는 거야? 보드엥이라. 이름에도 프랑스 맛이 나는군."

코시킨은 혼자 중얼거리며 씩 웃었다. 며칠 후 파리행 기차에 몸을 실은 코시킨은 그곳에서 위조 여권 속 인물인 보드엥 행세를 하며 일자리를 찾아보기로 마음먹었다. 코시킨은 어렵잖게 몽마르트 언덕 부근 칵테일바에 일자리를 구했다. 청소나 잡일을 하는 자리

였고 보수도 매우 낮았지만 코시킨은 그곳 생활에 매우 만족했다. 가끔 술 취한 취객이나 여자들의 날씬한 각선미에 혼이 나간 여행객들이 흘리고 간 분실물을 슬쩍 챙기는 재미도 쏠쏠했지만, 그보다 제일 마음에 든 것은 주변의 무관심이었다.

코시킨은 가끔 혼잣말로

"아무리 파리가 개인주의가 판치는 곳이라지만, 나한테 관심을 두는 사람들이 너무 없잖아?"

2005년

프랑스

몇 해가 지나고 그곳 생활에 익숙해진 코시킨은 비신스키에게 연락하기로 마음을 먹었다. 혹시 모를 추격자를 따돌리기 위해 코시킨은 파리에서 멀리 떨어진 시골 마을의 공중전화 부스에서 전화를 걸었다.

"비신스키. 나야."

"코시킨 형? 그간 어케 지냈슈?"

"아우야. 니 덕에 따뜻한 남쪽 나라에서 잘 지내고 있다. 이 통화 괜찮아? 안전해?"

조심성 많은 코시킨은 도청을 걱정했다.

비신스키가 킥킥 웃으며

"전혀 염려 안 해도 돼, 형. 이 전화기 도청 방지 폰이야."

여전히 마음이 놓이지 않는 듯 코시킨이 주변을 두리번거리며

"오케이. 나 떠나고 난 후 우찌 그렇게 조용들 하냐? 체첸 눔들 다 뒈지기라도 했냐?"

"아참. 형은 모르고 있었구나. 골치 아픈 그 체첸 놈들 다 뒤졌어. 왜 있잖아. 이곳에 새 정부가 들어서면서……."

비신스키가 깜짝 놀랄 만한 뉴스를 전해주었다. 취임 후 러시아 푸틴 대통령이 맨 처음 한 일은 부패 척결과 치안 유지였다. 이 과정에서 여러 조폭단체와 부정 축재자들이 잡혀들어갔는데, 특히 러시아와 민족감정이 나빴던 체첸 지역의 조폭들이 박살이 났다는 것이다.

코시킨이 흥분된 목소리로

"그럼, 체첸 애들이 완전 사라진 거야?"

"그렇다니까. 체첸 애들, 반 이상이 시베리아로 끌려갔고, 나머지는 다 뒈졌어. 개중에 살아남은 놈들은…… 뿔뿔이 흩어졌지."

"휴. 그랬어?"

코시킨의 입에서 절로 안도의 한숨이 나왔다.

"며칠 전 걔들 예전 본부 건물을 지나갈 일이 있었는데, 웬 영국 정유회사 간판이 걸려 있더라구."

"와우 그랬구나. 솔첸에는 별일 없었냐?"

코시킨은 과거에 몸담았던 조직의 행방도 궁금하던 차였다.

비신스키는 의외로 담담한 목소리로

"우린 괜찮았어."

"솔첸같은 조직들…… 정부에서 조졌다면서?"

"그게 있잖아, 형. 새 정부의 요직은 모두 슬라브 애들이 꿰찼잖아? 우리 솔첸은 체첸과 달리 슬라브 핏줄이잖아? 우리 빅보스가 줄을 잘 섰지. 눈치 하나는 빠르거든."

"그래그래. 우리끼리 백여시라 불렀지."

정치 감각이 뛰어난 솔첸의 빅보스는 일찌감치 꽁지를 내리고 새 정부에 충성을 맹세하였다. 즉 솔첸의 빅보스는 새 정부의 일자리 창조나 국토개발 정책에 일조하기로 약속하고 사실상 사면을 받은 상태였다.

간만에 통화를 하는 비신스키도 신이 난 듯 설명을 이어가면서

"형. 그 후, 우리 솔첸도 완전 해체되었어."

"해체라니?"

"빅보스는 심장마비로 급사했어. 솔첸은 해체되어 여러 지부로 갈기갈기 찢어졌고 중간보스들이 하나씩 꿰차고 앉았어. 그 와중에 나도 작은 지부 하나를 꿰찼고, 곧장 IT기업으로 이름을 바꿨지. 내 명함에도 IT컨설턴트 회사 사장이라고 찍혀 있어."

비신스키의 설명에 코시킨이 웃음을 참지 못하고

"뭐? 컨설턴트라고? 그건 가방끈 긴 애들이 하는 거잖아?"

"형. 이름만 그렇다는 거구, 실제로 마약하고 해킹 같은 게 주업이야. 암튼 형이 너무 심하게 잠수탔나 보네? 그나저나 언제쯤 얼굴 볼 수 있겠어?"

"그래도 몇 개월 정도는 지나야겠지? 체첸 놈들 집요하잖아?"

"그건 그래 형. 세상에 체첸 놈들처럼 독하고 질긴 놈들은 흔치 않다니까."

사실 체첸 사람들은 3대를 가면서 복수를 한다는 얘기가 널리 떠돌기도 했다.

"아우야. 연락처 주면 내가 사진 한 장 보낼게. 내 얼굴 싹 다 갈아엎었잖아."

잠시 침묵하던 비신스키가

"응. 무슨 말인지 알 거 같아. 우리가 예전에 이용하던 메일박스로 보내면 돼."

“참. 비신스키. 사진 받으면 라이샤한테도…….”

“걱정 마슈. 저번 달에도 다녀왔수다. 형수는 잘 지내고 있수.”

“OK. 반년쯤 지나서 내가 직접 연락한다는 말도 꼭 전해주라.”

비신스키와 통화를 하고 파리로 돌아온 다음 날 코시킨에게 새로운 고민거리가 생겼다. 예전에는 ‘체첸마피아’의 눈을 피해 잠수타겠다는 생각뿐이었지만, 지금부터는 라이샤와 같이 먹고 살 방법을 찾아야 했기 때문이다. 결국 돈이 문제였다.

그는 내심

‘이 술집에서 돈을 모으기는 어려워. 한밑천 잡아야 쓰겠는데…….’

어느 날 매장 구석에 굴러다니는 전화번호부가 코시킨의 눈에 띄었다. 한참 전화번호부를 뒤적이던 코시킨이 메모지에 전화번호를 적어 내려갔다.

“리츠파리 호텔이라. 일전에 한 취객이 이 호텔 웨이터의 수입이 짭짤하다구 떠들었던 거 같은데?”

잠시 후 메모지를 한 손에 든 코시킨이 전화기를 집어 들었다.

“봉쥬르. 리츠파리입니다. 무엇을 도와드릴까요?”

전화기에서 여자 목소리가 흘러나왔다. 상냥한 목소리에 용기를 얻은 코시킨이 입을 열었다.

“인사부 부탁합니다. 지원하려구요.”

2
운명의 끈

2006
섬진강 하류
대한민국

날씨가 화창한 어느 봄날 오후

꼬마 녀석들이 몇 명 모여 강바닥에서 다슬기를 잡고 있었다.

"아싸. 대물이다."

한 녀석이 자기 엄지손가락보다 큰 크기의 다슬기를 들며 자랑질을 했다. 부러운 눈길로 그 녀석을 쳐다보던 다른 녀석들도 이내 물속에 고개를 처박았다. 이들은 모두 같은 동네 애들로서 인근 초등학교에 다니는 초딩들이다. 다슬기가 슬슬 나오는 오뉴월이 되면 방과 후 곧장 집으로 가지 않고 강가로 나오는 애들이 많다. 공부하기 싫거나 심심해서 강가를 찾는 애들도 있고 또 식구들이 먹을 국거리를 마련하기 위해 물속을 뒤지는 애들도 있다.

그러나 이런 애들과 달리 물속에서 들리는 소리를 쫓아서 강을 찾는 별난 소년도 있었는데 그의 이름은 송경찬, 친구들 사이에서는 '소리 박사'로 통한다. 될성부른 나무는 떡잎부터 알아본다고 했다. 경찬은 남들보다 두 해 먼저 6살 때 초등학교에 들어갔는데, 어린 나이에도 불구하고 월등한 학업성적으로 전교 수석을 놓치는 법이 없었다. 5학년이던 작년, 그 아이는 전국수학경시대회에 나가서 떡하니 대상을 먹으며 일약 전국 스타로 떠버렸다.

대상을 받은 후 비결을 묻는 신문기자의 질문에 경찬의 부친은

"특별히 뭐 과외 이런 거는 시킨 적이 없구요. 지가 혼자 알아서……."

"부친이 교장 선생님이시다 보니 아무래도 그 영향을 받지 않았을까요?"

기자의 질문에 부친이 손사래를 치며

"아들이 둘 있는데, 이날 평생 우리 애들에게 공부하라고 잔소리 해 본 적이 없소. 지들이 알아서 하는 거지 뭐."

겉으로는 무심한 척해도 사실 부친은 큰아들 송경찬에게 큰 기대를 하고 있었다.

'경찬 저놈은 국가를 위해 뭔가 큰일을 해야제.'

좀 전에 큰 다슬기를 들고 잘난 척하던 녀석이 바다 저 멀리 화물선을 가리키며

"야야. 소리 박사. 저기 배까지 거리가 얼마야?"

주변에 있던 애들이 제각기 한마디씩 거들었다.

"재는 다슬기는 안 잡고 아까부터 숫자를 세면서 지나는 배들만 구경하고 있더라니까."

덩치가 훨씬 큰 친구 녀석들이 하나둘 모여들자 경찬은 그제야 바다를 향했던 눈길을 거두었다.

호기심이 가득한 친구들을 실망시키지 않겠다는 듯 잔뜩 폼을

잡던 경찬은

"저기까지 거리? 쫌만 기다려봐라."

사방을 두리번거리더니 물가에서 조금 떨어진 언덕으로 올라간 그는 대나무 숲에서 대나무 가지를 여러 개 꺾어가지고 돌아왔다. 대충 가지치기를 한 경찬이 대나무 막대기 한쪽 끝을 물속에 넣고 반대편에 귀를 댔다.

"이 마술 작대기가 다 알려준다니까. 수리수리마수리."

손가락 마디를 가지고 배의 길이를 가늠해 본 경찬이 이번에는 다른 대나무 가지 하나를 물속으로 집어넣고는 가지 끝에 귀를 갖다 댔다.

소리를 내며 하나에서 열까지 숫자를 반복해서 센 경찬이 친구들에게

"삼각측량 하는 거야."

잠시 후 상체를 일으킨 경찬이 손으로 지나가는 배를 가리키며

"음. 저기까지는 약 4,500미터…… 멀어야 5,000미터."

경찬의 말이 끝나기 무섭게 곁에 서 있던 아이가 팔을 뻗어 저 멀리 수평선 끝을 가리키며

"그럼. 쩌어기, 저기 저 배는 거리가 얼마고?"

바다 저 멀리 상선 한 척이 지나가는 것이 보였다.

"오킷. 잠시 대기."

경찬은 그 '마술 작대기'들을 다시 물속에 집어넣었다.

"음음…… 저 배는 한 10킬로미터쯤…… 멀어야 12킬로미터."

친구 녀석들이 돌아가며 질문을 날렸는데, 늘 똑같은 질문들이었다.

"경찬아. 니 우리 동네 저수지 깊이도 잴 수 있냐?"

"저 앞 먼바다로 나가면 땅이 갑자기 푹 꺼진다는데, 거기가 어딘지 아냐?"

"전어와 갈치떼가 내는 소리가 다르다고 하던데, 그거 진짜가?"

이런 질문이 나올 때마다 경찬은 잘난 체하며 턱을 치켜들고는

"이 막대기 몇 개만 있으면 다 할 수 있지롱."

동네 녀석들이 부러운 표정으로 경찬을 에워싸며

"야야. 그 비결이 뭐고?"

경찬이 폼을 잡으며

"뭐 특별한 비결이나 비밀은 없어. 물속에서는 소리가 매우 빠르니까 그 속도를 활용하는 거지."

"???"

"그니까, 공기 중에서는 소리가 초당 333m 이동하는데, 물속에서는 그 5배나 빠르게 움직여."

경찬이 다섯 손가락을 활짝 폈다.

"5배?"

"그래, 초당 1,500m가 넘어. 엄청 빨라. 물속에서 소리를 내면 금방 들을 수 있어."

"와 진짜 빠르네. 그래서 영화에서 보면 사람이 바다에 빠져 허우적대면 상어떼가 금방 나타나는 겨?"

한 녀석이 양팔을 휘저으며 물에서 허우적거리는 사람의 흉내를 내자 다들 낄낄대며 웃었다. 친구들이 재미나 하자 더욱 신이 난 경찬이 말을 이어갔다.

"그래. 니 말이 맞다. 상어뿐 아니라 범고래도 소리를 듣고 사냥한다고 하잖아? 근데 물속에서는 모든 물체가 내는 소리가 각기 달라. 움직이는 물고기, 큰 배, 널빤지, 암초에 물결이 부딪히는 소리

등등, 모든 소리가 각기 다 달라."

다슬기잡이를 끝낸 동네 아이들이 하나둘 다 집으로 돌아간 후에도 경찬은 남아서 대나무 가지를 몇 번 더 물속에 밀어 넣었다. 그런 후 그는 대나무밭이 있는 언덕배기에 올라 저 멀리 먼바다를 쳐다보았는데, 먼 곳을 쳐다보는 경찬의 표정이 어린 소년답지 않게 자못 심각하다. 그때부터 어린 천재 소년의 가슴에 싹트는 생각이 있었다.

'그래. 소리를 연구하고 또 잘 활용하면, 우리 식구하고 동네 사람들 모두 부자가 될 수 있어.'

2010년
대한민국

송경찬은 과학영재들만이 입학할 수 있는 한국노벨과학고에 수석으로 입학했다. 같은 해 경찬 외 또 한 명의 영재가 과학고에 들어왔는데, 바로 차석으로 입학한 96년생 쥐띠 동갑내기 전원기였다. 전원기 역시 남들보다 빨리 6살 때 초등학교에 입학했는데 초, 중학교 다닐 때 전교 수석을 놓친 적이 없는 수재였다. 수학과 물리학에서 발군의 실력을 보인 두 사람은 매 학기 전교 수석 자리를 놓고 다투었는데, 두 사람의 공부 스타일은 전혀 딴판이었다. 전원기는 한 주제를 가지고 밤을 새워서 공부하고 탐구하는 노력파였다. 그와 달리 경찬은 한 과목보다는 다방면에 관심이 많은 팔방미인형이었다. 그는 책상에만 앉아 있는 법이 없었고 틈나는 대로 스포츠나 컴퓨터게임을 즐겼다.

"재는 언제 공부하는지 모르겠어."

"기억력이 비상해, 직관력도 뛰어나."

친구들이 경찬을 두고 하는 말이었다. 그러나 경찬은 남들이 모르는 비상한 능력을 가지고 있었는데 그것은 바로 창의력과 도전정신이었다.

〈불가능은 없다. 불가능하다고 증명이 될 때까지는.〉

〈산 정상을 오르는 데는 여러 가지 루트가 있다.〉

경찬이 좋아하는 말들이다. 그에게 학업은 목표가 아니라 과정이었다. 목표는 단 하나 세계적인 '소리 박사'가 되어서 고향이나 국가에 이바지하는 것이었다. 그에 반해 전원기의 꿈은 노벨과학상을 타는 것이었다.

"노벨상을 타서 우리 집안의 전통을 이어 가야지."

원기의 부친은 중국인으로서 그 집안은 유명한 과학자를 여러 명 배출한 명문가였다. 가까운 친척 아저씨 한 분이 노벨과학상을 받은 적이 있었고, 또 MIT와 Caltech(California Institute of Technology, 캘리포니아 공대) 교수 출신이자 중국 인공위성의 아버지로 추앙받는 전학삼(첸쉐썬, 錢學森) 박사도 이 집안 사람이었다. 경찬과 원기 두 사람은 앞서거니 뒤서거니, 전교 수석 자리를 놓고 선의의 경쟁을 펼쳤고 또 경쟁을 하면서 절친이 되었다. 이들의 학창 시절을 제일 가까이서 지켜본 사람은 원기보다 세 살 어린 동생, 전미진이었다. 어느 날 미진은 오빠를 만나러 갔다가 학교 앞 분식집에서 우연히 경찬을 만나게 되었다.

입에 한가득 김밥을 씹고 있던 원기가

"미진아. 얘가 내 친구 경찬."

"아? 수석 입학했다는 그 오빠? 안녕하세요?"

원기가 익살스런 표정으로

"경찬아. 얘는 미진이. 내 동생이자 시어머니야. 불 꺼라, 깨끗이 씻어라 등등 잔소리가 좀 심해야지."

상큼한 미소를 지으며 자리에 앉은 미진은 경찬의 얼굴을 찬찬히 바라보았다.

'이 오빠 정말 멋지게 생겼네. 여친이 있을래나?'

미진을 바라보던 경찬도 비슷한 생각이었다.

'엄청 예쁘고 복스럽게 생겼네. 울 엄마가 되게 좋아할 타입이네.'

경찬이 저도 모르게 손을 내밀어 미진의 손을 움켜잡으며

"만나서 반가워. 전미진…… 학생이라고 불러야 하나 씨를 붙여야 하나?"

수줍음에 얼굴이 발갛게 달아오른 두 사람에게 원기가 놀리듯

"야 너네들 썸 타냐? 얼굴들이 익었네. 실내가 덥냐?"

그날 이후 경찬과 미진 두 사람은 마치 운명의 끈으로 연결된 것처럼 자연스럽게 연인관계로 발전하게 된다.

어떤 인연으로 중국인 아버지를 둔 미진 남매가 한국의 두메산골 태생인 경찬을 만나게 된 것일까? 경찬과 미진 남매가 만나고 헤어지는 과정을 따라가다 보면 종국에는 인연과 운명이란 단어를 만나게 된다.

중국의 큰 부잣집에서 태어난 미진 남매의 부친은 서른이 넘는 나이에 프랑스 파리로 유학을 갔고, 그곳에서 미술을 전공하던 한국인 유학생, 미진의 모친을 만나게 되었다. 의외로 케미가 잘 맞는 두 사람은 곧바로 사랑에 빠지게 되었지만, 이들의 만남을 반대하는 사람들이 의외로 많았다.

부친의 지인들은

"결혼은 꼭 중국 여자하고 해야 한다."

"중국인은 어디로 가든 중국인으로 살아가야 한다."

반면에 모친의 일가친척들은

"한국 남자도 많은데, 하필 왜 중국 남자야?"

그러나 두 사람은 양가의 반대를 무릅쓰고 파리 근교의 조그만 성당에서 결혼식을 올렸는데 그 당시 하객은 주례를 보는 신부를 포함해서 열 명이 넘지 않았다. 그 후 파리에서 신혼살림을 차린 두 사람 사이에 원기와 미진 남매가 태어났고, 그들은 나름대로 행복한 생활을 꾸려가고 있었다.

〈천인계획〉

90년대 말, 강성대국이 되기 위해서 과학기술이 절대적으로 필요하다고 생각한 중국 정부는 해외에 거주하는 중국 출신 과학자를 중국 본토로 불러들이기 위해 여러 정책을 수립하였다. 그 정책의 일환인 천인계획에 따라 중국 정부는 고급 인재를 유치하기 위해 백방으로 노력하게 된다. 프랑스의 명문대학에서 박사 학위를 따고 파리 근교의 한 연구소에서 근무하던 원기 부친도 당연히 천인계획에 포함되었다. 전도유망한 과학자였던 원기의 부친은 중국 정부로부터 수차례 귀국을 권유받았다. 마침내 마음을 굳힌 원기 부친이 어느 날 모친에게 폭탄선언을 하였다.

"조국으로 돌아가야겠소. 어떻게 조국의 부름을 외면할 수가 있겠소? 내가 먼저 들어가서 곧바로 당신과 애들을 데리러 오겠소."

당시만 해도 중국은 다소 폐쇄적인 사회였는데 중국인인 부친과 달리 원기의 모친은 여러 이유로 입국허가를 제때 받지 못했다.

파리의 드골 공항 출국장으로 들어가기 전에 아버지는 어린 남매의 볼에 뽀뽀를 하며

"얘들아. 엄마 말 잘 듣고 책도 많이 읽어라."

활주로에 늘어선 큰 비행기들을 보면서 신이 난 애들과 달리 원기 모친은 남편을 걱정스러운 눈초리로 쳐다보며

"우리 없이 잘 지내실 수 있겠어요?"

가끔 우울증 증세를 보이는 남편이 염려스러웠던 것이다.

"메이요. (문제 없소.) 당신과 애들 생각하면 금방 기분이 좋아질 테니까."

부친은 일부러 더 힘차게 손을 흔들면서 탑승구 뒤편으로 사라졌다.

미진과 원기는 아빠를 향해 합창하듯이

"짜이지엔. (또 만나요.)"

부친은 곧 데리러 오겠다는 약속을 남기고 중국행 비행기에 몸을 실었고, 그 며칠 후 모친은 가족을 데리고 한국의 친정집으로 날아갔다. 곧 나온다던 가족들의 입국비자가 몇 개월이 지나도 나오지 않았다. 속이 타기는 부친도 마찬가지였다.

그는 가끔 한국에 전화를 걸어서

"여보 내년까지 기다려야 할 것 같아. 신분 조회하는 데 시간이 많이 걸린다나 봐."

"알았어요. 애들은 그냥 여기서 초등학교에 보낼까 봐요."

"그렇게 하시구려……."

원기 남매는 인사동에 있는 외할아버지 댁에서 초등학교를 다녔다. 재회를 고대하며 하루하루를 보내고 있던 원기 가족에게 청천벽력 같은 일이 생겼다. 어느 날 늦게 잠자리에 든 원기의 모친이 새벽에 급사한 것이다. 설상가상이라고 했나? 며칠 후 중국에서도 비보가 날아왔다.

"당신 없는 세상은 나에게 아무런 의미가 없소."

평소 우울증세를 보이던 원기 부친이 부인의 급사소식을 접한 며칠 뒤 유서를 남기고 자살로 생을 마감한 것이었다. 졸지에 고아가 된 두 남매는 수원에 사는 이모의 손에서 자라게 되었다.

불행은 떼 지어 온다고 했던가? 얼마 후 수원의 이모 또한 젊은 나이에 목숨을 잃게 되었는데 유전자 검사를 통해 사인을 조사했던 주치의가 가까운 친척들을 모아 놓고 사인을 말해 주었다.

"일종의 자가면역질환입니다. 모계 쪽으로 유전되는 불치병 같아요. 현재까지는 치료제가 없습니다."

자가면역질환이란 체내에서 백혈구가 병균이 아닌 정상세포를 공격하면서 생기는 질환이다. 마치 전쟁터에서 아군이 아군을 쏘아 죽이는 것과 비슷한 형국이다. 어린 남매는 친척들이 수군대는 소리를 똑똑히 들었다.

"원기 외할머니, 엄마와 이모가 다 일찍 죽어 나가더니 쯧쯧. 이 집안 여자들이 다 불치병에 걸렸구먼. 쯧쯧. 미진이는 어쩔랑가?"

그날 이후 원기는 동생 미진을 더 알뜰하게 챙기면서 보살폈다. 그런 원기가 주변 사람들의 눈에 꽤 기특해 보였던 모양이다.

"어린 원기가 대견하기도 하지. 보통 부모들보다도 동생을 잘 돌보네."

그나마 다행인 것은 부모가 남긴 많은 유산 덕분에 두 남매는 넉넉한 생활을 할 수 있었다. 뛰어난 학업 유전자를 물려받은 두 아이는 학업성적도 빼어났다. 특히 명문 과학자 집안의 특급유전자를 물려받은 원기는 중학교에 입학하자마자 대학생이 보는 원서를 이해할 정도였다.

"중학교 교과서는 다 아는 내용이에요."

원기는 별 어려움 없이 노벨과학고에 진학하였다. 노벨과학고 재학 시절 방학 때가 되면 원기는 미진과 함께 지리산 자락에 있는 경찬의 고향 집에서 며칠씩 묵곤 했다. 경찬과 원기 남매는 인근의 섬진강이나 남해포구에서 낚시를 하기도 하고 가끔 산자락을 따라서 깊은 계곡을 찾기도 했다. 어린 원기 남매를 누구보다도 따뜻하게 대해 준 사람은 경찬의 어머니였다.

"에고 불쌍한 것들. 부모 손길이 제일 필요할 때인데."

그녀는 틈나는 대로 가까운 포구에서 싱싱한 물고기를 사 와 원기가 좋아하는 해물탕과 미진이 좋아하는 재첩국을 끓여주었다.

경찬의 부친도 대견스레 원기의 머리를 쓰다듬어 주면서

"너거 집처럼 편하게 지내라."

"네 아버님."

3
회색 제국

2011년
리츠파리 호텔
파리, 프랑스

세느강에서 멀지 않은 곳에 위치한 팔각형의 방돔 광장 주변에는 피아제, 샤넬, 불가리 등 명품 가게가 즐비하다. 광장의 한 모서리에 자리 잡은 리츠파리 호텔은 각국에서 몰려드는 여행객과 비즈니스맨으로 늘 붐빈다. 예전 샤넬의 창업자 가브리엘 샤넬이 거의 살다시피 즐겨 찾던 곳이다. 지금 이 호텔의 소유주가 아랍계 거부이다 보니 리츠파리는 아랍계 무기상들이 가장 많이 애용하는 곳이기도 했다. 이 소유주의 아들은 비운의 영국 황태자비 다이애나의 연인이었다는 소문이 파다했던 사람이었다. 꽃과 나비의 관계처럼, 중동계 무기상들과 연관된 군수 사업체들, 로비스트들, 그리고 이들을 뒤쫓는 정보원들도 이곳을 자주 애용하고 있다.

이른 새벽부터 금발에 검은색 정장 차림의 보드엥 부지배인이 로비와 엘리베이터 등 시설물의 상태를 꼼꼼히 체크하고 있었다.

주변을 서성이던 벨보이가 그에게 다가와서 공손하게

"도와드릴까요? 보드엥 부지배인님."

부지배인은 하던 일을 계속하면서

"아니 괜찮어."

"넵. 부지배인님."

보드엥이 저만치 걸어가는 벨보이를 다시 불러세우며

"이보게. 로비 커피숍도 곧 위생 상태와 시설 점검 들어간다고 전해주라구."

"Yes Sir."

군인처럼 거수경례를 한 벨보이가 급히 걸어가는 모습을 쳐다보던 보드엥이 발길을 돌려 호텔 로비 바닥의 청결 상태를 꼼꼼히 체크하기 시작했다. 그런데 일견 냉정해 보이는 보드엥의 눈빛 속에는 짙은 슬픔이 서려 있다. 자세히 보니 그 눈빛이 어디선가 본 듯한 눈빛이었다. 그렇다. 검은색 정장 차림의 보드엥이라고 불리는 이 남자는 '체첸마피아단'의 복수를 피해 오래전 파리로 잠입한 코시킨이었다. 이름뿐 아니라 얼굴도 이전과 딴판이었다. 누가 이 사람을 코시킨이라 생각하겠는가?

몇 년 전 보드엥 행세를 한 코시킨은 면접을 통과하고 리츠파리의 사무직 종업원으로 취업을 하게 되었다. 눈치가 빠르고 일 처리가 깔끔한 코시킨이 상사의 눈에 드는 데는 그렇게 오랜 시간이 필요하지 않았다. 그는 오래지 않아 리츠파리의 부지배인까지 초고속 승진을 했다. 이제 봉급도 제법 많아져서 아내 라이샤에게 매달 상당한 생활비를 보낼 수 있게 되었다. 신혼생활을 시작하자마자 떠나온 아내에게 늘 미안한 마음을 품고 있는 코시킨은 틈나는 대로 편지를 보냈다.

〈여보. 조금만 더 떨어져 삽시다. 조금만 더 모으면 될 것 같소.〉

코시킨은 조금 더 돈이 모이면 고향으로 돌아가서 캐비어 공장을 직접 운영해볼 생각이었다. 그러나 그것은 코시킨의 셀프 인생 설계일 뿐이었다. 인생사 내일 당장 무슨 일이 생길지도 모르는 마당에 몇 년 혹은 몇십 년 후의 일을 어떻게 알 수 있겠나. 이번에도 운명의 여신은 코시킨의 뜻대로 움직이지 않았고 그녀가 가고 싶은 길을 걸어갔다.

부지배인 직무를 수행하느라 몸이 고단했지만, 그는 한푼이라도 더 벌기 위해 틈나는 대로 투잡을 뛰었다. 코시킨은 근무 시간이 끝나고 단골손님들의 개인 차량을 운전해줄 때가 많았다. 뉴밀레니움그룹의 압둘라 카심 회장도 그를 즐겨 찾는 단골손님 중 한 명이었다. 카심 회장의 신상에 대해 정확하게 알고 있는 사람은 없었다.

떠도는 소문에 그는

"2차대전 후 냉전 시절 인도에서 태어났고, 미국의 아이비리그에서 학부를 마쳤고 또 전설적인 중동계 무기상이었던 아드난 카쇼기의 친척이다."

그러나 그 소문의 진위는 확인이 되지 않았다. 본인이 그 소문에 대해서 철저하게 함구하고 있기 때문이었다. 그는 아랍식 복장을 즐겨 착용하고 목에는 늘 굵은 금목걸이를 두르고 다녔다. 목걸이에 달려 있는 펜던트에는 사진이 있는데 그 사진의 주인공은 이슬람 세계의 영웅 살라딘이었다. 살라딘은 유럽에서 몰려온 십자군을 물리치고 예루살렘을 탈환했던 전설적인 아랍 세계의 지도자다. 개인 신상은 물론이고 사업상 비밀도 많은 카심 회장은 동선이 노출되는 것을 심하게 꺼리는 편이다.

"미스터 부지배인. 자네가 운전하면 왠지 마음이 편해. 앞으로도 쭉 운전해주었으면 좋겠네, 쭈욱."

카심 회장은 코시킨을 늘 미스터 부지배인이라고 불렀다. 어느 정도 친분이 쌓이자 카심 회장은 코시킨에게 은밀하고도 개인적인 일을 자주 부탁했다. 예컨대, 카심 회장은 투숙객의 명단을 보여 달라기도 하고 그들의 통화기록을 빼내달라는 부탁을 한 적도 많았다. 가끔 시내에서 가장 잘나가고 몸값이 비싼 여자들을 방으로 불러달라는 부탁을 하기도 했다. 물론 백 달러 지폐가 여러 장 든 두툼한 현금 봉투를 건네는 것도 잊지 않았다.

오늘 밤도 늦은 시간에 코시킨은 카심 회장을 위해 차를 몰고 있었다.

카심 회장이 운전석에 앉은 코시킨에게

"미스터 부지배인, 내가 재미있는 제안을 하나 해도 쓰겠나?"

"이번에는 무엇을 가져다 드리면 되겠습니까? 카심 회장님."

카심 회장이 운전대를 잡은 코시킨의 뒤통수를 바라보며

"자네 본명이 뭔가?"

의외의 질문을 받은 코시킨이 백미러를 통해 카심을 슬쩍 쳐다보며

"네? 회장님?"

"자네 본명이 뭔가? 뭐 하던 사람인가? 호텔에서 지배인 일이나 하고 있을 사람이 아냐. 자네는."

사실 오래전부터 카심 회장은 일 처리가 매끄럽고 과묵한 코시킨을 눈여겨보고 있었다.

'저 친구. 호텔 종업원이나 하고 있을 눈빛이 아냐.'

코시킨이 시치미를 떼며

"무슨 말씀이신지?"

카심 회장이 목걸이를 만지작거리며

"나와 같이 일해보지 않겠나? 보수는 넉넉히 줌세."

'이 양반이 나에 대해 뭘 좀 알고 있나?'

속으로 생각해 보던 코시킨이 한 손으로 머리를 긁적거리며

"저 같은 놈이…… 그럴 자격이 되겠습니까?"

"자격이 되는지 안 되는지는 내가 판단할 일이고. 우선 자네에 대해 좀 더 자세하게 알고 싶군."

말투는 차가웠지만 그 속에는 진정성이 담겨 있었다. 잠시 뜸을 들이던 코시킨이 띄엄띄엄 입을 열었다.

"네. 사실대로 말씀드리겠습니다. 제 본명은 코시킨이고 카스피 해의 어촌마을 출신입니다. 레슬링 국대 선발전…… 모스크바 감방…… 출감 후 먹고 살기가 힘들었는데, 우연한 기회에 보드엥이라는 위조 여권을 구해가지고……."

코시킨은 자신이 살아온 인생 여정을 간략하게 풀어놓았다. 그러나 라이샤나 '솔첸'이나 '체첸마피아', 그리고 비신스키에 대한 얘기는 하지 않았다. 적당한 기회가 오면 얘기할 것이고, 반대로 그런 기회가 오지 않는다면 그뿐이라고 생각했다. 산전수전 다 겪은 노련한 카심 회장도 그의 말을 액면 그대로 믿을 사람이 아니었다.

그러나 전혀 내색하지 않고 큰 소리로 웃으며

"음. 레슬링 국가대표라. 역시! 어때? 나하고 같이 일해보겠나?"

"고맙습니다. 회장님. 생각할 시간을 주시면 안 되겠습니까?"

"암. 당연히 드려야지. 일주일 후 답을 주게나."

일주일 후 마음을 굳힌 코시킨은 카심 회장이 머물고 있는 리츠

파리 호텔의 로얄스위트룸을 찾았다.

위스키잔을 들고 있던 카심 회장이

"그래 어케 하기로 했나? 나하고 같이 일해볼 텐가? 코시킨."

"네. 회장님. 제가 할 일을 알려주십시오."

카심 회장이 위스키 잔을 코시킨에게 건네며

"굿굿. 생각 잘했이."

잠시 후 카심 회장이 창가에 자리 잡은 대형 테이블로 걸어가더니 코시킨에게 의자를 권했다.

그는 창가에 놓여 있는 작은 장식장을 열고 그 속에서 메모지를 한 장 끄집어내더니

"그래 자네가 할 일은 천천히 알려주기로 하고…… 우선 얼굴부터 완전히 개조하게나."

코시킨이 깜짝 놀라며

"옛? 개조라고 하셨습니까?"

코시킨이 받아 든 메모지에는 브라질 상파울루에 있는 어느 성형외과의 주소가 적혀 있었다.

코시킨이 속으로

'우씨. 또 동독 가는 줄 알았네.'

"그래! 왜, 그 페이스오프라는 영화 있었잖나. 얼굴 완전히 바꾸는 거."

코시킨은 속으로

'모를 리가 있나요. 이미 얼굴에 여러 번 칼질을 했는데유.'

그러나 코시킨은 전혀 내색을 하지 않고

"아 네. 들어본 적이 있는 거 같습니다."

카심 회장이 씩 웃으며

"코시킨. 자네는 이곳 리츠파리 호텔의 명사잖아?"

그는 연달아서

"우리가 하는 일들은 비밀이 많아서 말야. 하핫."

말을 마친 카심 회장이 의미심장한 미소를 지었다.

"아 네에."

카심 회장이 메모지에 적힌 병원 주소를 손가락으로 짚어가면서

"이곳을 찾아가게. 자네는 다시 태어나는 거야."

주소를 손에 받아 쥔 코시킨이

"넵넵. 회장님. 근데 병원 주소가 브라질로 되어 있습니다?"

카심 회장이 정색을 하면서

"고럼. 브라질 맞아. 원래 베를린에 있던 애들이지. 동독 정보부가 운영하던 병원이었는데, 그 언제야? 베를린 장벽이 무너진 다음날 브라질로 튀었지. 병원장, 의사, 간호사 할 것 없이 죄다 날랐어."

"네. 알겠습니다, 회장님. 준비 되는대로 출발하겠습니다."

카심 회장이 콧수염을 만지면서

"실력 있는 병원이지. 수술이 끝나면 자네 본명은 그대로 쓰게나, 코시킨으로. 나에게도 코시킨이라는 친구가 있었다네. 가끔 생각이 나기도 하지."

잠시 후 카심 회장은 코시킨에게 백 달러 지폐뭉치가 가득 찬 검은 가방을 건네며

"이 돈이면 충분할걸세. 코시킨."

코시킨이 고개를 숙이며

"넵. 돌아오는 대로 연락 올리겠습니다. 회장님."

한 달 후 파리로 돌아온 코시킨은 라데팡스 거리에 있는 뉴밀레

니움그룹의 본사를 찾았다.

"회장님. 코시킨 일 마치고 돌아왔습니다."

코시킨의 얼굴을 이리저리 쳐다보던 카심 회장이 흡족한 표정으로

"수고했어. 코시킨, 오늘부터 내 비서실장으로 일해보게나."

"넵. 열심히 하겠습니다."

"자네 사무실은 바로 아래층이고 또 같이 일할 부하직원을 몇 명 붙여줄 테니까 급한 일부터 하나씩 처리하라구"

그날 오후 뉴밀레니움그룹의 주요 임원들을 불러 모은 카심 회장은 코시킨을 간단하게 소개했다.

"일전에 말했던 그 사람이야. 코시킨이라구."

코시킨은 가벼운 목례로 인사를 대신했다.

한참 얘기를 늘어놓던 카심 회장이 코시킨을 쳐다보며

"코시킨 자네 말이야. 만사를 제쳐놓고 미래 먹거리부터 찾아보게나."

코시킨에게 떨어진 첫 업무지시였다. 사실 그 당시 뉴밀레니움그룹은 영업상 어려움에 처해 있었는데, 왜냐하면 그룹의 여러 자회사 중 제대로 돈벌이를 하는 회사가 하나도 없었기 때문이다. 우선 쏠쏠하게 돈을 벌어다 주던 아프리카의 금광 사업이 적자를 내기 시작했는데 이는 몽골 서부 알타이산맥에서 대규모의 금맥이 추가로 발견됨에 따라 금값이 폭락했기 때문이다. 설상가상 한때 잘나가던 피지섬의 인공진주 양식사업도 기상이변으로 수확량이 확 줄면서 적자로 전환했다. 뉴밀레니움그룹이 쓰러지지 않고 명맥을 유지할 수 있었던 것은 그나마 마약 밀매사업과 불법 무기 거래 덕분이었는데 그것도 돈벌이가 예전만 못했다. 각국의 단속과 글로

벌 공조 체제가 강화되면서 불법 마약 거래가 철퇴를 맞았고 또 남미와 아프리카 내전이 급격하게 줄면서 불법 무기 거래의 최대 수요처가 사라졌기 때문이다.

코시킨이 첫 출근하는 날, 카심 회장이 새로운 먹거리를 찾아보라고 지시했던 것도 다 그런 연유였다. 유럽 곳곳을 전전하며 살아남았던 코시킨은 돈의 중요성과 생리를 터득한 사람이었다. 또 돈을 모으면 무슨 사업을 할지 진지하게 고민을 해본 사람이다. 카심 회장의 지시가 떨어진 지 오래지 않아서 코시킨이 그럴듯한 아이디어를 내놓았다.

"카지노가 어떻겠습니까? 회장님."

"카지노? 자네 계획을 간단히 풀어보게."

카심 회장은 '간단히'라는 말에 유독 힘을 주었다.

코시킨의 설명을 들은 카심 회장이 흡족한 미소를 지으며

"말이 돼. 된다구."

"네? 회장님. 세부 계획은 이 보고서에……."

카심 회장이 말을 자르며

"세부 계획까지 볼 것 없네. 큰 그림이 나오면 걍 시작하는 게지."

카심 회장은 큰 그림을 보고 시원시원하게 결정을 내리는 타입이었다.

코시킨은 내심

'회장님은 머리가 좋은 분이군. 세부 계획보다는 큰 그림을 중시하고 또 한 페이지로 요약된 압축보고서를 선호하시는 걸 보니.'

"넵 회장님. 즉시 시행토록 하겠습니다."

회의가 끝나고 코시킨은 카심 회장을 따로 만나

"회장님. 고향에 잠깐 다녀와도 되겠습니까? 개인적으로 처리할

일들이 남아가지고……."

코시킨은 아내 라이샤를 만나러 가겠다는 얘기는 꺼내지 않았고 또 남의 사생활에는 별 관심을 두지 않는 카심 회장도 더 이상 캐묻지 않았다.

"오케이. 한 일주일이면 되겠나?"

그 후 일주일간 코시킨은 라이샤와 함께 꿈같은 시간을 보냈다.

집을 떠나는 날 코시킨은 라이샤에 입맞춤을 하며

"여보. 이제 고생 끝 행복 시작이야. 자주 연락할게요."

2013년
골든 펄 카지노
마카오

뉴밀레니움그룹은 끈질긴 노력 끝에 마카오 당국으로부터 카지노 허가를 따내는 데 성공했다. 객장의 이름은 '황금 진주'라는 뜻을 가진 '골든 펄'로 붙였다. 좋은 위치와 적극적인 마케팅 전략에 힘입은 '골든 펄'은 신생의 핸디캡을 극복하며 첫해부터 성과를 내기 시작했다. 몇 년 동안 꾸준히 성장하던 골든 펄은 오래지 않아 마카오의 삼대 카지노 중 하나로 우뚝 서게 되었다. 그러나 세상사 모든 일에 오르막이 있으면 내리막이 있는 법이다. 골든 펄도 그러한 세상사의 법칙을 비껴가지는 못했다. 잘나가던 카지노 사업에 예기치 못한 장애물이 발생한 것이었다.

〈특별 세무조사를 하겠다.〉

2017년 신년 벽두에 날아온 마카오 정부의 통고는 그야말로 청천벽력이었다.

사업하는 사람에게 세무조사란 여간 신경 쓰이는 일이 아니다. 특히 카지노 장사는 수상한 현금 거래가 많지 않은가? 운 나쁘면 한 방에 훅 가버릴 수도 있다고 봐야 한다. 게다가 특별 세무조사는 정기세무조사와는 달리 표적이나 타깃을 정해놓고 하는 법이다.

이 통고를 받은 카심 회장은 내심

'이 시점에서 특별조사를 하겠다는 이유가 뭘까? 우릴 죽이려는 놈들이 손을 쓴 것 같은데? 아무래도 아폴로가 손을 쓴 것 같아.'

이것저것 따져본 카심 회장은 특별 세무조사의 배후로 경쟁사인 아폴로 카지노를 지목했다. 아폴로 카지노가 든든한 뒷배를 가지고 있다는 사실을 잘 알고 있는 카심 회장의 고민은 깊어만 갔다. 그는 해결책을 찾아 백방으로 뛰어다녔지만 뾰족한 수단이 보이지 않았다. 그들하고 정면으로 부딪쳐봐야 승산이 없다는 생각을 한 카심 회장은 과감한 결단을 내렸다. 코시킨과 주요 임원을 소집한 카심 회장은 폭탄선언을 했다.

"달리 뾰족한 방법이 안 보여. 골든 펄을 딴 놈한테 팔아넘기든지 해야겠어. 거참. 새로운 먹거리를 찾아야겠어. 코시킨 자네가 다시 앞장서서 찾아보게나."

코시킨은 군소리하지 않고

"넵. 알겠습니다."

그날 이후 코시킨은 새로운 먹거리를 찾기 위해 백방으로 뛰었다. 글로벌 컨설팅업체들과 상의도 하고 또 저명한 교수들을 두루 만나보았지만 별무신통이었다. 머리를 식히기 위해 바닷가를 찾은 코시킨은 어느 한적한 카페로 들어갔다.

커피잔을 앞에 놓은 코시킨이 혼잣말로

"가방끈이 긴 눔들은 돈이 안 된다니까. 맨날 헛소리야. '기회가 있지만 리스크도 있다'는 둥 어쩌구 저쩌구…… 한심한 눔들."

멍하게 바다를 바라보던 코시킨이 손가락으로 자기 머리를 가볍게 쥐어박으며

"그렇지. 왜 비신스키를 생각 못했지? 컨설팅한다고 했잖아?"

비신스키와 한참 통화를 하던 코시킨이 말미에

"고맙다. 아우야. 어려울 때는 너밖에 없구나."

통화를 끝낸 코시킨은 방금 전 대화를 곱씹어보았다.

"형. 저번에 내가 말했잖수? 우리 조직에서 하는 일이 마약하고 해킹이라구."

"그래그래. 저번에 들은 것도 같아. 아우야."

저번 통화 시 딴 데 정신이 팔린 코시킨이 흘려들었던 모양이다.

"형. 이제 마약도 한물갔고, 해킹이 대세야. 우리도 해킹으로 먹고산다니까."

"고랫? 그래서 무엇을 해킹하는데?"

"형. 혹시 기술 해킹이란 말 들어봤어? 기술 해킹."

비신스키는 기술 해킹이란 말을 서너 차례 반복해서 말했다.

"아니. 못 들어봤는데. 그게 뭐야?"

비신스키의 자세한 설명이 이어졌다.

"기술이지, 기술. 영어로 하이테코놀인가 그래. 지금은 기술의 시대잖아? 해킹을 하든 강탈을 하든 괜찮은 기술을 가진 놈이 장땡이유. 비싼 값을 주고서라도 사겠다는 놈들이 줄을 섰대니까."

순간 뭔가가 코시킨의 뇌리를 스치고 지나갔다.

"아……."

"코시킨 형, 내 말 듣고 있어?"

"그럼 그럼. 잘 들려. 뭔지는 모르지만…… 무슨 말인지는 알 것 같아."

코시킨의 머리에 또다시 번갯불이 반짝 튀었다. 코시킨은 학업 성적도 최상이었고 레슬링 챔피언 자리에 올랐던 사람이다. 한 분야의 정상에 올랐던 사람은 대개 난관을 돌파하고 기회를 포착하는 재주가 비상하다고 알려져 있다. 즉 한 종교나 믿음의 기본을 알면 다른 신앙의 의미도 두루 알 수 있는 것과 비슷한 이치이다. 코시킨도 결코 평범한 사람이 아니었다.

2018
마카오

카지노 객장을 둘러보고 스위트룸으로 돌아온 카심 회장이 인터폰을 눌렀다.

"코시킨한테 올라오라고 해."

잠시 후 서류 가방을 든 코시킨이 방으로 들어왔다.

카심 회장이 냉장고에서 맥주캔을 꺼내서 한 모금 쭉 들이키며

"그래. 좋은 아이디어가 나왔다구?"

잠시 뜸을 들이던 코시킨이 가방을 열고 서류뭉치를 꺼내자 카심 회장이 손을 흔들었다.

"복잡한 서류 같은 거 꺼내지 말고 걍 말로 설명해보게. 코시킨."

그는 입가에 묻어있는 맥주 거품을 손으로 훔치며

"간단명료하게 핵심만."

간단명료와 핵심이란 단어는 카심 회장이 즐겨 쓰는 말이다.

"네. 회장님. 간단히 말씀드리겠습니다."

"시작하게나."

"우리 뉴밀레니움그룹도 생명공학, 정밀무기, 금융산업과 IT산업 같은 미래산업에 진출해보는 것은 어떻겠습니까?"

방금 코시킨이 언급한 것들은 비신스키하고 통화하고 난 후 몇 개월을 고민하면서 뽑아낸 아이디어였다.

"미래산업이라? 듣기는 좋구만. 좀 더 자세히 설명해보게."

카심 회장이 자세한 설명을 요구한다는 것은 그가 매우 흥미를 느낀다는 방증이었다. 장시간 코시킨의 설명을 들은 카심 회장의 표정이 밝아졌다.

"그러니까 우선 금융업하고 IT사업부터 시작하자. 뭐 이런 얘기 아닌가?"

"그렇습니다, 회장님. 우선 금융업 진출은 투자전문회사나 펀드를 만든 다음에."

"다음에?"

"값나가는 기술을 해킹하거나 혹은 기술기업을 인수해버리면 되는 겁니다."

"흠. 말은 되는 거 같은데…… 남의 회사를 인수한다는 게 말처럼 쉬울까?"

마치 그런 질문을 예상이라도 했다는 듯 코시킨은 지체 없이

"펀드나 투자회사를 동원해서 합법적으로 사버리면 됩니다. IT기업이건 기술이건 요즘 돈으로 살 수 없는 게 없다고 합니다. 그쪽 애들은 M&A라고 부릅니다."

"흠. M&A라…… 쓸만한 기업이라면 쩐이 많이 필요할 텐데 그 돈을 어떻게 마련하지?"

카심 회장의 표정이 일순 어두워졌다.

"그러잖아도 돈 문제를 좀 알아보았는데, 별로 걱정 안 해도 될 것 같습니다. 회장님."

"별문제 아니라구?"

"넵 회장님. 요즘에 제일 흔한 게 돈이랍니다. 시중에 돈이 넘쳐 난답니다."

카심 회장이 콧수염을 만지작거리며

"하긴. 미국은 물론이고 모든 정부가 돈을 무한정 찍어냈지."

"넵. 우리가 종잣돈만 약간 태우면 나머지 자금은 얼마든지 구할 수 있다고 합니다. 단 우리가 사는 기업이나 기술이 괜찮다는 전제를 깔고 말입니다."

"그건 그렇겠지."

두 사람의 대화는 한동안 이어졌다.

카심 회장이 냉장고에서 맥주 두 캔을 꺼내 그중 하나를 코시킨에게 건네며

"오케이. 자네가 책임지고 투자전문펀드를 하나 만들어 보게나. 코시킨."

"넵. 회장님."

"또 그, 해킹이라고 했나? 그것도 재미나는 아이디어처럼 들려."

"넵. 그 방면에 전문가가 한 사람 있는데, 많은 도움을 받고 있습니다."

코시킨이 언급한 전문가는 다름 아닌 의동생 비신스키였다.

한 달 후

카리브해에 위치한 케이먼 아일랜드(Cayman Islands)는 이름난

휴양지로서 스쿠버 다이빙으로 유명하다. 그러나 국제금융가에서는 조세피난처나 페이퍼컴퍼니(실체 없이 서류상으로만 존재하는 껍데기 회사) 설립지로 더 잘 알려져 있다. 얼마 전 이곳 케이먼 아일랜드에 '뉴텍비젼'이라는 새로운 컨설팅회사가 설립되었는데 실질적인 대주주는 뉴밀레니움그룹이었다. 사실 코시킨이 주도해서 만든 이 회사의 주 업무는 컨설팅이 아니라 해킹이었다. 즉 기업이나 연구소, 정부 기관 등이 보유하고 있는 기술을 훔치는 것이 그들의 주업이었다.

이듬해 뉴밀레니움그룹은 카이저펀드라고 하는 사모펀드(PEF)를 설립했는데, 본점 주소지는 규제가 심하지 않은 룩셈부르크였다. 사모펀드 종사자들은 흔히

"우리는 주식이 아니라 기업(경영권)을 사고판다."

개별 주식을 사고파는 뮤추얼펀드와 달리 사모펀드는 회사(경영권)를 통째로 사고판다. 사모펀드인 카이저펀드도 기업을 통째로 사고파는 거래에 집중할 터였다.

설립시 카이저펀드의 자본금은 미화 10억불(1조2천억원)이었고 직원은 약 50명 정도였다. 카이저펀드는 나름 이름 있는 전문가들을 대거 영입했는데 이들은 대부분 런던과 뉴욕의 일류 사모펀드 출신이었고 몇몇은 국부펀드에서 근무한 경험도 있었다. 그러나 많은 사모펀드들이 설립 후 몇 년을 넘기지 못하고 파산하기 때문에 카이저펀드에 대한 시장의 관심은 높지 않았다.

시중에 떠도는 소문은 그저

"사모펀드가 또 하나 설립된 모양이군."

그 후 제법 이름 있는 전문가들이 추가로 합류했음에도 불구하고 시장의 반응은 여전히 시큰둥했다.

"좋은 사람들은 제법 뽑아가는데, 과연 몇 년이나 버틸 수 있을려나?"

설립 후 신생 카이저펀드는 매우 신중한 행보를 보이며 위험성이 높은 프로젝트에는 참여하지 않았다. 설립 후 1년이 지났지만 프로젝트를 주간해본 적이 없는 카이저펀드의 존재감은 여전히 미미했다.

'카이저는 투자 프로젝트를 주도해보지 못했으니까.'

주도한다는 것, 즉 투자 프로젝트의 주간사가 된다는 것은 전쟁에서 무공훈장을 받는 것과 비슷하다. 역전의 용사라면 의당 무공훈장이 여러 개 있듯이, 일류 펀드로 대접을 받으려면 화려한 주간사 경력, 전문용어로 트랙 레코드가 강해야 한다. 기회를 엿보던 카이저펀드는 마침내 투자를 주도할 기회를 포착했다.

"음. 때가 온 것 같아. 우리가 한번 치고 나가야겠어."

2020년 초, 카이저펀드는 좋은 먹잇감을 하나 발견했다. 통합유럽 주식거래소에 상장된 IT보안 전문회사인 '시스템 시큐리티'라는 회사였다. 이 기업은 카리브해의 '뉴텍비젼'이 찾아냈는데, '뉴텍비젼'의 평가에 따르면 보안에 관해 글로벌 기술력을 보유하고 있다는 것이었다. 이 기업의 경영권을 인수하는 데 필요한 총 투자금은 1조4천억원인데, 그중 40% 자금은 카이저가 태우기로 하고 나머지 자금은 시중에서 모으기로 했다. 그러나 일반적으로 주간사 경험이 없는 카이저 같은 신참내기 펀드를 믿고 선뜻 돈을 대주는 투자처는 많지 않다.

"카이저를 어떻게 믿어?"

시장에서 친구가 많지 않았던 카이저는 천신만고 끝에 '시스템 시큐리티'를 인수하는 데 필요한 나머지 자금을 간신히 구할 수 있었다. 그 후 당국의 승인을 받은 카이저는 '시스템 시큐리티'의 인수 작업을 끝내 버렸다.

〈운칠기삼〉

투자업계에서 자주 듣는 말이다. 돈 버는 데 가장 중요한 것은 운이지, 기술이나 실력은 삼할에 불과하다는 뜻이다. 운빨인지 실력인지, 카이저가 경영권을 인수한 다음 해부터 '시스템 시큐리티'의 영업이익이 급속도로 증가했다. 당시 사이버 전쟁과 해킹이 세계적인 화두로 떠오르면서 보안에 대한 수요가 급증했기 때문이었다. 주가가 4배 이상 상승하자 카이저에게 돈을 맡겼던 다른 투자처들은 수익 실현시기를 놓고 열띤 공방을 벌였다.

"어이 카이저. 지금 팝시다."

"노놋. 좀 더 올라가면 팝시다."

그러나 투자자들 사이에 지금 팔아서 수익을 챙기자는 의견이 압도적으로 늘어나자 카이저는 '시스템 시큐리티'의 경영권을 팔아서 수익금을 분배해주기로 결정했다. 기업의 실적이 워낙 좋았기 때문에 경영권을 사 갈 매수자를 찾는 데 오랜 시간이 필요치 않았다. 각종 경비를 제하고도 투자원금의 서너 배에 가까운 수익을 챙긴 투자자들은 입을 다물지 못했다.

"헤이 카이저. 좋은 딜이 생기면 꼭 불러주게나. 언제든지 자금을 쏠게."

카이저 덕에 큰돈을 벌었다는 사람이 많다는 사실은 입소문을 타고 빠르게 퍼져나갔다.

그러나 큰돈을 벌면 그 이유를 궁금해하는 사람도 많고 또 별별 소문이 나게 마련이다. 납득할 만한 설명이 없으면 갖가지 의혹이 생기는 곳이 주식시장이다. 이 무렵 카이저에 대한 이상한 풍문도 나돌기 시작했다.

"'시스템 시큐리티' 같은 회사를 어케 찾아낸 거야? 뭐가 있는 거 아냐?"

"단기간에 주가가 서너 배 뛴다는 것은 수상해. 조사해 봐야 돼."

이와 관련해 카이저가 해커들의 도움을 받는다는 소문도 나돌았다.

"'뉴텍비젼'이 찾았다는데, 걔들 불법 해킹단체래."

"상당수가 '메소포타미아' 출신이래. 그 있잖아? MIT 내에 있는 해킹클럽."

'주식시장은 소문이 빠르군.'

카심 회장은 이러한 루머가 더 이상 확산되지 않도록 적절한 조치를 취하라고 지시했다.

"루머는 루머를 부르고, 결국 당국의 조사를 부르지. 안 그런가? 코시킨."

"넵. 잘 알겠습니다. 대응책을 마련하겠습니다."

그날 이후 카이저펀드는 매스컴과의 접촉을 사실상 끊어버렸다. 그 외 투자설명회나 기업설명회도 소수의 투자자를 상대로 철저히 비공개로 진행해 나갔다. 또 뉴밀레니움그룹의 이사회도 매년 장소를 바꾸어 비공개로 진행하기로 했다.

4
비상하는 독수리

시곗바늘을 잠시 몇 년 전으로 돌려 보자.

2013년 카심 회장이 마카오 카지노 사업에 뛰어들 무렵, 한국에서는 송경찬이라는 한 명의 천재가 둥지를 떠나 세상으로 나아갈 날갯짓을 시작하고 있었다. 과학고를 수석으로 졸업한 송경찬은 영국과 미국의 명문대학에서 박사 코스를 밟기로 마음먹었다. 절친이자 라이벌인 전원기는 이미 중국의 명문 칭화대 박사 코스로 진로를 결정한 터였다. 경찬의 천재성을 일찍이 알아본 하버드, 스탠퍼드를 포함한 세계적인 대학에서 경찬에게 좋은 입학 조건을 제시하며 접근해왔다.

여러 곳을 놓고 고심하던 경찬은 최종적으로 미국 동부 아이비리그의 명문 MIT를 선택했다. 경찬은 학부를 마치고 곧바로 박사 코스를 밟을 계획을 가지고 있었다. 전액 장학금과 연구비 지급, 생활비 보조 등 조건도 조건이지만 그가 MIT를 선택한 결정적인 이유는 전공학과 때문이었다.

경찬이 상담해본 전문가들은 이구동성으로

"해양음향학은 MIT가 최고야."

해양음향학은 바다에서 나는 소리를 연구하는 학문으로서 이 분야를 깊게 공부하면 물속에서 나는 소리만 들어도 그 소리원이 무슨 물체인지 알아낼 수 있다. 또 반사되어서 돌아오는 음파나 소리를 통해 그 물체까지의 거리나 깊이도 알 수 있고 더 나아가 또 바다 밑에 어떤 물체나 암초가 숨어 있는지 밝혀낼 수도 있다. 소리나 음파를 잘 활용하면 해양개발이나 수산업 혹은 조선산업 발전에 큰 도움이 되는 것은 불문가지이다.

유학행 비행기를 타기 전날 경찬은 마음속으로 다짐하길

'20대 중반에 박사 학위를 따버리자.'

2018년

학부를 마친 경찬이 박사 코스에 들어간지도 벌써 2년이 지났다. 그는 공부하는 매 순간 머릿속으로 고향 바다를 떠올리며 그곳에 이상적인 항구도시를 건설하겠다는 꿈을 키워나갔다. 그러다 보니 그에게는 공부하는 매시간이 소중했고 또 연구 결과가 쌓여가는 것이 즐거웠다.

'재능이 있더라도 노력하는 자를 이길 수 없고, 노력하는 자는 즐기는 자를 이기지 못한다.'

라는 말이 있지 않은가? 머리만 좋은 것이 아니라 자기가 좋아하는 분야이기에 경찬이 우수한 성적을 내는 것은 당연지사다. 그는 교과과정이나 분임 토의, 그리고 지도교수와 수행하는 공동연구 등 전 분야에서 두각을 나타내고 있었다.

그 어느 날, 경찬이 야간 실험을 마치고 밤늦게 기숙사로 돌아와 보니 방문 앞에 우편물이 놓여 있었다. 고향 집에서 보내온 그 우편물 속에는 부모님의 편지와 함께 입영통지서가 들어 있었다. 담담하게 통지서를 읽어본 경찬은 눈을 감고 생각에 잠겼다.

부친은 편지에서

"병역은 대한민국 남성의 기본 의무다. 가능하면 빨리 마치는 게 좋을 거다."

평소 부친으로부터 애국심에 대해 귀에 못이 박히도록 가르침을 받은 경찬이 군 복무를 미룰 이유가 없었다.

잠시 생각해 보던 경찬이 혼잣말로

"늦어도 다음 달까지 입대해야겠어."

그다음 날 지도교수를 면담한 경찬은 입영통지서를 내보이며

"빨리 마치고 돌아오겠습니다."

지도교수가 경찬의 등을 가볍게 툭툭 치면서

"오우 축하하네, 경찬군. 드디어 진정한 남자가 되겠군."

"네. 교수님. 내년에 뵙겠습니다."

지도교수가 방문을 나서는 경찬을 불러세우더니

"경찬. 그동안 졸업논문의 주제를 뭘로 할지 생각해 보는 것도 좋을 것 같네."

경찬이 고개를 꾸벅하며

"넵. 저도 그럴 생각입니다."

사실 경찬도 졸업논문 주제를 두고 고민하던 참이었다.

한 달 후
국방부 내 한 회의장
대한민국

손에 입영통지서를 든 경찬이 지정된 방으로 들어서자 그곳에는 비슷한 나이 또래의 젊은이들이 여러 명 모여 있었다. 머리를 짧게 깎은 모양새가 모두 다 입대를 위해 모인 것 같았다. 잠시 후 뒷문을 통해 선글라스를 낀 사복 차림의 영관장교가 회의장으로 들어섰는데 그 뒤로 위관급 장교와 서너 명의 부사관이 죽 따라 들어왔다.

그 장교가 손짓을 하자 한 부사관이 앞으로 나와 얇은 서류철을 펼치며

"지금부터 인원 점검을 실시하겠습니다. 호명된 사람은 자리에서 일어나 주세요."

다 합쳐야 고작 10명이 안 됐기 때문에 인원 점검은 순식간에 끝났다.

그 부사관이 영관장교에게 큰 소리로

"과장님. 전원 집합했습니다."

"오케이."

앞으로 걸어 나간 장교는 모두 다 자리에 앉으라는 손짓을 하며

"여러분. 입대를 환영합니다."

좌중을 한번 둘러본 그 영관장교가 선글라스를 벗으며 간단히 자기소개를 했다.

"나는 특수작전과를 맡고 있는 김중령이요."

"……."

앞에 모인 젊은이들이 별 반응이 없자 김중령이 말을 이어가며

"아는 사람은 알겠지만, 여기 특수작전과는 누구나, 또 아무나 오는 곳이 아닙니다. 국가적 영재들만 올 수 있습니다. 영재들만. 서로 인사들 나누세요."

자리에 앉아 있던 청년들이 하나둘 일어나서 옆 사람들과 인사를 나누었다. 영재라는 말에 동질감을 느꼈기 때문인지 인사를 나누며 서로 쳐다보는 눈길들에는 아까의 서먹서먹한 분위기는 사라지고 친밀감이 배어 나왔다.

사실 조금 전 영재들만 선발한다는 김중령의 발언은 허언이 아니었다. 특수작전과는 이름 그대로 특수작전을 수행하는 곳이다. 외국 군대와 합동훈련 계획을 수립하기도 하고 첨단 무기 수입과 신무기 개발사업 등 여러 민감하고도 중요한 이슈들을 다루는 곳이다. 그러다 보니 임무를 재빨리 파악하고 또 지시사항을 제대로 수행할 수 있는 역량을 갖춘 인재들이 필요한 곳이다.

한 20분간 여러 가지 주제에 대해 말을 마친 김중령이 선글라스를 다시 쓰며

"개인별 보직은 오후에 발표하겠습니다. 멀리 가지 말고 이 주변에서 대기들 하세요."

오후에 국과연으로 파견근무를 명 받은 경찬은

'국과연? 대전에 있군. 여기는 뭐 하는 곳인가?'

경찬이 검색창을 열고 홈페이지로 들어가 보니 국과연(국방과학연구소)은 국방부에 속한 연구기관으로서 주로 신무기를 개발하는 곳이었다. 그다음 주 서울 근교의 모처에서 기초 군사교육을 수료한 경찬은 대전행 KTX에 몸을 실었다. 월요일 아침, 경찬이 대전의 국과연 건물로 들어서자 한 사복 차림의 남성이 다가왔다.

"송경찬씨?"

"넵. 송경찬입니다."

경찬은 교육을 받은 대로 허리를 곧게 펴고 또박또박 답했다.

"반갑소, 송경찬씨. 나는 해양무기개발과의 성중령이요."

성중령이 건네준 명함에는 이름과 전화번호만 적혀 있었다. 해양무기개발과는 말 그대로 해전에 필요한 무기, 즉 함정용 레이더, 대포, 잠수함용 어뢰나 소나(음파) 등을 연구개발하는 부서다. 성중령은 해군사관학교를 최우수 성적으로 졸업하고 독일의 베를린 대학에서 박사 학위를 받은 해군의 엘리트 장교로서 현재 해양무기개발과의 과장직을 맡고 있었다. 그는 경찬보다 나이도 많고 또 직급이 높은데도 불구하고 존댓말을 사용했다.

성중령은 뻣뻣하게 서 있는 경찬의 등을 몇 차례 두드려주면서

"송경찬씨. 서로 친하게 지내봅시다."

"넵."

성중령은 경찬을 3층에 있는 자기 사무실로 데려갔다.

그는 자리에 앉자마자 대뜸

"송경찬씨는 잘 모를 거요. 서로 데려가려고 난리들이 났었소."

"???"

성중령이 씨익 웃으며

"송경찬씨 같은 과학영재를 만나기 쉽지 않으니까…… 내가 인맥을 총동원해서 좀 무리를 했소."

"아. 네."

멋쩍은 표정을 짓고 서 있는 경찬을 바라본 성중령이 두 손바닥을 딱딱 부딪치면서

"송경찬씨는 소나연구팀에서 일하게 될 거요."

소나라는 말에 경찬의 눈빛이 반짝거렸다.

"소나연구팀이라면…… 음파를 연구하는 곳을?"

"그렇소. 바다에서 나는 소리요. 그중에서 특히 잠수함이나 어뢰 같은, 무기나 장비에서 나는 소리를 연구하는 부서요."

'고소원 불감청'

감히 청하지는 못하지만 원래 바라고 있었다는 것을 뜻하는 말인데 이런 경우에 딱 들어맞는 말이다. 잠시 뜸을 들이던 성중령이 입을 열었다.

"실은 우리 부서에서는 잠수함에 장착할 최신 소나시스템을 개발 중이요."

경찬이 부동자세로

"네넵."

성중령이 손바닥을 빙빙 돌리면서

"잠수함이 움직이면 소음이 날 수밖에 없잖소? 우리 아군 잠수함의 소음은 줄이고 반대로 가상적국 잠수함이 내는 소음은 빨리 탐지해내는 그런 소나시스템을 개발하고 있소."

"네넵."

성중령이 담배 한 개비를 입으로 가져가며

"근데 그 연구개발이라는 게…… 말처럼 쉽지가 않잖소? 담배만 늘었소."

담배 연기를 길게 뿜어낸 성중령은 창가 저 멀리 언덕배기에 서 있는 국방색 건물을 가리키며

"내일부터 저곳으로 출근하시오. 경찬씨가 근무할 소나연구팀은 저 빌딩에 있소."

"넵."

다시 자기 책상으로 걸어온 성중령이 책상 옆에 세워둔 검은색

여행용 가방을 경찬 쪽으로 밀었다.

"이 가방에는 잠수함, 특히 핵잠수함의 소나시스템에 관한 최신 자료와 동영상이 가득 들어 있소. 이 속에 과제물이 모두 적혀 있으니, 최대한 빠른 시간 내에 끝내 버리세요."

"넵. 최대한 빠른 시간 내 끝내겠습니다."

성중령이 사무실을 나서는 경찬을 불러 세우며

"참. 송경찬씨. 근무는 저 빌딩에서 하지만 직속상관은 여전히 나요. 일일 보고는 정해진 양식에 따라서 매일 17:00까지 마치도록 하세요."

그는 연이어

"그 외 특별한 상황이 발생하면 나한테 즉각 보고하시오."

"넵. 알았습니다."

그다음 날 소나연구팀에 배치된 경찬은 밀실에 처박혀서 외국 자료를 번역하는 일에 착수했다. 세계 각국의 신형 핵잠수함 건조 현황과 신형어뢰 개발, 유명 조선소 동향 등 번역할 자료들이 산적해 있었다. 경찬의 주 임무는 자료를 번역하고 또 그 내용을 요약해서 보고서를 작성하는 일이었다. 그 외 신무기 개발에 대한 정보를 구하기 위해 동영상을 들여다볼 때도 많았는데, 그 대부분이 경찬에게 생소한 것들이었다. 그중 가장 흥미를 끄는 자료나 동영상은 소나장비와 시스템에 관한 것이었다. 소리나 음파에 대해서는 제법 알고 있다고 자부하던 경찬이었지만 그는 갈 길이 한참 멀다는 것을 금방 깨달았다.

'와. 세상에 이런 소나장비가 다 있었네. 역시 이론만 가지고는 턱없이 부족해. 해답은 현장에 있는 것 같아.'

'나는 우물 안 개구리였어. 넓은 세상을 경험해보니 새삼 '정보의 바다'란 말이 실감 나는군.'

〈양질의 법칙〉이란 말이 있다. 엄청난 양의 노력은 결국 질적인 변화를 가져온다는 말이다. 매일 엄청난 분량의 문서와 동영상하고 씨름을 하던 경찬에게도 이 법칙이 적용되기 시작했다. 소리의 세계로 빠져든 경찬은 자기도 모르는 사이에 소리 세계의 강자가 되어 가고 있었다.

2개월 후

출근하자마자 성중령이 전화를 걸어왔다.

"송경찬입니다."

"내 사무실로 건너오시오. 나하고 같이 부산에 가봅시다."

"넵."

경찬은 그 이유를 묻지 않았다. 잠시 후 두 사람은 부산행 KTX에 몸을 실었다.

기차가 플랫폼을 벗어나자 창밖을 내다보던 성중령이

"며칠 전 부산항에 프랑스 핵잠수함이 입항했는데, 우리에게 내부를 잠깐 공개하기로 했소."

경찬이 눈을 크게 뜨면서

"내부를 공개한다구요? 핵잠수함 내부 시설은 특급기밀이 아닙니까?"

창밖을 내다보던 성중령이 고개를 돌리며

"그렇지. 특급기밀이요. 모든 나라가 잠수함 내부는 물론이고 외부 선체도 좀체 공개를 안 하지."

그는 손가락으로 의자의 팔걸이를 툭툭 치면서

"결국 장삿속이지. 기술을 팔아먹으려는 속셈이요."

"장사라고 하셨습니까?"

"그렇소. 한물간 기술을 팔아먹으려구 꼬시는 거로 봐야지. 최첨단 기술은 꼭꼭 숨겨두고……."

성중령은 더 이상 얘기를 하지 않고 입을 다물었다.

그날 밤 늦은 시간, 사무실로 돌아가는 대전행 KTX 속에서 성중령이 경찬을 툭 건드리며

"그래. 실제로 가서 보니 느낌이 어떻소?"

두 사람이 프랑스 핵잠수함 내에서 머문 시간은 고작 30분이었다. 그것도 프랑스 장교가 안내하는 장소만 볼 수 있었는데, 다행히 소나와 통신시스템은 잠시나마 구경할 기회가 있었다.

"제 느낌으로는 소나장비나 통신시스템이 그다지 인상적이지 않았습니다. 왜냐하면……."

한동안 경찬의 말을 경청하던 성중령이 손가락으로 창을 툭툭 치며

"맞아. 경찬씨가 제대로 본 것 같소."

이런저런 생각을 하던 성중령이 경찬을 물끄러미 쳐다보며 내심

'이 친구, 머리도 좋고 애국심도 남달라. 이런 친구가 우리 국과연에서 근무해줄 수만 있다면 우리나라에 큰 힘이 될 텐데.'

"송경찬씨. 박사 학위 따고 나면 어디로 갈 생각이요? 교수? 연구원? 아니면 기업체?"

예상치 못한 질문에 경찬이 머리를 긁적이며

"아직 구체적으로…… 기회가 되면 해양도시 개발이나 어업 분

야에서……."

경찬을 물끄러미 쳐다보던 성중령이 고개를 끄덕이며

"음. 그런 분야에서도 소나전문가가 많이 필요할 거요. 참 박사 논문은 주제를 잡았소?"

성중령은 독일에서 박사 학위를 따기 위해 불철주야 노력했던 사람이다. 논문 주제를 잡는 것이 그 무엇보다도 중요하다는 것을 모를 리 없다.

"아직 못 잡았습니다. 지금 생각으로는…… 해양도시 건설과 해양음향학의 역할에 대해서 연구를 더 해볼 참입니다."

그가 경찬의 어깨를 툭 치면서

"아 그래요? …… Good luck."

3개월 후

경찬의 일과는 예전과 다름없었다. 그의 임무는 여전히 자료를 번역하고 취합해서 보고서를 작성하는 것이었는데, 틈틈이 동영상을 들여다보며 정보나 아이디어를 잡아내기도 하였다. 서당 개 삼 년에 풍월을 읊는다라는 말처럼 소나에 대해 지식이 없는 일반인이라도 경찬처럼 일했다면 소나에 대해 상당한 지식을 쌓았을 것이다. 하물며 경찬은 소나연구에 필요한 탄탄한 기초지식과 뛰어난 두뇌를 가진 젊은이가 아니던가? 자기도 모르는 사이에 경찬은 명실상부 소나연구개발 분야의 최강자로 성장하고 있었다. 어느 날 성중령이 아침부터 경찬을 급하게 찾았다.

경찬이 방으로 들어서자 성중령은 보던 서류를 책상 위에 던져 놓으며

"송경찬씨. 담주에 나하고 해외로 좀 나가봅시다."

"넵."

"한 일주일 정도 나랑 둘이서 이곳저곳 좀 다녀옵시다."

"넵."

며칠 후 두 사람은 서울 인근의 군용비행장에서 태극마크가 그려진 군용 수송기에 올라탔다. 덜커덩거리는 소리를 내며 활주로를 벗어난 비행기가 안정고도에 진입하자 성중령이 안전벨트를 풀면서 경찬에게 일정표를 건넸다.

"우리가 가는 목적지요."

지도상에는 붉은 사인펜으로 마크한 X표가 두 군데 있었는데 하나는 미국 동부 해안에 위치한 체서피크만이었고 또 다른 하나는 북극해에 면한 러시아의 바렌츠해였다. 경찬에게 두 곳 모두 눈에 익은 장소였다.

경찬이 손가락으로 X표를 가리키며

"여기는 잠수함 건조로 이름난 곳들 아닙니까?"

"그렇소. 최종 목적지는 러시아의 무르만스크 조선소와 미국의 NSS 조선소요."

바렌츠해를 끼고 있는 무르만스크 조선소는 러시아가 자랑하는 신형 핵잠수함을 여러 척 건조했던 곳이고 또 미 동부 연안의 체서피크만에 위치한 NSS 조선소는 미국 주력 항공모함과 핵잠수함을 만드는 곳이다.

성중령은 연이어

"그곳에서 그쪽 당국자들과 만나서 잠수함 구매 협상에 대해 톡할거요."

그러나 성중령의 이 말은 절반의 진실만을 내포하고 있었다.

성중령의 고민은

'조만간 송경찬씨에게 UW2025 프로젝트에 대해 알려줘야 하겠는데, 걍 지금 알려줄까? 노놋. 일단 대화를 나누어본 후에 결정하지 뭐.'

UW2025 프로젝트는 한국형 핵잠수함(가칭 Ultimate Warrior, 최후의 전사)을 2025년까지 우리 손으로 만들어 실전 배치를 하겠다는 야심 찬 계획이다. 국과연이 은밀히 진행하고 있는 이 계획은 현재 정부 고위층 몇 사람들만 알고 있다. 매우 민감한 이슈인지라 한국 정부는 UW2025 프로젝트를 상당 기간 외부에 공표할 생각이 없었다. 그렇다고 무한정 비밀로 할 수는 없는 사항이라서 실전 배치가 임박한 시점에 공표할 계획을 가지고 있었다. 어쨌거나 UW2025 프로젝트의 성패는 핵잠수함 제조 기술을 확보하는 것이고 성중령은 그 프로젝트의 핵심 인물이었다. 성중령은 국과연 소장에게 직보하는 막중한 위치에 있다.

사실 이번 해외 출장의 목적은 구매가 아니라 우리나라의 기술 수준을 상대방과 견주어 보는 것이었다. 즉 미국이나 러시아 같은 잠수함 강대국들의 기술 수준을 눈으로 직접 확인해보면 우리 기술력에 대한 냉정한 평가를 내릴 수 있을 것이었다.

'우리 기술로 만들 수 있는가? 아니면 자체 개발은 포기하고 그들로부터 핵잠수함을 사야 하는가? 그것이 문제로다.'

자기 임무를 곱씹어보던 성중령이 창밖을 스쳐 가는 구름을 하염없이 바라보며

"송경찬씨. 동의해요? 우리도 핵잠수함을 가지는 것에 한 표?"

"넵?"

"그니까 우리도 핵잠수함을 보유하는 것, 나아가서 우리 손으로

핵잠을 만들어 보는 것, 어케 생각하오?"

경찬은 일말의 망설임도 없이

"찬성입니다."

그는 연이어

"우리가 보유한 디젤잠수함이 성능이 워낙 뛰어나서 디젤잠수함계의 벤츠라고 말들 하지만 그래도 뭔가 부족해 보입니다. 우리도 핵잠수함을 보유할 필요가 있지 않나……."

묵묵히 듣고 있던 성중령이 고개를 끄덕이며

"디젤잠수함계의 벤츠라…… 그런 얘기를 나도 들어 보았소. 그러나 넓은 대양작전에서는 디젤로는 턱없이 부족하지."

경찬도 격하게 맞장구를 치며

"넵. 어려운 것 같습니다."

성중령이 차분하게 말을 이어 나갔다.

"그렇소. 이제는 우리도 국력에 걸맞게 대양해군으로 가야지. 우선 작전 수행 기간과 무기 탑재 면에서 디젤은 핵잠에게 게임이 안 되지."

성중령이 손가락 두 개를 펼쳐 보이며

"둘째. 한국의 무역로가 아프리카와 북극해까지 확장되는 이 마당에, 그 넓은 우리의 무역로를 누가 지켜주겠소? 핵잠 외는 답이 안 나온다니까."

무역로라는 말이 나오자, 경찬이 고개를 갸우뚱거리며

"무역로를 지키는 것은…… 미국이 '세계의 경찰' 역할을 하고 있지 않습니까?"

성중령이 정색을 하며

"맞아. 지금까지는 미국이 경찰 역할을 해왔소. 근데 언제까지 그 역할을 계속할지는 아무도 모르지."

경찬이 대꾸할 틈도 없이 성중령이 말을 이어갔다.

"비용도 만만치 않고, 또 미국의 국익에도 큰 도움이 되는지도 모르겠고……."

"비용은 알겠는데, 국익이라면?"

잠깐 뜸을 들이던 성중령이

"그니까 비싼 돈 들여서 대한민국이나 호주, 일본의 무역로를 지키는 것이 미국의 국익에 부합하는지? 지금은 그렇다 치더라도 언제까지 그럴지는 모르는 것 아니겠소?"

잠시 생각해 보던 경찬이 동의한다는 듯 머리를 끄덕이며

"옳은 말씀입니다. 국제사회에서 영원한 친구도, 또 영원한 적도 없다라는 말이 있지 않습니까?"

"Exactly."

성중령이 손가락으로 딱 소리를 내며 말을 이어갔다.

"결론적으로 우리 앞가림은 우리가 해야지 남이 해줄 수 없잖소? 송경찬씨."

"네네. 전적으로 동의합니다."

"결론적으로, 디젤잠수함으로는 역부족이요. 속도도 느리고 잠항 시간도 부족하고 또 무장도 부실하고……."

"핵잠수함 외에는 대안이 없다는 말씀이군요."

"나만 그런 생각을 하는 것이 아니라, 그런 생각을 하는, 앞서 나가는 분들이 많아요."

손으로 무릎을 주무르면서 골똘히 생각해 보던 성중령이 허리를 숙이고는 가방에서 노트북을 꺼냈다. 그는 노트북을 펼쳐 경찬의 눈앞으로 들이밀며

"이게 바로 한국형 핵잠수함의 개념도요."

경찬이 눈을 크게 뜨면서

"한국형 핵잠이라구요?"

"그렇소."

성중령은 이번 기회에 경찬에게 핵잠수함 프로젝트에 대해 조금 알려주기로 마음먹은 터였다.

"이 개념도는 얼마 전 외국의 잠수함 전문잡지에 실린 적이 있는 거 같은데요? 제가 그 기사를 번역해서 보고서를 작성한 적이 있습니다."

경찬은 그 일로 밤샘 작업을 했던 때를 생생히 기억하고 있었다.

성중령이 씩 웃으며

"맞소. 같은 거요. 실은 우리가 이 개념도를 슬쩍 흘려보았소.".

"일부러 흘렸다구요?"

"그래요, 송경찬씨. 우리 개념도에 대해 외부의 전문가들이 어떻게 평가하는지 궁금하고 또 한국이 핵잠수함을 보유하는 것에 대한 주변국들의 반응도 살펴볼 겸 해서 해외 전문잡지를 활용했던 거요."

경찬이 주먹으로 무릎을 치면서

"아. 네. 그랬군요."

성중령이 노트북을 닫으며

"근데 재밌는 것이, 평가나 반응들이 어떤가 하고 기다리고 있는데 정작 먼저 연락을 해온 곳은 핵잠수함 기술을 팔아먹겠다는 조선소들이라니까."

"아. 지금 방문하는 조선소도 다 그런 연유가 숨어 있었군요."

"그렇지. 얼마 전 우리가 방문했던 그 프랑스 핵잠수함도 마찬가지요. 좀 이해가 됩니까? 송경찬씨."

"네네. 이제 좀 알 것 같습니다."

성중령은 내심

'오늘은 여기까지. 한꺼번에 다 알려주는 것은 무리야.'

손목시계를 들여다본 성중령이 담요 두 장을 끌어와서는 한 장은 자기 가슴을 덮고 나머지 한 장은 경찬에게 건네주며

"아따 얘기를 오래 했네요. 송경찬씨도 눈 좀 붙이세요."

몇 시간 후 그들을 태운 군용기는 핀란드의 모 공군기지에 도착했다. 그들은 그곳에서 NATO군이 제공하는 소형 경비행기를 타고 러시아의 바렌츠해로 날아갔다.

일주일 후 러시아와 미국 조선소 방문을 마친 두 사람은 미국 동부 메릴랜드의 모 공군기지에서 대기 중이던 한국행 군용기에 몸을 실었다. 비행기가 순항고도에 진입하자 소음도 줄어들고 기체의 흔들림도 약해졌다.

안전벨트를 풀고 양팔을 펴서 스트레칭을 하던 성중령이 경찬에게 대뜸

"둘러본 소감이 어떻소? 송경찬씨."

"많이 배웠습니다. 조선 기술도 그렇고, 특히 설계팀에 인원이 그렇게 많은 것도 인상적이었습니다."

성중령이 양팔을 뒤로 젖힌 자세로 힘겹게 고개를 돌리며

"걔네들 소나시스템은 어떤 것 같소? 수준 말이요."

경찬이 입술을 내밀며

"제가 보기에, 그 사람들 기술력이 우리보다 크게 앞서간다는 느낌을 받지는 못했습니다."

성중령이 깍지 낀 손을 풀면서

"음. 동감이요. 우리에게는 적당히 보여주는 게지. 따끈따끈한 신기술을 보여줄 리가 있겠소?"

"네네."

경찬을 뚫어지게 바라보던 성중령이 손으로 턱을 만지며

"송경찬씨. 지금까지 내가 했던 말이나 지금부터 하는 말은 혼자만 알고 있어야 하오. 누구한테도 말하면 안 되오. 약속할 수 있겠소?"

경찬이 긴장된 표정을 지으며

"넵. 약속하겠습니다."

성중령은 경찬에게 프로젝트의 전모를 말해 주기 시작했다.

"진작에 우리 군은 자체적으로 2025년까지 한국형 핵잠수함을 만들기 위한 UW2025 프로젝트를 극비리에 진행해왔소."

"넷? 아 네."

성중령의 말에 따르면 한국은 이미 핵잠수함을 만드는 기술은 보유하고 있었다. 잠수함의 동력원인 소형 원자로를 만드는 기술도 있고 또 3,000m 깊은 물속에서도 엄청난 수압을 견딜 수 있는 압력선체도 만들 수 있다고 했다.

"핵잠수함은 설계하기가 특히 어렵다고 들었는데, 설계기술은……?"

경찬의 질문에 성중령이 고개를 좌우로 흔들며

"설계는 별문제가 없어요. 대한민국은 조선 강국이고 또 이미 디젤잠수함을 수십 척 만들어 본 나라요. 디젤이건 핵잠수함이건 물속을 기동하는 원리는 같으니까."

"아. 네."

"게다가 한국은 IT 강국 아니오? 혹 Super Simulation이라고 들어봤소? 경찬씨."

Super Simulation(SS)란 컴퓨터상의 특수 프로그램을 활용하여 가상 물체를 만드는 것을 뜻한다. 잠수함 제작시 SS를 활용하면 원하는 잠수함 모델을 완벽하게 설계해낼 수가 있다.

경찬이 격하게 고개를 끄덕이며

"네네. 저도 미국 대학원에서 SS를 활용해서 여러 구조물을 조립해 본 경험이 있습니다."

"우리 군은 언제든 핵잠을 만들 준비를 마쳐놓은 상태요. 위에서 결정만 하면 길어야 3년, 짧으면 2년 내로도 만들 수 있소"

"그렇게 빨리 말입니까? 보통 4–5년은 걸린다고……."

경찬은 분명 핵잠수함의 건조에 몇 년 걸린다는 자료를 읽은 적이 있었다.

성중령이 양 엄지를 치켜세우며

"맞아요. 보통 그 정도 걸리지. 근데 조립식으로 만들면 금세……."

말을 중단한 성중령의 표정이 어두워졌다.

긴 한숨을 내쉰 그는 침통한 어조로

"근데 송경찬씨. 얼마나 빨리 만드는가보다 더 큰 문제는 성능이 좋은 잠수함을 만드는 것 아니겠소?"

"네네. 맞습니다. 근데, 우리 잠수함 건조기술은 이미 세계 최고 아닌가요?"

성중령이 입맛을 다시며

"반은 맞고 반은 틀린 얘기요."

경찬이 미처 대꾸를 하기도 전에 성중령이 앞에 있는 잡지를 잠수함 모양처럼 둘둘 말며

“SS를 통해 여러 번 화상 테스트를 해보았는데, 우리가 만드는 핵잠은 기능과 성능 면에서는 흠잡을 곳이 없소.”

성중령이 잡지를 경찬의 귀가로 가져가며

“문제는…… 소음이요. 아무리 애써도 소음이 줄지 않네요.”

물속을 가르고 나아가는 잠수함은 소음을 발생시킨다. 소음은 대개 엔진과 프로펠러, 그리고 물과 접촉하는 동체에서 발생한다.

성중령은 계속해서

“최소한 미국의 신형 씨울프급 정도는 돼야 하는데, 그보다 훨씬 못한 거 같소.”

씨울프는 미국이 자랑하는 공격형 핵잠이다. 공격형 핵잠은 은밀하게 기동하면서 주변의 적함이나 적 잠수함을 요격하는 용도로 만든 잠수함이다.

씨울프급의 은밀한 기동성에 대해서 익히 알고 있는 경찬이

“소음 잡는 데는 씨울프급이 지상 최강이라는 리포트는 여러 번 보았습니다.”

말없이 앞만 바라보던 성중령이 정색을 하고는

“송경찬씨. 우리 국과연에 합류할 생각은 없소? 최강의 소나시스템 개발을 위해서 말이요. 그것만 있으면 명실상부 세계 최강의 핵잠수함이 될 텐데.”

의외의 제안이었다.

“…….”

뜻밖의 제안에 대꾸를 못하고 있는 경찬을 바라본 성중령이 피식 웃으며 들고 있던 잡지로 경찬의 옆구리를 건드리며

“아이구. 내가 괜히 부담만 주었네.”

그러나 경찬의 반응을 살피던 성중령이 내심

'어. 반응이 생각보다 나쁘지 않네. 함 밀어붙여 봐야겠군. 다 국가를 위하는 일이 아닌가?'

경찬이 말하기 쑥스럽다는 듯 살짝 얼굴을 붉히며

"실은…… 아버지가 저에게 가장 많이 해주셨던 말씀이 나라에 기여하는 인재가 되라는 것이었습니다."

"애국자이시네. 부친이."

대답 대신 배시시 웃는 경찬의 머리에 잠시 아버지의 얼굴이 떠올랐다. 시골 초등학교 교장 선생님이었던 아버지. 경찬이 국가의 인재가 되기를 바라셨던 아버지. 아버지는 종종 경찬을 불러 대청마루에서 장기를 두곤 하셨는데, 그럴 때면 남동생 송힘찬과 엄마는 장기판 주위에 둘러앉곤 했다. 그렇게 온 식구가 모이면 아버지가 잊지 않고 경찬과 동생에게 해주시는 말씀이 있었다.

"국가에는 충성, 부모에게는 효도, 그리고 형제간에는 우애를 지켜야 한다. 특히 경찬이 너처럼 잘난 사람은 국가가 부르면 언제든 달려가야 한다. 국가가 있고 나서 개인이 있는 거지. 선인들 말씀에 나라 잃은 설움이 제일 크다고 하더라."

경찬이 잠시 아버지 생각을 하는 동안에 그의 가슴 속에 한줄기 뜨거운 열기 같은 것이 치밀고 올라왔다. 순간적으로 뇌리를 스치는 생각이 있었다.

'국과연에서 성중령님과 함께 나라를 위해 일한다면, 그 길이 결국 아버지의 말씀과 일맥상통할 수도 있겠네.'

말없는 경찬을 물끄러미 쳐다보던 성중령이 탁자에 놓여 있는 물컵을 건네며

"송경찬씨. 여기 물."

물 한 컵을 순식간에 들이킨 경찬이

"네네. 중령님 말씀 잊지 않겠습니다. 고민 좀 더 해보겠습니다."

성중령의 제안은 고마웠지만 그렇다고 경찬의 입장에서 선뜻 받아들이기도 힘든 처지였다. 가장 시급한 과제는 박사 학위를 취득하는 일이고 또 가족, 연인 전미진하고도 상의를 해야 했다. 과연 자기가 최강의 잠수함 소나시스템을 개발할 능력이 있는지도 미지수였다. 그런 경찬의 속마음을 모를 리 없는 성중령이었다.

"오케이. 그 문제는 찬찬히 시간을 가지고 고민해 보세요."

"넵. 그렇게 하겠습니다."

한 달 후 어느 금요일

저번 주 독일 키엘 조선소 인근의 잠수함 기지를 방문하고 돌아온 경찬은 사무실에서 방문보고서를 작성하고 있었다. 키엘 조선소는 세계대전 당시 수많은 연합 군 함선을 수장시킨 공포의 잠수함 U-Boat를 만든 곳이다.

보고서 작성을 끝낸 경찬이 책상에 놓인 달력을 집어 들며

"제대 날짜가 코앞이네."

경찬이 두 손을 비비면서

"엄마가 늘 말씀하셨지. 마무리를 잘하는 사람, 떠난 자리가 아름다운 사람이 되어야 한다고."

경찬은 휘파람을 불면서 책상에 쌓인 서류를 정리하기 시작했다. 어딘가에서 라디오방송을 타고 익숙한 노랫소리가 들려왔다.

'내가 얻은 것은 무엇이고 잃은 것은 무엇인가?'

노래가사를 따라 읊조리던 경찬이 고개를 들고 잠시 생각에 잠겼다. 그는 혼잣말로

“군 복무 기간 동안 내가 잃은 것은?”

경찬의 자문자답이 계속되었다.

“노놉. 없어. 그렇다면 내가 얻은 것은 무엇인가?”

경찬이 창가를 내다보니 군인 몇 명이 지나가는 것이 보였다.

그들을 물끄러미 쳐다보며

“얻은 것은 너무 많아. 배운 것도 느낀 것도. 그 중 가장 큰 것은, 노력 없이는 좋은 결과를 얻지 못한다라는 교훈을 깨달은 거야.”

경찬뿐 아니라 많은 한국의 젊은이들이 군 생활을 통해서 인생을 느끼고 교훈을 얻는다. 어떤 사람은 인내심의 미덕을 깨치기도 하고 혹자는 힘든 일을 헤쳐 나가는 요령을 터득한다. 경찬은 재능 못지않게 노력도 중요하다는 사실을 체득했는데, 이런 교훈은 훗날 경찬의 연구 활동에 큰 도움이 된다. 요즘 경찬은 자신의 진로와 박사논문의 주제를 놓고 심각한 고민을 하는 중이었다. 우선 진로를 정한 다음 그에 어울리는 주제를 정하는 것이 일의 순서였다. 입대 전에는 해양도시 건설에 관심이 많았는데, 군 생활을 하면서 그의 마음이 잠수함 쪽으로 끌렸다.

‘해양도시 건설도 괜찮기는 한데, 핵잠수함도 연구해 볼 가치가 충분히 있어.’

특히 세계적인 잠수함 조선소를 구경하고 온 이후로 그의 선택이 잠수함 쪽으로 급격히 기울었다. 생각은 원래 걷잡을 수가 없는 법이고 마음먹기에 따라 생각은 바뀌는 법이다. 진로를 잠수함 쪽으로 정한 후 그동안 고민을 하던 논문 주제는 의외로 수월하게 정할 수 있었다.

‘수중 선박(잠수함)의 소음 방지와 소나시스템에 대한 소고’

훗날 학계와 국방 분야에 센세이션을 불러일으킨 경찬의 논문은 이런 과정을 거쳐 탄생하게 된 것이다.

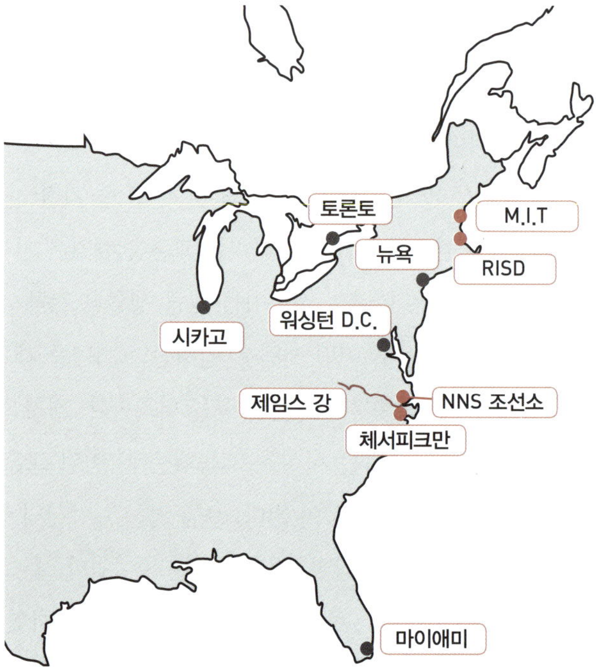

2020년 봄
MIT 캠퍼스 부근의 한 중식당
케임브리지, 미국

오늘 박사 학위를 딴 송경찬과 연인 전미진, 그리고 아들의 졸업식에 참석하기 위해 한국에서 날아온 부모님이 함께 식사를 하고 있었다.

"그동안 고생 많았다. 내 새끼. 그 힘든 박사 따느라고."

경찬의 모친이 흐뭇한 표정을 지으며 아들의 손을 꼭 잡았다. 경찬은 눈에 넣어도 아프지 않은 자랑스러운 아들이었다.

경찬이 부친의 술잔에 고량주를 반쯤 따라 드리며

"저보다 두 분께서 고생이 더 심하셨죠, 뭐. 제 뒷바라지하시느라고."

'칵' 소리를 내면서 술잔을 비운 부친이 경찬을 쳐다보며

"그래? 이제 박사 학위도 땄고, 앞으로 뭘 할 생각이고?"

"고민 중입니다. 하도 오라고 연락 오는 데가 많아서……"

실제로 경찬에게 잡 오퍼를 한 곳은 수없이 많았다. 교수 자리나 수석연구원 자리를 오퍼한 대학이나 연구소도 많았고, 중역으로 모셔가기 위해 엄청난 조건을 제시하는 글로벌 기업들도 부지기수였다. 그러나 경찬은 그런 오퍼들에는 별 반응을 보이지 않았는데, 연락을 기다리는 곳이 따로 있었기 때문이다. 바로 국과연이었다.

며칠 전 성중령이 경찬에게 전화를 걸어와서

"조만간 최종 연락을 드리겠습니다. 송박사가 일하기 좋은 기업을 하나 찾았습니다. 국과연하고 긴밀하게 협업하는 기업입니다."

경찬은 국과연이나 관련 기업체에서 세계 최강의 소나시스템을 개발하기로 마음을 굳힌 상태였다.

마시던 찻잔을 내려놓은 모친이 경찬과 미진을 바라보며

"한국에서 오라는 데는 없나? 걍 한국에 와서 살면 안 되나?"

모친의 질문에 경찬이 빙그레 웃으며

"많아요, 엄마. 하루에도 몇 군데씩……."

아들의 대답에 기분이 좋아진 모친이 앞에 놓인 접시에서 돼지 탕수육을 한점 골라서 접시에 올려 주고는 미진을 바라보며

"참 미진아. 니는 언제 졸업이고?"

현재 전미진은 세계적인 디자인스쿨인 RISD(Rhode Island School

of Design, 로드아일랜드 디자인스쿨)의 졸업반이다. 미술과 디자인 계통에 관심이 많았던 미진은 3년 전 RISD에 입학했는데, 굳이 이 학교를 택한 이유는 간단하다. MIT 캠퍼스와 멀지 않기 때문이다.

미진이 젓가락질을 멈추고

"네. 저도 내년이면 졸업이에요. 혹 경찬씨가 한국 나가면 저도 한국에서 직장을 알아볼 생각이에요."

경찬이 국과연을 마음에 두고 있다는 사실을 알고 있는 미진도 이미 한국에서 직장을 알아보고 있는 중이었다.

"잘 생각했다, 미진아. 너그들이 가차이 살면 얼마나 조컸냐?"

가족 간의 대화를 듣고 계시던 부친이 갑자기 생각난 듯

"참. 미진아. 니 오빠는 어케 지내고 있니? 원기 말이다."

경찬이 중간에 끼어들며

"참. 말씀 못 드렸네요. 원기는 작년에 청화대에서 박사를 따고 곧바로 중국과학원에 들어갔어요."

경찬은, 중국과학원은 국가에서 운영하는 싱크탱크로서 중국의 내로라하는 인재들이 모여서 국가전략을 수립하고 또 과학기술을 개발하는 곳이라는 설명을 덧붙였다.

경찬이 환하게 웃으며

"원기가 워낙 똑똑하다 보니 함께 일하자는 사람이 많나 봐요."

사실 신무기 개발팀에 합류한 전원기는 눈코 뜰 새 없이 바쁘게 지내고 있었다. 그럼에도 불구하고 그는 하루가 멀다 하고 경찬에게 이메일을 보냈다.

"경찬아. 내 대신 미진이를 잘 돌봐줘."

경찬의 대답은 한결같았다.

"응. 걱정 마."

원기의 부탁이 아니더라도 경찬은 미진을 끔찍이 아끼고 있었다. 아담한 체구에 복스럽고 예쁜 얼굴을 가진 미진은 같은 캠퍼스는 물론이고 인근의 명문 브라운대학교에 다니는 많은 남학생들에게 선망의 대상이었다. 데이트를 신청해온 청년들은 많았지만 미진은 거들떠보지도 않았다.

"오빠뿐이야."

원기가 엄청 바쁘게 지내고 있다는 경찬의 말에 경찬의 부친이 안쓰런 표정을 지으며

"경찬이 말 들어 보니 그곳은 중국의 인재들이 죄다 모인 곳 같구나. 미진이 너거 부모님들이 살아계셨다면 정말로 기뻐하셨을 텐데……."

경찬의 모친이 끼어들며

"그래서 하는 말인데, 너거들이 나오면 같이 살 집을 알아보고 있다. 너거들은 몸만 오면 된다."

경찬이 멋쩍은 미소를 지으며

"참. 엄마도. 너무 무리하시지 마세요. 제가 알아서 할께요."

경찬 모친도 지지 않겠다는 듯 손사래를 치며

"무리는 뭔 무리? 자식에게 하나라도 더 챙겨 주고 싶은 게 부모 마음 아이가?"

미소를 머금은 채 모자간 대화를 듣고만 있던 부친이 손목시계를 쳐다보며

"오늘 피곤들 할 테니, 그만 일어서자꾸나."

부친이 자리에서 일어나자 다른 사람들도 따라 일어섰다.

호텔까지 부모님을 모셔다드린 경찬이

"잘 주무세요. 내일 아침 비행기 시간에 맞추어서 호텔로 모시러

갈께요.”

“오냐.”

“따끈한 차를 한잔 드시면 잠이 잘 온대요. 내일 뵐게요.”

모친이 미진의 손을 꼭 잡아주며

“그래. 빨리들 가서 쉬어라. 우리 땜에 고생 많았다.”

“네네. 편히 주무세요.”

인사를 하고 발길을 돌리는 미진의 표정이 마냥 밝지는 않았다. 부모님과 이모님이 돌아가신 이후 미진은 머리에 늘 죽음이라는 두 단어를 끼고 살고 있었다. 오늘 저녁 경찬의 부모님을 만난 후 머리 한구석에 자리 잡은 상념들이 다시 깨어나 미진의 머릿속에서 스멀스멀 기어 다녔다.

‘내가 얼마나 더 오래 살 수가 있을까? 아이가 태어났는데 내가 죽으면 어떡해?’

그다음 주 일요일 저녁
중식당 황제

MIT 캠퍼스 부근에 있는 중국집 ‘황제’의 주차장으로 검정 세단 한 대가 들어섰다. 차종은 Global Auto지로부터 ‘올해의 자동차’로 선정된 현대자동차 Genesis였다. 차 문을 열고 내리는 사람은 다름 아닌 경찬과 미진이었는데 그들은 나이아가라폭포 구경을 갔다가 막 돌아오는 참이었다.

방 안에 들어선 경찬이 의자를 빼서 미진에게 권하며

“힘들지? MJ.”

미진이 경찬의 얼굴을 두 손으로 쓰다듬으며

“나는 괜찮아요. 운전한 사람이 더 힘들겠어요.”

경찬이 어깨를 으쓱하며

“노 프라블럼. 메이셔.“

그들이 식당의 창가 테이블에 자리를 잡고 앉자 금발에 황금빛 용이 새겨진 유니폼을 입은 여자 웨이터가 메뉴를 건넸다.

“무엇을 드시겠습니까?”

이 집을 즐겨 찾는 경찬이 메뉴를 쳐다보지도 않고

“해삼 송이버섯 한 접시하고 짬뽕 두 그릇.”

해삼 송이는 미진이 가장 좋아하는 이 집의 대표메뉴였다. 잠시 후 주문한 요리가 나오자 두 사람은 젓가락질을 시작했다.

음식을 한 입 맛본 경찬이 해삼과 송이를 집어서 미진의 접시에 덜어주며

“이 집 음식은 언제 먹어도 맛있어.”

경찬의 말에 동의한다는 듯 미진이 고개를 끄덕였다. 식사가 거의 끝날 무렵 경찬의 핸드폰이 울렸다.

“모르는 번호인데.”

잠시 망설이던 경찬이 핸드폰을 집어 들었다.

“헬로우? 송경찬입니다.”

“헬로우. 송박사. 나는 톰슨 박사라 하오.”

낯선 목소리였다.

“네? 톰슨 박사님?”

“송박사. 먼저 박사 학위를 받은 거 축하하오. 잠깐 통화를 해도 괜찮겠소?”

자기를 톰슨이라고 소개한 그 남자는 통화를 이어가고 싶은 눈치였다.

낯선 사람과 통화하는 게 내키지 않았던 경찬이 전화를 끊을 구실을 찾으며

"지금 식사 중인데 누구신지? 저한테 전화하신 거 맞습니까?"

"허허허. 맞소. 송박사. 나도 MIT에서 박사 학위를 받았소. 오래전의 얘기지만."

"아. 그렇습니까? 무슨 일로……?"

MIT 동문이라는 말에 경찬의 말투가 한결 부드러워졌다.

"식사 중이라고 하니까 용건만 짧게 말하겠소. 나는 현재 한 조선소의 R&D센터의 책임자로 근무하고 있소. 혹시 NNS라고 들어 보았소?"

경찬은 속으로 깜짝 놀라며

'응? NNS? 전에 성중령님과 출장 갔던 곳 아냐?'

그렇다. 톰슨 박사가 근무한다는 NNS(Newport News Shipbuild-ing)는 미국 버지니아주에 위치한 역대급 조선소이다. 그곳은 미국 최대의 조선소로서 엔터프라이즈급이나 니미츠급 같은 전설적인 항공모함 외 버지니아급 공격 핵잠수함을 만든 곳이다.

경찬이 앞에 있는 찻잔을 들어 입을 헹구며

"저처럼 소나시스템에 관심이 많은 사람이 NNS를 모를 리가 있겠습니까?"

"한번 만나고 싶소, 송박사. 내일 점심 어떻소?"

"점심을요?"

경찬이 톰슨 박사의 돌발 제안을 받아들이면서 두 사람의 통화는 끝났다.

젓가락질을 멈추고 두 사람의 통화를 지켜보던 미진이

"안 좋은 전화예요?"

"노놋. 그런 거는 아닌데 잘 모르는 사람이야. MIT 선배라면서 이 부근에서 낼 점심 하자고 하네."

"그래요? MIT 선배분이라면 뭐 나쁜 일은 아니겠네요. 미국에는 재밌는 사람이 많잖아요?"

다음 날

레스토랑 자갈치

샌프란시스코에 본사를 둔 한국식 퓨전 레스토랑 〈자갈치〉는 요즘 미국에서 가장 핫한 레스토랑 중 한 곳이다. 이곳의 해산물 요리는 맛도 좋고 건강식으로 소문이 나 미국인들이 즐겨 찾는다.

구석진 테이블에 앉은 남자 두 사람이 두런두런 대화를 나누고 있었다.

"송박사. 장차 무슨 일을 할 생각이오?"

백발에 강렬한 눈매를 지닌 톰슨 박사가 경찬을 쳐다보았다.

"네. 한국으로 돌아가 해양선박에 장착할 소나시스템을 연구개발할 생각입니다."

톰슨 박사가 경찬을 쏘아보며

"해양선박이라면 잠수함하고도 연관이 있소?"

잠시 망설이던 경찬이 고개를 끄덕이며

"그렇습니다."

경찬을 물끄러미 바라보던 톰슨 박사가 상체를 앞으로 숙이며

"송박사. 나하고 같이 일해볼 생각은 없소?"

전혀 예상치 못했던 제안이었다. 경찬이 양팔을 벌리며

"넷? 같이 일하자고 하셨습니까?"

경찬의 반응을 예상하고 있었다는 듯 톰슨 박사는 쿨하게

"그렇소."

상대방의 의중이 궁금해진 두 사람은 한동안 말없이 상대방을 멀뚱멀뚱 쳐다만 보았다.

톰슨 박사가 침묵을 깨뜨리며

"같이 일해보자고 하는 이유가 궁금하지 않소? 송박사."

"……."

경찬이 대답 대신에 어깨를 으쓱해 보였다.

"나는 송박사의 논문에 굉장한 관심을 가지고 있는 사람이요."

"어떤 논문을 말씀하시는지요?"

저명 학술지에 여러 편의 연구논문을 발표했던 경찬은 톰슨 박사가 어느 논문을 말하는지 궁금했다.

"소나시스템에 관한 것이요. 송박사가 발표한 소음 방지에 관한 논문은 수작이요. 아마 수십 번은 읽어본 거 같소."

톰슨 박사가 언급한 논문은 '수중 선박(잠수함)의 소음 방지와 소나시스템에 대한 소고'라는 논문인데, 기본 구상은 대부분 경찬이 군 복무를 하면서 얻은 것들이었다.

경찬이 쑥스러운 표정을 지으며

"과찬이십니다."

톰슨 박사가 엄지를 치켜세우며

"노놋. 빈말이 아니라 그 논문은 '대단함' 그 자체요. 잠수함의 소나 운용체계를 뒤흔들 수 있는 일종의…… 사건이요."

이 논문에서 경찬은

〈잠수함에서 나는 소음의 파동과 정반대의 파동을 만들어 두 개의 파동을 서로 충돌시키면 두 파동이 소멸되면서 소음을 잡을 수

있다.〉

고 주장했다. 그 외

〈나노기술을 사용해서 만든 필름으로 잠수함 몸체를 감싸면 물이 몸체에 부딪히면서 발생하는 소음을 획기적으로 줄일 수 있다.〉

고 주장했다. 경찬은 그런 주장의 근거로서 모형 잠수함을 대상으로 실시한 방대한 실험데이터를 제시했었다. 경찬은 논문의 말미에

〈다만 그 이론이 실물 잠수함에서도 통할지는 미지수〉

라는 설명을 붙였다. 그 후 경찬의 논문은 저명한 학술지에 의해 '올해의 논문상'으로 선정되었고 그 논문은 학계와 국방을 포함한 여러 분야의 스포트라이트를 받은 바 있다.

잠깐 뜸을 들이던 톰슨 박사가 말을 이어 나갔다.

"나만 그런 게 아니고 내 주변에 잠수함쟁이들 중 이 논문에 꽂힌 사람들이 엄청 많소."

아무런 대꾸 없이 눈을 껌뻑이며 앉아 있는 경찬을 바라보던 톰슨 박사가 씩 웃으며

"그런 사실을 잘 모르고 있었죠? 송박사."

"아, 네. 그런 소문을 얼핏 듣기는 했었는데, 그냥 그런가 싶었습니다."

경찬은 두 손을 비비면서

"그래도 이론적으로 그렇다는 얘기지, 현실에서도 통할지는 확신이 없습니다."

톰슨 박사가 품속에서 종이 뭉치를 꺼내며

"아 그것은…… 송박사의 논문을 바탕으로 우리 연구소에서도 실제 잠수함을 대상으로 여러 번 실험을 해보았는데 송박사의 이론

이 맞았소. 이게 바로 실험데이터요.”

기호와 숫자가 빽빽이 적힌 그 종이를 한참 쳐다보던 경찬이 고개를 들며

“저의 이론이 실물 잠수함에서도 통한다는 사실이 잘 믿기지 않습니다.”

톰슨 박사가 정색을 하며

“앞으로 그 논문을 바탕으로 소나시스템 시제품도 만들어 볼 생각이오.”

경찬이 눈을 크게 뜨며

“시제품을요?”

“이름도 붙여 줄 생각이요.”

그는 손가락 두 개를 구부려 따옴표 모양을 만들며

“하나는 ‘투명 망토’, 다른 하나는 ‘소리먹는 도깨비’로 부를 작정이요. 왜 그런 이름인지 궁금하지 않소? 송박사.”

“네네. 짐작은 가는데…… 정확한 이유가 궁금합니다.”

톰슨 박사는 자기가 입고 있는 옷을 끌어당겨 몸을 감싸는 시늉을 하며

“송박사가 창안한 나노필름으로 잠수함의 선체를 이렇게 감싸면 잡음이나 소음이 제거되니 그것이 바로 ‘투명 망토’지 뭐겠소?”

경찬의 논문에 의하면

〈물리학을 활용해서 나노섬유 필름에 소리가 지나가는 통로를 새겼다. 이 필름에 부딪히거나 혹은 필름을 통과하는 모든 소리는 이 통로를 지나면서 무력화되어 소멸된다.〉

경찬이 아직도 옷을 끌어당기고 있는 톰슨 박사를 쳐다보며

“‘투명 망토’라. 정말 어울리는 이름 같습니다.”

경찬의 말을 듣는 둥 마는 둥 톰슨 박사가 양손을 들어 서로 반대 방향으로 돌리며

"마저 설명을 할게요, 송박사. 또 다른 시제품은 왜 '소리먹는 도깨비'인지."

경찬의 논문에

〈잠수함에서 발생하는 소음의 대부분은 꼬리에 달린 추진기(스크류)에서 난다. 잠수함이 움직일 때 스크류는 회전하면서 물방울을 만드는데 이때 큰 소음이 발생한다. 이때 '스크류에서 나는 소음의 반대 파동을 만들어서 충돌시키면 두 파동이 상쇄된다.〉

이때 반대 파동을 생성하는 그런 플라스틱 박스를 장착하면 스크류의 소음이 거의 소멸된다는 것이다. 경찬은 그 논문에서

〈이 플라스틱 박스를 스크류에서 약 1미터 떨어진 잠수함 후미에 설치하면 스크류에서 나는 소음이 거의 사라질 수 있다.〉

라고 주장하며 방대한 실험데이터를 제시했다.

사실 각국의 군사 전문가들은 잠수함 스크류에서 발생하는 이 소음을 줄이기 위해 오랜 세월을 두고 각고의 노력을 기울였지만 허사였다.

"스크류 소음을 잡는 것은 불가능합니다."

예컨대 스크류 날개를 3개에서 5개, 심지어 7개까지 늘려도 보고 또 컴퓨터 그래픽을 활용해서 날개의 각도를 조절해보기도 했지만 별무신통이었다. 그러나 경찬은 소형 노트북 크기의 납작한 플라스틱 박스를 가지고 스크류 소음 문제를 간단히 해결해버린 셈이었다. 기존의 사고방식을 깨는 입체적인 사고를 가진 경찬 같은 창의적인 과학자만 생각해낼 수 있는 일이었다.

톰슨 박사가 정색을 하며

"송박사. 도깨비 같은 그런 아이디어는 어디서 얻었소?"

경찬이 주저 없이

"아파치 헬기에서 얻었습니다."

아파치 헬기가 기습공격에 성공하는 주 이유는 프로펠러 소음이 작기 때문이다. 시끄럽게 돌아가는 프로펠러 때문에 일반 헬리콥터는 위치가 쉽게 노출되지만 아파치 헬기는 가까이 접근해도 적들이 잘 듣지 못한다. 그 비밀은 프로펠러 소음을 줄이는 아파치 헬기의 구조 덕분이다.

"어메이징. 당신은 천재요. 작은 나라 한국에서 당신 같은 천재가 태어나다니!"

"과찬이십니다. 군사 전문지를 열심히 읽다 보니 어쩌다가……."

"애니웨이. 이 두 가지 모두 잘 활용해서 명실상부 최강의 잠수함을 하나 만들어 보고 싶은 생각은 없소?"

이거야말로 경찬이 원하던 일 아니던가?

경찬이 다소 들뜬 목소리로

"왜 없겠습니까? 그런 잠수함을 만들 수만 있다면야……."

피로한 기색을 보이며 가쁜 숨을 몰아쉬던 톰슨 박사가 허공을 바라보며

"R&D센터장도 오랫동안 할 만큼 했소. 이제 나이도 들었고 건강도 시원찮고……."

서너 차례 기침을 한 톰슨 박사가 몸을 심하게 떨며

"소음이 없는 그런 잠수함, 즉 천하무적의 잠수함을 만들어 보는 것이 내 꿈이었소."

"네에……."

"그래서 당신을 찾아온 것이요. 송박사. 우리 R&D센터로 모시

고 싶소.”

“네에.”

경찬은 그제야 톰슨 박사가 자기를 만나자고 한 정확한 이유를 알 것 같았다.

“실은 연구소장으로 부임한 이래, 우리도 그 비슷한 과제를 놓고 연구를 거듭해 왔소.”

잠시 말을 멈춘 톰슨 박사는 긴 한숨을 내쉬었다.

“유감스럽게도…… 좋은 성과를 내지 못했소.”

“아니 왜요? 박사님 연구소에도 인재들이 넘쳐나지 않는가요?”

톰슨 박사가 가볍게 코웃음을 치면서

“우리 NNS에도 인재들이야 많지요. 많고말고. 그러나 대부분 스포트라이트를 받는 부서에서 일들을 하려고 하지요. 즉 팬시한 분야들 말이요.”

경찬은 처음 듣는 얘기였다.

“팬시한 부서라면?”

“그니까. 순항미사일이나 속도 같은 분야지요. 왜? 언론에서도 그런 분야에 관심이 많잖소?”

“아. 네에.”

입을 쩝쩝거리던 톰슨 박사가 말을 이어 나갔다.

“그런데 송박사. 잠수함은 결국 기습을 하기 위한 무기 아니겠소? 속도나 무기도 중요하지만 그보다 더 중요한 것은 은밀하게 움직이는 것 아니겠소? 결국 소음을 줄이는 것이야말로……”

‘국과연 성중령도 똑같은 말을 하지 않았던가?’

경찬이 고개를 끄덕이며

“전적으로 동의합니다.”

톰슨 박사는 다시 한번 경찬을 밀어붙였다.

"그래서 하는 말인데, 나와 같이 최강의 소나시스템을 만들어 봅시다."

경찬이 자신 없는 말투로

"저를 과대평가하시는 것 아닙니까?"

톰슨 박사가 팔을 뻗어 경찬의 손을 꼭 잡으며

"노노. 송박사라면 할 수 있소."

"네네……."

톰슨 박사가 힘겹게 숨을 내쉬며

"내가 살아야 얼마나 더 살 수 있겠소?"

달리 다른 말이 떠오르지 않은 경찬이

"무슨 말씀을…… 아직도 건강해 보이십니다."

톰슨 박사는 오른손으로 자신의 왼쪽 가슴을 툭툭 치며

"송박사. 나는 현재 인공 심장 덕분에 살아가고 있소."

그는 연이어

"지금 이 나이에 무슨 명예욕이나 야심이 있겠소? 송박사의 기술을 빼앗아서 내 것으로 만들 생각은 전혀 없소. 다만, 완전무결한 소나시스템을 장착한 최강 잠수함이 출현하기를 바랄 뿐이오."

잠시 침묵이 흐른 뒤 톰슨 박사가 전화번호가 적힌 메모지를 경찬에게 건네며

"결심이 서면 연락주시오."

톰슨 박사가 떠난 후에도 경찬은 같은 자리에 앉아서 깊은 상념에 잠겼다.

고개를 숙인 경찬이 톰슨 박사의 제안을 떠올리며 혼잣말로

"NNS에서 일해보는 것도 괜찮은 아이디어 같기는 한데…… 국

과연에서도 내가 오기만을 기다리고 있을 텐데."

며칠 전 통화에서 성중령이 해준 말이 귓가에 맴돌았다.

"송경찬씨. 이제 몸만 오면 됩니다. 조만간 공식발표가 있을 겁니다."

그는 내심

'우선 성중령님하고 상의를 해야겠어. NNS에서 경험을 쌓은 다음에 국과연에 합류하는 것도 괜찮은 거 같아."

이런저런 생각에 빠진 경찬은 멍하니 창밖을 내다보고 있었다.

"경찬아. 혼자 앉아서 뭐 하냐?"

누군가가 경찬의 어깨를 툭 쳤다. 그는 경찬보다 한 살 많은 MIT 선배 김연준이었는데 두 사람은 같은 기숙사동에서 호형호제하며 지낸 사이였다. 김연준은 몇 년 전 MBA코스를 마치고 곧바로 월가의 일류 금융회사인 뱅가드에 스카우트된 투자전문가였다.

"아. 김선배. 여긴 웬일이세요?"

김연준이 엄지손가락으로 등 뒤를 가리키며

"마침 여동생이 한국에서 와 가지고. 얘 수발하느라 너 졸업식에 못 갔잖니? 미안하다."

경찬이 고개를 빼서 연준의 등 뒤를 바라보며

"어, MK?"

"안녕하세요? 경찬 오빠. 박사 학위 축하해요."

연준의 등 뒤에서 선글라스를 머리에 걸친 늘씬한 미인이 환한 미소를 지었다. 바로 김연준의 여동생인 김미경이었다. 몇 년 전 김연준의 소개로 두 사람은 MIT 캠퍼스에서 만난 적이 있었는데 시원시원한 성격을 가진 미경은 대뜸 경찬을 오빠라 부르며 격의 없이 대했다.

"생큐, MK."

김연준이 끼어들며

"얘는 내년에 학교 졸업하면 미국에서 대학원 다니겠대. 지원할 학교 알아보러 몸소 납시었어."

김미경은 E여대에서 경영학을 전공했다. 서구적인 마스크에 멋진 체격을 가진 그녀를 따라다니는 남자들이 줄을 섰다. 그녀가 태권도 유단자라는 사실을 모르고 스킨쉽을 시도했다가 제압당한 남자들도 부지기수였다. 주위에서 방송이나 연예계 쪽으로 나가보라는 사람들도 많았지만, 정작 본인의 관심은 딴 곳에 있었다.

그녀의 바람은

"오빠처럼 투자전문가가 되는 게 꿈이에요."

대학 다닐 때 그녀는 친구들과 재미 삼아 어느 증권사에서 주최하는 모의 투자대회에 참여한 적이 있었다. 비록 입상에는 실패했지만 그녀는 생물처럼 움직이는 주식이나 파생상품에 큰 흥미를 느꼈다. 그날 이후 그녀는 주식투자전문가가 되기로 결심을 했다.

'난 주가를 예측하는 감이 좋아. 그 이유가 뭘까?'

자신은 잘 모르고 있었지만 사실 그녀는 타고난 주식 트레이더였다. 기업실적, 거시경제, 유가 동향 등 여러 가지 변수를 체계적으로 분석하는 리서치 애널리스트와는 달리 트레이더는 여러 가지 정보를 온몸으로 받아들인다. 오감을 통해 몸속으로 들어온 정보들은 체내에서 용해되고 핏속을 통해 머리로 전달된다. 트레이더는 체계적인 분석 대신 감각적으로 순식간에 판단한다.

〈사자. 팔자. 기다리자.〉

남보다 한걸음 빨리 움직이는 주식 딜러들은 대개 돈을 잘 번다. 그러나 큰 변화를 제대로 잡아내지 못해 지금까지 번 돈을 곧잘 날리기도 한다. 이런 한계를 극복하기 위해서는 체계적인 공부를 해야 한다. 그런 미경에게 연준의 뼈아픈 말 한마디가 제대로 먹혔다.

"일류가 되려면, 공부가 더 필요하지."

오빠 연준의 충고에 따라서 그녀는 미국 유학을 결심하게 되었던 것이다.

경찬이 엄지를 치켜세우며

"대단해요. MK."

김연준이 나서며

"대단하기는? 얘가 잘 따라갈 수 있을는지 걱정들이 많으셔. 참 경찬아. 한국에서 부모님이 오셨다더니."

"며칠 전에 돌아가셨어요. 가시는 길에 록키산맥 들렀다 가신다면서."

"에이 참. 인사도 못 드렸네."

"괜찮아요. 형이 안부 여쭙는다고 전해드릴게요."

"오케이. 우리 갈란다. 담에 또 보자. 경찬아."

뭔가 바쁜 일정이 있는 듯 연준은 총총걸음으로 문밖을 나섰다. 경찬과 헤어지기가 아쉬운 듯 느릿느릿 오빠 뒤를 따라가던 미경은 고개를 돌려 경찬을 향해 윙크를 보냈다.

며칠 후, 경찬이 톰슨 박사에게 전화를 걸었다.

"안녕하세요. 송경찬입니다."

"오. 송박사. 전화를 기다리고 있었소."

잠시 침묵이 흐른 뒤 경찬이 입을 열었다.

"같이 일해보고 싶습니다. 톰슨 박사님."

"Welcome on board. 승선을 축하합니다. 우리 잘 해봅시다."

전화기를 타고 들려오는 노신사의 목소리는 전에 없이 밝아 보였다.

2023년 여름
뉴포트 뉴스 조선소(NNS : Newport News Shipbuilding)
미국 동부

미국의 동부 해안에 위치한 로드아일랜드주는 뉴욕에서 멀지 않다. 작은 주이지만 교육과 국방의 중심지로서 큰 역할을 하는 것 외에 역내에 명문대학들이 많아 이곳 주민들의 자부심은 대단하다.

"우리 주에는 명문 브라운대학이 있고 동쪽의 칼리지힐에는 RISD(로드아일랜드 디자인스쿨)가 있다오."

RISD는 바로 전미진이 다녔던 세계적인 디자인스쿨이다. 또 인근 제임스강은 동부의 블루리지 산에서 시작해, 버지니아주의 리치먼드를 지나 대서양으로 흘러간다. 이 강을 따라서 뉴포트 뉴스, 노퍽, 체서피크와 같은 여러 항만도시가 생겼고 또 거대한 조선소들도 설립되었다. 경찬이 근무하고 있는 NNS(뉴포트 뉴스 조선소)는 미국에서 가장 큰 민영 조선소로서 이곳에서 미국 최초의 핵잠수함도 건조되었다. 조선소 영내에는 약 70만 평에 달하는 드라이 도크가 있는데 이곳은 늘 건조 중인 항공모함과 핵잠수함으로 가득 차 있다. 경찬이 자기 연구실의 창가에서 멀리 제임스강을 내려다보면서 중얼거렸다.

"시간이 정말 빠르게 지나가는군. 벌써 3년이 돼가네."

연구소 책임자인 톰슨 박사의 배려 덕에 경찬은 별도의 연구실을 가질 수 있었는데, 그는 늘 경찬에게 당부하길

"송박사. 딴 거 신경 쓰지 말고 연구개발에만 몰두하시오."

잠수함에 탑재시킬 완벽한 소나시스템을 개발한다는 것은 말처럼 쉬운 일이 아니었다. 대학원 실험실에서 모형을 가지고 하던 작업하고는 차원이 달랐고 이론만 가지고 해결되는 일도 아니었다. 그럼에도 불구하고 경찬의 연구개발 실적은 하루가 다르게 진척을 보였다. 경찬의 이론적 배경이 워낙 튼튼하기도 했지만, 그 외 NNS가 지원하는 풍족한 자금과 고가의 실험장비들도 큰 몫을 했다고 봐야 한다. 경찬은 가격표를 보고 놀란 적이 한두 번이 아니었다.

'대학교 실험실에 있는 장비나 실험 기재하고 비교하면 천지 차이가 나는걸.'

수십억원은 기본이고 대당 수백억원이 나가는 장비들이 사방에 널려 있었다. 그 외 톰슨 박사의 격려와 조언도 든든한 지원군 역할을 하였다. 경찬이 이곳에 오기 전 톰슨 박사가 경찬에게 주문한 것은 단 한 가지였다.

"매주 금요일 오후에 만나서 그 주의 연구 성과에 대해 토론해 봅시다."

실무 경험이 풍부한 톰슨 박사의 조언은 경찬의 연구에 큰 힘이 되었고 또 여러 가지 의문을 해소하는 데 큰 도움이 되었다. 가끔 커피를 마시며 한담을 나눌 때 톰슨 박사는 경찬에게 잠수함에 얽힌 여러 에피소드를 들려주곤 했다.

어느 날 톰슨 박사는 빛바랜 사진 한 장을 내밀며

"송박사. 애초에 왜 내가 잠수함에 관심을 가지게 되었는지 궁금하지 않소?"

"네. 저도 궁금했습니다만……"

톰슨 박사가 씩 웃으며

"조지 부시 때문이요."

"넷? 대통령 부시 말입니까?"

"그렇소. 아들이 아니고 아버지 부시."

"아 네. 아버지 부시 대통령 말씀이시군요."

톰슨 박사가 손가락으로 사진을 툭툭 건드리며

"아버지 부시는 제2차 세계대전 당시 태평양 전쟁에 참전했던 조종사요. 어벤져 폭격기를 몰고 일본 본토를 폭격하던 부시 중위는 피격을 당해 기체와 함께 바다로 추락했소. 약 3시간 넘게 바다에서 표류했다고 하오."

"3시간씩이나…… 그래서 어떻게 되었나요?"

"부시가 죽을 운명이 아니었나 봐. 인근 해역에서 작전 중이던 미군 잠수함이 바다에 떠다니던 부시를 발견하고는 구출해냈소. 내 가까운 친척 중 한 명, 바로 이 사람이 그 잠수함에 타고 있던 승조원이었소."

톰슨 박사가 손가락으로 빛바랜 사진 속에서 바다를 배경으로 잠수함 위에 길게 도열해 있는 군인들 중 한 사람을 가리켰다. 경찬이 씩 웃으며

"아 네. 그러고 보니 톰슨 박사님과 닮았네요."

"아주 가까운 친척이요."

그는 눈을 감은 채

"미국이 태평양 전쟁에서 승리할 수 있었던 것은 원자폭탄만이 아니오. 잠수함과 전투기의 공도 무시할 수 없소. 일본 주력함대가 미국 잠수함과 전투기들의 공격을 받고 괴멸되었으니까."

"네네."

톰슨 박사가 또 다른 사진을 꺼내서

"이 사진을 한번 보시오. 송박사."

"먼 친척인데, 포클랜드 전쟁 참전용사요."

"포클랜드 전쟁이라면? 1980년대 초반, 영국과 아르헨티나가 싸웠던……"

톰슨 박사가 두 주먹을 부딪치며

"그렇소. 이 친구는 그 유명한 '콩커러호'의 승조원이었소. 어뢰 한 방으로 아르헨티나 순양함을 박살 내버린 그 '콩커러' 말이요."

콩커러호는 포클랜드 전쟁에서 큰 공을 세운 영국의 공격용 핵잠수함이다. 전쟁 초기 콩커러호는 하루 종일 아르헨티나의 순양함 '벨그라노호'의 꼬리를 물고 다니다가 포클랜드 인근 해역에서 어뢰 한 방으로 그 배를 격침시켰다. 이 사건 이후 아르헨티나 해군은 바다로 나가지 못하고 항구 언저리만 뱅뱅 맴돌았는데, 훗날 이 한 방으로 전쟁은 사실상 끝났다고 말하는 전문가들이 많았다.

톰슨 박사가 손가락 한 개를 세우며

"단 한 방으로."

"어뢰의 위력이 세긴 세군요. 한 발로 배 한 척을 날려버렸다니."

"대단하다마다. 그냥 배를 두 동강 내버렸다니까."

톰슨 박사는 연이어

"근데 재미난 것은, 이 사건이 나기 전에 아르헨티나 해군이 영국 함대를 먼저 발견하고 어뢰를 발사했다는 기록도 있소."

경찬이 엄지를 밑으로 향하고는

"영국 배도 침몰했습니까?"

톰슨 박사가 두 손으로 가위표를 만들며

"아니 아니. 영국 군함은 멀쩡했소. 어뢰가 불발되었으니까."

"네? 실전에서 어뢰가 불발되는 경우가 자주 있나요?"

어뢰가 불발되다니. 경찬으로서는 처음 듣는 얘기였다.

"종종 있다오. 대부분 정비 불량이 원인일 때가 많지."

"정비 불량이요?"

"군기가 빠지면 별별 일이 생기는 것이 군대지. 웃기는 사건사고가 자주 생긴다고 들었소. 잠수함도 마찬가지요. 잊지 마시오, 송 박사."

이런 얘기들은 다른 곳에서 쉽게 들을 수 없는 것으로서 경찬이 잠수함이라는 무기를 이해하는 데 큰 도움이 되었다.

"네네. 명심하겠습니다."

그 무렵 RISD를 졸업한 미진은 뉴욕의 저명한 패션스쿨 FIT에서 대학원 공부를 하고 있었다. 경찬은 주말이 되면 미진과 함께 이곳저곳을 돌아다녔다. 특히 대서양으로 나가는 관문인 헨리곶은 그들이 자주 찾는 장소의 하나였다.

해산물을 좋아하는 경찬은 늘

"이곳 크랩 맛은 잊을 수가 없을 것 같아."

식사 후 두 사람은 언제나처럼 조금 떨어진 언덕에 자리 잡은 카페 〈폭풍의 언덕〉으로 자리를 옮겼다. 이 카페의 입구에는

〈진한 커피 향, 세찬 바람소리, 그리고 아득히 펼쳐진 바다풍경을 동시에 즐길 수 있는 카페.〉

라는 팻말이 걸려 있다.

어느 비 오는 날 이곳에서 경찬은 프러포즈를 할 생각으로 준비해온 반지를 미진에게 내밀며

"MJ. 우리도 곧 합쳐야 되지 않을까?"

"……."

망설이던 미진이 양손을 들어 경찬의 얼굴을 쓰다듬었다. 말없이 경찬을 쳐다보는 그녀의 눈빛이 무언의 메시지를 보냈다.

'오빠도 알잖아요? 우리 엄마와 이모가 어떻게 돌아가셨는지. 나도 갑자기 그렇게 …… 될까 봐 두려워요.'

미진의 속마음을 모를 리 없는 경찬이었다. 반지를 다시 품속에 집어넣은 경찬이 미진에게 다가가 볼에 입을 맞추었다. 그다음 날 경찬에게 날라 온 미진의 엽서에는 안타까움이 차고 넘쳤다.

어느 시인을 인용해 자기의 마음을 덧칠한 엽서는

"오빠를 사랑하면 할수록 두려움이 더 커져요. 내가 쓰는 글자는 우리가 함께했던 소중한 시간들이 얼마나 빠른 속도로 내 기억을 뒤쫓고 있는지 보여주네요. 이 시간들은 바람 부는 날의 구름처럼 우리 머리 위를 스쳐 지나가고 다시는 돌아오지 않겠지요. 오빠에게 입맞춤하는 순간들이 영원한 이별의 전주곡은 아닌가 늘 두려워요."

코끝이 찡해진 경찬이 곧바로 답신을 보냈다.

"너무 염려하지 마, MJ. 나는 굉장히 운이 좋은 사람이야. 간절히 원하는 것은 다 이루었어. 우리는 끝까지 함께 할 거야."

실제로 경찬은 두 사람의 앞날을 가로막을 것은 없다고 믿고 있었다. 경찬은 어릴 적부터 운이 꽤 좋다는 생각을 하면서 자랐는데, 시간이 흐르면서 이런 생각들은 그의 머릿속에 알알이 돌이 되어 쌓였다.

5
핵잠수함 보유국, 대한민국

2023년 가을
오키 공항
오키제도, 일본

오키 제도는 일본 서부 해안 시마네현에 속해 있는 섬으로 독도까지 거리는 158km이다. 오키 제도에는 길이 2,000m 활주로를 보유한 오키 공항이 있는데, 이 정도 활주로라면 자위대 소속의 신예 스텔스 전투기가 발진하는 데 전혀 문제가 없다. 마치 항공모함의 갑판을 연상케 하는 검은 활주로가 섬의 가장자리에 세로로 죽 뻗어 있다. 이른 새벽부터 여러 명의 군인들이 자욱한 안개 속에서 분주하게 움직이고 있었다. 잠시 후 가벼운 기계음과 함께 4대의 비행기가 격납고에서 나와 활주로에 모습을 드러냈다. 일본이 자랑하는 최신예 스텔스 전투기 F35였다.

동해의 일출이 시작되기 직전 4대의 스텔스 전투기가 '낑' 하는 굉음을 내며 새처럼 하늘로 떠올랐다. 그들은 곧바로 편대를 이루어 서쪽으로 날아갔다.

선두에서 비행하는 가토 편대장이 고개를 돌려 뒤따르는 전투기들을 힐끗 쳐다보며

"날씨가 좋군. 다들 이상 없나?"

"전원 이상 없습니다. 편대장님."

가토 옆에서 비행하던 다나카 부편대장의 목소리가 헤드폰을 타고 흘러들어왔다.

조종석에 설치된 화면을 통해 비행경로를 재차 확인하던 가토가 편대원들에게

"다시 한번 말한다. 오늘 우리의 임무는 간단하다. 독도로 진군하는 우리 자위대 함정을 호위하는 것이다. 단 실사격은 안 된다. 와카리마스카?"

"하잇."

편대원들이 한목소리로 대답했다.

"제군들. 아래를 내려다봐라. 우리 함대가 가는 것이 보이나?"

가토가 가벼운 미소를 지으며 엄지로 아래를 가리켰다. 저 아래 동해에는 수십척의 자위대 해군함정이 서쪽을 향해서 나아가고 있었다. 이들은 독도를 돌면서 기습 시위를 할 작정이었다.

그들의 계획은

"시위 장면을 영상 촬영한 다음 한국 해군이 출동하기 전에 재빨리 퇴각한다."

이번 시위의 발단은 일본 자위대의 일부 강경파가 사주해서 일으킨 소위 짜고 치는 고스톱이었다. 자위대 강경파의 지시를 받은 한 극우단체가 '독도 탈환'이라는 깃발을 단 소형어선을 타고 오키제도를 출발하면서 이 사건의 서막이 올랐던 것이다. 이 모든 장면은 SNS를 통해 실시간으로 전 일본에 중계되었는데 서쪽으로 나

아가던 그 고깃배는 독도 주변에서 대기하고 있던 한국 해군 경비정에 의해 제지를 당했다. 한국 해군은 그 어선을 향해서 돌아가라는 구두 경고와 함께 물대포를 쐈다. 물대포를 무시하고 계속 돌진하던 그 어선은 결국 한국 경비정 실탄 경고사격을 받게 되었다. 이 과정에서 배에 타고 있던 일본인 두 사람이 경상을 입었다. 한국 정부는 이 유혈 사건에 대해 짧지만 단호한 성명을 발표하였다.

"사람이 다쳐서 유감이다. 고의성은 없었다. 그럼에도 불구하고 똑같은 사건이 벌어지면 우리 군의 대응은 변함이 없을 것이다."

일본인이 실탄사격을 당하는 영상을 본 일본인들은 분노했고 일본 내의 여론은 들끓었다.

"한국 해군이 그렇게 무서운가? 함정도 아니고 그깟 경비정 하나도 처리 못하나?"

"자위대가 보유한 비싼 이지스함, 항공모함과 잠수함은 뭐 하고 있나?"

이런 민감한 이슈를 놓칠 리 없었던 양국의 일부 정치세력이 판을 키우면서 사태가 악화되어 버렸다. 잠잠하던 양국의 국민 여론이 들끓기 시작하자 정부 간 설전이 이어졌고 사태는 파국으로 치달았다. 기회를 포착한 자위대의 강경파들은 대규모 해상 시위를 주장하며 수뇌부를 압박했다. 강경파에게 휘둘린 자위대 수뇌부도 마지못해 병력 동원을 승인했다. 그러나 사태를 무력으로 몰고 갈 생각이 없었던 수뇌부는 강경파들에게 타협안을 제시했다.

"정부 측에게 해상 시위 승인을 요청하겠다. 단 무력 사용은 불가하다."

엄청난 부담에도 불구하고 일본 정부가 이번 출정을 막지 않았던 이유는 지지율 하락이었다. 한국 땅이 분명한 독도를 가지고 자기 땅이라고 우겨본들 별 소득이 있겠는가? 그러나 어느 나라를 막론하고 정치인들은 선거에 도움이 될 만한 기회를 놓치지 않는 법. 일본 집권당도 예외가 아니었다. 긴장을 고조시켜 독도가 분쟁지역임을 부각시키고 또 여론을 결집하는 이중의 효과를 노린 것이었다. 국내 여론에 떠밀린 일본 정부가 자위대의 해상 시위 작전을 마지못해 승인하면서 일본의 독도 해상 시위가 시작된 것이었다.

동해 상공을 비행하며 독도로 빠르게 접근하던 F35스텔스 편대가 속도를 줄였다.

조종석에 설치된 스크린을 쳐다보던 가토가 손가락으로 전방을 가리키며

"전 편대원은 들어라. 여기서부터 한국 영공이다. 우리는 이 부근을 선회하면서 대기한다."

가토가 탄 전투기가 기수를 남으로 돌리자 다른 비행기들도 방향을 틀었다.

같은 시간

기함인 이지스함에 타고 있던 야마모토 함장은 함장실 전면에 설치된 대형 스크린을 뚫어지게 바라보고 있었다. 그는 가끔 고개를 돌려서 부하 장교에게 똑같은 질문을 되풀이했다.

"한국 해군의 동향은?"

"전혀 없습니다."

"음. 그런데 파도가 왜 이렇게 거세지? 파고가 5m는 되겠는데?"

이지스함의 선수를 때리는 파도가 갈수록 거칠고 험해졌다.

함장이 인상을 쓰며

"웬 안개까지 이렇게 심하지?"

독도 인근 해역은 짙은 안개가 자주 끼는 곳이다.

곁에 서 있던 운항장교가

"위성정보에 의하면 짙은 안개가 독도까지 수 km나 깔려 있다고 합니다. 함장님."

창밖을 힐끗 쳐다본 함장이 입맛을 다시며

"그것참. 쩝쩝."

운항장교가 함장을 쳐다보며 다급한 목소리로

"현재 돌풍까지 몰아친다고 합니다. 함장님. 이 속도로 계속 운항할까요?"

망원경을 들고 전방을 관측하던 함장이 한숨을 내쉬며

"거의 다 왔는데…… 안개가 끼어 있다면 접근하기가 어렵겠군. 접근해본들 영상 촬영이 제대로 되겠나?"

함장이 작전장교에게 손짓을 하며

"공군에게 계획보다 더 오래 대기해 달라고 요청하도록."

"하잇."

30분 후

독도 부근의 기상 상태를 체크하며 시위 개시 시간을 가늠하고 있던 함장에게 정보장교가 다급한 목소리로

"방금 한국 동해안에서 한국 해군함정이 독도를 향해 발진했다고 합니다."

함장이 야릇한 미소를 지으며

"고랫? 굼벵이 같은 놈들…… 누가 기다려 준댓?"

그는 연이어

"그나저나 한국 애들. 어느 정도 전력이야?"

"이지스함 두 척, 구축함 두 척, 순양함 두 척, 총 6척입니다."

"6척이라…… 그나저나 기상이 문제로군?"

한국 해군은 별 관심도 없는 듯 함장은 계속해서 하늘만 쳐다보았다.

"안개가 문제구만, 안개가. 작전을 중지해야 하나?"

함장의 바람과 달리 안개는 시시각각 더 짙어져 이제 옆 사람 얼굴도 잘 보이지 않았다.

표정이 심하게 일그러진 함장이 위성전화기를 들며

"해군성을 연결해."

해군성의 고위급 인사와 통화를 마친 함장이 전화기를 힘없이 내려놓으며 옆에 서 있는 부하장교에게

"뱃머리를 돌려라. 철수한다."

뱃전에 부서지는 파도를 멍한 눈으로 쳐다보던 함장이 두 주먹을 불끈 쥐며

"독도는 우리 땅이다. 우리는 다시 돌아온다."

그러나 그는 두번 다시 독도 부근으로 돌아오지 못했다. 왜냐하면 이번 사건의 배후가 자위대의 강경파였다는 것이 밝혀지면서 일본 정계에서 자성론이 일었고, 자연스레 강경파들의 입지가 줄어들었기 때문이다. 그 후 한일관계는 빠르게 정상화되었고, 독도에 대해 망언을 하는 정치인도 나오지 않게 되었다.

같은 날 오후
서울

국방부 장관이 모처에 설치된 지하 벙커로 들어섰다. 그가 장관 자리에 오른 지 채 1개월도 되지 않았는데 그사이 수많은 사건이 터졌다. 인도양 해적단의 한국 상선 피습사건, 유조선과 군함의 충돌사고, 전투기 추락사건 등 하루가 멀다 하고 굵직한 사건사고가 터졌다. 그러나 이번 독도 해상도발은 이전의 사건과 비교가 안 될 만큼 엄중한 사태였다. 국가 주권이 걸려 있기 때문이다.

벙커에 들어선 장관이 보좌관을 향해

"해군 지휘부는?"

"영상통화 대기 중입니다."

잠시 후 벙커 안에 설치된 대형 화면에 군복을 입은 해군장성들의 모습이 보였다.

국방부 장관이 화면을 바라보며 질책하듯이

"아니 우리 해군은 왜 그 모양이요? 일본 애들이 독도에서 북 치고 장구 치고 별짓을 다 해도 걍 보고만 있을 거요? 날씨가 나빴기에 망정이지."

"……."

아무런 대꾸가 없자, 장관이 화면 속의 한 사람을 쏘아보며

"해군 총장은 이 사태에 대해 어떻게 생각하오?"

해군 총장이 기다렸다는 듯

"전임 장관님께도 수차례 보고한 바가 있습니다. 현재 우리 해군의 전력으로서는 일본의 도발을 차단할 방법이 없습니다."

사실 해군은 국방부에 전력 보강이 시급하다는 의견을 수차례

올린 바 있다. 그때마다 검토하겠다는 답만 받았을 뿐 아무런 조처가 없었는데, 그런 사실을 알 턱이 없는 신임 장관이 두 팔을 벌리고 어깨를 으쓱했다.

"막을 방법이 없다니요? 무슨 말씀이요?"

사실 육군 출신인 장관은 해군에 대해서는 깊게 알지 못하고 있었다.

해군 총장이 답답하다는 표정을 지으며

"그러니까, 공해상에 대기하던 일본 선단이 무력 시위를 끝내고 가는 데에는 대략 한 시간 정도면 충분합니다."

"한 시간이라…… 그래서요?"

총장이 손가락 두 개를 펴 보이며

"반면에 우리 함대가 동해안 기지를 출발하여 독도에 도달하는 데까지는 약 두 시간이 걸립니다."

그는 연이어

"우리 함대가 독도에 도착했을 때 개들은 볼일 다 보고 사라진다. 뭐 이런 식입니다."

"흠흠……."

장관이 쩝 소리를 내며 입맛을 다셨다. 해군 총장이 입을 열며

"전력 보강이 시급하다는 건의를 수차례 올린 바 있습니다."

장관이 총장의 말을 자르며

"그래요? 어느 정도의 전력 보강이 필요합니까? 군함 숫자를 지금의 2배로 늘리면 되겠소?"

"숫자를 늘리는 것보다 질을 높이는 것이 더 시급한 과제입니다."

"질을 높인다는 게 구체적으로 뭔 말이요?"

숨을 크게 들이마신 총장이 장관을 똑바로 쳐다보며

"우리도 핵잠수함을 보유해야 합니다. 핵잠 없이는 아무것도 할 수 없는 세상이 되었습니다."

"핵잠수함이라구요? 우리가 보유하고 있는 디젤잠수함 가지고는 어렵다는 말이요? 듣자 하니 우리 디젤이 세계 최강이라던데?"

"디젤잠수함 가지고는 어렵습니다. 핵잠이라면 가능합니다."

총장의 설명이 한동안 이어졌다.

"핵잠수함이라……."

총장의 말에 수긍한다는 듯 장관이 눈을 감고 고개를 끄덕였다.

기회를 놓치지 않겠다는 듯 총장은

"인도양이나 말라카 해협을 통과하는 우리 해상무역로를 지켜내는 것도, 디젤잠수함으로는 어렵고…… 핵잠 외는 마땅한 대안이 없습니다."

잠시 침묵이 흐른 뒤 장관이 자리에서 일어서며

"잘 알아들었소. 해군에서 제대로 된 보고서를 하나 만들어주시오. 왜 핵잠이 필요한지. 상부에 강력하게 건의하겠소."

잠시 후 지하 벙커를 나온 장관을 태운 승용차는 시야에서 사라졌다. 며칠 뒤 장관은 참모총장에게 직접 전화를 걸었다.

"조금만 기다리면 좋은 소식이 갈 거요."

"핵잠수함 말입니까?"

잠시 뜸을 들이던 장관이

"조만간 좋은 소식이 갈 거요."

"넵. 잘 알겠습니다."

총장도 더 이상 묻지 않았다.

사실 한국 정부는 2025년까지 한국형 핵잠수함의 실전 배치를 완료하겠다는 계획을 세워놓고 오래전부터 행동을 취하고 있었다.

핵잠수함을 보유한다는 것이 워낙 민감한 사안이다 보니 수뇌부 몇 사람만 알고 있었다. 신임 국방부 장관도 그 사실을 모르고 있다가 요 며칠 사이에 뒤늦게 알게 되었던 것이다.

2023년 가을 어느 날

"송박사. 잠깐 시간 있소?"

톰슨 박사가 급히 경찬을 찾았다.

그는 곧바로 톰슨의 사무실로 걸어갔다.

"박사님. 무슨 긴한 말씀이라도……?"

한참 뜸을 들이던 톰슨 박사가 힘들게 입을 때며

"내 곧 물러나야 될 것 같소. 내 건강상…… 곧 후임자가 발표될 거요."

"무슨 말씀이세요? 지금도 충분히 건강하신데."

톰슨 박사가 손사래를 치며

"아니요. 내 건강은 내가 제일 잘 아오. 그래서 하는 말인데, 당신은 새 연구소장이 부임하기 전에 이곳을 떠나는 것이 좋겠소."

"???"

"새 연구소장이 오면 문제가 복잡해질 테니까. 당신의 연구 실적을 연구소의 지적자산이라고 주장할 수도 있소. 그러다 보면 지적자산 이슈가 생길 수도 있고……."

"네에?"

경찬은 지적자산 문제까지 생각해 본 적은 없었다.

톰슨 박사가 창밖을 내다보며

"내 후임자로 내정된 사람은 나도 잘 아는 친구인데, 상당히 욕심이 많은 터프가이요. 무슨 일이든 할 수 있는 친구요."

"네네."

"그 친구, '도깨비'와 '투명 망토'의 존재를 알게 되면…… 십중팔구는 빼앗으려 들 거요."

가쁜 숨을 몰아쉰 그는

"문제가 생기기 전에 다 챙겨가지고 한국으로 돌아가시오. 누가 봐도 개발자는 송박사이고 또 개발 프로젝트를 마무리 지을 수 있는 사람도 송박사뿐이요."

현재 시제품 '소리먹는 도깨비'와 '투명 망토'는 시험단계를 지나 여러 실전 훈련에서 그 효용성이 입증된 상태였다. 이제 조금만 더 손을 보면 완전한 무기로 탄생할 단계였다. 톰슨 박사의 생각에 이 기술의 주인은 경찬이었다.

잠시 머뭇거리던 경찬이 입을 열며

"네네. 잘 알아들었습니다."

톰슨 박사와 이별의 시간이 다가온 것이었다.

톰슨 박사는 사뭇 단호한 말투로

"가능하면 빠른 시간 내에 짐을 싸서 떠나는 게 좋겠소."

"넵. 알겠습니다."

방을 나서는 경찬을 불러 세운 톰슨 박사가 한마디 충고를 덧붙였다.

"송박사. 당신이 이루어낸 연구 성과는 앞으로 당신에게 양날의 검이 될 수 있다는 사실을 잊지 마시오."

"양날의 검이라니요?"

경찬이 되물었다.

"명예와 부를 가져다줄 수도 있지만 동시에 당신의 목숨을 앗아

갈 수도 있다는 얘기요."

"네에?"

"파키스탄이나 이란의 저명한 핵물리학자나 미사일 전문가들 상당수가 피살당했소. 운 좋게 살아남은 사람들도 늘 암살 위협에 시달리고 있소."

톰슨 박사가 다가와 경찬의 등을 가볍게 두드려주며

"그러나 늘 조심하면 별일은 없을 거요. 너무 겁먹지 마시오."

"명심하겠습니다."

"잘 가시오."

방을 나서는 경찬의 눈에 눈물이 고였다. 고마움과 작별의 아쉬움이 뒤섞인 뜨거운 눈물이었다.

자기 방에서 짐을 싸던 경찬이 먼 하늘을 올려다보며

"톰슨 박사님. 당신은 나의 스승이자 친구였습니다. 감사했습니다. 건강하십시오."

2023 겨울
뉴코리아조선 R&D센터
남해, 대한민국

뉴코리아조선 R&D센터는 남해 미조항 부근에서 멀지 않은 곳에 있다. 연구원 포함 약 100여 명의 임직원이 근무하고 있는데 이 중 절반이 여성이다. 다른 곳에 비해 여성의 비율이 높은 편인데 대부분 CG(Computer Graphic)나 데이터관리 등 전문 지식을 요구하는 분야에 일하고 있다. 과거 뉴코리아조선이 민간용 선박만 만들 때에는 R&D센터 빌딩이 거제도 부근에 있었다. 그러나 몇 년 전

〈남해 연구소 단면도〉

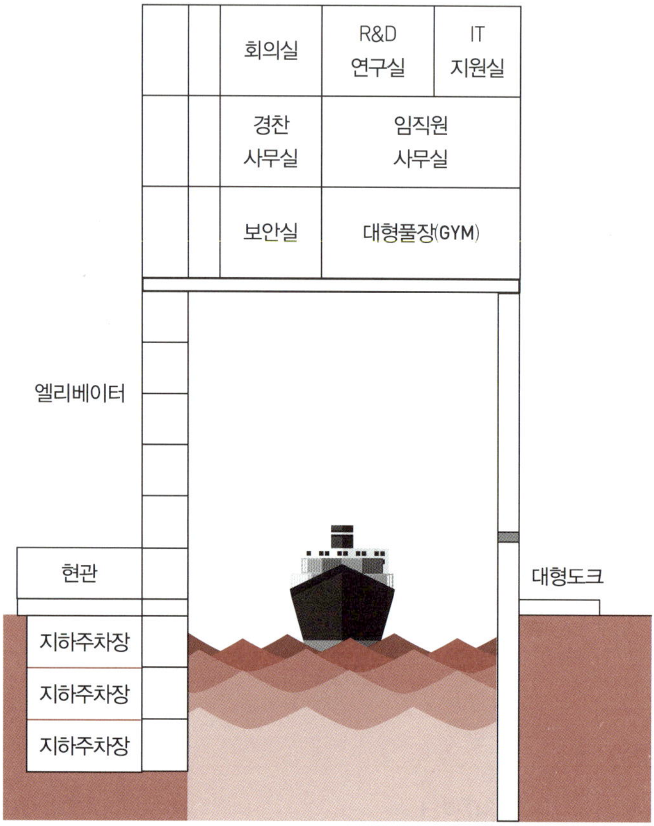

뉴코리아조선이 본격적으로 군사용 잠수함 시장에 뛰어들면서 남해에 최신 설비를 갖춘 별도의 R&D센터를 지었는데 그 이유는 앞으로 조선소의 큰 고객이 될 국방부의 강력한 요구 때문이었다. 국방부가 내세운 이유는 간단했다.

"보안 유지와 기술이 우선이요."

수풀에 둘러싸인 아담한 R&D센터의 존재를 외부인이 알기는 어렵다. 미조항으로 이어지는 한적한 2차선 국도에서 벗어나 아래로 조금 내려가면 해안절벽이 나오는데, 연구소는 절벽을 면한 넓은 공터에 자리 잡고 있다. 센터의 본관에 진입할 수 있는 길은 단 하나, 2차선 국도로 이어지는 소로의 끝에 자리 잡은 정문을 통과하는 길뿐이다. 센터 빌딩은 겉으로 평범한 3층 건물로 보이지만 내부에는 최신 IT 장비들을 갖춘 대규모 실험실과 영사실 등 연구개발에 필요한 각종 시설들이 구비되어 있다. 특히 발밑 지하로는 잠수함이 들락거릴 수 있는 수로가 건설되어 있고 또 수리와 정비를 위한 도크가 가동 중이다. 원래 이곳은 제2차 세계대전 당시 일본군이 미군의 공습을 피해 군함을 숨겼던 큰 해안동굴이었다.

지하 시설을 방문한 사람들은 대부분

"내부가 생각보다 넓은데요."

기존의 해저 동굴을 넓히고 철 구조물을 박아서 만든 이 해저 도크는 웬만한 크기의 핵잠수함이 드나들기에 충분한 사이즈다. 지하 도크와 지상을 연결하는 전용 엘리베이터가 가동 중인데 허가를 받은 자에 한해 탑승이 가능하다. 현재 이곳 R&D센터에서는 한국 핵잠에 탑재할 신형 소나시스템과 운용소프트웨어를 극비리에 개발하고 있다. 현재 한국 해군이 운용하는 모든 잠수함들은 소나장비를 점검받고 시스템 업그레이드를 위해 주기적으로 이곳을 들락거리고 있었다.

잠수함을 신체에 비유해

"이곳은 뇌와 심장을 관장하는 곳이지요."

지상에는 고압 전류가 흐르는 철책선이 건물을 3면에서 에워싸고 있었고 해안동굴이 나 있는 절벽은 매우 가팔라서 새들도 둥지를 틀지 않는 곳이다. 또 건물 곳곳에는 감시용 CCTV가 설치되어 있고 연구소 주변에는 드론 정찰기가 수시로 날고 있다. 또 연구소가 내려다보이는 언덕에는 경계초소가 있는데 그곳에는 무장 경비원이 24시간 상주하고 있다.

연구소 관계자들은 이구동성으로

"사전 허가 없이 출입이 불가능합니다."

그 외, 해안동굴의 입구에서 도크로 이어지는 물길에는 무단으로 침입하는 잠수부나 소형 잠수정을 잡아내기 위한 전자 방어벽이 그물처럼 깔려 있다. 결론적으로 허가를 받지 않은 외부인이 연구소에 침입하는 것은 사실상 불가능에 가깝다. 이미 삼엄한 경비는 요즘 들어 더 강화되었는데 그 이유는 한국형 핵잠수함에 장착될 소나시스템의 최종 테스트가 진행 중이기 때문이었다.

얼마 전 경찬은 세계적인 조선소인 뉴코리아조선의 R&D센터의 소장으로 부임했다. 그동안 경찬과 꾸준히 연락을 해오던 성중령의 역할이 컸다.

몇 달 전 통화에서 성중령은 경찬에게

"한국이 자체 기술로 핵잠수함 건조를 거의 마쳤소."

그는 핵잠수함 건조는 워낙 민감한 지정학적 이슈인 만큼 극비사항인 점을 몇 번씩 강조했다.

그는 연이어

"송박사. 핵잠수함 건조는 시간 문제요. 소형 원자로도, 추진기관도 별문제 없소."

"네네. 예전에도 그렇게 말씀하셨습니다."

경찬은 성중령과 함께 여러 조선소를 방문하던 때를 상기시켰다. 그러나 성중령의 목소리는 밝지 않았다.

"근데. 소나시스템이 여전히……."

"네에."

"모두가 송박사에게 큰 기대를 하고 있소."

경찬이 주저 없이

"제가 합류하는 즉시, 최우선적으로 소나시스템을……."

"오케이. 몸만 오면 되오. 송박사."

"넵. 알겠습니다."

뉴코리아조선으로 자리를 옮기고 채 몇 달 지나지 않아 경찬은 그 어렵다는 소음 제거와 소나시스템 개발을 깔끔하게 마무리 지었다.

경찬이 개발한 소나시스템이 거의 완벽에 가까운 것으로 판정이 나자 성중령은 물론이고 다른 관계자들은 하나같이

"아 정말. 설마 했는데 역시나군요."

사실 이 모든 것은 톰슨 박사 덕분이었다. 경찬이 소나시스템을 처음부터 만드는 대신 미국 NNS조선소에서 거의 개발했던 시스템을 통째로 가져왔기 때문이다. 가장 큰 난제를 해결한 한국의 고위 당국자들은 새로운 이슈를 놓고 고민에 빠졌다. 즉 핵잠수함의 보유 사실을 언제 공표할 것인가?

연구소장으로 부임하고 몇 달 후 경찬은 톰슨 박사의 부음을 들었다. 그날 오후 경찬은 바다가 보이는 언덕에 올라가서 톰슨 박사의 명복을 빌었다.

그 후 경찬은 톰슨 박사가 생각날 때마다 책상 위에 놓인 액자 속의 사진을 들여다보며

"박사님. 모든 것에 감사합니다. 제가 어찌 박사님을 잊을 수 있겠습니까?"

경찬이 한국으로 오고 몇 달 후 미진도 한국으로 나왔다. 세계적인 명문 RISD와 FIT를 우수한 성적으로 졸업한 미진은 수없이 많은 잡 오퍼를 받았다. 그녀는 샤넬, 벤츠, NASA 등 많은 사람들이 선망하는 직장을 외면하고 한국의 한 요트 제조회사를 선택했다. 이유는 단 하나, 경찬과 가까이 있기 위해서였다. 매주 주말 미진은 요트 제조사의 디자인센터가 있는 여수항에서 남해로 건너왔다. 경찬과 함께 등산이나 낚시를 하면서 주말을 보내고 일요일 밤에 여수로 돌아가는 것이 미진의 일상이 되었다.

2025년 초

군사 전문가들에 의하면, 지구상에 실전에서 운용 가능한 잠수함은 약 500여 척이다. 이 중 약 30%는 핵잠수함이고 나머지 70%는 디젤엔진을 장착한 재래식 잠수함으로 추정된다. 연초 한국 국방부는 전 세계가 놀랄 만한 뉴스를 발표했다.

국방부 대변인은

“한국군은 수개월 내로 한국형 핵잠수함을 실전 배치할 것이다.”

대변인의 발표에 따르면 한국 해군은 올해 1척, 수년 내로 총 5척의 핵잠수함을 운용할 계획이라고 밝혔다. 회견 말미에 그는 조만간 림팩(RIMPAC) 훈련, 즉 미국의 주도 하에 2년마다 한 번씩 실시하는 태평양 합동군사훈련에 핵잠수함을 파견할 예정이라고 덧붙였다. 국방부 발표에 대한 각국의 반응은 놀라움과 분노 그 자체였다.

“뭐라구? 소형 원자로를 만드는 기술이 있었나?”

“원자로에 들어갈 우라늄을 어디서 사 올 거야?”

"그 우라늄 가지고 몰래 핵폭탄 만드는 거 아냐? IAEA하고 얘기는 한 거야?"

IAEA 즉 국제원자력기구는 원자력의 평화적 이용을 위한 연구와 핵 비확산 감시를 위해 설립된 국제기구이다. 전 세계적으로 각종 의혹이 일고 언론이 시끄럽자 대한민국 국방부는 후속 발표를 내놓았다.

국방부 대변인의 발표에 의하면

"소형 원자로에 사용될 우라늄은 최우방국으로부터 조달하기로 쌍방이 합의했다. 이와 관련, IAEA와 필요한 협의는 이미 끝마친 상태이다. 특히 우리가 구매할 우라늄은 소형 원자로에 사용되는 저농축 우라늄이며, 일각의 우려와 달리 핵무기 제조와는 전혀 상관이 없음을 알려드린다."

곧이어 해군 본부의 발표에 따르면 한국형 핵잠수함은 진해만에 위치한 제99잠수함전단의 지휘를 받게 된다. 한국 잠수함부대를 총괄하는 제99전단은 총 20척의 디젤잠수함을 운용 중인데, 1척의 원자력 잠수함이 배치되는 올해를 필두로 수년 내 총 5척의 핵잠수함을 운용하게 된다. 잠수함만 놓고 보면 세계 7강의 전력이다. 핵잠에 관한 정보는 1급 국가기밀로서 대통령을 포함 극소수 인원만 공유하다 보니 외부에는 별별 정보가 떠다닌다.

내로라하는 각국 군사 전문가들이 추정하기로

"한국 해군이 5척을 운용한다고 가정하면 이 중 3척은 오대양을 돌아다니며 작전을 수행하고, 한 척은 모항에서 출동대기를 하고 나머지 한 척은 보수를 위해 수리창에 머무는 시나리오가 가장 현실적이다."

"수년 내로 핵잠 5대를 만들어낸다구? 무슨 빵 굽듯이 찍어내겠다구?"

시간을 너무 짧게 잡은 것 아니냐는 의문을 제기한 전문가들도 많았지만 그들은 한 가지 중요한 사실을 모르고 있었다. 즉 한국이 잠수함 건조방식을 조립식으로 바꾸면서 기존 방식에 비해 시간이 절반도 걸리지 않게 된 사실이다. 그 후로도 시중에 떠다니는 루머나 추측 기사에 대해 한국 국방부는 일체의 반응을 보이지 않았다. 궁금증은 더해만 갔고 전 세계의 첩보기관, 군사 전문지, 해커들이 한국형 핵잠수함에 대한 정보를 구하려 혈안이 되었다. 마침내 세계적인 군사 전문지 제인파이팅쉽(Jane's Fighting Ships)은 한국형 핵잠수함에 대한 특집기사를 내놓았다. 제인지가 추정하는 한국형 핵잠의 스펙은 다음과 같았다.

■ **한국형 핵잠**(Ultimate Warrior 얼티밋 워리어, 최후의 전사)

- 길이 80m, 폭 30m
- 압력선체(특수합금강철)
- 최대 잠항심도 3,000m 내외, 최대 속력 시속 100km
- 총 6개의 어뢰 발사관, 사정거리 3,000km 순항미사일 8발 탑재
- 다른 핵잠수함에 비해서 앞부분이 더 뭉뚝한 눈물방울(tear drop) 모양이고 승조원은 총 80명 정도로 예상한다.
- **성능 평가** : 사이즈는 다른 나라 핵잠수함의 절반에 불과하지만 그 성능은 베일에 싸여 있다. 한국의 막강한 조선 기술 덕분에 선체를 포함한 하드웨어는 탄탄할 것이다. 단 핵잠수함을 효과적으로 운용하기 위한 지휘 운용 시스템이나 소나시스템에 대한 평가는 시기상조다. 조만간 한국 핵잠의 성능이나 전력은 림팩 합동 군사훈련을 통해 드러날 것이다.

얼티밋 워리어의 상상도를 제시한 제인지의 기사를 접한 한국 국방부는 깜짝 놀랐다.

"아니, 어케 이런 것까지 알아냈어?"

"내부에 첩자가 있는 것 아냐?"

그러나 그 잡지사와 내통하는 자가 있었는지는 그 누구도 알 길이 없었다.

같은 호에 실린 제인지의 두 번째 특집기사는 중국의 신형 어뢰 개발 소식이었다. 제인지에 의하면 중국 해군은 남중국해 하이난 인근 해역에서 신형 어뢰 발사시험을 수차례 실시했다고 보도했다. 기사 제목은 '시크발급 중국제 신종 어뢰'였는데 시크발은 러시아가 보유하고 있는 신종 어뢰의 이름이다. 통상 일반 중어뢰가 시속 80킬로미터로 주행하는 데 비해 로켓으로 추진하는 시크발은 시속 300킬로미터의 엄청난 속도로 주행한다. 엄청난 속도 때문에 시크발의 타깃이 된 잠수함이나 구축함은 회피기동을 할 시간적 여유가 없다. 가히 전 세계 핵잠수함들에게 공포의 대상이었다. 그러나 실전 배치된 시크발의 타격 능력은 낮은 명중률로 인해 적함에게 큰 위협이 되지는 못했다. 즉 빠르게 움직이는 시크발의 최대 약점은 타깃을 오조준했을 경우 되돌릴 시간적 여유가 없다는 것인데 실제로 어뢰가 딴 곳으로 날아가는 경우가 자주 발생했다. 무릇 이런 고속어뢰 개발의 성패는 타깃에 대한 초반 탐색과 목표 추적능력에 달려 있는 것이다.

〈중국제 시크발은 과연 고도의 탐색 능력과 추적 기술을 보유하고 있는가?〉

이번 제인지의 특집기사에서도 이 부분을 집중적으로 다루었지만 그 부분에 대한 결론은 내리지 않았다. 판단을 내릴 만한 충분한 정보가 부족했기 때문이다. 제인지는 모르고 있었지만 중국은 이미 AI가 탑재된 '꿈의 고속어뢰'의 개발을 목전에 두고 있었다. 아이러니하게도 이 프로젝트의 핵심 인물은 송경찬의 절친이자 미진의 오빠 전원기였다. 고속에 정확도를 겸비한 이런 AI 탑재형 고속어뢰가 실전 배치되면 핵잠수함의 방어작전 교범은 다시 쓰여야 할 것이었다.

2026 여름 림팩 군사훈련에 참가한 얼티밋 워리어의 성능은 역대급으로 드러났다. 특히 마지막 주에 실시된 모의 해상전투에서 한국형 핵잠의 위력은 다른 참가국들을 압도하였다. 황군팀(Yellow Force)에 속한 워리어호는 가상적국인 청군팀(Blue Force)의 핵 항공모함을 요격하라는 임무를 하달받았는데, 워리어호는 요격 부분에서 상대방을 농락하며 압도적인 전력을 선보였다. 워리어호에게 어뢰 공격을 당한 청군의 모함에서 불평이 쏟아져 나왔지만 호위함 측은 속수무책이었다.

"근래 모함이 근거리 어뢰 공격을 받은 적은 없었잖아? 대체 호위함들은 뭐 하고 있는 거야?"

호위함의 변명은 한결같이

"움직일 때도 전혀 소리가 잡히지 않아. 반대로 우리 위치는 귀신처럼 잡아낸다니까."

이처럼 청군의 항공모함을 보호하고 있던 수많은 호위함의 방어벽을 뚫고 어뢰를 날리는 한국형 핵잠은 판정관들을 매료시켰다.

훗날 훈련이 끝나고 심판관들이 모여 내린 판정은 이구동성으로

"한국형 핵잠의 잠항능력은 미국의 최신형 핵잠과 비슷했지만

소나시스템은 비교할 상대가 없을 만큼 우수하다."

워리어호의 우수한 소나시스템은 전적으로 경찬이 개발해 낸 '투명 망토'와 '소리먹는 도깨비' 덕분이었다. 이제 바다 밑을 유령처럼 돌아다닐 대한민국의 얼티밋 워리어는 가상 적국에게는 공포의 대상이요, 대한민국과 우방에게는 든든한 동지가 될 터였다. 실제로 2026년 태평양의 림팩훈련에 참가하기 일년 전 인도양에 모습을 드러낸 워리어호는 막강한 전력을 과시했다.

2025년 가을
마다가스카르, 아프리카 남동부

태극마크가 선명한 대형 화물선이 뱃고동을 힘차게 울리며 항구를 벗어나고 있었다. 배 옆구리에 흰색 페인트로 큼직하게 쓴 '태백산맥'이라는 선명이 아프리카의 따가운 햇살을 받아 반짝거렸다. 겉으로는 평범한 화물선으로 보이지만 이 배에는 값비싼 화물이 실려 있었다. 수년 전, 한국 정부의 주도 하에 많은 한국 기업들이 아프리카의 남아공, 가나, 카메룬 등에 소재한 금광과 귀금속 광산개발에 투자를 하였다. 지지부진하던 개발사업의 첫 성과는 큰 기대를 하지 않았던 마다가스카르에서 나왔다.

"심 봤다."

한국개발팀이 몇 개월 전 마다가스카르 중부 산악 지대에서 사파이어 광맥을 발견한 것이었다. 현지에서 선별작업을 거친 양질의 원석은 한국으로 실려와 가공이나 절단 등의 과정을 거쳐 고가의 귀금속이나 공업용 등 다양한 용도로 쓰일 예정이었다.

"오늘 첫 선적이니만큼 다들 신경 씁시다."

사파이어 원석을 가득 실은 태백산맥호가 항구를 벗어나자 선장이 선원들에게 당부의 말씀을 전했다. 그 시간 먼바다 물속에서 은밀하게 태백산맥호를 뒤따르던 한 척의 잠수함이 있었는데, 바로 한국 최초의 핵잠수함 얼티밋 워리어호였다. 인도양에서 작전 중인 워리어호는 비밀리에 태백산맥호를 보호 호송하라는 임무를 부여받았던 것이다. 그 당시 인도양에는 하루가 멀다 하고 무장 해적단이 출몰하여 지나가는 상선을 습격하였는데, 그 피해가 눈덩이처럼 커지고 있었다. 마다가스카르섬을 벗어나서 인도양에 진입한 태백산맥호는 물살을 가르며 앞으로 나아갔다.

"시계, 파고, 풍속 모두 양호합니다."

항해사의 보고를 받은 선장이 고개를 끄덕이며

"굿굿. 항로를 그대로 유지하세요."

약 두 시간 후

선장실에 다급한 목소리가 들려왔다.

"선장님. 레이다에 괴물체가 나타났습니다."

항해사의 다급한 목소리에 선장이 레이다 스크린 앞으로 빠르게 걸어갔다.

스크린상에는 여러 물체들이 태백산맥호를 향해 빠르게 접근하는 것이 보였다.

선장이 눈살을 찌푸리며

"애들은 뭐야? 해상 훈련하는 군함들인가?"

항해사가 고개를 가로저으며

"이 인근 해역에서 해상 훈련한다는 통보를 받지 못했습니다. 우리를 향해 곧장 돌진해오는 모습이 왠지 수상합니다."

태백산맥호를 향해 다가오던 점들이 둥글게 진을 치는 모습이 화면상에 나타났다.

"해적단인가, 설마?"

스크린을 뚫어지게 쳐다보던 선장이 스피커폰을 눌렀다.

"전 승조원에게 알린다. 돌발사태 발생. 비상 상황에 대비하라."

얼티밋 워리어가 주변에 있다는 사실을 모르는 선장이 다급한 목소리로 통신사에게

"SOS 구조신호를 내보내고 현 상황을 한국 해군에게도 연락하게나."

"넵."

잠시 후 깊은 물속에서 태백산맥호를 뒤따르던 얼티밋 워리어호의 강력한 VLF통신망에 짧은 위성 메시지가 잡혔다.

"긴급 위성통신문을 수신하라."

위성통신문을 받기 위해서 수면 가까이 부상한 워리어호가 안테나를 물 밖으로 죽 뽑았다. 그러나 잠수함을 추적하는 감시자들의 눈을 피하기 위해 몸통은 여전히 물속에 숨긴 상태였다.

〈긴급상황 발생. 무장 해적단으로 추정되는 세력에게 포위된 태백산맥호를 보호하라. 필요시 무력 사용을 승인함.〉

위성통신문을 손에 쥔 김명진 함장이 전면에 설치된 대형 스크린을 뚫어지게 쳐다보았다. 소나시스템과 연결된 대형 스크린은 인근 해역에서 이동하는 물체들의 동선을 실시간으로 보여주고 있었다. 스크린상으로 태백산맥호는 여러 개의 검은 점들로 둘러싸였는데, 그중 몇 개가 태백산맥호로 바싹 다가가는 모습이 포착되었다.

긴 숨을 들이마신 김명진 함장이 운항장교를 쳐다보며

"잠망경심도로 부상하라."

"넵. 잠망경심도로 부상하겠습니다."

잠망경을 통해 전방을 관찰하던 함장이 굳은 표정으로

"사태가 점점 심각해지는군."

이 시각 태백산맥호는 십여 척의 해적선으로부터 포위되었고 해적단들은 대장선의 지시에 따라 일사불란하게 움직였다. 운 나쁘게도 오늘 태백산맥호는 저 악명 높은 '나일악어' 해적단을 만난 것이다.

요즘 인도양을 휘젓고 다니는 무장 해적단은 그 규모나 장비가 예전의 해적단하고는 비교가 안 될 만큼 크고 위협적이었는데, 가장 골칫거리는 걸출한 해적 우두머리 '나일악어'가 지휘하는 해적단이었다.

"우리가 인도양의 지배자이다."

처음에 어선 한 척으로 해적질을 시작했던 '나일악어'는 뛰어난 수완을 발휘하여 주변의 해적단들을 하나씩 접수하며 막강한 해적단을 건설했다. '나일악어'의 본거지는 아프리카 동부 해안의 모처로 알려져 있는데 정확한 위치를 아는 사람은 몇 명 없다. 온라인을 통해 '나일악어'의 지시를 받은 예하 해적단은 약속한 시각과 장소에 모여 무리를 지어 상선을 공격했다. 이들은 목표물을 습격한 다음, 전리품을 즉석에서 분배하고 곧바로 흩어지는 방식을 택했는데 그 바람에 인도양에서 작전하는 각국의 호송군단이 이들을 격퇴하기가 여간 어려운 게 아니었다.

이들이 내세우는 모토는 오로지

"친구도 없고 적도 없다. 중요한 것은 돈과 전리품이다."

나일악어 해적단에게 속수무책으로 당하는 상선들이 날로 늘어갔지만 인도양을 운항하는 상선의 선장들 사이에서는

"걍 '나일악어'에 통행료를 지급하는 게 낫다니까."

저항하다가 걸리면 더 큰 낭패를 당한다는 뜻이었다. 그 우두머리가 왜 '나일악어'라는 별명을 갖게 되었는지 말들이 많다.

혹자는

"나일강가에서 태어났다."

또 다른 소문은

"아니다. 긴 삼각형 턱이 나일악어를 닮았기 때문이다."

그러나 하나 확실한 것은 그의 성품이 잔혹하고, 또 도처에 나쁜 친구들을 많이 가지고 있다는 사실이었다. 예컨대 남미의 마약 보스들, 불량 국가의 지도자들, 그리고 불법 무기상 등 나름 수많은 '거물'들의 이름이 그의 절친 목록에 올라 있었다. 이들 나쁜 친구들은 '나일악어'의 사업파트너이자 후원자들로서 서로 긴밀히 협업하며 세계 곳곳에서 마약이나 인신매매, 용병 모집 등 온갖 불법을 자행하며 큰돈을 챙겨 나누어 가지는 사이였다. 오늘처럼 민간선박 약탈 같은 비교적 수월한 일거리는 나쁜 친구들의 도움 없이 '나일악어' 혼자 처리하는 편이다.

"금일 15:00시, Sxxxx Eoooo 지점으로 집결."

오늘 '나일악어'의 지시를 받은 수많은 해적선들이 이곳에 대기하고 있다가 태백산맥호의 앞길을 막은 것이었다. 잠시 후 대장선의 지시를 받은 3척의 소형군함이 태백산맥호의 옆구리에 바싹 붙었는데 그들은 모두 기관총과 로켓포로 무장하고 있었다. 이들에

게 곁을 내주지 않기 위해 태백산맥호는 지그재그 기동을 하면서 이들을 향해 연신 물대포를 쏘아댔다. 그러나 물대포로 그들의 접근을 막기에는 역부족이었다.

"정선하라."

수차례의 경고에도 불구하고 태백산맥호가 계속 도주하자, 소형 군함에 타고 있던 해적들이 태백산맥호를 향해서 기관총을 발사하기 시작했다.

"드르럭 드르럭."

"핑핑핑."

선체에 부딪힌 총알들이 사방으로 튀며 허공을 갈랐다. 태백산맥호가 아랑곳하지 않고 계속 달아나자 멀리서 이 광경을 지켜보던 대장선이 앞으로 나섰다. '나일악어'가 타고 있는 대장선은 원래 유럽의 어느 나라 해군이 쓰다 버린 이지스 순양함이었다. 중고시장에서 이 군함을 헐값에 구입한 해적단은 대규모 보수작업을 통해 이 배의 성능을 대폭 개선하였는데, 속도가 빨라진 것은 말할 것도 없고 화력도 엄청 강해졌다.

이들이 내세우기로

"미사일 발사대와 레이다 장비를 보강했고, 추가로 잠수함을 잡는 폭뢰 발사 장비도 설치했다. 이 정도면 웬만한 군함에도 뒤지지 않는 화력이다."

대장선을 제외한 나머지 해적선들도 대부분 중고시장에서 구매한 낡은 군함들이었는데, 이들도 보수작업을 통해 속도는 물론이고 화력도 크게 개선되었다. 그 결과 이들은 모두 로켓발사대와 기관포로 중무장을 하고 있었다. '나일악어'의 지휘 아래 총질을 하고 다닌 지가 하루 이틀이 아닌 듯 흡사 정규 해군함정들이 작전하는 것처럼 일사불란하게 움직였다. 태백산맥호에 바싹 다가간 대장선에서 '나일악어'가 마이크를 입에 대고 소리쳤다.

"정지하라. 정지. 즉시 배를 세우지 않으면 따끈한 선물을 몇 방 먹여주겠다."

'나일악어' 옆에는 RPG 로켓발사기를 어깨에 맨 해적들이 네댓 명 서 있었다.

실제로 이들 해적단이 발사한 로켓을 얻어맞고 가라앉은 상선이나 잠수함이 수십 척이 넘는다. 가까이서 보니 '나일악어'의 외모 – 옆으로 찢어진 눈, 벌렁거리는 낮은 코와 길쭉한 턱 – 는 난폭한 '나일악어'를 연상케 하였다. 선장실에서 웅크리고 몸을 숙인 채 이 광경을 내려다보고 있던 선장이 항해사를 향해 고개를 돌렸다.

전혀 배를 세울 생각이 없었던 그는

"속도를 최대한 올리쇼. 죽기 살기로 빠져나갑시다."

"넵. 선장님."

태백산맥호가 속도를 올리며 앞으로 내달리기 시작했다.

"머저리 같은 눔들."

약이 오른 '나일악어'가 욕질을 하며 뒤에 서 있는 사람에게 손짓을 했다.

'나일악어' 뒤에 서 있던 해적이 태백산맥호를 향해 RPG를 겨냥하며 손가락으로 오케이 사인을 보냈다.

'나일악어'가 고개를 끄덕이며

"선장실을 박살 내버려."

"쓩쓩."

"펑펑."

로켓 포탄 두 발을 얻어맞은 선장실은 쑥대밭이 되었다. 유리창과 스크린이 박살 나고 선장을 포함해서 여러 명이 피를 흘리며 바닥에 쓰러졌다. 그러나 다행스럽게도 조종석은 큰 타격을 입지 않았다. 비틀거리며 일어선 선장이 항로를 유지하려는 듯 두 손으로 조종간을 꼭 붙잡았다. 태백산맥호가 멈출 기색을 보이지 않자 대장선의 '나일악어'가 주변에 있는 사람들에게 큰 소리로 새로운 지시를 내렸다.

"몸체에 구멍 몇 개 내고 끝장내 버렷."

곧이어 대장선 부근에 있던 2척의 해적선이 속력을 올려 태백산맥호의 측면에 붙었다. 몸을 숙인 채 고개를 내밀고 그 광경을 쳐다본 선장의 얼굴이 흙빛으로 변했다.

"아니 아니…… 소형 엑소제 미사일 아냐?"

엑소제 미사일은 프랑스가 자랑하는 대함미사일이다. 오래전 페르시아해를 지나던 미국 구축함이 이란 혁명수비대가 발사한 엑소제 미사일을 얻어맞고 침몰당한 사건이 있었는데, 이 사건 이후로 엑소제는 대함미사일 업계의 베스트셀러로 떠올랐다. 잠망경을 통해서 이 모든 광경을 바라보던 김명진 함장이 간부들을 모아 놓고 해상에서 벌어지고 있는 사태를 간단히 설명해주었다.

그는 연이어

"전투 태세 돌입. 어뢰 발사 준비. 잠항심도 100미터로."

"넵. 전투 태세 돌입하겠습니다."

곧이어 간부들이 지시하는 소리가 들렸다.

"어뢰 발사관 주수."

"잠항심도 100미터."

함장의 전투 개시 명령이 떨어지자 함 내에 긴장감이 흘렀다. 전 승조원이 바쁘게 움직이며 함장의 다음 명령을 기다렸다. 그 시각 물밖의 사태는 긴박하게 돌아가고 있었다.

"슉."

"꽝."

엑소제 미사일을 옆구리에 얻어맞은 태백산맥호의 옆구리에 커다란 구멍이 생겼다. 태백산맥호는 여전히 앞으로 달려가고 있었지만 속력은 현저히 줄어들었다.

"멍청한 놈들. 한 방 더 날려버렷."

'나일악어'의 지시를 받은 해적이 발사 버튼을 누르려는 순간 대장선에서 조금 떨어진 물밑에서 펑펑 하는 폭발 소리가 났다. 하얀 물보라가 일고 부근에 있던 배 2척이 공중으로 날아가 두 동강이 나면서 물속으로 사라졌다. 순식간에 일어난 일이었다.

"아니 아니…… 이건 무슨 개 같은 경우야? 하늘에서 날벼락이 떨어진 거야, 아니면 드론이야?"

대장선의 '나일악어'가 고개를 들어 하늘을 살펴보았다. 바람 한 점 없는 날씨에 하늘은 맑았고 드론도 보이지 않았다. 잠시 생각하던 '나일악어'가 허공에다 주먹을 흔들며 소리쳤다.

"어뢰야, 어뢰. 잠수함이다. 로켓과 폭뢰를 날려."

'나일악어'의 지시가 떨어지자 전투대형을 만든 해적선들이 바다 위에 떠다니는 의심스런 물체를 향해 무차별적으로 대잠로켓을 발사했다. 만약 잠수함이 잠망경을 세우고 수면 근처를 돌아다니면 이들 포탄에 걸릴 수도 있었다. 그러나 물밑 100미터에서 잠항 중인 워리어호에게 대잠로켓은 전혀 위협이 되지 못한다.

잠시 바다 위를 수색하던 해적선들이

"별거 없잖아? 피격된 흔적이 안 보이는데."

보고를 받은 '나일악어'가

"이번에는 폭뢰를 뿌리라구. 확 뿌렷."

모든 잠수함은 적함에서 발사하는 폭뢰를 무서워한다. 왜냐하면 폭뢰의 위력은 대단해서 이 중 하나만 잠수함 몸통 부근에서 폭발해도 잠수함은 치명적인 피해를 입기 때문이다. 잠수함을 감싸고 있는 철판은 매우 얇기 때문에 포탄에 직접 피격당하지 않고 폭발의 충격파를 얻어맞아도 큰 피해를 입는다. '나일악어'의 지시를 받은 해적단들이 분주하게 움직였다.

"대잠초계장비 가동."

그들은 소나탐지기와 자기탐지기를 총동원해서 물밑을 샅샅이 뒤지기 시작했다.

수색작업이 더디게 진행되자 '나일악어'가 버럭버럭 성을 내며

"음파소나를 있는 대로 다 날려. 어디에 숨어 있는지 보자구. 이 자식들 찾기만 하면."

대장선과 주변에 있는 해적선들이 능동소나를 무작위로 발사하기 시작했다. 해적선에서 발사된 음파는 바닷속 어딘가에 숨어 있을 잠수함을 향해 사방으로 퍼져나갔다. 만약 이 음파가 잠수함의 몸통에 부딪히면 그 튕겨 나오는 음파를 가지고 잠수함의 위치를 찾아내는 것이 능동소나의 원리다. 그 시각 얼티밋 워리어호는 대장선에서 좌측으로 500미터 정도의 거리를 유지하며 조용히 움직이고 있었다.

"핑핑핑."

해적선이 사방팔방으로 쏘아대는 소나가 워리어호의 몸체에 맞는 소리가 실내에서도 들렸다.

"핑핑핑."

이때 해적선의 음파탐지병이 소나 스크린에서 서서히 움직이는

물체를 가리키며

"찾은 거 같습니다."

잠시 후 해적선에서 그 지점을 향해 수십 발의 폭뢰를 발사했다.

"풍풍풍."

"펑펑펑."

해적선의 소나탐지병이

"깨끗해졌습니다. 반사 음파가 안 잡히는데유."

보고를 받은 '나일악어'가 고개를 끄덕이며

"박살 났겠지?"

그는 연이어

"자 다들 눈을 크게 뜨고 살펴보라구. 바다에 사람 시체나 잠수함 파편이 떠다니는지."

잠시 후 바다 위에 하얀 배를 드러낸 물고기 시체들이 떠올랐다. 산란을 위해 부근을 지나던 정어리 떼들이 폭뢰를 맞고 떼죽음을 당한 것이었다. 그러나 해적단들은 물고기 따위에는 전혀 관심이 없었다.

바닷속에서 별다른 음파가 잡히지 않는다는 보고를 받은 '나일악어'가 곁에 서 있는 해적들을 보고 씩 웃으며

"폭뢰 맞고 가라앉은 거 같아. 부근에 숨어 있다면 우리 음파소나에 걸렸겠지?"

'나일악어'가 손짓을 하자 대기하던 해적선이 태백산맥호에게 다시 접근했다.

"한 방 더 날려버리자궁."

'나일악어'가 팔을 흔들며 고래고래 소리를 내질렀다. 그 시각 워리어호는 소나시스템을 통해 해적선들의 움직임을 완벽하게 파악

하고 있었다.

"또 한 방 먹이려는 모양이군."

혼잣말로 중얼거리던 함장이 고개를 돌려 사격통제관에게

"해적단과 안전거리 확보하고 어뢰 발사 준비하라."

"넵. 안전거리 확보하고 어뢰 발사 준비하겠습니다."

곧이어

"1, 2, 3번 어뢰 발사관 주수."

워리어호의 후미에 붙어 있는 스크류가 힘차게 돌면서 물을 뒤로 밀어내자 속도를 올린 워리어호가 해적단에게 조심스럽게 접근했다. 그러나 해적선들은 워리어호가 자신들을 노려보면서 접근하고 있다는 사실을 전혀 눈치채지 못했다. 왜냐하면 얼티밋 워리어호의 꽁지에 설치된 조그만 플라스틱 박스 – 일명 '소리먹는 도깨비' – 가 스크류가 돌면서 나는 소음을 다 먹어 치우기 때문이었다.

그 시간 대장선에 탄 '나일악어'가 손가락질을 하며

"오케이. 한 방 더."

이제 안간힘을 쓰며 도망가던 태백산맥호의 운도 다한 것 같았다. 몸통에 미사일 하나 더 꽂히기라도 하면 도주는커녕 그대로 바닷속으로 침몰할 판이었다.

"펑. 펑."

그 순간 바다에 큰 폭발음이 울려 퍼지며 미사일을 발사하기 위해 태백산맥호에 접근한 해적선이 큰 물보라를 일으키며 공중으로 날아올랐다.

"아니, 아니, 아니. 이놈들 가라앉은 거 아니었어?"

얼굴이 파랗게 질린 '나일악어'가 비명을 질렀다.

곧이어 펑 소리와 함께 또 한 척의 해적선이 공중으로 날아오르

며 두 동강이 나자 '나일악어'는 소리를 내지르며

"철수. 철수하라."

대장선이 함수를 돌려 잽싸게 서쪽으로 도주하기 시작하자 나머지 해적선들도 부리나케 그 뒤를 따르기 시작했다.

현장에서 멀리 떨어진 무인도에 피신한 해적들은 웅성웅성

"어느 나라 잠수함일까?"

"미국 눔들이겠지?"

"노놋. 그럴 리 없어. 우리가 건드린 배는 한국 배가 맞거든?"

"한국 배를 구해주는 눔들은 대체 어떤 눔들이얏? 이 넓은 인도양에서?"

"어쨌거나 대단한 잠수함이야. 그렇게 많은 폭뢰와 소나를 뚫고 반격을 하다니."

훗날 괴잠수함에 대한 소문은 해적들의 입을 통해서 널리 퍼지기 시작했다.

특히 '나일악어'의 입을 통해 괴잠수함의 존재를 알게 된 그의 나쁜 친구들은

"설마? 한국 애들이 그렇게 막강한 핵잠을?"

조금 전 잠망경을 통해서 태백산맥호를 지켜보던 김명진 함장은 지휘실의 중앙으로 걸어 나와 간부들에게

"상황이 종료되었다고 보고하라. 잠항심도 50미터 유지하고 다음 지시를 기다려라."

"넵. 상황종료 보고하겠습니다."

"잠항심도 50미터 유지하겠습니다."

한편 위기를 벗어난 태백산맥호 선원들은 도망치는 해적선들을 보며 환호를 질렀다.

"선장님. 통신문이 도착했습니다."

선원이 건네주는 통신문을 읽은 선장이 기관사를 불러 새로운 지시를 내렸다.

"항로를 돌려 왔던 곳으로 되돌아갑시다. 배를 수리한 다음 출항합시다."

이 사건 이후로도 대한민국의 주요 해상무역로를 보호하는 얼티밋 워리어호 활약상은 끊이지 않았다. 예를 들자면 영토분쟁이 진행 중인 남중국 해상에서 전쟁터에 갇힌 한국의 무역선을 안전하게 빼내 오기도 하고 또 전운이 감도는 페르시아만을 오가는 한국의 유조선을 수차례 호송하였다.

얼티밋 워리어호의 이런 활약상에 대해 대한민국 해군 수뇌부의 평가는

"이런 일들은 예전 디젤잠수함을 가지고는 상상조차 하기 힘든 일들이요."

한국의 워리어호는 비단 한국뿐만 아니라 다른 나라를 위한 여러 해상구조 활동에도 지원을 아끼지 않았는데 그중 백미는 인도양에 추락한 싱가포르 항공기 수색작업이었다.

2025년 말 싱가포르에서 승객 350명을 태우고 호주로 날아가던 싱가포르항공 소속 B790 항공기가 인도네시아 발리섬 부근 해상으로 추락하는 사고가 발생하였다.

"사고기는 새벽 04:30경 통신이 두절되며 갑자기 레이다에서 사라졌습니다."

싱가포르 당국은 미국 및 영국의 도움을 받아 합동 해상 구조대를 조직하고 수색작업에 들어갔다. 수색작업 초기 인공위성과 목

격자들의 증언 덕에 수색반경은 상당히 좁혀졌다. 합동 구조대 외, 대한민국과 중국, 일본, 필리핀 등 여러 나라에서도 p-3c초계함, 이지스급 구축함, 각종 항공기 등을 파견해서 수색작업을 도왔지만 별다른 성과가 없었다. 그러자 해상구조대 내부에서도 탄식이 흘러나왔다.

"더 이상 진전이 없습니다. 수색을 중단해야 할 거 같습니다."

지지부진하던 수색작업은 블랙박스가 타전한 신호 덕에 아연 활기를 띠기 시작했다.

"신호가 잡혔습니다."

영국 해군이 최초로 추락한 항공기에 설치된 블랙박스 주파수 37.5khz를 감지한 데 이어 중국도 해당 주파수를 감지했던 것이다. 그러나 거기까지였다. 갑자기 블랙박스의 신호음이 끊어져 버린 것이었다.

"보이지도 않고 신호도 잡히지 않아요."

깊은 인도양 바닷속에서 추락한 비행기 위치를 찾아내는 것은 말 그대로 백사장에서 바늘 찾기처럼 지난한 일이었다. 그 당시 인근 해역을 잠항 중이던 얼티밋 워리어호는 상부로부터 구조작업을 도우라는 지시를 받았다. 그러나 몇 날 며칠이 지나도 아무런 성과가 없었다. 망망대해 깊은 바닷속에 가라앉은 비행기의 잔해를 발견하는 것은 최고의 소나시스템을 갖춘 워리어호에게도 쉬운 일은 아니었다.

그러던 어느 날 바닥에서 수상한 음파를 잡아낸 워리어호의 음탐병들이 지휘관에게 보고하기를

"이 음파는 물살이 비행기 기체에 부딪힐 때 나는 소리입니다."

보고를 받은 함장이

"무인 탐색정을 내보내세요."

워리어호가 내보낸 탐색정이 주변을 수색하기 시작했다. 배터리로 가동되는 이 탐색정은 한 번 충전으로 고작 3-4시간밖에 잠항하지 못한다. 약 3시간 후 배터리가 거의 소진되어 힘이 떨어진 탐색정이 마지막으로 보내온 영상에, 펄에 덮인 채 바닥에 누워있는 시커먼 물체가 잡혔다. 마치 걸리버 여행기의 거인이 해저에 드리운 그림자 같았다.

"하얀색 물체가 보입니다."

은빛 동체가 잠수정에서 비추는 빛을 반사하며 사고기의 존재를 확인해주었다. 최고의 소나시스템이 빛을 발하는 순간이었다. 그러나 소나시스템이 잡아낸 미세한 신호를 놓치지 않았던 소나탐음병들의 역할도 빼놓을 수 없다. 어느 나라든 잠수함에서 근무하는 탐음병은 대개 수십대 일의 경쟁을 뚫고 선발된 우수한 병사들이다. 장기간 특수훈련을 받은 이들 탐음병들은 소나시스템에 잡히는 신호를 듣고 무슨 소리인지 귀신처럼 알아낸다. 특히 최신예 핵잠수함 얼티밋 워리어호에서 근무하는 탐음병들은 최정예들로서 자부심이 대단하다.

"우리는 조선시대 어의의 후손이다."

자기들끼리 진담 반 농담 반으로 하는 말이다. 옛날 조선시대, 어의가 궁궐 여인의 손목을 잡을 수 없어서 그 손목에 실을 감아서 맥박을 쟀던 것에 빗대서 하는 얘기다. 그만큼 실력이 있다는 얘기다. 잠시 후 한국 구조대가 합동 구조본부에 사고기의 정확한 좌표를 전송했다.

〈항공기 잔해 추정위치 5°64'40"N 126°67'36"E〉

"이 좌표를 어떻게 구했어?"

반신반의 망설이던 합동 구조대는 혹시나 하는 생각으로 그 지점으로 심해탐사로봇을 내보냈다. 놀랍게도 심해 로봇은 펄밭에 파묻혀 있는 싱가포르 B790항공기 잔해를 담은 사진을 전송했다. 그 후 항공기의 잔해를 건져 올리면서 구조작업은 마무리되었고 그 사건은 점차 일반인들의 뇌리에서 사라졌다. 그러나 일반인들과 달리 집요하게 배후를 캐는 세력도 있었다.

"이것은 분명 한국의 핵잠수함이 찾아낸 거야. 어케 찾았지? 뭔가 있다는 얘기인데?"

"분명 미국, 영국, 중국 등 여러 나라에서도 핵잠수함을 내보내고도 못 찾았는데, 어케 한국이?"

각국 군사 전문가들과 첩보요원들은 매의 눈을 하고 한국의 핵잠을 쫓아다니기 시작했다.

6
전쟁의 서막

2026 가을
리츠파리 호텔
파리, 프랑스

2층 스위트룸에서 뉴밀레니움그룹의 이사회가 열리고 있었다. 본사는 시내의 외곽지역인 라데팡스 거리에 있었지만 카심 회장은 이사회나 사적인 모임 장소로 리츠파리 호텔을 선호했다.

"이곳은 기운이 좋아. 일들이 잘 풀린다니까."

징크스나 기세를 중시하는 카심 회장다운 말이었다. 객실 중앙에 위치한 원탁 테이블에는 십여 명의 중역들이 둥글게 앉아 있었다. 카심 회장이 방 안으로 걸어 들어오자 전원이 자리에서 벌떡 일어났다.

카심 회장이 팔을 아래위로 흔들며

"수고들 많소. 자리에 앉으시오."

다소 어수선하던 분위기가 진정되자 사회자가 자리에서 일어나며

"지금부터 뉴밀레니움그룹의 특별 이사회를 개최하겠습니다."

모든 사람의 시선이 카심 회장에게 쏠렸다.

카심 회장이 피지의 진주 양식 사업장 대표를 쳐다보며

"피지부터 시작하지."

"넵. 올해 매출이 부진한 이유는……."

갑자기 지명을 당한 대표가 시작부터 변명을 늘어놓았다.

그의 말을 좀 들어 보던 카심 회장이 손을 들어 올리며

"그만하지. 알타이 금광사업은 뭐 재미난 얘기 없나?"

"송구스럽게도…… 좋은 뉴스가 없습니다."

이사회는 일사천리로 진행되었다. 보고를 받는 카심 회장의 표정이 점점 굳어졌다. 심기가 불편한지 그의 입에서 꾸웨이스라는 말이 튀어나오지 않았다.

카심 회장이 입맛을 다시며

"각이 안 나와. 안 그런가? 코시킨."

기다리고 있었다는 듯 코시킨이 입을 열며 찬찬히

"괜찮은 일거리를 하나 찾은 것 같습니다. 회장님."

"그랫?"

카심 회장의 눈빛이 달라졌다.

"넵. 회장님."

카심 회장은 가방에서 서류뭉치를 끄집어내려는 코시킨을 제지하며

"있다가 따로 보고하게나. 저녁때 다시 오게. 코시킨."

카심 회장이 손을 흔들자 모든 임원들이 도망치듯 서둘러 방을 나갔다.

그날 저녁

방돔광장이 내려다보이는 2층 스위트룸

소파에 편한 자세로 앉아 있는 카심 회장의 맞은편에 코시킨과 그의 심복이 두 명 앉아 있었다.

"그래. 괜찮다는 일거리가 뭔가? 코시킨."

"잘하면 큰돈 만질 수 있을 것 같습니다. 회장님."

"꾸웨이스."

간만에 카심 회장의 입에서 꾸웨이스라는 말이 나왔다. 코시킨이 손짓을 하자, 곁에 서 있던 심복 중 한 명이 코시킨에게 자료를 한 뭉치 건네주었다.

코시킨이 그 서류뭉치를 탁자에 놓으며

"회장님. 이 자료는 림팩훈련 기록물입니다."

카심 회장이 그 서류를 쳐다보지도 않고

"림팩훈련? 태평양에서 벌어지는 합동 해상 훈련 말인가?"

림팩훈련은 2년마다 미국의 주도 하에 여러 나라의 해군들이 참가하는 합동 군사훈련이다. 무기상이었던 카심 회장이 림팩을 모를 리 없다.

카심 회장이 훈계조로

"말이 합동훈련이지 실은 전력 탐색전으로 봐야지. 신무기가 뭐 있나 하면서 말이야. 그래 요즘에는 몇 나라나 참가해?"

"약 20개국이 참가합니다. 호주, 일본, 캐나다, 한국은 단골손님들이고 요즘에는 인도, 베트남, 중국 심지어 러시아 해군이 참가할 때도 있습니다."

카심 회장이 입을 쩝쩝거리며

"나도 한때 림팩 핑계로 무기 좀 팔아먹었지. 요즘에도 청황전으로 진행되고 있나?"

"네네."

"그런데 림팩 얘기는 왜?"

코시킨이 탁자에 놓인 서류뭉치를 가리키며

"이 보도자료에 따르면 괴물 잠수함이 나타났다고 합니다."

카심 회장이 시큰둥한 표정으로

"괴물이라고?"

"넷. 저번 훈련에서 대단한 물건이 나타났다고 합니다. 특히 기동과 침투 부문에서 압도적인 성능을 보인 잠수함이 출현했다고 합니다."

코시킨이 압도적이란 말에 유난히 힘주어 말했다.

카심 회장은 여전히 시큰둥한 표정으로 입술을 내밀며

"그야 당근 미국 잠수함이겠지? 뻔할 뻔자 아냐?"

코시킨이 손사래를 치면서

"그런데, 회장님. 미국이 아니라 한국입니다."

"뭐라구? 한국이라구?"

카심 회장이 마시던 커피잔을 내려놓고는 서류뭉치를 다시 쳐다보았다.

그중 한 장을 집어 잠시 들여다보더니

"한국형 핵잠수함 얼티밋 워리어라. 이름이 재미나군."

카심 회장이 야릇한 미소를 지으며

"얼티밋 워리어라. 흠. 용감한 인디언들을 얼티밋 워리어(최후의 전사)라고 불렀는데…… 아니면, 얼티밋 워리어라고 한때 잘나갔던 미국 프로 레슬러가 있었지. 헐크 호건의 라이벌이었지?"

"아 네."

"그래? 워리어인지 저리어인지 뭐가 어떻다는 게야?"

"회장님. 이것도 한번 보십시오."

코시킨이 서류뭉치에서 한 장을 꺼내 카심 회장에게 건넸다.

서류를 읽어가던 카심 회장이 미간을 찌푸리면서

"음. 뭐라고? 그러니까, 어느 미 해군 지휘관놈 왈, 현존하는 소나탐지기술로는 이 잠수함의 위치 추적을 할 수 없을 거라구 떠들었구만."

코시킨이 다른 서류뭉치를 집어 들며

"미군들만 아니라 다른 나라 군사 전문가들도 똑같은 의견들입니다."

카심 회장은 코시킨이 건네준 보고서를 소리내어 읽어 내려갔다.

"많은 군사 전문가의 말에 따르면, 그 잠수함은 소음 없이 기동하며 또 최첨단 소나기술을 활용해서 적함이 쏘아대는 능동소나도 무력화시킨다."

그는 믿기 어렵다는 듯이

"한편 잠수함이 보유한 서버에는 각국 군함이나 잠수함의 엔진 소리와 소음이 다 저장되어 있는 것으로 추정된다. 그래서 얼티밋 워리어는 자기 위치는 노출시키지 않으면서 상대방의 위치와 정체를 순식간에 파악한다."

카심 회장이 코시킨을 쳐다보며

"이 정도 하려면…… 음파 소나시스템이 완벽하다는 얘긴데?"

코시킨이 정색을 하며

"이번 림팩훈련에 참가했던 모든 나라의 해군들이 워리어한테 크게 혼쭐이 났다고 합니다."

"고랫?"

말투나 표정으로 보아 카심 회장은 여전히 못 믿는 눈치였다.

코시킨이 또 다른 서류뭉치를 카심 회장에게 보여주며

"얘들이 인도양 해적단을 크게 손보았고 또 인도양 펄밭에 묻힌 싱가포르 항공기 잔해도 찾아냈다고 합니다."

"음. 고 얘기는 얼핏 들은 거 같아."

여전히 반신반의한 표정으로 보도자료를 뚫어지게 쳐다보던 카심 회장이 고개를 저으며

"그나저나 한국이 어떻게 저런 핵잠수함을 만든다는 게야? 그냥 화물선이나 기껏 유조선 쪼가리나 만드는 눔들이잖아?"

〈첨단 무기 개발 능력은 과학기술 수준과 일치한다.〉

오랜 세월 무기상을 한 카심 회장이 늘 하는 주장이었다.

"노벨과학상도 하나 못 받은 눔들이……?"

그는 여전히 한국의 과학 수준을 깔보고 있었다.

"네 맞습니다. 회장님. 노벨상도 못 받았고 또 화물선이나 만들던 나라가 맞습니다. 그런데."

카심 회장이 손으로 턱을 만지며

"그런데?"

흥미가 생기면 손으로 턱을 만지는 것은 그의 오래된 습관 중 하나였다.

"이 자료 말입니다. 회장님."

코시킨이 카심 회장에게 종이 한 장을 건넸다.

"이 친구는 누구야? 송경찬 박사라. 한국의 뉴코리아조선 R&D 센터 책임자라."

"보충설명드리겠습니다. 회장님."

코시킨이 부하직원에게 눈짓을 보내자 그들은 거실의 중앙에 설치되어 있는 화면 앞으로 가서 프로젝트를 켰다. 화면에 남해에 위치한 뉴코리아조선의 연구소 모습이 떴다.

"이곳이 뉴코리아조선의 남해 R&D센터 전경입니다."

코시킨이 화면을 넘기며

"이 친구가 그 R&D센터의 책임자 송경찬 박사입니다."

화면에는 짙은 눈썹에 이목구비가 뚜렷한 송경찬의 얼굴이 떠올랐다.

카심 회장이 화면 속에서 웃고 있는 경찬을 가리키며

"책임자라구? 아직 어려 보이는데……."

"맞습니다. 회장님. 이 어린 친구가……."

화면 가까이 눈을 갖다 대며 한참 쳐다보던 카심 회장이 내심

'자세히 보니 눈매가 만만찮군.'

카심 회장은 눈매를 보면 단번에 사람을 파악하는 대단한 능력을 갖고 있었다.

코시킨이 입을 열며

"연구소장으로 부임한 지 몇 년 되지도 않았는데 막강한 소나시스템을 개발해냈다고 합니다."

카심 회장은 시선을 여전히 화면에 고정한 채로

"흠흠. 송경찬 박사라. 이 애송이가 무슨 특별한 능력을 갖고 있는 모양이지?"

코시킨이 양손을 부비면서

"이 친구에 대해 깊게 조사를 해보지 않았습니다. 회장님의 허락이 떨어지면 곧바로……."

화면에서 눈을 뗀 카심 회장이 손가락으로 화면을 가리키며

“오케이. 함 조사해봐. 이 애송이, 실체가 있는지 함 보자구.”

“넵 회장님.”

창밖을 내다보던 카심 회장이 코시킨에게 고개를 돌려

“혹시나 해서 하는 말인데…… 이 애송이, 엉터리는 아니겠지? 자네도 알다시피 소문난 친구들이 다들 실력이 있는 것은 아니잖아? 왜 몇 년 전 그 압둘 칸인가 뭔가 하는 파키스탄 핵물리학자 생각 나?”

“네네. 생각납니다. 회장님.”

카심 회장이 화난 목소리로

“그 친구가 소형 핵탄두 제조 기술 판다고 구라치는 바람에 우리가 훅 넘어갔잖아? 돈 엄청나게 쓰고 우리 조직원도 몇 명 뒤지고 말이야. 나중에 보니까 완전 허당이었잖아?”

코시킨이 앞에 놓여 있는 서류뭉치를 가리키며

“송박사 이 친구는 다른 것 같습니다.”

“당연히 그래야짓. 그건 그렇다 치고, 한국 핵잠을 가지고 무슨 돈벌이를 하자는 겐가?”

카심 회장의 얼굴에는 미소가 사라지고 말투에는 살기가 묻어나왔다. 이제 냉혹한 무기상의 시간이 온 것이다.

“저에게 좋은 생각이 있습니다. 회장님.”

부하직원들을 방에서 내보낸 후 두 사람은 장시간 밀담을 나누었다. 코시킨이 주로 말하고 카심 회장이 듣는 편이었다. 약 반시간 후 카심 회장이 흡족한 표정을 지으며 소파에서 일어섰다.

“하긴 잠수함의 소나 같은 첨단기술은 손에 넣을 수만 있다면 장땡이지. 사겠다는 눔들이 지천으로 깔려 있을 테니까.”

그는 주먹을 쥐며

"단. 그 기술이 쓸만하다면 말이야. 또 몸체에 입힌 소음 방지 필름도 남다른 모양이지?"

잠시 생각해 보던 카심 회장이

"꾸웨이스. 자네 계획대로 추진해보게. 말이 되는 거 같아."

코시킨이 고개를 숙이며

"즉시 행동에 옮기도록 하겠습니다. 회장님."

카심 회장은 방을 나서는 코시킨의 뒷모습을 쳐다보며 내심

'하긴. 요즘 젊은 애들은…… 돈을 밝히는 편이지.'

카심 회장의 방에서 나온 코시킨은 핸드폰을 꺼내서 비신스키에게 전화를 걸었다. 솔첸형제단은 이미 해체되었고 유럽 곳곳에 컨설팅이나 IT기업으로 쪼개졌다. 비신스키는 그중 한 곳을 운영하고 있었는데 배운 게 도둑질이라고 비신스키가 운영하는 지부도 해킹이나 악성 소프트웨어를 통해 돈을 벌고 있었다. 코시킨의 일이라면 발 벗고 나서는 비신스키였다.

오늘도 코시킨의 말이 채 끝나기도 전에 비신스키가

"그니까 형. 그때 말했던 한국 잠수함 야그 아니유?"

"빙고. 아우가 말했던, 그 작전은 돈이 많이 들까?"

"형. 비용이 들 것도 없어요. 그런 것쯤은 일도 아니유."

"오케이."

2026년 겨울의 어느 늦은 시각
남해 R&D센터에서 멀지 않은 바닷가

전조등을 끈 승용차 한 대가 칠흑 같은 어둠을 뚫고 연구소에서

멀지 않은 해수욕장의 백사장으로 들어왔다. 오솔길을 따라 달리던 그 차는 이내 큰 소나무 아래에서 멈추었다. 차 속에는 연인처럼 보이는 두 사람의 남녀가 타고 있었다.

"흥. 이 동영상을 한번 보시죠."

여자가 가볍게 코웃음을 치며 소형 캠코더를 남자의 코앞에 들이밀었다. 그 동영상에는 두 남녀가 침대에서 알몸으로 뒤엉켜 뒹구는 모습이 담겨 있었다. 자세히 보니 필름 속의 남녀는 바로 차 속에 타고 있는 사람들이었다.

그 남자가 원망스러운 눈초리로 상대방을 쏘아보며

"도대체 이것을 언제 찍었소?"

여자는 딱하다는 듯이 남자를 아래위로 흘겨보며

"쯧쯧. 딱하기도 하셔라. 이 세상에 공짜 점심이 어딨어요? 이 정도는 예상을 하셔야지. 글구 이건, 내가 찍은 것이 아니에요."

남자가 다급한 목소리로

"그럼 우리 말고, 누군가 우리를…… 훔쳐보고 있었다는 거요?"

"말하자면 그런 셈이죠. 근데 나도 그 사람들이 누군지는 잘 몰라요. 난 단지 그들과 거래를 할 뿐이니까요."

여자의 대답이 끝나기 무섭게 남자가 다급한 목소리로

"그래서 나한테 원하는 게 뭐요? 뭘 어쩌란 말이요?"

여자가 캠코더를 흔들며

"간단해요. 우리한테 협조하면 이 동영상은 없던 일이 되는 것이고 아니면…… 개망신 당하는 거죠."

"휴우."

남자가 캄캄한 창밖을 내다보며 긴 한숨을 내쉬었다.

"협조할 생각이 없으신 거죠?"

여자가 도어를 열면서 차에서 내리는 시늉을 하자 남자가 황급히 여자의 손목을 잡으며

"아니 아니요. 협조할게요. 협조하면 그 동영상은…… 파기하는 거죠?"

남자의 목소리는 어느덧 애원 조로 변해 있었다. 잠시 뜸을 들인 후 여자가 입을 열었다.

"당연하죠. 물건만 가져오면 약속대로 이 동영상을 드리죠."

그녀는 연이어

"그러나 잊지 마세요. 우리가 넘겨받은 그 USB가 가짜로 판명되면 이 동영상이 인터넷에 쫙 깔릴 거라는 사실을."

남자의 손이 심하게 떨리는 것으로 보아 그녀의 협박은 제대로 먹힌 것 같았다.

"인터넷에?"

"그럼요. 〈뉴코리아조선 R&D센터에 근무하는 모모씨의 섹스필름〉이라는 제목으로."

남자가 머리를 감싸며 외치기를

"노놋. 내가…… 확실히 처리하겠다고 약속했잖소."

"오케이. 그럼 거래가 성립된 걸로 알겠어요."

잠시 후 두 사람을 태운 차는 백사장에서 사라졌다.

그다음 주 일요일

남해의 어느 휴양림

잘생긴 한 청년이 콘도 문을 열고 나오면서 기지개를 켰다.

"헤이. MJ. 공기가 정말로 맑아. 이리 나와 봐. 다람쥐하고 산새

들도 많이 보이는데."

고개를 돌려 소리친 그 남자는 바로 송경찬이었다. 잠시 후 머리를 단정히 묶은 미진이 다가와 뒤에서 그의 등을 껴안았다.

그녀는 경찬의 귀에 대고

"오빠. 이곳 공기는 그냥 달아요."

요즘 두 사람은 의사들의 조언에 따라 한려수도의 휴양림을 자주 찾는다.

미진의 건강이 염려되어 경찬이 상담을 해본 의사들은 한결같이

"현재로선 특별한 치료제가 없습니다. 맑은 공기를 많이 마시고 자연의 소리를 듣다 보면 나아질 것입니다. 틈나는 대로 휴양림을 찾으세요."

미진의 볼에 가벼운 입맞춤을 한 경찬이 손목시계를 쳐다보더니

"MJ. 조금 서두르자. 오늘은 휴양림을 반 바퀴만 돌아야겠어."

두 사람은 오늘 인근 골프장에서 열리는 여자 프로골프 국가대항전을 구경 가기로 한 터였다. '골프의 제왕' 잭 니컬러스의 왕팬이기도 한 경찬은 웬만한 골프대회는 빼놓지 않고 보는 편이다.

"네. 서둘러 가야겠어요."

골프 시합을 즐겨 보지는 않지만 경찬이 좋아하는 모습을 보면 더 행복해지는 그녀였다. 서둘러 트래킹을 마친 그들은 휴양림에서 멀지 않은 곳에 위치한 골프장을 찾았다. 그곳에는 여자 프로골프 국가대항전이 열리고 있었다. 2년마다 개최되는 시합인데 오늘 한국팀이 우승을 놓고 미국 팀과 결승전을 벌인다. 궂은 날씨에도 불구하고 홈팀인 한국을 응원하기 위해서 구름 관중이 모이며 입구부터 인산인해를 이루었다.

두 사람이 골프장에 들어섰을 때 시합은 한창 진행 중이었다. 현

재까지 전적이 1대 1인 상태에서 한국팀의 에이스 박세영과 미국팀의 기대주 엔젤라 애쉬포드가 우승컵을 놓고 접전을 벌이고 있었다. 이 대결에서 이기는 국가가 우승컵을 가져갈 것이었다. 현 세계 랭킹 1위 한국의 박세영과 2위 애쉬포드는 세계 랭킹 1위 자리를 놓고 치열한 선두 다툼을 벌이고 있는 중인데 오늘 홀매치 시합 결과에 따라 1위 자리가 바뀔 수도 있었다. 첫 홀부터 팽팽한 접전을 벌이던 두 선수는 시합 내내 앞서거니 뒤서거니 치열한 접전을 펼쳤다. 16번 홀을 마치고 2홀 남은 상태에서 박세영 선수가 한 홀을 리드하고 있었다. 박세영 선수가 마지막 두 홀에서 큰 실수만 하지 않는다면 한국팀의 우승이 무난해 보였다. 그러나 의외의 변수가 많은 골프 시합은 마지막 홀에서 승부가 뒤집어지는 경우가 많다. 파4, 17번 홀 애쉬포드의 두 번째 샷이 홀 컵에 바싹 붙었다. 완벽한 버디 찬스였다.

"원더풀."

미국팀을 응원하는 갤러리들이 환호성을 질렀다.

박세영 선수의 두 번째 샷한 공이 그린 옆 벙커에 박히자

"노놋. 안 돼."

갤러리 속에서 안타까운 탄성이 흘러나왔다. 애쉬포드 선수가 버디를 성공시키고 박선수가 파에 머물면서 시합은 원점으로 돌아갔다. 이제 승부는 마지막 18번 홀에서 결정 나게 되었다.

"It ain't over till it's over. (끝날 때까지 끝난 게 아니다.)"

야구 명문구단 뉴욕 양키즈 요기 베라 감독의 말이 생각나는 대목이다.

두 선수가 18번 홀 티그라운드에 들어서자 대기하고 있던 갤러리들이 우렁차게 박수를 치며 두 선수를 환영했다. 현장 분위기에

업된 경찬과 미진도 소리를 지르며 박세영 선수를 응원했다. 먼 저 티샷을 한 애쉬포드의 공이 페어웨이 한가운데 안착했다. 뒤이어 티샷한 박세영 선수의 공은 페어웨이 좌측에 있는 모래 벙커로 굴러 들어갔다.

"오노. 노놋."

사방에서 갤러리들의 신음 소리가 터져 나왔다.

쉽게 흥분하는 법이 없는 미진조차도 경찬의 손을 꼭 잡으며

"아. 큰일 났어요."

경찬도 미진의 손을 꼭 잡아주며

"괜찮아, MJ. 박세영 선수는 멘탈이 강하잖아? 쉽게 무너지지 않을 거야."

상대방의 실수에 여유가 생긴 애쉬포드가 깃발을 향해 바로 쏘지 않고 그린 앞 벙커를 피해서 안전하게 깃발에서 멀리 투온을 시켰다. 그곳에서 투퍼트로 파를 잡고 박세영 선수가 파세이브를 실패하기를 기다릴 작정이었다. 웅성거리던 갤러리들의 소음이 잠잠해지자 깃발까지 거리를 가늠해보던 박세영 선수가 3번 우드를 꺼내 들었다. 안전하게 끊어가지 않고 위험을 감수하면서 깃발을 직접 노리겠다는 의도였다. '승부사'라는 별명에 걸맞게 박세영 선수는 위기 상황에서도 위축되지 않았다.

"딱."

박선수가 친 공은 그린 앞 벙커의 둔덕을 맞고는 거짓말처럼 깃발을 향해 굴러갔다.

"와 와."

갤러리들이 함성을 지르며 마지막 그린으로 몰려갔다. 18번 그린에서 조금 떨어진 클럽하우스 건물 입구에는 참가 국가의 국기들

이 바람에 휘날리고 있었다. 수많은 깃발 속에서 굳이 태극기를 찾아본 경찬은 고개를 돌려 멀리 보이는 대형 시계탑을 쳐다보았다. 시계는 오후 3시를 가리키고 있었다.

"안녕하세요. 소장님."

선글라스에 챙이 긴 모자를 깊게 눌러 쓴 한 여자가 갤러리 속에서 불쑥 튀어나오면서 경찬에게 인사를 하였다.

경찬이 가던 발걸음을 멈추고

'어 우리 연구소 직원이잖아?'

"네. 제가 박세영 선수의 광팬이거든요."

경찬이 미진의 손을 놓고

"오. 그랬나요? 참. 서로 인사들 하세요. MJ. 이쪽은 최진경씨. 우리 연구소의 디자이너야."

미진이 방긋 웃으며

"만나서 반가워요. 전미진이라고 합니다."

"안녕하세요? 최진경입니다."

대충 인사를 주고받은 세 사람은 갤러리들과 보조를 맞추며 마지막 18번 홀의 그린 앞에 도달했다.

뭔가 생각이 난 듯 경찬이 고개를 돌려 최진경을 쳐다보며

"참. 최진경씨, 다른 일행이 있나요?"

최진경이 고개를 저으며

"아니 없습니다. 저 혼자 왔습니다."

"오. 그래요?"

경찬이 미진과 최진경을 번갈아 쳐다보며

"일행이 없다면 우리하고 함께 저녁 먹고 갑시다."

최진경이 두 손으로 손사래를 치며

"아니에요. 전 혼자 해결할게요. 두 분에게 방해만 될 거 같아요."

말로는 경찬의 제안을 사양했지만 그녀는 내심 바라는 기색이 역력했다. 마음씨 착한 전미진이 가만 있을 리 없다.

그녀는 최진경의 팔짱을 끼며

"방해라뇨? 전혀 그렇지 않아요. Be our guest. Please."

"아이 참. 난 괜찮은데……."

사양하던 최진경은 마지 못한 척 그렇게 하겠다고 대답했다.

"와와와."

갤러리들의 함성에 세 사람의 시선은 그린으로 향했다. 홀컵 약 2미터 거리의 퍼팅을 남겨놓은 상태에서 박세영 선수가 홀컵의 오른쪽을 겨냥해 퍼팅한 공은 홀컵 앞에서 왼쪽으로 구부러지면서 홀컵 속으로 떨어졌다. 17번 홀에서 버디를 잡으면서 기세를 올렸던 애쉬포드는 마지막 18번 홀에서 파를 잡았지만 박세영 선수의 2미터짜리 버디 퍼팅 한 방에 무너졌다. 그 버디퍼트 한 방으로 그날 시합은 박세영의 승리로 끝났다.

"와와. 역시."

"믿고 보는 박세영."

"박세영 최고다. 박세영."

박세영을 환호하는 관중들의 함성이 끊이지 않았다.

시상식이 끝난 후 진행된 방송사 인터뷰에서도 박세영 선수는 세계 1인자다운 면모를 보여주었다.

"오늘 승리의 원동력은 무엇이라 생각합니까?"

MC가 우승자에게 자주 하는 질문이다.

"일몰을 사랑했기 때문입니다. 저는 늘 해가 질 때까지 연습을 하니까요."

갤러리들이 환호성을 지르며 박수를 쳤다.

MC가 다음 질문은

"오늘 많은 팬들이 왔는데 오히려 부담스럽지 않았나요?"

"전혀 부담스럽지 않았습니다. 악천후라던가 모래, 물 등 장애물과 마찬가지로 팬들에 둘러싸여 공치는 것은 걍 'Part of Game(시합의 일부분)'이라 생각합니다. 모든 선수들에게 다 똑같은 조건이니까요."

박선수의 강한 멘탈을 보여주는 코멘트였다.

그날 저녁
골프장 클럽하우스 내 레스토랑

그 많던 갤러리들이 빠져나가고 어둠이 내린 골프장은 풀벌레 소리만 가득했다. 입구에 설치된 분수대를 지나 언덕배기 끝자락에 골프장에서 운영하는 레스토랑이 자리 잡고 있다. 다소 이른 시간임에도 불구 야경이 아름다운 이 레스토랑은 거의 만석이었다. 경찬 일행은 멀리 남해바다가 내려다보이는 창가의 예약석에 자리를 잡고 앉았다. 경찬이 손을 들자 검은색 제복을 입은 웨이터가 성큼성큼 다가와서 메뉴를 내밀었다.

"주문하시겠습니까?"

메뉴를 받아 든 경찬이 미진과 최진경을 쳐다보며

"한국팀 우승도 축하할 겸 맛있는 것으로 시켜 먹읍시다. 두 분 어떤 메뉴로 하시겠어요?"

두 사람은 합창을 하듯 한목소리로

"맛있는 것으로 시켜주세요. 와인도요."

이것저것 주문을 마친 경찬이 두 사람을 번갈아 쳐다보며

“오케이. 여기서 우리 R&D센터는 30분이면 가고 또 페리 선착장도 멀지 않으니까 천천히 먹고 일어나도 괜찮을 거 같아요.”

경찬의 말에 두 사람이 미소를 지으며 고개를 끄덕였다.

잠시 후, 해삼 전복요리와 소고기 탕수육 한 접시를 깨끗하게 해치운 세 사람은 후식으로 짜장면을 주문했다. 미진이 최진경에게 차를 따라주며

“참. 디자이너라고 하셨죠? 무슨 디자인을 하세요?”

“음. 컴퓨터 그래픽(CG)을 만드는 일을 하고 있는데, 일종의 산업디자인으로 봐도 될까요?”

최진경이 동의를 구한다는 듯 경찬을 쳐다보았다. 경찬이 엄지를 치켜세우며

“우리 연구소가 만드는 컴퓨터 그래픽은 모두 다 최진경씨 작품이잖아요? 최진경씨가 없으면 우리 연구소가 안 돌아간다니까.”

최진경이 손사래를 치면서

“너무 띄우시는 거 아녀요? 소장님. 좀 어지러워지려고 하네요.”

미진이 신기하다는 듯 눈을 크게 뜨면서

“오 그래요? 저도 디자인을 전공했는데, 그럼 우린 같은 계통에서 일하고 있는 셈이네요.”

경찬이 중간에 끼어들며

“이쪽은 지금 돌고래요트에서 수석디자이너로 일하고 있어요.”

최진경이 부러운 눈초리로 미진을 쳐다보며

“와우. 대단한 실력이시네요. 돌고래에서 수석 하신다니. 학교는 어디 나오셨어요?”

미진이 겸연쩍은 표정을 지으며

"저는 RISD하고 FIT에서 공부를 했어요."

최진경이 입을 다물지 못하고

"와우 역시."

미진을 쳐다보는 그녀의 표정에는 부러움과 아쉬움이 동시에 묻어나왔다. 이번에는 미진이 최진경을 보고 물었다.

"참 진경씨는 어디에서 학위를 하셨어요?"

"아. 네. 저는…… 국내에서 마쳤어요."

최진경은 한국의 한 야간대학에서 산업디자인을 전공했다. 고등학교 때 전교 수석을 놓치지 않았던 그녀는 아버지의 사업체가 부도가 나면서 대학 진학을 포기했다. 훗날 직장 생활을 해서 번 돈으로 야간대학의 학비를 마련했고 또 틈틈이 아르바이트를 하며 생활비를 벌면서 겨우 대학을 마친 터였다. 고향과 최종학력은 평생 따라다닌다는 말이 있지 않은가? 최종학력을 말할 때면 최진경은 늘 더 좋은 대학을 가지 못한 것을 아쉬워했다. 최진경의 표정이 급 우울해졌다.

무거운 분위기를 바꾸려고 경찬이 중간에 끼어들며

"요즘은 한국 대학도 학생들을 잘 가르치는 것 같아요. 우리 회사 국내 학위자 중에도 해외파 못지않게 뛰어난 직원들이 많다니까요."

사실 경찬의 말은 괜한 공치사가 아니었다. 실제로 최진경의 업무 수행 능력은 대단히 높았는데, 무슨 일이든 척척 해내는 최진경을 보고 경찬이 깜짝 놀랄 때가 한두 번이 아니었다. 형편상 좋은 대학에 가지는 못했지만 직장에서 역량을 발휘하는 사람이 어찌 최진경 한 사람뿐이겠는가? 주변을 주의 깊게 둘러보면 최진경같이 실력 있는 사람들이 의외로 많다는 것을 알 수 있다. 물론 그 반대의 경우도 수두룩하다.

식사 중에 걸려 오는 전화를 받기 위해 경찬이 자리에서 일어나 밖으로 나갔다.

통화를 끝내고 자리로 돌아오던 경찬이 두 사람을 보고 빙긋 웃으며

“멀리서 보니 오랜 친구처럼 보이네요.”

경찬이 자리에 앉기가 무섭게 최진경이

“소장님. 저하고 미진씨하고 앞으로 친구처럼 지내기로 했어요. 나이도 비슷하구 전공도 같고…… 맞죠? 미진씨.”

고개를 끄덕이는 미진을 쳐다보던 경찬이 와인잔을 들며

“나야 웰컴이죠. 그러잖아도 MJ가 친구가 없어서 늘 심심해했는데요.”

식사가 끝날 무렵 경찬이 손목시계를 쳐다보며

“디저트 시켜 먹고 출발하면 되겠네요.”

경찬이 손을 들어 웨이터를 불렀다.

후식을 기다리는 도중에, 경찬이 입구에 설치된 대형 TV를 바라보며

“오늘 골프 시합 하이라이트 하네.”

한 채널에서 한국팀이 선전하는 모습과 박세영 선수의 우승 소감 인터뷰 장면을 내보내고 있었다. 인터뷰 장면이 거의 끝나갈 무렵 갑자기 ‘긴급 속보’라는 빨간색 자막이 화면에 떠올랐다.

〈오늘 오후 5시경 남해 뉴코리아조선 R&D센터에서 원인 미상의 폭발 사고 발생. 당직자 사망. 경찰이 사고 원인 조사 중〉

이라는 자막이 화면에 반복적으로 떴다. TV화면에는 어느 시청

자가 제보한 동영상이 보였는데 뉴코리아조선의 R&D센터 건물에서 연기가 나고 있었다.

경찬이 속으로

'저곳은 연구소 본관 입구인데…… 웬 폭발 사고?'

전화를 걸기 위해 경찬이 핸드폰을 집어 들기 전에 그의 핸드폰이 먼저 울렸다. 전화를 건 사람은 경찬의 여비서였다.

경찬이 놀란 표정을 지으며 내심

'어? 뜻밖이네. 웬일로 이 사람이?'

구두나 백은 물론이고 액세서리 하나까지도 명품을 몸에 감고 다니지 않은 날이 없는 그녀는 사내에서 '인간 샤넬'로 통한다. 워라벨을 신봉하는 그녀는 업무시간이 끝나면 회사 일에는 신경을 끊는 편이다. 그런 그녀가 무슨 바람이 불어 오늘 같은 휴일에 전화를 걸다니?

"그래 나요. 방금 TV에서 봤어요. 곧 연구소로 출발할게요."

통화를 마친 경찬이 두 사람을 쳐다보며

"지금 일어나야 할 것 같아요."

레스토랑을 날쌔게 빠져나온 세 사람은 클럽하우스 정문에 대기 중인 리무진에 올라탔다.

경찬이 운전기사에게

"이주임. 먼저 선착장에 들렀다가 우리 연구소로 갑시다."

미진을 여수행 페리 여객선 선착장에 내려준 다음 남해 R&D센터로 갈 참이었다.

차 속에서 미진이 곁에 앉은 경찬의 손을 잡으며

"조심하세요. 오빠."

경찬도 미진의 어깨를 감싸며

"별일 아닐 거야. MJ. 도착하면 문자 보내는 거 잊지 말고."

대답 대신 고개를 끄덕이던 미진이 이번에는 최진경을 바라보며

"진경씨도 몸조심하세요. 다음에 또 만나요."

"네네. 자주 볼 수 있으면 좋겠네요."

잠시 후 골프장에서 멀지 않은 선착장에 미진을 내려준 리무진은 방향을 틀어서 뉴코리아조선R&D센터를 향해 질주했다. 가는 내내 경찬은 깊은 상념에 잠겼다.

'웬 폭발? 단순한 사고일까? 아니면 도둑이 들었나?'

잠시 후 두 사람을 태운 리무진이 R&D센터 정문에 도착했다.

"외부인은 출입 금지입니다."

기관단총을 들고 있는 경찰 두 명이 두 사람을 막아섰다.

"잠시 대기하세요."

두 사람을 막아선 경찰은 반대편 레인에서 대기 중이던 청소 차량에게 다가오라는 손짓을 했다. 그 차량에는 운전자 외에 청소부로 보이는 남성이 서너 명 타고 있었는데 그들도 폭발 사고에 꽤나 놀란 듯 굳은 표정을 짓고 있었다. 출입증에 붙은 사진과 실물을 일일이 대조해보던 경찰이 오케이 사인을 보내자 다른 경찰이 바리케이드를 들어 올렸다. 그 청소 차량은 연구소 정문을 벗어나 시야에서 사라졌다.

기다리느라 짜증이 난 최진경이 자기 사진이 붙어 있는 보안카드를 쑥 꺼내 보이며

"저는 이곳 연구소 직원이고 이분은 여기 연구소 소장님이세요."

손전등으로 두 사람의 얼굴을 확인한 경찰은 가슴에 매달린 소형 마이크를 통해 어딘가로 연락을 주고받았다.

잠시 후 그 경찰이 철문을 열어주면서

"두 분 들어가도 좋습니다."

정문을 지나 걸어가던 경찬은 저만치 사람들이 모여서 웅성거리는 것을 보았다. 경찬이 다가가 보니 그들은 '폭탄감식반'이란 글자가 선명한 조끼를 입고 있었다. 그들은 아직도 시커먼 연기가 피어나는 외벽에 난 구멍을 조사하고 있었다. 작업모를 쓴 감식요원들은 본관 입구로 바삐 걸어가는 경찬 일행을 흘깃 쳐다보고는 이내 하던 일을 계속했다. 그들이 말하는 소리가 경찬의 귀에 들려왔다.

"포탄이 날아오는 것을 본 사람이 없다는데. 그렇다면 수중으로 침투한 다음 포탄을 발사한 건가?"

경찬이 가던 발걸음을 멈추고 그들을 쳐다보며

"아니요. 수중 공격은 아닐 겁니다. 바다 밑에 설치된 전자방어벽을 뚫고 접근하기는 불가능합니다."

경찬은 본인이 연구소 소장이라고 말한 뒤 이곳에 설치된 수중 보안장치에 대해 설명해주었다. 수중 침투는 불가능하다는 취지의 설명이었다.

감식반원들은 수긍하는 듯 고개를 끄덕이며

"그렇다면 지상에서 포탄을 쏘았다는 얘기인데……."

경찬은 감식반원들을 뒤로 하고 본관 빌딩을 향해 발걸음을 재촉했다. 별일 아닐 것이라 생각을 하면서도 경찬은 불안한 생각을 떨쳐내지 못했다.

'서버하고 데이터는 안전하겠지? 이것들에 문제가 생기면 큰일인데.'

그의 머릿속은 데이터 보안에 대한 걱정으로 가득했다. 연구소 본관 앞에도 경찰이 출입을 통제하고 있었다. 경찬의 신원을 확인한 경찰이 경찬 일행을 건물 안으로 들여보냈다. 건물 로비에는 의외로 많은 사람들이 모여 있었는데, 대부분 사복 차림의 경찰이거나 폭발 소식을 듣고 달려온 R&D센터 직원들이었다. 입구에 들어선 경찬의 눈에 처음 들어온 것은 바닥에 깔려 있는 담요였다.

"저게 뭐지?"

경찬의 발길이 절로 담요로 향했다. 경찬을 알아본 경찰이 담요를 들어 보이자 그 밑에는 한 사람의 시신이 놓여 있었다. 뒤통수를 세게 가격당한 듯 머리 뒤에서부터 귓가로 흘러내린 검붉은 핏덩이가 얼굴을 반쯤 덮고 있었다.

가까이 서 있던 경찰 책임자가 다가와 경찬에게

"이 사람을 알아보시겠습니까?"

"네. 우리 연구소 직원입니다. 오늘 주말 당직인 것 같은데요?"

대답하는 경찬의 얼굴에는 당혹감이 배어 나왔다.

잠시 후 경찬이 경찰 책임자를 쳐다보며 엄지로 허공을 한두 번 찌르며

"위층에 제 사무실이 있는데 올라가 봐도 될까요?"

책임자가 턱으로 계단 쪽을 가리키며

"위층들은 이미 조사했는데 별일은 없는 거 같던데요. 그래도 궁금하시다면."

단숨에 계단을 올라간 경찬은 자기 방에 들어서자 곧바로 스위치를 켰다. 사무실이 환해지자 경찬은 반사적으로 책상 뒤에 놓여 있는 검은색 금고로 발길을 옮겼다. 이 금고 속에는 경찬이 R&D 센터에서 개발했던 주요 소프트웨어의 프로그램과 소스 코드 그리고 잠수함 개발과 관련된 기밀자료가 보관되어 있다.

경찬은 지인들에게 자주 말하기를

"이 조그만 금고가 우리 연구소 재산목록 1호입니다."

당연히 이 금고에는 막강한 안전장치가 설치되어 있다. 즉 이 금고를 열기 위해서는 먼저 전면에 설치된 키보드의 12자리 암호를 푼 다음, 별도의 열쇠를 가지고 잠금장치를 열어야 한다. 그런데 키보드의 암호는 연구소의 보안팀에서 따로 관리하고 있으며 또 금고의 열쇠는 경찬이 직접 보관하고 있다. 누구를 막론하고 보안팀의 사전 승인과 경찬의 허락 없이 임의로 금고를 열 수가 없게 되어 있다. 누군가 이 금고를 남몰래 열고자 한다면 용접으로 구멍을 내거나 아니면 통째로 금고를 옮기는 수밖에 없다. 그러나 금고 외피를 감싸고 있는 특수강은 웬만한 용접으로는 뚫기가 어렵고 또 300킬로미터가 넘는 이 무거운 금고를 다른 사람들 눈에 띄지 않게 옮기는 것이 쉬운 일이겠는가? 사실상 불가능하다고 봐야 한다.

금고로 다가간 경찬이 금고 외피를 손으로 툭툭 건드려보기도 하고 표면을 쓸어보며

"휴. 다행이군. 손댄 흔적이 없군."

곧바로 서랍을 열고 보안팀에서 보내준 비밀번호가 적힌 종이를 꺼내서 금고에 다가간 경찬이 키보드를 눌렀다. 그 다음 안주머니에서 전용키를 꺼낸 경찬이 금고를 열었다.

"휴우."

금고 속을 꼼꼼히 체크한 경찬이 안도의 한숨을 내쉬었다. 금고문을 닫은 경찬이 책상 앞에 놓인 의자에 앉고 자기 방 내부를 하나씩 훑어보기 시작했다.

"음. 책장, 그림, 화분, 책상에 있던 사진도 그대로 있고, 마지막으로 모니터……."

화면을 쳐다보던 경찬의 얼굴이 일그러졌다.

그는 혼잣말로

“거참 이상하다. 왜 화면이 깜박거리지? 퇴근할 때 분명히 전원을 끄고 나간 거 같은데.”

보안의 중요성을 알고 있는 경찬이 매일 정해놓고 실천하는 루틴이 있다. 그중 하나가 퇴근하기 전 컴퓨터 전원을 끈 후 금고의 손잡이를 잡아당겨 보는 것이었다.

당혹감에 얼굴이 후끈 달아오른 경찬이 두 손으로 얼굴을 감싸 쥐며

‘화면이 왜 살아있지? 전원을 안 껐을 리가 없는데. 누군가 몰래 내 컴퓨터를 만졌다는 얘긴데? 외부인인가? 아니면 내부인의 소행인가?’

의자에 털썩 주저앉은 경찬이 눈을 감고 생각에 잠겼다.

‘뭔가 느낌이 안 좋아.’

눈을 뜨고 자리에서 일어선 경찬이 책상에 놓여 있는 액자들 중에서 하나를 집어 들었다. 그 사진에서 백발이 성성한 톰슨 박사가 샴페인 잔을 들고 경찬과 함께 건배를 하는 모습이 보였다.

그가 톰슨 박사를 물끄러미 쳐다보며

“톰슨 박사님. 제게 ‘양날의 검’이란 말을 해주셨죠. 지금 그 말씀이 생각났습니다.”

사진 속의 노신사는 여전히 웃고만 있었다. 사진을 들여다보던 경찬이 잠시 옛 생각에 잠겼다.

“별일 없으세요? 소장님.”

경찬이 깜짝 놀라며 뒤를 돌아보니 어느 틈에 최진경이 곁에 서 있었다.

“염려가 되서요.”

경찬은 별다른 내색을 하지 않은 채 모니터를 끄면서

"네. 별다른 일은 없는 거 같네요. 다른 곳도 둘러봤나요?"

최진경이 손으로 옆을 가리키며

"네네. 다른 방들은 별 이상한 낌새가 없는 것 같습니다."

그곳은 최진경을 비롯한 연구소의 직원들이 근무하는 곳이다.

"굿굿. 별일이 없다니 다행이네요. 한번 가봅시다."

경찬이 사무실을 향해 앞장서 걸어갔다. 텅 빈 사무실 이곳저곳을 둘러본 두 사람은 서로 마주 보면서 고개를 끄덕였다.

경찬이 자기 방의 불을 끄며

"자 1층으로 내려갑시다."

경찬이 계단을 내려가자 곧바로 경찰 책임자가 다가왔다.

"위층에는 별일 없으시죠?"

"네. 위층 사무실은 별일 없어 보이는데요……."

경찬은 자기 방 컴퓨터를 누군가가 손댄 것 같다는 얘기는 하지 않았다.

그 책임자가 말을 자르며

"그런데 우리 조사요원 이야기로는, 외벽에서 일어난 폭발 있잖아요?"

경찬은 정문 부근 외벽에 나 있던 시커먼 구멍을 떠올리며

"아 참 그 폭발? 뭐 좀 알아냈습니까?"

그 책임자가 팔을 들어 창문 너머 한 지점을 가리키며

"로켓포로 쏜 것 같대요. 저기 저 반대편 언덕쯤에서 쏜 것 같다는데요?"

경찬이 고개를 갸우뚱거리며

"언덕에서요?"

책임자는 다시 언덕 방향을 향해 팔을 흔들며

"네네. 우리 폭발물 전담팀에서 CCTV, 발사각도와 구멍의 크기 등을 조사했더니, 누군가 저 언덕배기쯤에서 로켓포를 날린 것 같다는데요."

"네? 근데 왜 건물도 아니고 벽에다가 폭탄을 날렸을까요?"

경찰 책임자가 고개를 갸웃거리며

"우리도 그 점이 잘 이해가 안 됩니다."

이때 사복 차림의 경찰이 책임자를 향해 걸어와서 손바닥을 펼쳐 보이며

"뭐가 날아다니길래 몇 개 잡아서 가져왔습니다."

경찰이 내민 손에는 붉은 눈을 쉴 새 없이 깜박이는 파리가 몇 마리 들려 있었다. 그 파리를 들여다본 책임자가 경찬을 바라보며

"이것은…… 로봇 같은데요?"

그 물체를 건네받아 살펴본 경찬이

"이건 소형 드론인데, 일종의 정찰로봇 같은데요?"

"정찰로봇이라구요?"

경찬이 손가락으로 날개를 잡아당기면서

"네네. 이 날개 좀 만져보세요. 힘을 줘도 찢어지지 않거든요. 특수섬유로 만든 날개 같은데."

뭔가 심상치 않은 일이 발생했다는 것을 직감한 그 책임자는

"관계자 외 다 철수시키고 현장을 잘 보존하도록."

그는 현 상황을 상부에 보고하기 위해 서둘러 자리를 떴다.

그날 밤 연구소 내 자기 숙소로 돌아간 경찬은 잠을 이룰 수 없었다. 특히 첨단기술은 '양날의 검'이라는 톰슨 박사의 경고가 그의

뇌리를 떠나지 않았다. 동이 트기가 무섭게 사무실로 나간 그는 폭발사건을 시간대별로 정리하기 시작했다. 평소와 같은 시간에 출근한 비서가 커피와 간식거리를 경찬의 책상에 올려다 놓았다.

경찬이 쿠키를 집어 들며

“오늘 아침 월요미팅을 캔슬하세요.”

비서가 그녀 특유의 새침한 말투로

“네. 알겠습니다.”

경찬이 쿨한 표정을 짓는 그녀를 흘깃 쳐다보며

‘회사 일에 무심한 사람이 왜 휴일 저녁에 전화를 다 했지?’

손목시계를 보며 시간을 체크한 경찬이 핸드폰을 다시 켰다. 어젯밤 늦게 미진하고 통화를 마치고 그는 전화기를 꺼놓았던 것이다. 그가 부재중 통화기록을 보니 많은 전화가 걸려 왔었고 문자 메시지도 수십 통 남아 있었다.

경찬이 리스트를 체크하면서

‘다들 걱정들이 많았군.’

이곳저곳 통화를 하던 경찬이 핸드폰을 내려놓고 앞에 있던 샌드위치를 집어 들었다. 한입 베어 물기도 전에 인터폰을 타고 비서의 목소리가 흘러나왔다.

“소장님. 경찰서에서 손님 오셨습니다.”

“경찰서에서? 네. 안으로 모시고 오세요.”

어젯밤에 만났던 경찰 책임자가 누런 서류 봉투를 들고 방안으로 들어서며

“잘 주무셨습니까?”

경찬이 자리에서 일어서며

“네네. 덕분에.”

두 사람은 방 한편에 있는 탁자를 사이에 두고 앉았다.

"몇 가지 협조 사항이 있어서요."

피곤한 듯 책임자의 목소리가 갈라져 있었다. 그는 손가락으로 위를 가리키며

"무슨 이유인지는 잘 모르겠는데…… 위에서 관심이 많네요."

심각한 그의 표정으로 보아 경찰은 이 사건을 대충 마무리할 생각이 아닌 것 같았다.

경찬이 그 책임자를 쳐다보며

"제가 도울 것이라도?"

커피를 한 모금 마신 그 책임자가 창밖을 내다보며

"우리 아찌들 말로는 외벽에 난 폭발은 미끼 같다는데요."

그가 언급한 아찌는 경찰 내 폭발물 전문가들 같았다. 경찬이 커피잔을 내려놓으며

"미끼라구요?"

"네네. 미끼. 그 뭐냐. 주의를 분산시키기 위해 외벽에다가 로켓포탄을 꽂은 거죠."

경찬이 이해가 안 된다는 듯

"주의 분산이라뇨?"

책임자가 대답 대신 스마트폰을 꺼내 경찬의 코 앞에 들이밀며

"그렇습니다. 주의 분산. 이 CCTV 화면들을 좀 보세요."

경찬이 손가락으로 화면을 터치하며

"이것은 연구소 CCTV 화면 같은데요."

그 화면들은 사고 당일 CCTV가 현장 주변을 녹화한 것들이었다. 책임자가 목소리를 낮추며

"이 화면들을 살펴보았더니 매우 수상한 점이 발견되었습니다."

그는 계속해서

"그니까. 당일 출입자 명단을 체크했더니 어제 연구소에 발을 들인 사람은……."

잠시 말을 끊은 그가 말을 이어가며

"어젯밤 보셨던, 카펫에 싸여 있던 그 피살된 당직자하고 이 청소부들뿐입니다."

책임자가 손가락으로 화면 속을 오가는 청소부들을 가리키며

"화면을 샅샅이 뒤져보았는데, 이 사람들 외에는 눈에 띄지 않더군요."

화면에서 눈을 뗀 경찬이 책임자를 바라보며

"맞습니다. 누구든지 연구소에 발을 들여놓는 순간부터 이 CCTV에 잡히게 되어 있습니다."

책임자가 경찬을 지그시 흘겨보며

"그런데 소장님. 휴일에 청소부가 몇 명 정도 오는지를 알구 계세요?"

경찬이 겸연쩍은 표정을 지으며

"그것까지는……."

책임자가 씩 웃으면서

"그것까지는 모르시겠죠? 이곳 경비책임자 말로 휴일에는 통상 세 명이 한 조를 이루어서 일한답니다. 그들은 통상 오전 10시부터 일을 시작하고 오후 5시경에는 다 같이 퇴근한다는데요."

그는 화면을 몇 개 더 보여주며

"이 화면들을 보면, 오전에는 청소부가 분명 네 사람이잖아요? 근데 늦은 오후에는 네명이 아닌 3명만 돌아다니잖아요?"

책임자는 각기 다른 시간대에 찍은 다른 여러 화면들을 경찬에

게 보여주었다.

"어어. 정말? 오전에는 분명히 4명인데 오후 늦은 시간에 한 명이 안 보이네요?"

책임자가 의미심장한 미소를 지으며

"그 청소부들을 불러서 조사해 봤더니 세 명은 서로 잘 아는 사이인데 나머지 한 명은 잘 모르는 사람이라 하더군요."

"모른다구요?"

책임자가 입술을 뾰족하게 내밀며

"글쎄? 어제는 일거리가 많아서 한 명이 더 왔나보다 생각했대요. 일 마치고 갈 때 그 사람이 안 보이길래 일 마치고 먼저 갔나보다 했대요."

경찬이 놀라는 표정을 지으며

"그렇다면 없어진 그 청소부는?"

"이 화면을 한번 보세요."

"음."

책임자가 보여준 화면을 쳐다본 경찬의 입에서 신음 소리가 절로 튀어나왔다. 그의 시선은 여전히 화면을 바라보고 있었다.

"어어. 여기 한 사람이 창문을 타고 건물 밖으로 나가는 게 보이네요. 정문을 놔두고 왜 창문을?"

책임자가 고개를 쳐들고는

"이때가 오후 5시경이니까 폭발이 난 시각하고 비슷하잖아요? 폭발이 나며 소란한 틈에 현장을 탈출한 거죠. 뭐 짚이는 것이 없습니까?"

"뭐. 별루……."

책임자는 손가락으로 자기 이마를 툭툭 치면서

"우리 생각에는 그자가 범인이요. 당직자를 죽인 놈이요."

"……."

수많은 생각들이 경찬의 뇌리를 스치고 지나갔다. 야생마처럼 경찬의 머릿속을 쏘다니고 있는 사건의 여러 조각들은 서로 연관성이 있는 것 같았다.

"그 친구가 범인이라고 친다면 왜 살인까지 했을까요? 조용히 사라지면 될 것을?"

책임자가 두 주먹을 맞부딪치며

"그 당직자는…… 뭔가 일진이 나빴다고 봐야죠? 볼일 다 마치고 건물을 빠져나가던 용의자와 우연히 딱 마주친 거죠. 그러다가 당한 거죠."

책임자가 동영상을 끄면서

"혹시 이 연구소에 중요한 물건이 많습니까? 뭐 돈이 될만한 거라던가."

잠시 생각해 보던 경찬이 고개를 가로저으며

"뭐 별루. 귀금속이나 현찰 같은 거는 없구요. 정보하고 데이터 정도지요. 근데 그조차도 외부인이 침입해서 빼 나가기는 어렵게 되어 있거든요."

"어렵다구요?"

경찬이 자신 있다는 말투로

"네. 강력한 보안장치가 설치되어 있거든요. 뭔가 들고 나가기는 어렵습니다."

경찬이 금고의 보안장치에 대해 간단히 설명해주었다.

책임자가 수긍한다는 듯 고개를 몇 번 끄덕이고는

"그렇다면 가능성은 그 뭐냐, 힘들이지 않고 꺼낼 수 있는 데이터나 정보 같은 것을 칩이나 USB에 담아서 빼갈 수 있잖아요?"

잠시 생각해 보던 경찬이 고개를 갸우뚱거리며

"그럴 가능성이 있겠는데요."

"그런 경우라면…… 내부에 협조자가 있다는 얘기가 되는데?"

"넷? 내부 협조자라구요?"

내부 협조자라는 말이 경찬의 머리를 세차게 때렸다.

멍한 표정을 짓고 있는 경찬을 쳐다보던 책임자가

"뭔가 짚이는 것이 있습니까?"

뜸을 들이던 경찬이

"내부 협조자라고 말씀하셨잖아요? 사실 어젯밤 내 컴퓨터 모니터가 켜져 있었거든요."

경찬은 책임자에게 누군가가 자기 모니터를 손댄 거 같다는 말을 덧붙였다.

책임자가 힐난하는 말투로

"그걸 왜 이제야 얘기하는 겁니까? 소중한 단서 같은데."

잠시 후 자리에 앉은 두 사람은 내부 협조자가 있다는 전제 하에 사건의 전말을 정리해보기 시작했다.

책임자가 먼저 입을 열면서

"임직원들 중에서 주말 당직자 빼고 휴일에도 건물 내부를 자유롭게 드나들 수 있는 사람은 몇 명이나 됩니까?"

"저하고 핵심 간부들 그리고 고참 연구원들 몇 명뿐입니다."

"그분들 신상을 간단하게 말씀해 주시겠어요?"

"네네. 말씀드리자면……."

경찬은 그들에 대해 간단히 설명해 주었다.

책임자가 실망한 표정으로

"정말 회사일하고 연구만 하시는 분들 같네요."

허공을 바라보며 입맛을 다시던 책임자가

"참 어젯밤의 그 파리 기억나시죠? 정찰로봇."

"네. 네."

"한두 마리가 아닙니다. 연구소 주변에 쫙 깔렸어요. 파리뿐만 아니라 잠자리, 매미 등등…… 마치 정찰로봇의 경연장 같아요. 우리 소장님은 그 사실을 알고 계셨습니까?"

"아니요. 전혀 몰랐습니다."

책임자가 씩 웃으며

"이곳에 뭔가 대단한 비밀이 있기는 있는 모양인데요?"

잠시 후 핸드폰이 울리자 발신자를 체크한 책임자가

"위에서 급하게 찾는 모양입니다. 또 연락드릴게요."

책임자가 사라지자 경찬은 그 자리에 그대로 풀썩 주저앉아 생각에 잠겼다.

다음 날 아침
여의도, 서울

요즘 잘나가는 신생 투자회사 KAIT(Korea AI Trading)의 창업자이자 CEO인 김연준이 IFC빌딩의 고층 사무실에서 커피를 마시며 창밖을 내다보고 있다.

〈우리는 절대수익을 추구합니다. 최저 8%.〉

KAIT는 수익률 면에서 타 경쟁사를 압도하며 설립 당시 내걸었던 약속을 지켜내고 있었다. KAIT는 AI(인공지능)를 활용해서 투자를 하고 있었는데 AI 운용 프로그램은 MIT MBA를 취득하고 세계적인 금융회사 뱅가드에서 다년간 투자 경험을 쌓은 수재 김연준이 직접 개발한 것이었다.

"대단한 AI야. 사람이 당할 수 없어."

수많은 투자자들이 찾아와 자금을 맡아달라고 아우성을 쳤지만 김연준은 더 이상 신규 자금을 유치할 생각이 없었다.

"우리 프로그램 캐파가 다 찼습니다. 다음 기회에."

요즘 김연준은 아침부터 돈을 싸 들고 오는 고객들을 돌려보내느라 진이 빠진 터였다.

오늘 아침 그의 머리는 경찬으로 가득 차 있었다. 두 사람은 MIT 유학 시절 친형제처럼 지냈던 사이가 아니었던가? 연준이 핸드폰을 집어 들었다. 전날 남해연구소 폭발 소식을 듣고 곧바로 연락을 하려고 맘먹고 있었는데 이제야 짬이 난 것이다.

"어? 연준 형."

"그래. 나다 경찬아. 니네 연구소 폭발 사고 났다며? 니 안부가 궁금해서 걸었다. 별일 없냐?"

즉답을 하지 않고 잠깐 뜸을 들이던 경찬이

"그럼 그럼. 여기는 별일 없고…… 뉴스에 난 그대로야."

"사람도 죽었다면서?"

경찬이 말을 자르며

"형. 자세한 얘기는 나중에 만나서 하자."

잠시 생각해 보던 김연준이 내심

'전화상으로 길게 얘기하고 싶지 않은 거구나.'

그는 대수롭지 않다는 듯이

"오케이. 별일 없는 거 같구나. 글구 예술의 전당에서 멋진 공연하더라. 그때 함 뭉치는 거 어떠냐?"

장군멍군이다. 이번에는 경찬이 부러 유쾌한 말투로

"격하게 찬성이유. 그러고 보니 형 얼굴 안 본지 꽤 오래됐네."

"이러다 우리 얼굴 잊어먹겠다. 미진씨랑 같이 와. 티켓 두 장 보낼게."

"생큐. 형."

"마이 플레져. 나는 미경이 데리고 갈게."

"참. MK는 잘 하고 있어요?"

연준이 웃으며

"그래. 얼마 전 퀀트애널(quantitative analyst)부서로 옮겼어."

퀀트애널은 통계자료를 활용해서 기업분석을 하는 리서치 전문가다. 김미경은 미국 동부의 명문대학 NYU에서 MBA 학위를 따고는 작년 오빠 회사에 입사했었는데 순환근무를 하면서 업무 지식을 쌓는 중이었다.

"굿 뉴스네요. MK에게도 안부 전해주셔요."

"오케이. 미진씨에게 안부 전해주라."

7
M&A카드를 만지는 검은 손

2026년 겨울
힐튼 호텔
런던, 영국

두 사람이 창가에 서서 런던 시내의 야경을 내려다보고 있었다.

그중 한 사람이

"그래. 한국의 뉴코리아조선 건은 잘 되고 있나? 코시킨. 그 잠수함 설계도가 담긴 USB를 입수했다구?"

양손을 꼭 쥔 코시킨이

"네. 회장님. 우리 애들이 그 USB를 들여다보고 있습니다만 아직도……."

회장이란 사람은 턱수염을 만지며 여전히 창밖 멀리 하이드파크를 내려다보며

"아직도? 무슨 문제가 생겼남?"

그는 바로 카심 회장이었다.

"아닙니다. 특별한 문제라기보다는 우리 애들이 들여다보고는

있는데…….”

카심 회장이 날카로운 눈빛으로 상대방을 쏘아보며

“우리 애들이라면?”

“네네. IK(Invincible Kids, 무서운 녀석들)팀입니다.”

IK는 뉴밀레니움그룹 자회사인 ‘뉴텍비젼’의 한 부서다. 이 부서는 전직 해커 출신들로 구성되어 있는데 주로 불법으로 취득한 정보를 해독하는 일을 맡고 있다.

카심 회장이 아랫입술을 쭉 내밀며

“아. 그 해커녀석들.”

눈치를 살피던 코시킨이 멋쩍은 표정으로

“그 설계도를 샅샅이 뒤지고는 있는데 아직 특별한 점을 찾지 못했다고 합니다. 회장님.”

“고랫?”

“넵. 미국이나 러시아 신형 핵잠의 설계도하고 별반 차이가 없다고 합니다.”

코시킨은 말미에 ‘뉴텍비젼’은 전 세계 신형 잠수함의 설계도는 거의 다 확보하고 있다고 덧붙였다.

한동안 말이 없던 카심 회장이 야릇한 미소를 지으며

“그렇다면 뻔하지, 뻔해. 비밀을 어딘가에 꽁꽁 숨겨놓았구먼. 그 비밀을 감춘 자를 잡아 족쳐야 쓰겠군. 왜? 그 송인가 뭔가 하는 어린 친구 있었잖아?”

핵심을 짚어내는 카심 회장의 능력은 타의 추종을 불허한다. 그는 한국형 핵잠의 비밀을 송경찬이 쥐고 있다고 정확하게 짚어냈는데, 타고난 그런 재능 덕에 무기상으로 성공할 수 있었던 것이다.

카심 회장이 오른손 주먹으로 왼 손바닥을 치면서

"코시킨. 걍 핵심을 치고 들어가게. 껍데기를 백날 두들겨봐야 시간 낭비만 한다니까."

카심의 말을 알아들은 듯 코시킨이

"넵. 회장님. 즉시 후속 조치를 마련하겠습니다."

"준비가 되면 다시 찾아오게나. 코시킨."

"넵"

그다음 주

같은 장소에서 만난 두 사람

"그래. 후속 작업을 시작하겠다구? 코시킨."

"양면작전으로 추진하겠습니다. 회장님. 하나는 간단한 방법인데, 송경찬 그 친구…… 손 좀 보겠습니다."

코시킨이 손가락으로 목을 긋는 시늉을 했다. 카심 회장이 씩 웃으며

"그렇지. 바로 그거야. 이왕 손을 보려면 확실하게."

"넵넵."

잠시 후 카심 회장이 입을 열며

"참. 아까 양면작전이라고 했지? 또 다른 방법은?"

코시킨이 지체 없이

"넵. 그 친구 손 좀 보기 전에 먼저……."

"먼저? 말해보게나."

"넵. 일전에 얼핏 말씀드렸다시피, M&A가 어떻겠습니까? 회장님."

카심 회장이 코시킨을 물끄러미 쳐다보며

"고래. 자네가 전에도 M&A 얘기를 꺼낸 적이 있었지?"

"네. 회장님. 우리 애들이 지금까지도 못 찾아낸 것을 보면 핵심 소프트웨어를 회사 깊숙이 감추어 놓은 것 같습니다."

카심 회장이 두 팔을 허공으로 힘차게 뻗으며

"숨겨놓았으니 돈이 되는 게지."

코시킨이 카심 회장에게 한 발짝 다가서며

"감추어 놓아봤자 M&A해서 회사를 사버리면, 기술이고 정보고 모두 다 우리 것이 되지 않겠습니까? 회장님."

카심 회장이 수긍한다는 듯 고개를 끄덕이며

"그건 그렇지."

그는 연이어

"그런데 M&A 말이야. 팔려는 놈이 팔아야 되는 거구 또 자금이 꽤 들 텐데……."

역시 머리 회전이 빠른 카심 회장이었다. 사실 매수자가 자금 조달에 실패하거나 혹은 매도자가 마음을 바꾸는 바람에 M&A딜이 깨지는 경우가 많은 것은 사실이다.

코시킨이 기다렸다는 듯

"네. 그 문제들은 잘 풀 수 있을 거 같습니다."

"오 그래?"

"넵. 소문에, 그쪽 대주주가 자금이 말려서 값만 맞으면 급하게 팔겠다고 합니다."

카심 회장이 눈을 크게 뜨며

"고랫? 그렇다면 자금은?"

코시킨이 기다렸다는 듯이

"우리 그룹에 카이저펀드가 있지 않습니까? 그쪽하고 이미 상의를 해보았습니다."

"오 그랬어? 뭐라고 하던가?"

그 보스에 그 부하였다. 노련한 카심 회장의 심복 역할을 아무나 하는 게 아니다. 코시킨이 차근차근 말을 이어 나갔다.

"이전에 말씀드린 것하고 크게 달라진 게 없습니다. 회사만 좋으면 돈을 댈 투자자가 널려 있다고 들었습니다. 우리는 약간의 시드머니만 준비하면 된다고 합니다."

시드머니란 일종의 마중물로서 딴 투자자들을 끌어들이기 위해 매수자가 미리 태우는 돈을 말한다.

카심 회장이 눈을 지그시 깔며

"얼마나 태우면 된대?"

"보통 전체 인수금액의 20%에서 40% 정도라고 했습니다."

"꾸웨이스. 그 정도 돈이라면…… 해 볼 만 하겠군."

기분이 좋아진 카심 회장의 입에서 영어 대신 꾸웨이스라는 아랍어가 절로 튀어나왔다. 뼛속 깊이 아랍인인 카심 회장은 기분이 좋아지면 꾸웨이스, 함두렐라, 알라 아크바르 같은 아랍말을 자주 내뱉었다.

"네. 회장님. 회사를 통으로 사가지고 기술을 빼낸 다음 경영권을 되팔고 나오면 꿩 먹고 알 먹는 격이 아니겠습니까?"

"그렇지. 일이 술술 풀리기만 한다면 그야말로 일석이조지."

왼손으로 자기 턱을 문지르던 카심 회장이 코시킨을 쳐다보며

"기술을 빼고 나면 그 회사는 껍데기만 남는 셈인데, 그래도 손해 안 보고 팔고 나올 수 있을까?"

"넵. 포장만 잘하면 사겠다는 사람이 많다고 합니다."

카심 회장이 빙그레 웃으며

"그렇지. 포장이 중요하지. 투자업계도 만만치 않군. 무기상보다 더 흉측하군……."

실내를 걸어 다니던 카심 회장이 발걸음을 멈추고는

"참. 대주주가 자금 사정이 안 좋다고 했나? 코시킨."

"넵. 자금이 바짝 말랐다는 소문이 파다합니다."

카심 회장이 씩 웃으며 혼잣말로

"흠흠. 늘 자금이 아킬레스건이야. 쓰러지는 눔들 보면, 결국 자금이지."

그는 연이어 코시킨의 동의를 구하는 듯이

"약점을 훅 치고 들어가야 뭐든지 헐값에 살 수가 있는 법이지. 안 그런가? 코시킨?"

"옳은 말씀입니다."

잠깐 생각해 보던 카심 회장이

"그래. 옛날에도 그랬어. 돈이 말리면 별생각을 다 하게 되어 있지. 아마 똥 무더기를 여기저기 싸놓았을 거야."

코시킨이 말을 받으며

"넵. 그곳을 집중적으로 파 보겠습니다. 회장님."

"참. 그리고 걔들…… 필름 말이야."

"네?"

카심 회장은 갑자기 화제를 바꿔 상대방을 당혹하게 만드는 재주가 있다.

"그 뭐냐? 잠수함 외벽을 감싸고 있다는 그 필름 있잖아? 뭔가 있을 거 같지 않아? 실물을 함 구해보라구."

잠깐 뜸을 들이던 코시킨이 격하게 고개를 끄덕이며

"아 네. 생각해 보니 저도 그 필름에 무슨 비밀이 있지 않나……

수상해 보였습니다."

"꾸웨이스. 최대한 빨리 구해서 함 들여다보라구."

"넵 회장님."

입을 다물고 팔짱을 낀 채 빗방울이 떨어지는 창밖을 내다보던 카심 회장이

"이 정도 비는, 하이드파크에서 산책하기 딱 좋은 날씨야."

카심 회장이 서랍장을 열고 우산을 꺼내 들자 코시킨이 눈인사를 하며

"회장님. 이만 물러가겠습니다."

코시킨이 방문을 나설 때, 카심 회장이 코시킨을 불러세우며

"코시킨. 이 일이 잘 마무리되면 자네에게도 한 몫 떼어줌세."

한번 뱉은 말은 꼭 지킨다고 소문이 난 카심 회장이 한 몫을 약속한 것이다. 코시킨처럼 온갖 풍파를 겪은 사람이 돈의 위력을 모를 리 없다. 돈 없고 힘 빠지면 이 세상에 자기를 반겨줄 사람 없다는 것쯤은 잘 알고 있는 그였다. 이 순간 코시킨은 카심 회장에게 진심으로 고마움을 느꼈다.

'손이 크기로 소문난 회장님이 한 몫이라고 했으니, 아마도 엄청난 금액일 것이리라.'

"충성을 다해 모시겠습니다. 회장님."

잠시 후 자기 방으로 돌아온 코시킨은 카이저펀드의 책임자에게 전화를 걸었다.

"존 왈라드군?"

"넵, 대장님. 전화 주셨습니까?"

카이저펀드 CEO 왈라드는 스마트한 사람이다. 그는 그룹 내 실

세인 코시킨의 비위를 맞추기 위해 전력을 다하고 있었는데 대장님(Big Boss)이라는 호칭도 그 노력의 일환이다.

레바논계 아버지와 영국계 어머니 사이에서 태어난 왈라드는 미국에서 태어난 아랍계 2세다. 미국 동부의 명문 컬럼비아 대학교에서 MBA를 취득하고 글로벌 투자은행 HSBC의 M&A부서에서 근무하던 금융전문가였다. 그러나 그의 직장 생활은 생각만큼 잘 풀리지 않았는데, 그는 인종차별 때문이라고 여기며 내심 불만이 많았다.

'아랍계라고 차별하는 거야, 뭐야?'

사실 앵글로색슨이나 유태인들이 지배하는 런던이나 월스트리트 같은 국제 금융가에서 왈라드 같은 아랍 혈통이 성공하기는 쉽지 않다. 보이지 않는 유리 천장에 좌절할 때가 적지 않다. 평소 사내 인사정책에 불만이 많았던 왈라드는 오래전 동료인 잭 압둘라와 함께 신생 카이저펀드로 옮겼다.

"카이저펀드의 대주주가 아랍인이잖아요."

왈라드는 카이저를 택한 이유를 굳이 감추지 않았다. 카이저로 이직한 후 헌신적으로 일했던 왈라드와 압둘라는 매년 고속 승진을 거듭했다. 카이저가 명운을 걸고 인수한 '시스템 시큐리티'의 인수 TF팀에서 일했던 왈라드는 맹활약을 하며 능력을 인정받았다. 특히 외부자금을 끌어모으는 데 핵심적인 역할을 수행했던 왈라드를 두고 코시킨은 칭찬을 아끼지 않았다.

"왈라드. 자네의 역할이 매우 컸네."

코시킨으로부터 큰 신임을 얻은 월라드는 얼마 전 카이저펀드의 CEO로 취임하게 되었다. 방금 전화를 건 코시킨은 대뜸 본론으로 들어갔다.

"왈라드. 그 일전에 얼핏 이야기했던 뉴코리아조선 건 말일세."

코시킨이 얼핏 언급했다고 해서 왈라드 같은 충복이 흘려들었을 리 없다.

"아. 네. 그 한국의 조선회사 말이죠?"

코시킨이 흡족한 미소를 지으며

"그래. 우리가 집어삼켜야겠는데. 역시 자네가 힘 좀 써야겠어."

코시킨은 M&A건에 대해 카심 회장의 오케이 사인이 났다는 말을 덧붙였다.

"넵. 대장님. 기회를 주셔서 감사합니다. 참, 그 M&A. 우호적입니까, 아니면 적대적 M&A입니까?"

매매 쌍방의 동의 하에 협상이 진행되면 우호적이라 부르고 반대로 매도자의 의사를 무시하고 매수자가 일방적으로 거래를 진행하는 것을 적대적이라 부른다.

"그런 거는 상관없네. 협상이 잘 되면 우호적으로 가는 거구 아니면 빼앗는 거지."

"알겠습니다. 보스."

"우리 자체 자금은 최대 20~30%면 된다고 했잖아?"

코시킨이 불과 몇 시간 전 카심 회장에게는 20~40%라고 얘기했지만 지금은 20~30%라고 낮추어 말하는 데는 다 이유가 있었다. 명석한 코시킨은 M&A에 투입되는 자체 자금을 가능한 줄이고 싶은 카심 회장의 의중을 잘 알고 있었던 것이다.

왈라드는 내심

'예전에 분명 20~40%라고 말씀드린 것 같은데?'

그러나 눈치 빠른 왈라드는 내색하지 않고

"넵. 20~30%면 충분합니다."

"굿굿."

"이미 타임 테이블도 만들어 놨습니다, 보스. 지금 보낼까요?"

성공하는 직장인들은 남다른 면이 있는 법이다. 그들은 상사가 궁금해하거나 원하는 것을 잘 알고 있으며 미리 준비해 놓고 있다.

"베리 굿. 즉시 이메일로 보내도록 하게."

"넵. 보스."

통화 말미에 코시킨이

"참. 왈라드군. 우리를 대신해서 뉴코리아조선의 대주주와 접촉해 줄 사람을 찾을 수 있겠나?"

"접촉한다고 하면?"

"걔들이 회사를 팔 의향이 있는지 없는지 정확하게 알아봐야지."

"아 네. 그 일이라면…… 이미 몇 군데 수배해 놓았습니다."

코시킨은 속으로 감탄하며

'어쭈구리 이 친구 보게나. 이쁜 짓만 골라서 하네.'

"오. 그랫? 어떤 애들인가?"

"후보자가 몇 군데 있는데……"

왈라드의 설명을 들어본 코시킨이

"그중에 어디가 제일 낫겠나?"

잠시 후 왈라드의 목소리가 전화기를 타고 흘러왔다.

"링 클로버가 어떻겠습니까? 대장님."

왈라드는 카이저펀드의 현 고문변호사인 영국계 로펌 링 클로버를 추천했다.

"링 클로버? 걔들 한국에 대해서도 잘 알겠지?"

"잘 할 겁니다. 한국에 현지법인을 낸 지가 꽤 오래됐습니다."

"그래? 그럼 걔들보고 상대방의 의중을 파악해달라고 하게. 회사를 팔 생각이 있는지? 있다면 가격은 어느 정도를 부를 건지?"

"네, 그렇게 하겠습니다. 시간은 언제까지로 할까요, 보스?"

"ASAP."

짧은 코시킨의 대답을 끝으로 그들의 통화는 끝났다. 이것저것 생각해 보던 코시킨이 왈라드에게 문자 메시지를 보냈다.

"친애하는 왈라드군. 세부 계획을 가지고 홍콩으로 날아오게. 조만간 회장님을 모시고 홍콩에 갈 일이 있다네."

왈라드의 답신이 금방 도착했다.

"넵. 알겠습니다. 보스. 언제쯤 갈까요?"

"그건 나도 모르네. 회장님하고 상의한 후에 연락할게."

"넵. 대장님. 대기하고 있겠습니다."

왈라드하고 통화를 끝낸 코시킨이 곧바로 핸드폰을 들었다. 잠시 후 핸드폰을 통해서 한 남자의 목소리가 흘러나왔다. 러시아 말이었다.

"접니다. 형님."

"잘 지냈냐? 비신스키."

몇 마디 안부를 주고받은 후 코시킨이

"다 잘 있다니 다행이다, 아우야. 그 한국 조선회사 있잖아?"

코시킨하고 관련되는 일은 잊는 법이 없는 비신스키다.

"네. 형님. 잠수함 만든다는 그 회사 말이쥬?"

"응응. 그 잠수함 회사. 그때 그 물건은 잘 받았어. 우리가 쳐다보고 있는 중이야."

"아? 그때 그 USB. 뭐 좀 건졌수?"

"노놋. 그 USB. 들여다보고 있는데 아직도……."

뭔가 아쉬운 듯 입맛을 다시던 코시킨이 말을 이어가며

"참. 한국에 나가 있는 니네 잔챙이들 조심시켜야 쓰겠더라. 한국 경찰 애들은 단순 폭발 사고로 안 보는 것 같아. 사람이 죽다 보니까."

그는 부하들을 잔챙이라고 부른다.

"아 글쎄. 그 죽은 친구, 운도 지지리도 없었나 봐요. 청소부로 가장한 우리 애가 물건 가지고 나오다가 복도에서 맞닥뜨렸대요. 애초에 죽일 생각은 없었다는데…… 일이 커져 버렸슈."

"뭐. 할 수 없지. 흔적을 남겨 좋을 게 없으니까."

흔적이라는 말을 듣고 갑자기 생각난다는 듯 비신스키가

"참. 그 회사 내부에 심어 둔 끄나풀은 어떻게 할까요? 없애 버릴까요? 어차피 일 끝나면 필요 없잖아요?"

잠시 생각해 보던 코시킨이

"아니 아니. 조금 일러. 할 일이 또 생겼어."

"그래유?"

"뭐냐 하면…… M&A 관련…… 링 클로버……."

코시킨은 비신스키에게 지금까지의 진행 상황과 앞으로의 계획을 자세히 설명해주었다.

코시킨은 연달아

"M&A 관련 여러 일을 매끄럽게 처리하려면, 그 회사에 추가로 프로 애들 몇 명쯤 더 심어야 할 것 같아. 기존에 심어놓은 끄나풀과는 별도로."

코시킨은 전직 군인이나 전문 킬러, 금융전문가와 회계사 등 여러 종류의 조력자들이 필요하겠지만 세부 사항은 앞으로 전개되는 상황에 따라 달라질 것이라는 말을 덧붙였다.

"한 10명이면 되겠어요?"

한국의 기업형 조폭들과 긴밀한 관계를 유지하고 있는 비신스키에게 인력 몇 명 구하는 것은 전혀 힘든 일이 아니었다.

손가락을 구부리면서 숫자를 세어보던 코시킨이

"인력수급 문제는 구체적인 그림이 나오는 대로 연락할게."

"오케바리. 언제든지 연락주세유."

코시킨은 대화 말미에

"글구. 하나만 더 부탁할게. 비신스키."

"말씀하슈."

"그, 잠수함 몸체에 입히는 필름이 있는데……."

코시킨은 잠수함의 동체를 감싸고 있는 나노필름에 대해 자세히 설명을 했다.

코시킨의 말이 끝나자 비신스키가

"그니까. 그 필름의 실물을 구해달라. 뭐 그런 야그 아니유?"

"그래 맞아. 실물. 우리 영감님도 오케이 하셨어."

코시킨이 지칭한 영감님은 카심 회장이었다.

"알았슈. 함 구해볼께요."

간단한 마무리 인사를 교환한 그들은 통화를 마쳤다.

비슷한 시각
미래전략방위과학연구소(미전방과)
중국 북동부

수십 년 전에 설립된 중국과학원은 기초 및 자연과학을 연구하는 중국의 가장 권위 있는 싱크탱크 기관 중 하나로서 중국 대륙 북동부 지역에 위치하고 있는데 수십 년 전에 설립되었다. 중국과학원은 각처에 연구소를 운영하고 있는데, 미전방과는 그중에서도 국가적 과제를 수행하는 핵심 연구소다. 이 연구소에는 수천 명의 석박사급 연구원이 근무하고 있는데 그들은 지하 벙커에 위치한 수많은 실험실에서 각종 프로젝트를 수행 중이다. 연구소 정문에는 붉은 글씨가 새겨진 큰 비석이 서 있다.

〈중국의 미래는 우리가 지킨다.〉

이 연구소는 매년 여러 개의 신무기나 장비를 개발해내고 있는데, 이 중에는 이미 야전에서 채택된 것들도 많다. 몇 년 전 실전 배치된 요격미사일 '건곤'도 그중 하나다. 위성의 지시를 받아 발사되는 '건곤'은 이 지구상의 어떤 항공모함이라도 요격하여 격침시킬 수 있다고 알려져 있다.

"'건곤'이 무서운 게지."

근래 남중국해 인근 해역에서 미국 항모전단의 활동이 뜸해진 것을 두고 '건곤' 때문이라고 말하는 전문가들이 많다.

현재 이 연구소의 소장은 왕리창이란 인물인데 그는 연구소의 위상에 걸맞게 국가안보위원회 상임위원직을 겸하고 있다. 평소 느긋한 그가 아침부터 안절부절못하고 자기 사무실 내를 오가며 서성거리고 있었다.

시계를 들여다본 그는 2층 사무실을 걸어 나오며 비서를 향해

"지하 6층에 다녀오겠소."

집무실 옆에 설치된 전용 엘리베이터를 타는 왕소장의 손에는 잡지가 하나 들려 있었다. 지하 6층은 해상 신무기 개발팀이 일하는 곳인데 그 팀은 현재 가상적국의 핵잠수함을 겨냥한 신종 어뢰의 개발을 하고 있다. 이 무슨 아이러니인가. 이 팀의 총책임자는 바로 송경찬의 절친 전원기 박사였다. 한 사람은 어뢰 공격에서 자

유로운 최강 핵잠수함을 만드는 중이고 반대로 그의 절친은 그 잠수함을 깨부술 어뢰를 개발하고 있으니 말이다. 왕소장이 연구개발실 문을 열고 들어가자 그를 알아본 몇몇 연구원들이 벌떡 일어섰다.

"수고들이 많소."

왕소장은 주변에 있는 연구원들과 일일이 인사를 나누었다. 그들은 하나같이 중국 전역에서 선발한 이공계 수재들이었는데 이 중에는 외국의 명문대학 출신들도 많았다.

사무실을 한바퀴 둘러본 왕소장이 유난히 도수가 높은 안경을 낀 연구원을 바라보며

"전박사는 어디 있소?"

그 연구원이 실험실로 달려갈 태세를 취하며

"지금 어뢰 실험 중입니다. 당장 불러오겠습니다."

"아니 아니. 여기서 기다리겠소."

왕소장이 손사래를 치며 곁에 있는 의자를 끌어와 그 위에 앉았다. 그는 주변에 모여든 연구원들에게 각자 위치로 돌아가라는 손짓을 한 후 손에 들고 있던 잡지를 펼쳤다.

약 30분 후, 실험실 문이 열리며 전원기가 여러 연구원들과 말을 주고받으며 천천히 걸어 나오고 있었다.

왕소장을 발견한 전원기가 빠른 발걸음으로 다가와서는

"오신 줄 미처 몰랐습니다. 소장님."

왕소장이 손사래를 치며

"일부러 연락을 안 했소. 차 한잔 얻어 마시러 왔소. 전박사."

잠시 후

전원기의 집무실

소파 중앙에 자리 잡고 앉은 왕소장이 엄지를 세우며

"차 맛이 일품이요. 전박사."

"운남성에 사는 지인이 보내온 보이차입니다."

차를 마시던 왕소장이 눈을 지그시 감고는

"전박사. 오늘이 무슨 날인지 알고 있소?"

"네. 알고 있습니다."

"선친의 기일 아니오? 요즘 전박사 얼굴도 자주 못 봤고…… 겸사겸사 내려왔소."

왕소장이 돈이 든 봉투 하나를 건넸다.

전원기가 두 손을 모으며

"매년 잊지 않고 챙겨 주시니 몸 둘 바를 모르겠습니다."

"내 늘 하는 얘기지만 선친 일은 다들 안타깝게 생각하고 있소. 조금만 더 오래 사셨더라면 국가를 위해서 큰일을 해낼 분이었는데……."

"네……."

전원기의 눈시울이 붉어졌다. 왕소장이 찻잔을 내려놓으며

"빈말이 아니라, 우리 중국 인민은 전학삼 박사님도 그렇고 전박사 가문에게 큰 빚을 지고 있소.

전학삼 박사는 '중국 미사일의 아버지'라는 칭송을 받고 있는 과학자다.

"제게는 할아버지뻘이 됩니다."

"그렇다고 들었소. 나도 한때 그분 밑에서 일한 적이 있었지."

왕소장은 옛일을 회상하듯 살포시 두 눈을 감았다.

"그 어른, 정말 고집이 세셨지."

"네에?"

여전히 눈을 감은 왕소장이 고개를 끄덕이며

"벌써 오래전 얘기지. 우리 중국이 미국과 소련 놈들에 맞서 미사일 개발을 시작했을 때였는데, 매우 시끄러웠지."

그가 고개를 가로저으며

"아니. 시끄럽다기보다는 힘들었다는 말이 사실에 더 가깝지."

"네네."

"전학삼 박사님이 없었다면 불가능했지. 그분…… 미국에서 힘들게 모셔 왔지. 정말 힘들었어."

"그 얘기 얼핏 들은 적이 있습니다."

왕소장이 고개를 절레절레 흔들며

"미국 놈들 지독해. MIT인가 Caltech이던가? 교수하시던 그 어른을 가택 연금시켜 놓고서는 출국 금지시켜서 중국으로 못 간대. 우여곡절 끝에 거래가 성사됐지. 우리가 잡고 있던 고위급 미국 포로를 12명이나 풀어주었지."

왕소장이 말하는 고위급 포로는 스파이 혐의로 중국 당국에 체포된 사람들이었다.

"네네."

왕소장이 고개를 절레절레 흔들며

"아니 글쎄. 그 어른이 중국까지 와서도 고집을 피우셨지."

"고집이라뇨?"

"사실 미사일 개발 때문에 그 어른을 모셔 왔는데, 막상 미사일 개발에는 관여를 안 하시겠다는 거야. 살인 무기라면서 말이야."

"그랬습니까?"

"당 간부들이 떼로 몰려가서 설득을 했지. 살인 병기가 아니라 자위용 무기라고. 삼고초려, 세 번째 방문 때 승낙하셨어."

전박사를 흘깃 쳐다본 왕소장이 말을 이어갔다.

"일단 승낙하신 후에는 무섭게 일에 몰두하셨지. 그 어른 덕에 우리는 결국 미사일 발사에 성공했지. 온 나라가 떠들썩했어. 감격에 겨워 울고불고 난리가 났었지."

"네네."

말을 마치고 잠시 뜸을 들이던 왕소장이 탁자에 놓여 있는 잡지를 집어 들며

"참. 전박사. 여기에 난 기사를 본 적이 있소?"

왕소장은 손에 들고 있던 잡지를 전박사에게 건넸다.

"이것은 Jane지 아닙니까?"

왕소장이 내민 책자는 제인파이팅쉽이었다.

"저도 즐겨 읽는 잡지입니다. 해군 신무기에 대한 최신정보를 얻기에는 이만한 잡지가 없는 거 같습니다."

"그런 거 같소. 그런데 이번 달에 아주 흥미로운 기사가 실려 있던데……."

전원기가 머리를 긁적거리며

"저는 아직 못 읽어보았습니다."

왕소장이 미소를 지어 보이며

"연구에 몰두하느라고 못 봤나 보군."

그는 잡지를 펼쳐 한곳을 가리키며

"여기 보면, '한국의 무적 잠수함을 만들어낸 천재(소제목: 송경찬 그는 누구인가?)'란 제목의 특집기사가 또 실렸소. 저번에도 언젠가

한국 특집기사가 실렸었지. 아마?"

전원기가 고개를 끄덕이며

"네네. 저번에 난 기사는 읽어보았습니다만……."

"고래 고래. 저번에는 우리가 개발 중인 신형 어뢰도 같이 실렸지. 이번 특집기사도 한번 읽어보시오."

왕소장이 책자를 탁자 위에 탁 내려놓았다.

"네. 알겠습니다."

"자자. 마지막으로."

자리에서 일어난 왕소장이 주위를 살피면서 손을 입으로 가져가며 목소리를 낮추었다. 이는 왕소장이 중요한 화제를 꺼내기 전에 취하는 오래된 습관이었다.

"전박사. 지금 진행 중인 NSX 프로젝트는 잘 진행되고 있소?"

그렇다. 오늘 왕소장이 전원기를 찾아온 목적은 바로 NSX 프로젝트 때문이었다. NSX(Nuclear Submarine Ex) 프로젝트는 중국의 최신 어뢰 개발 계획인데 이와 관련 제인지도 특집기사를 낸 적이 있었다. 왕소장의 말이 끝나기가 무섭게 전원기는 곧장 금고로 걸어갔다. 그는 금고 문을 열고 조그만 비닐봉지를 꺼냈는데 그 속에는 소형 칩이 들어 있었다.

비닐봉지를 건네받은 왕소장이 그 속에 든 칩을 꺼내며

"이것이 일전에 말했던 그 칩이요?"

"네. 그렇습니다. 시제품입니다. 거의 완성단계에 왔습니다."

칩을 들고 이리저리 살펴보던 왕소장이

"아이야. 생각보다 작군."

아이야는 중국인들이 자주 쓰는 감탄사다.

"네. 그러니까……."

전원기의 설명을 들은 왕소장이 떨리는 목소리로

"아이야. 이 칩을 심어놓으면 어뢰가 물속에서 나는 소리를 분석해서 저 혼자 목표물을 추적해서 격침시킨다? 소위 말하는 스마트 인공지능(AI)인 셈이군."

보통 어뢰는 목표물의 위치를 파악하고 난 다음 발사되지만, 이 신종 어뢰는 몸체에 부착된 인공지능(AI)의 판단에 따라서 목표물을 스스로 찾아다니는 일종의 스마트 폭탄이다. 실전 배치된다면 이 스마트한 괴물은 깊은 바닷속을 다니는 핵잠수함들에게도 엄청난 위협이 될 것이었다.

"네. 스마트 AI라고 하셨는데, 적절한 표현이십니다. 이 칩을 장착한 어뢰는 목표물에 접근하는 도중에 잠시 멈추었다가 목표물을 재확인합니다. 최종 확인이 끝나면 곧바로 목표물을 향해서 돌진하게 됩니다."

"하오 하오."

전원기는 만면에 웃음을 띤 왕소장을 향해

"아직 한 가지 기술적인 문제만 남았습니다."

"흠흠!"

왕소장이 헛기침을 몇 번 했다. 조금 더 자세한 설명을 해보라는 사인이었다.

"어뢰의 속도를 높이는 문제만 남았습니다. 어뢰가 충분히 빠르지 않으면 목표물을 따라잡기 어렵습니다. 최소 시속 300-400킬로미터를 목표로 하고 있습니다."

왕소장은 알아들었다는 듯 고개를 몇 번 끄덕였다.

"고속열차보다도 빠르군. 하긴 요즘 배들은 속도가 빨라졌으니 말이야. 그놈들을 잡으려면 어뢰도 충분히 빨라야겠지?"

잠깐 뜸을 들인 왕소장이 전원기를 바라보며

"그래 해결책을 찾았소? 속도를 높일 수 있는."

전원기가 손으로 턱을 문지르며

"네네. 속도 문제는 해결되었습니다만 어떤 방법으로 할지는 아직도…… 첫 번째 대안은 러시아 애들처럼 로켓으로 어뢰를 날리는 것이고."

왕소장이 전원기의 말을 자르며.

"로켓으로?"

"네. 러시아처럼 어뢰에 로켓을 장착하면 시속 500킬로미터 빠르기로 돌진시킬 수 있습니다."

왕소장이 헛기침을 하며

"흠흠. 또 다른 대안은?"

"수소배터리를 장착하는 것입니다. 강력한 수소배터리를 장착하면, 로켓만큼은 못해도, 엄청난 속도를 낼 수가 있습니다."

전원기가 얼굴을 찡그리며

"근데 문제는…… 두 가지 모두 중대한 약점들이 있습니다."

왕소장도 얼굴을 찡그리며

"고랫?"

전원기의 설명이 이어졌다.

"우선 러시아처럼 로켓으로 추진하면, 입력된 목표를 향해 너무 빠르게 달려들기 때문에 중간에 궤도 수정이 어렵습니다. 한 방에 끝내지 못하면, 어뢰는 엉뚱한 곳으로 가버립니다."

왕소장이 심각한 표정을 지으며

"그렇겠군. 넘 빨라도 문제군. 그렇다면 수소배터리는?"

"수소가 워낙 불안정한 기체다 보니, 보관이나 관리가 쉽지 않습니다. 보관 중이던 수소통이 터지기라도 하면 잠수함 전체가 날아가 버릴 수 있습니다."

잠시 침묵이 흐른 후 왕소장이

"음음. 그래서 문제를 해결하는 데는 시간이 얼마나 걸리겠소?"

전원기가 망설임 없이

"한 6개월 정도, 길어야 1년 정도로 잡고 있습니다."

"하오 하오."

왕소장이 고개를 끄덕이며 방문을 나섰다. 왕소장이 문을 나서기가 무섭게 전원기는 제인지를 펼쳤다. 제인지는 한국 핵잠과 관련, 송경찬의 사진과 함께 신상에 대해 자세하게 소개하고 있었다.

기사를 다 읽은 전원기가 긴 한숨을 내쉬며

"아 헷갈리네. 경찬은 소음을 내지 않는 도깨비 잠수함을 만들고, 나는 최강 어뢰를 개발하고……."

그는 식어버린 찻잔을 들다 말고 혼잣말로

"경찬아. 우리가 하는 일들이 어쩌면 평화를 지키는 길이라는 생각이 들어. 한쪽이 너무 강하면 늘 전쟁이 일어났잖아?"

2027 폭발 사고 몇 개월 후
남해 R&D센터
대한민국

시간이 지남에 따라 어수선하던 이곳의 분위기도 진정되었고, 사고 현장을 조사하던 경찰도 모두 다 철수한 상태였다. 피살된 직원의 유족들이 찾아와서 장례 절차나 보상 문제를 놓고 소란을 피운 적이 있었지만 지금은 모두 원만하게 처리가 된 상태였다. 이곳에서 일하는 연구원들도 언제 그런 폭발 사고가 있었냐는 듯 각자 자기가 맡은 연구에 몰두하는 분위기였다.

건물 내 실험실

약 10여 명의 연구원들이 모여 앉아 있다. 그들은 얼티밋 워리어의 소나시스템이 안고 있는 몇 가지 기술적 문제에 대한 토론을 하고 있었다.

대형 스크린 앞에 서 있던 경찬이 참석자들을 둘러보며

"저번에 중단했던 토의를 속개하겠습니다."

경찬이 지시봉으로 화면을 툭툭 치며

"자. 모두 이 스크린을 주목해 주십시오."

대부분 경찬과 함께 호흡을 맞춘 지 얼마 안 되는 사람들이어서 워리어의 소나시스템이 작동하는 운영 메커니즘을 완전히 이해하지는 못하고 있었다. 그러다 보니 각 연구원들에게 떨어진 연구과제의 진척도가 지지부진한 상태였다. 연구원의 역량을 모아 연구과제를 시간 내 마무리 짓는 것이 연구소장의 고유업무 중 하나이다 보니 경찬이 그들만 탓하고 있을 수는 없었다. 대형 스크린에 워리어의 설계도가 나타나자 모든 참석자의 시선이 화면으로 쏠렸다.

경찬이 지시봉으로 한 곳을 가리키며

"알다시피 우리 워리어는 눈물방울 Tear Drop 형이잖아요?"

잠수함의 머리, 즉 선수 부분이 볼록한 눈물방울형은 길쭉한 타원형에 비해 잠수함 앞부분에 음파 탐지 장비를 더 많이 설치할 수 있다.

손가락으로 몇 번 자기 머리를 건드리던 경찬이 연구원들을 죽

둘러보며

“머리가 크니까 배 앞부분이 받는 물의 저항도 커지겠죠? 당연히 잠수함의 속도는 줄고 동시에 소음은 증가하게 됩니다.”

경찬이 다음 화면을 클릭하자 얼티밋 워리어에게 동력을 제공하는 소형 원자로가 보였다. 인체에 비유하자면 심장이다.

“그러나 우리 얼티밋 워리어에게 속도는 별문제가 안 됩니다. 이 원자로 덕분이지요.”

사실 에너지를 무한정 공급받는 핵잠수함에게 속력 감소는 큰 문제가 안 된다. 왜냐하면 엔진의 출력을 높여서 무한정 속력을 끌어올릴 수 있기 때문이다. 경찬이 양 손바닥을 가볍게 부딪치며

“그러나 속도와 달리, 소음은 엔진의 출력을 높이면 높일수록 더 발생하지요. 외부에서 우리보고 도깨비 잠수함이라 부르고 있지만 실상은, 얼티밋 워리어도 소음 문제에서 자유롭지 못해요.”

그렇다. 이 세상에서 물살을 가르며 나가면서 발생하는 소음에서 자유로운 물체는 하나도 없다. 워리어호도 이런 자연의 법칙을 거스를 수 없다. 그런 연유로 ‘잠수함의 소음을 잡는 것이 가장 어려운 기술이다.’라고 말하는 전문가들이 많은 것이다.

경찬이 다음 화면을 클릭했다.

“워리어의 몸체에 붙이는 타일입니다. 우리 연구소에서 자체적으로 개발한 특수섬유에 망간을 입혔습니다.”

화면에는 실물이 수십 배로 확대된 타일이 보였다. 바로 코시킨이 비신스키에게 실물을 구해달라고 요청했던 그 타일이다. 경찬이 책상 위에 쌓아둔 필름타일의 실물을 연구원들에게 나누어 준 다음 말을 이어갔다.

“이 특수타일은 잠수함 몸통에서 나는 소음의 약 90%를 해소합

니다. 소음을 흡수하는 특수필름과 타일 속에 새겨진 홈이 소음을 거의 다 먹어버립니다."

경찬이 지시봉으로 한 곳을 가리키며

"좀 더 자세한 설명을 드리자면, 여기 미세한 홈이 보이지요?"

화면상에 타일은 여러 겹의 특수섬유를 겹쳐서 만든 것이 보였고, 또 각각의 섬유에는 여러 개의 미세한 홈이 새겨져 있는 것도 보였다.

"이 홈들은 나노기술을 사용해서 새겼는데, 대부분의 소리는 이 홈을 통과하는 순간 거의 다 소멸됩니다."

연구원들 사이에서 탄성이 나오고 잠시 웅성거리는 소리가 들려왔다. 경찬의 설명이 이어졌다.

"소리는 파장입니다. 이 홈은 역 파장을 발생시킵니다. 플러스 마이너스하면 제로가 되는 원리입니다."

웅성거리는 소리가 더 커지며 육안으로 실물을 들여다보는 사람도 많았다.

그중 한 사람이 손을 들며

"소장님. 역 파장을 발생시키는 기술은 무슨 원리인가요?"

경찬의 설명이 한동안 이어지자 모두들 고개를 끄덕이며 알겠다는 표정을 지었다.

잠시 후 경찬은

"그래도 10% 소음이 남잖아요? 이 소음을 잡는 것이 우리 연구소의 과제이며, 여러분이 그 해답을 찾아내야 합니다."

잠시 침묵이 흐른 뒤 경찬이 다음 화면을 클릭했다. 화면에는 대형 스크린이 설치되어 있는 잠수함의 작전지휘실 내부가 보였다.

"지금 여러분이 보고 있는 것은 얼티밋의 작전지휘실입니다. 인체에 비유하자면 머리에 해당하지요."

경찬이 지시봉을 자기의 머리에 갖다 대었다.

"머리가 잘 돌아가야 판단을 할 수 있습니다. 판단을 제대로 하기 위해서는 무엇보다도 정확한 정보를 얻어야 합니다."

다음 화면을 클릭한 경찬이 지시봉으로 화면을 툭툭 치며

"누가 더 정확한 정보를 얻느냐? 잠수함 전투의 승패가 갈리는 지점이지요."

경찬이 여러 화면들을 띄웠는데 그 화면에는 바위나 수초, 물고기, 군함과 잠수함 등 여러 물체의 모습이 보였다. 이 물체들은 CG를 활용해서 정교하게 만든 것으로 마치 실물처럼 보였다.

"이것은 남중국해에서 기동하는 중국과 베트남 함대이고 저것은 인도양의 해적선을 추격하는 장면입니다."

그는 연이어

"이 화면에서 보이는 비행기, 구축함, 해적선 등 모든 것이 실제 상황과 동일합니다."

소위 말하는 가상현실이 실제 상황처럼 눈앞에 펼쳐졌다.

경찬이 연구원들의 동의를 구하듯

"깜깜한 물밑에서 이런 화면을 실시간으로 보면서 전투를 할 수 있다면…… 일단 점수를 따고 들어간다고 볼 수 있겠지요?"

모두가 수긍하는 분위기였다.

경찬이 주먹을 손으로 감싸며

"우리는 '천리안'이라는 막강한 운영프로그램 덕분에 여러분이 보고 있는 이 3D화면을 구현합니다. 그러나 그 전에 할 일은 무엇입니까?"

뒷줄에 앉아 있던 한 연구원이 큰 소리로

"정확한 정보를 얻는 것입니다."

경찬이 엄지를 치켜세우며

"빙고. 정보 맞습니다. 그런데 잠수함 외부의 정보를 얻기가 쉽지 않아요. 특히 바다 위의 정보를, 그것도 실시간으로."

경찬이 입맛을 다시면서 말을 이어갔다.

"우리가 수면 위로 올라가면 외부 정보를 얻기는 편합니다만…… 물밖으로 나오다가 감시자의 눈에 띄는 순간 적의 먹잇감으로 전락합니다. 끝나는 거죠."

얇은 철판으로 몸체를 감싸고 다니는 잠수함은 가벼운 충격에도 심한 외상을 입는다.

그는 연이어

"오늘은 바다 위의 정보를 안전하게 구하는 방법을 집중적으로 톡합시다."

경찬이 다른 화면을 클릭했다.

"옛날에는 이렇게 수면 바로 밑에서 잠망경을 물 밖으로 내밀어 관찰하거나 또는 송신안테나를 물 위로 쭉 뽑아서 외부와 교신했습니다. 그러나 이런 방법은 요즘에는 안 통합니다."

두 손가락을 조금 벌린 경찬이

"안테나가 물밖으로 1~2센티미터만 나와도 들킨다고 봐야 합니다. 잠수함 찾아내는 감시장비가 무섭게 발전했으니까요."

"물론 VLF(Very Low Frequency, 초장파)를 사용하면 깊은 물밑에서도 교신이 가능하기는 합니다. 그러나 이 방법은 단점이 많아요. 송수신이 제대로 안 되고 교신 속도도 늦고."

경찬이 손가락으로 '딱' 소리를 내며

"그런 이유로 많은 잠수함들이 아직도 전통적인 통신부이를 사용하지요."

경찬이 다음 화면을 클릭하자 화면에서는 잠수함 후미에 연결된 케이블에 매달려 바다에 떠다니는 통신부이가 보였다. 그 속에는 외부 교신용 소형 안테나가 설치되어 있었다. 잠수함들은 이런 통신부이를 내보냈다가 교신이 끝나면 케이블을 감아서 통신부이를 회수한다.

"여러분도 알다시피 이 방법은 확실하지만 한물간 구식이지요. 케이블을 풀고 감는 데 시간도 걸리고 안테나의 노출도 문제가 됩니다."

경찬이 손으로 턱을 문질렀다.

"그래서 우리가 대안으로 찾아낸 방식이 로봇 식인데요."

경찬이 다른 화면을 클릭하자 물고기 모양을 한 로봇이 나타났다. 그는 물고기 내부에는 육안으로는 보이지 않는 극소형 안테나가 설치되어 있다고 설명했다.

〈나노섬유 덩어리〉

경찬이 이 물고기 로봇에 붙인 별명이다. 미세한 나노섬유를 엮어서 만든 물고기 몸통에는 여러 음파통로가 새겨져 있다. 이 물고기 로봇은 모함에서 전송하는 음파 신호에 따라서 움직인다.

"우리는 이 물고기 로봇을 케이블에 매달지 않고, 음파를 통해 원격조종하고 있습니다. 즉 물밖으로 나갔던 이 물고기들은 우리가 실시간으로 내보내는 음파 시그널을 쫓아서 모함으로 돌아오게 되어 있습니다. 물론 모함의 좌표는 사전에 입력해 놓지요."

잠시 호흡을 가다듬은 경찬이 말을 이어 나갔다.

"그런데 애들을 한번 내보내면 실제 회수율은 생각처럼 높지 않아요. 가장 큰 원인은 불안정한 지구의 자기장 때문이지요. 즉 우리가 찍어준 좌표가 계속 변한다는 거지요. 우리 연구소는 이 문제도 해결해야 합니다."

자동차 운전시 GPS를 활용하듯 수중기동을 하는 잠수함은 지구의 자기장을 활용할 때가 많다. 문제는 불안정한 자기장 때문에 위치 추정이나 좌표에 오차가 발생하는 경우가 많다는 것이다. 경찬의 설명이 이어졌다.

"오차를 줄이기 위해 미국의 GPS 외 러시아, 중국 및 유럽의 지형 데이터를 추가로 입력해서 강력한 데이터베이스를 구축해 놓은 상태입니다."

그는 연이어

"이와 별도로 가속도를 측정하는 관성측정장치(IMU)와 기울기를 측정하는 자이로스코프도 적극 활용하여 위치 추정시에 발생할 수 있는 오차를 줄이고 있습니다."

현재 야전에서 얼티밋 워리어가 내보낸 로봇의 회수율은 80% 정도였는데 경찬은 공개석상에서

"최소 98%대의 회수율을 목표로 삼고 있습니다."

벽시계를 쳐다본 경찬이 화면을 끄면서 실내를 둘러보았다.

"오늘은 여기까지 합시다. 다음번에는 스크류에서 나는 소음에 대해 토크합시다."

널리 알려진 대로 얼티밋 워리어는 다른 잠수함에 비해서 훨씬 정숙하게 움직인다. 그 소나시스템의 비밀을 알아내기 위해서 각국의 정보기관들이 무던히 애들을 쓰고 있지만 그들의 노력은 헛수고로 끝났다. 왜냐하면 얼티밋 워리어의 소나시스템을 운용하는 프로그램이나 소스코드를 연구소장인 경찬이 직접 관리하고 있기 때문이다.

각 연구원들과 일일이 말을 나눈 경찬은 한참 후 실험실을 나섰다. 집무실로 돌아온 경찬은 곧바로 최진경을 찾았다.

경찬은 최진경을 향해 서류 몇 장을 건네며

“최진경씨. 오늘 미팅에서 나온 얘기들인데, 읽어보고 X 표시가 된 곳은 CG(computer graphic) 파일을 만들어 두세요.”

서류를 받아 든 최진경이

“네. 소장님. 언제까지 끝낼까요?”

경찬이 씩 웃으며

“ASAP이지요.”

최진경이 방을 나가자 책상 앞에 앉은 경찬은 눈을 감고 한동안 생각에 잠겼다.

“소장님?”

나지막이 부르는 비서의 목소리에 경찬이 눈을 떴다.

그녀가 티파니 금팔찌가 반짝이는 팔을 들어 접견실을 가리키며

“김부소장님이 찾아오셨습니다.”

경찬이 눈을 크게 뜨며

“김부소장께서?”

경찬이 옆방으로 들어서자 거무튀튀한 얼굴에 금테 안경을 쓴 한 중년 남자가 의자에서 벌떡 일어났다.

경찬이 악수를 청하며

“김부소장님이 웬일이셔요?”

경찬보다 10살 정도 연상인 김부소장은 연구소의 관리 담당 부소장이다. 그는 인사나 총무, 자금 등 연구소의 살림살이를 맡고 있다. 어느 지방 공대를 졸업하고 오래전 뉴코리아조선에 입사한 그는 본사나 공장의 여러 부서를 두루 섭렵한, 소위 회사의 터줏대감

이었다. 그는 경찬의 면전에서는 깍듯하게 행동하지만, 뒤에서는 경찬의 동향이나 연구소의 분위기를 파악해서 본점에 보고하는 감시자의 역할도 수행하고 있었다.

김부소장이 금테를 만지며

"본사에서 귀한 손님들을 보낸다는 연락이 왔습니다."

"귀한 손님이라고요?"

"네. 뉴코리아조선을 커버하는 애널리스트들을 보내겠다고 합니다. 저 뭐냐. 증권사나 투자회사 애널들 있잖습니까?"

상장사의 경우 애널리스트의 주가 예측에 따라서 주가가 큰 영향을 받기 때문에 회사로서는 그들을 결코 소홀히 대할 수 없다. 특히 회사를 비싼 값에 팔아먹을 궁리를 하는 뉴코리아조선 대주주에게 그들은 매우 귀한 손님인 셈이다. 애널리스트들은 뉴코리아 조선소를 방문할 때는 언제나 남해 R&D센터를 들러서 경찬을 만난다. 왜냐하면 그들 생각에 R&D센터야말로 뉴코리아조선의 핵심 역량이고 그 중심에는 송경찬 박사가 있었기 때문이었다. 그러나 실험할 시간도 부족한 경찬에게 애널리스트 방문이 마냥 반가울 리 없었다.

경찬이 시큰둥한 표정으로

"그래요? 언제 온답니까?"

김부소장이 손가락 두 개를 세우며

"모레 오후에 보내겠답니다."

"그래요? 저번 달에도 왔다 간 거 같은데요?"

"그러게 말입니다. 그것참. 계속 보낼 폼인데요."

사실 연구실의 뜨거운 열기와 반대로 뉴코리아조선의 대주주는 차가운 셈을 하고 있었다. 중요한 것은 주식가격이요 돈이지 경찬의 연구개발 따위는 이들의 안중에 없었다.

경찬이 눈을 껌벅이며

"이번에는 몇 명이나 온답니까?"

"정확한 숫자는 모르겠고, 꽤 되나 본데요. 큰 버스를 대절한 걸 보니."

씨익 웃는 김부소장의 입술 사이로 햇살을 받은 금니가 반짝거렸다.

이틀 후

3층 대회의실에는 약 20명 정도의 애널리스트들이 듬성듬성 앉아 있었다. 잠시 후 최진경과 함께 회의실로 들어간 경찬은 그들과 눈인사를 주고받으며 연단으로 걸어 나갔다.

실내를 찬찬히 둘러보던 그는

'반쯤은 처음 보는 얼굴들이군.'

시선을 거두고 고개를 돌리는 경찬의 눈에 뒷줄에 앉아 있는 한 여자의 얼굴이 들어왔다.

그녀를 쳐다본 경찬이 입만 방긋하며

"어. MK?"

그녀도 대답 대신 손을 흔들었다.

잠시 후 단상에 자리 잡은 경찬이 남해 R&D센터에 대해 설명을 시작했다.

"여러분 반갑습니다. 이곳 R&D센터로 말하자면……."

약 30분에 걸친 기업 IR이 끝나고 Q&A세션으로 이어지자 질문들이 쏟아졌다.

"한국조선업, 특히 뉴코리아조선의 핵심 경쟁력은 무엇인가요?"

"대주주가 자금 사정이 안 좋다는데, 연구소는 자금 지원을 충분히 받고 있나요?"

"송경찬 소장님, 개인적인 야망은 무엇인가요?"

"1년 후 주가를 얼마로 보세요?"

Q&A 시간이 거의 끝날 무렵 한쪽 구석에 쭈그리고 앉아 아까부터 벽시계를 쳐다보던 김부소장이 자리에서 일어서며

"자 여러분. 배도 출출하실 텐데, 추가 질문은 맛있는 회 먹고 소주 한잔하면서…… 어떠셔요?"

김부소장이 목을 뒤로 재끼며 술잔을 비우는 시늉을 하자 참석자들이 한꺼번에 웃음을 터뜨렸다.

김부소장이 팔을 뻗어 먼 곳을 가리키며

"여기서 20분만 가면 맛있는 횟집이 있습니다. 버스로 이동하겠습니다."

입구에 서서 미경을 기다리던 경찬이

"MK. 오래간만이야."

김미경이 손으로 경찬의 어깨를 툭 건들면서

"넘 반가워요. 경찬 오빠."

"미투."

얼굴이 빨개진 그녀는 마치 변명하듯

"원래 오기로 한 애널이 사정상 못 오고 대타로 오게 되었어요."

대타라는 말은 사실이 아니었다. 미경은 원래 오기로 한 사람을 주저앉히고 김연준 사장에게 꼭 자기가 가야겠다고 부득부득 우겨서 왔던 것이다.

연준의 허락을 겨우 받아낸 그녀는 속으로

'내가 왜 이러지? 내 마음 나도 몰라.'

요즘 경찬을 향한 그녀의 마음은 고삐 풀린 망아지 같았다. 연애 경험이 전혀 없었던 그녀는 가슴속에 싹트는 애정의 꽃씨를 주체하지 못하고 안절부절못하고 있었다.

곁에 서 있던 최진경이 두 사람을 번갈아 쳐다보며

"두 분이 친한 사이신가 봐요?"

경찬이 낯을 붉히며

"그럼요. 친하다 말고요. 참. 인사들 하세요. 여기는 김미경씨라고 해요."

그녀들은 악수를 하며 서로 명함을 주고받았다.

최진경이 의미심장한 미소를 지으며

"엄청난 미인이시네요."

잠시 후 식당에 도착한 애널들은 삼삼오오 여러 소그룹으로 나눠 앉았다. 대부분 지인끼리 같은 회사 동료들과 짝지어 앉았지만 아직도 질문이 남은 애널들은 경찬을 중심으로 진을 치고 앉았다. 개중에 밥상 가득 회 접시는 거들떠보지도 않고 회사의 기술력이나 영업 전망 또 송경찬의 거취 등에 대해 집요하게 물어보는 애널들도 있었다. 그들의 질문을 응대하느라 경찬은 밥을 거의 먹지 못하고 있었다.

멀찌감치 이 광경을 지켜보고 있던 미경은 치밀어오르는 화를 겨우 누르며

'웬 질문들이 그렇게도 많아? 경찬 오빠가 밥도 못 먹잖아.'

'저 멍청한 자식. 끝없이 질문질이네.'

미경이 쳐다보자 관심이 있는 것으로 착각해 신이 난 그 애널은 질문 공세를 이어갔다.

"소장님. 그러니까……."

'어이구 저 등신. 어느 회사얏? 멍청하게 생겨가지구. 먹기는 정말 잘 처먹넷.'

외향적이고 직선적인 미경은 자기 감정을 감추지 못한다. 그녀는 체념한 듯 세차게 고개를 흔들고는 앞에 있는 소주잔을 단숨에 비워버렸다.

이런 미경을 지켜보고 있던 최진경이 속으로

'아니, 이 아가씨가? 이제 보니 소장님을 엄청 좋아하는 거 같은데…… 좀 더 알아봐야겠어.'

최진경이 소주병을 들고 김미경의 옆자리로 옮겨

"우리 합칠까요?"

적당한 말 상대가 없었던 김미경은 진심 반기는 눈치였다.

'멍청한 인간들보다 훨 낫잖아.'

소주잔이 몇 번 오간 후 최진경이

"우리 앞으로 친구처럼 지내자구요."

최진경의 제안에 미경이 소주잔을 부딪치며 화답했다.

"오케이. 걍 친구처럼."

잠시 후 식사가 끝나고 미경은 일행과 함께 버스에 올라탔다. 뒷자리에 앉은 미경은 차창 밖을 내다보며 긴 한숨을 내쉬었다.

'저 오빠. 나하고 정말 잘 어울리는데…… 나를 먼저 만났더라면…….'

8
인도양을 삼킨 워리어

비슷한 시기
말라카 해협 인근 동인도양

싱가포르 인근 말라카 해협은 스페인의 지브롤터 해협 그리고 터키의 보스포러스 해협과 더불어 세계 3대 해협으로 꼽힌다. 이들 해협의 지리적 위치는 군사 및 경제적 관점에서 매우 중요한 가치를 지니고 있기 때문이다.

〈인도양의 해상전력을 줄이고 대신 남중국해의 해군 전력을 지속적으로 강화한다.〉

중미 대결 구도에 대응하기 위해 미국이 지속적으로 해상전력을 빼내서 동쪽으로 옮기는 바람에 인도양 해상안보에 생긴 구멍은 점점 커지고 있었다. 대규모 해적단이 출몰하고 보험료와 선박운임료가 뛰는 것은 당연지사이고 각국이 자국 상선을 보호키 위해 파견한 군함들이 항로를 선점키 위해 자주 충돌하는 바람에 인근 해역은 조용한 날이 없었다.

주변국들의 고민은 한결같이

"해상무역로를 어떻게 지켜내지요?"

무역 강국 대한민국의 고민도 깊어만 갔다. 특히 중동의 석유나 아프리카의 귀금속을 국내에 들여오고 반대로 전자제품이나 자동차 등 공산품을 수출하는 한국의 입장에서 보면 말라카를 거치는 인도양 항로는 목줄 같은 곳이다. 이 항로를 보호하라는 명을 받은 대한민국 해군은 고육책을 내놓았다.

"현실적으로 그 넓은 인도양 바다를 다 지킬 여력이 없다. 대신 고가의 귀금속을 운반 중인 화물선이나 대규모 석유 수송선 등에 대해서는 선별적으로 이지스함과 핵잠수함을 파견해 이들을 호송할 것이다."

즉 긴 무역로를 다 지키는 것이 아니라 그때그때 상황을 보면서 호위함을 파견하겠다는 계획이다. 대한민국 외 인도양 무역을 중시하는 국가들, 예컨대 일본이나 호주 그리고 중국이나 베트남 등의 국가들도 그 넓은 바다를 다 지킬 수 있는 여력이 없고 사정이 딱하기는 매일반이었다. 당연히 바닷길 안보에 구멍이 숭숭 뚫렸고 신이 난 것은 해적 떼들이었다.

"물 반 고기 반이여."

2027년 어느 봄날 아프리카산 다이아몬드와 루비를 가득 실은 한국 화물선 '무궁화호'가 인도양을 막 벗어나 싱가포르로 향하고 있었다.

선장이 잔뜩 찌푸린 하늘을 쳐다보며

"날씨가 왜 이래? 안개는 또 왜 이리 짙나? 이제 조금만 더 가면 말라카 해협이군. 싱가포르에 도착하면, 보급과 급유를 마치는 즉시 인천으로 출항해야겠어."

옆에 서 있던 항해사가

"넵. 태풍 예상 경로를 보니 서둘러 출항해야겠습니다."

선장이 쿠키를 입에 넣으며

"그래. 태풍에 발목이 잡혀 일정이 망가지면 안 되겠지."

그러나 인생이나 선박이나 예기치 않은 일로 일정이 어그러지는 경우는 비일비재하다. 이번에 '무궁화호'의 앞을 가로막는 것은 태풍이 아니라 해적단이었다.

말라카 해협 200킬로미터 지점
동인도양의 어느 해상

해적단이 운용하는 독일제 중고 디젤잠수함 한 척이 바닷속에 몸을 감춘 채 긴 안테나를 물밖으로 내밀고 외부와 교신을 하고 있었다.

"한국 애들 보이는가?"

그 인근 해상에 같은 패거리 해적단이 지휘하는 군함들이 여러 척 모여 있었다.

그중 한곳에서

"한 30분 있으면 도착 할거임. 오버."

"오케바리. 걔들 보이면 즉시 연락주기다. 오버."

"당근이지. 근데…… 안개 땜시 시야가 엉망이다. 오버."

"무슨 수를 쓰든지 시야를 확보하라. 오버."

교신을 마친 디젤잠수함은 안테나를 접고 바닷속으로 몸을 감추었다. 물밑 50미터 지점까지 하강한 잠수함은 그 지점에서 호버링을 실시하며 조용히 자리를 잡았다. 잠수함 내의 지휘통제실에는 빛바랜 군복을 입은 사람들이 모여 있었는데 함장 이하 모두 다 수당을 받고 잠수함에서 근무하는 용병들이었다.

함장이 곁에 있는 한 흑인 남자를 쳐다보며

"한 30분 기둘리면 될 것 같수."

그러자 그 남자가 팔을 허공에 흔들며

"이번에는 확실히 합시다. 지난번처럼 당하면 안 되지."

근데 자세히 보니 이 흑인은 낯이 익다. 그렇다. 이 자는 몇 해 전 인도양을 항해하던 태백산맥호를 공격했다가 얼티밋 워리어에게 혼쭐이 났던 해적단의 두목 '나일악어'였다. 이 자가 왜 잠수함을 타고 이 자리에 있는지를 이해하려면 약간의 설명이 필요하다.

그 당시 태백산맥호를 습격했다가 혼쭐이 났던 해적단은 세력이 약화되었고 잔당들은 살길을 찾아서 각자 뿔뿔이 흩어졌다. 구사일생으로 목숨을 건졌던 해적 대장 '나일악어'도 한동안 잠수를 타며 재기의 기회를 엿보고 있었다.

"더 큰 조직을 만들 거야."

그러나 부하도 잃고 돈도 없는 그가 당장 할 수 있는 일은 없었다. 그러던 어느 날 한 지인으로부터 연락이 날아들었다.

"남미의 마약왕 한 분이 동업자를 찾고 있드만. 함 만나볼겨?"

마약이라는 말에 구미가 당긴 '나일악어'는

"당근. 근데 그 신사분이 누군겨?"

"만나보면 알겨."

며칠 후 '나일악어'는 인도양의 조그마한 무인도에서 남미의 마약왕 카를로스를 만나게 되었다.

만나자마자 카를로스는 대뜸 마약이 든 흰 비닐 뭉치를 흔들며

"우리는 이 사탕을 동남아 시장에 공급할 계획이요. 이 지역 책

임자 겸 동업자를 찾고 있었는데 내 친구들이 이구동성으로 당신을 추천했소. 해보겠소?"

사탕은 마약을 가리키는 그들의 은어였다.

'나일악어'는 일말의 망설임도 없이

"언제부터 시작하면 되는 거유?"

"핫핫. 소문대로 성질 한번 급하네. 좋소. 담달부터 바로 시작합시다."

두 사람은 의외로 케미가 잘 맞았다.

"내가 할 일이 뭐유?"

카를로스가 먼바다를 가리키며

"베리 심플. 우리가 화물선에 이 사탕을 싣고 오면 이 부근에서 사탕을 인계받은 다음 동남아지부들에게 배달하면 님의 일은 끝나는 거요. 사탕 파는 것은 지부 애들이 알아서 할거고, 수익은 반씩 나눕시다."

'나일악어'가 어깨를 으쓱하며

"좋소. 그렇게 합시다. 근데 이곳 해안경비대의 눈을 피해 육지로 운송하는 게 쉽지는 않을 텐데?"

카를로스가 씩 웃으며

"그거는 염려 마슈. 요즘 인도양은 무법천지 아니유? 미국 애들이 죄다 사라졌잖소? 우리가 제공하는 잠수함을 활용하면 별문제 없을 거요."

"잠수함을요?"

카를로스가 양팔을 벌리며

"잠수함은 이미 마련해두었소. 예전에 남미의 어느 국가가 독일에게 주문해서 만든 것인데 중고시장에서 비싼 값 주고 구매했소.

작전반경이 쫌 작아서 그렇지, 소나시스템하고 어뢰 하나는 쓸만하오. 귀찮게 구는 눔들은, 한 방씩 날려버리슈."

"알았시다."

그날 이후 한 팀이 된 카를로스와 '나일악어'는 남미의 마약을 공해상으로 가져와 대기 중인 잠수함을 통해 동남아 각지로 실어 날랐다.

순식간에 큰돈을 번 '나일악어'는

"이제 슬슬 옛 꼬붕들을 불러 모을 때가 되었군."

나날이 돈이 쌓이고 또 부하들도 늘어나자 자신감이 생긴 '나일악어'는 더 큰 욕심을 내기 시작했다.

"지금 인도양은 무주공산이 아닌가? 세력을 키운 다음 해적왕국을 세워야겠어. 그 뭐냐. IS라고, 무슬림 애들도 나라 만들었잖아?"

동남아 시장에서 큰 재미를 본 카를로스도 숟가락을 얹겠다고 나서며

"내 꼬붕들도 불러올게요. 우리 힘을 합쳐 판을 키웁시다."

그들은 동남아, 남미, 아프리카 각지에서 용병을 모집하고 또 무기와 군함들도 구입하며 세력을 확충했다. 그들은 마약을 운반하는 조직과 별개로 별동대를 만들었는데, 그들의 임무는 인도양을 운행하는 화물선을 괴롭히는 것이었다. 보호 명목으로 통행료를 내면 순순히 보내주고 그렇지 않으면 선박을 나포하겠다는 것이었다. 예전 같으면 말도 안 되는 소리지만 무법천지로 변해버린 인도양에서는 얼마든지 가능한 일이었다.

어느 정도 준비를 마친 해적단들은 본격적으로 움직이기 시작했다. 그들의 첫 번째 공격 목표는 한국 화물선이었다.

"한국 애들부터 손봅시다."

그러한 결정에는 '나일악어'의 개인적 복수심이 크게 작용했다. '나일악어'의 작전 지시는 간단했다.

"귀금속을 실은 한국 화물선이 인도양을 지날 때 해상에서 대기 중인 우리 무장선들이 무차별 해상공격을 감행한다. 그때 얼티밋 워리어호가 나타나게 되어 있다. 그 순간을 놓치지 않고 물속에서 매복 중인 우리 잠수함이 워리어호를 공격한다."

오늘 말라카 해협 부근에 모여 있는 무장선과 물속에 매복 중인 잠수함은 '나일악어'가 짜놓은 각본에 따라 움직이는 중이었다. 즉 한국 상선을 구하러 오는 워리어호를 기다렸다가 어뢰로 타격하겠다는 계획이다. '나일악어'는 디젤잠수함 내에 머물며 실시간으로 상황을 보고받고 있었다.

손목시계를 확인한 '나일악어'가

"한 20분이면 도착하겠군."

이때 누군가가 손가락을 입술에 갖다 대면서

"쉿. 누군가 우리 머리 위를 지나고 있습다."

함장이 손바닥으로 자기 입술을 감싸며 소곤거리듯이

"누군지 파악해보슷."

잠시 후 소나실에서 탐음 담당 용병이 튀어나오며

"러시아의 시에라급 공격형 핵잠이요."

누군가가

"재들은 정말 시끄럽네. 소문대로 '바다의 경운기'가 맞대니까."

함장이 목소리를 깔며 그 용병에게

"내 경험상, 러시아 애들이 지나갔다면 분명 추격하는 놈들도 있을 거요. 소나를 계속 가동합시다."

"알았시다."

잠시 후 소나실에서 걸어 나온 그 용병이

"미국의 씨울프급 공격 핵잠이 2킬로미터 거리를 두고 추격하고 있소. 러시아 애들이 지그재그 방어기동을 안 하는 것으로 보아, 전혀 눈치 못 챈 거 같소."

잠자코 있던 '나일악어'가 신기하다는 듯이

"이 속에 앉아 밖에서 일어나는 일이 훤히 보이는 모양이지요?"

함장이 손짓으로 소나실을 가리키며

"최신형 음파탐지기 덕이죠. 웬만한 소리는 다 잡아낸다고 했잖소?"

잠시 생각을 해보던 '나일악어'가 인상을 쓰며

"우리가 쟤들을 잡아낸다면 쟤들도 우리 존재를 알아채는 것 아니오?"

함장이 팔을 가로 저으며

"노놉. 그렇지 않소. 쟤들은 움직이니까 소리가 나는 거구 반대로 우리는 호버링 상태로 거의 정지하고 있잖소? 소리가 거의 나지 않으니 무슨 수로? 작은 물고기 정도로 알겠지요."

'나일악어'가 히죽거리며 혼잣말로

"핵잠수함이 늘 이기는 것도 아니겠구먼."

그 시각 '무궁화호'는 대규모의 해적단이 자신을 노리고 있다는 사실도 모른 채 유유히 말라카 해협을 향해 나아가고 있었다. 바다를 바라보던 함장이

"안개가 점점 심해지네."

옆에 서 있던 항해사가 농담조로

"네네. 딱 해적질하기 좋은 날씬대요."

"이 사람아. 입살이 보살이라구. 괜한 말 꺼내지도 말어."

"네넵. 죄송합니다."

이 지역은 평소에도 해적단이 자주 출몰하는 곳이고 특히 오늘처럼 안개가 짙게 깔리는 날에는 어김없이 해적단이 나타나곤 했다. 그러나 말투와 표정으로 보아 그들은 해적단을 별루 겁내는 거 같지 않았다. 믿는 구석이 있기 때문이다.

출항 전 선장은 한국 해군으로부터 메시지를 받았는데

〈중대한 국책사업 연관 화물을 적재한 귀선을 보호키 위해 우리 해군의 핵잠이 말라카 해협까지 동행한다.〉

이때 국책사업이란 다이아몬드나 루비 등 귀금속을 국내로 들여와 가공하여 한국을 귀금속의 주요 공급지로 키우겠다는 정부의 구상을 말한다. 얼티밋 워리어호가 어떤 잠수함인가? 세계 최강의 핵잠수함인 것쯤은 선장도 익히 들어서 알고 있는 사실이다. 그리고 특히 인도양을 오가는 항해사들이라면 예전 마다가스카르 해적단을 물리친 일이나 인도양 바닥에서 싱가포르 항공기의 잔해를 찾아낸 것 등 워리어호의 무용담을 익히 들어 알고 있다.

오늘도 워리어의 무패 신화는 이어질 것인가? 사정이 녹록지 않아 보인다. 험한 날씨에 해적단의 규모도 커졌고 또 화력도 세졌다. 특히 잠수함까지 매복시키지 않았나?

"앗. 선장님. 전방에 괴물체가 나타났습니다."

항해사의 고함에 전방을 쳐다본 '무궁화호' 선장이

"어, 재들 뭐야? 군함들 같은데, 질서가 없는 품새가…… 해군은 아니고 해적단 같은데?"

"펑펑펑."

"꽝꽝꽝."

선장의 말이 채 끝나기도 전에 해적단 군함에서 발사한 포탄 몇 발이 배 주변에 떨어지며 물보라를 일으켰다. 모든 선원들이 바닥에 배를 깔고 엎드린 채 눈망울만 굴리고 있었다.

잠시 생각해 보던 함장이 통신사에게

"구조신호를 보내게. 해적단 공격같다구."

"넵."

통신사의 말이 채 끝나기도 전에

"꽝꽝꽝."

폭발음과 동시에 선수 부분이 심하게 흔들렸다.

선장이 엎드린 채로 주변 사람들에게

"미사일 공격 같은데. 앞대가리를 직빵으로 얻어맞은 거 같아."

그는 연이어

"이상하군. 보통 해적단 같으면 겁을 주고 돈을 요구할 텐데 다짜고짜 포탄부터 날리다니?"

그렇다. 선장의 말마따나 이들은 보통 해적이 아니다. 인도양 해상왕국 건설을 꿈꾸며 한국의 핵잠을 제거하겠다는 자들이 아닌가? '무궁화호'를 뒤따르던 워리어호도 폭발음의 파장을 즉시 감지하였다.

"함장님. '무궁화호'가 공격당한 것 같습니다."

"음. 잠망경심도로 올라갑시다."

잠망경을 통해 전방을 관측하던 함장이

"흠흠. 안개 때문에 시계가 불량하군."

그는 연이어

"물고기 로봇을 내보내세요."

잠시 후 워리어호가 내보낸 소형로봇은 피격 현장을 돌아다니며 여러 장의 사진을 찍고 워리어호로 복귀했다.

그 사진들을 분석하던 간부들은 이구동성으로

“우리 화물선이 심각한 손상을 입었군. 추가로 2차 공격은 없었고…… 그리고 해적단들은 여기저기서 긁어모은 용병들 같군. 나이, 피부색, 복장들이 각양각색인 걸 보니.”

잠시 생각해 보던 함장이 정보장교에게

“근데. ‘무궁화호’가 보낸 구조신호를 언제 접수했지요?”

“네. 최초 접수 시간은…….”

보고를 받은 함장이 고개를 갸우뚱하며

“뭔가 이상해. 보통 해적단 공격치고는 매우 급해. 템포가 안 맞아. 왜 2차 추가 공격을 안 하고 있지? 뭘 기다리는 거야?”

정보장교와 함께 소나실로 걸어가 병사들과 몇 마디 나눈 함장이 운항장교를 향해

“최대한 정숙하게 기동하며 ‘무궁화호’에 접근하시오.”

“넵.”

서서히 움직이던 워리어호가 ‘무궁화호’의 약 700미터 지점까지 접근했다. 이제 워리어호와 해적단 잠수함과의 거리도 좁혀져서 약 1킬로미터에 불과했다. 그러나 해적단은 워리어호가 접근하는 것을 눈치채지 못했는데 그 이유는 간단했다. 워리어호가 거의 소리 없이 유령처럼 움직였기 때문이었다. 같은 시각 물밑에서 매복 중인 해적단 잠수함의 내부는 눈에 띄게 움직임이 많아졌다.

시간을 체크하던 해적단 함장이

“어뢰 발사 준비.”

해적단 함장의 지시를 받은 승조원들이 어뢰관을 열고 물을 채우기 시작했다.

그들의 셈에 따르면

'어뢰 공격을 당한 '무궁화호'를 구하기 위해 한국의 핵잠이 모습을 드러낼 것이다.'

이때 해적단 잠수함의 어뢰 발사관이 열리는 것과 동시에 워리어호의 소나탐음병이

"엇. 이건 뭐야?"

소나화면상에는 새로운 음파궤적이 떠올랐는데 그 궤적을 관찰하던 소나탐음병이

"어? 이건 어뢰 발사관이 개방될 때 생기는 음파궤적인데……."

화면을 체크하던 그 병사가 지휘관에게 이 사실을 알리기 위해 자리를 박차고 일어났다.

잠시 후 워리어호 함장이 지휘실에 모인 간부들을 둘러보며

"내 생각에 이 모든 것은 유인책이요. 우리를 끌어내기 위한."

우수한 리더의 능력이 발휘되는 순간이었다. 그는 주어진 정보와 상상력을 동원하여 순식간에 사태를 파악한 것 같았다.

"그니까, 지금 주변에서 매복 중인 잠수함과 바다 위 수상함들이 미리 짜고서 우리를 유인하는 것 같소. 우리가 허둥대는 순간 어뢰를 날리겠지."

함장의 설명을 들은 모든 간부들이 고개를 끄덕였다.

함장이 팔깍지를 풀며

"각자의 임무를 다시 한번 말해줄 테니 차질 없이 수행하도록 하시오."

"넵."

같은 시각

해적단 잠수함 내

함장이 손가락을 앞으로 찌르며

"어뢰 발사."

"슉슉슉."

잠시 후 해적단 잠수함에서 두 발의 어뢰가 물살을 가르며 '무궁화호'를 향해 날아갔다. 그 순간 워리어호도 바닷속으로 두 개의 물체를 날려 보냈다. 해적단이 발사한 어뢰를 딴 곳으로 유인하기 위한 어뢰기만체였다. 해적이 발사한 2개의 어뢰 중 하나가 어뢰기만체에서 발사하는 음향을 좇아서 방향을 틀며 딴 곳으로 날아가 버렸다. 그러나 나머지 한발은 여전히 '무궁화호'를 향해 날아갔다. 이제 목표물까지의 거리는 채 30초도 안 남았다.

워리어호 내 지휘실에서 소나화면을 바라보던 함장이

"음. 음. 요격어뢰 발사."

요격어뢰는 어뢰를 잡는 어뢰다.

"핑. 핑. 핑."

워리어호의 어뢰관이 열리며 여러 발의 소형 요격어뢰가 발사되었다.

"펑."

잠시 후 폭발음과 함께 소나화면이 깨끗해졌다. 어뢰 요격에 성공한 것이었다.

"굿굿."

워리어호의 함장이 지휘실 내를 둘러보며 엄지를 치켜세웠다. 인근에서 호버링 중이던 해적단 잠수함은 설왕설래 소란스러웠다.

'나일악어'가 함장을 향해 시비조로

"어? 이건 뭐야? 어뢰 두 방이면 충분하다더니 이건 뭐야? 한국 배가 멀쩡하잖아?"

함장도 지지 않고

"안 되면 또 쏘면 되지 뭘 그걸 가지구."

'나일악어'가 인상을 쓰며

"이번에도 못 맞추면 가만두지 않겠어."

함장도 '나일악어'를 째려보면서

"그래서 우짤건대?"

두 사람은 한동안 눈싸움을 이어 나갔다.

잠시 후 함장이 성난 목소리로

"어뢰 발사 준비. 완전히 날려버리자굿."

"슉. 슉."

'무궁화호'를 겨냥해 또다시 두 발의 어뢰가 발사되었다. 그와 동시에 워리어호도 요격어뢰 두 발을 발사했다.

잠시 후

"펑펑."

요격당한 해적단의 어뢰가 큰 소리를 내면서 물밑에서 폭발했다. 그러나 공격하는 순간 허점이 생긴다는 말이 있지 않은가?

"!!!."

어뢰 요격에 성공한 순간 워리어 함내에서 흥분한 한 병사가 두 팔을 치켜들고 소리 없는 아우성을 질렀다. 그의 팔이 선반 위에 놓여 있던 물컵을 건드리자 물컵이 바닥으로 떨어져 데구르르 구르다 모서리에 가서 부딪혔다.

"퉁퉁퉁."

다행히 바닥에는 특수강화 우레탄이 깔려 있어 컵은 깨지지 않았고 소리도 크게 나지 않았다. 그러나 물속에서는 발 없는 소리가 수십 킬로미터를 간다는 말이 있다. 부근에서 소나탐지기를 풀로 가동하던 해적단 잠수함이 이 소리를 놓쳤을 리가 없다.

해적단 소나음탐병이 함장에게

"소리를 잡았습다. 뭔가 바닥에 구르는 소리 같습다. 한국 핵잠이 확실하오."

스타일을 구긴 함장이 만회할 기회를 잡은 듯 비장한 표정으로

"이번에는 실수 없이, 직통으로 멕여줍시다."

잠시 후 해적단 잠수함에서 소리난 곳을 향해 두 발의 어뢰가 발사되었다.

"핑. 핑."

조용히 호버링하고 있던 워리어호 내 음탐병이 다급한 목소리로

"함장님. 우리를 향해 어뢰가 날아옵니다."

"몇 발인가?"

"두 발입니다."

"도달시간은?"

"30초 이내입니다."

함장이 간부들을 향해

"어뢰교란기 발사하라."

그는 연이어

"좌현전타."

워리어호는 어뢰교란기를 발사하고 방향을 틀며 회피기동을 시도했다.

"펑."

워리어호를 비껴간 어뢰는 엉뚱한 곳으로 날아가 워리어호 부근에서 폭발했다. 그러나 여전히 어뢰 한발이 워리어호를 향해 날아오고 있었다.

"요격어뢰 발사."

"퓽. 퓽."

숨 막히는 시간이 흘러갔다.

잠시 후

"펑. 펑."

어뢰가 폭발하는 소리가 들리며 워리어호의 선체가 크게 흔들렸다. 조금만 늦었으면 요격당할 뻔했다.

간신히 어뢰 공격을 모면한 워리어호의 함장은

"음파 진원지를 향해 어뢰를 발사하라."

"넵. 어뢰발사기 주수."

"핑. 핑."

잠시 후 큰 폭발음이 감지되었다.

"펑펑."

따끈한 커피 한 잔 마실 시간이 흐른 후 워리어호의 소나실에서

"함장님. 소나 스크린이 깨끗합니다. 매복 중이던 적 잠수함이 사라졌습니다. 물밑은 다 정리된 거 같습니다."

"오케이."

해적단 잠수함은 워리어호가 발사한 어뢰를 맞고 격침된 것이었다. 이 모든 것이 순식간에 일어난 일이었다.

이제 물밖의 상황이 궁금해진 함장이

"잠망경심도로 올라갑시다."

그 시각 추가 공격 신호를 기다리며 대기하고 있던 수상의 해적

단들은

"물속에서 폭발이 여러 번 났는데…… 별다른 지시가 없으면 약속대로 2차 공격을 감행합시다."

잠시 후 해적선 한 척이 '무궁화호'를 향해 발사한 로켓포가 뱃머리에 명중했다.

잠망경을 통해 그 광경을 관찰하던 함장이

"쟤들, 계속 대포질이네. 맨 앞의 놈에게 어뢰 한 방 먹입시다."

"넵. 어뢰 발사관 주수."

잠시 후 워리어호의 몸체에서 어뢰 한 발이 쑥 빠져나왔다.

"풍."

잠시 후

"펑. 펑."

폭발음과 함께 해적선 한 척이 두 동강 나며 공중으로 치솟았다.

'1-2-0.'

'1-2-0'은 어뢰 공격을 받은 수상선이 두 동강 나며 서로 마주보며 수면에서 사라지는 장면을 묘사한 것이다. 잠망경을 통해 이 광경을 지켜보던 함장이 엄지를 치켜세웠다.

그는 연이어

"해적단이 도망가느라 제정신들이 아니군. '무궁화호'가 뱃머리에 큰 손상을 입어서 움직이기 어려우니 상부 지시가 올 때까지 이 부근에서 대기합시다."

워리어호가 물속으로 자취를 감추었다. 이 사건은 뭇사람들의 입을 타고 널리 퍼져나갔다.

소문을 듣고 취재에 나선 한 언론사가

〈인도양의 미스터리. 격침당한 잠수함은 어느 나라인가?〉

바통을 이어받은 어느 방송사는

〈인도양의 혈전. 미중러 핵잠수함 대결. 최종 승자는?〉

특히 그 방송사가 추가로 폭로하기를

〈같은 시각 미국과 러시아의 핵잠수함이 말라카 해협을 통과한 사실이 있고 물밑에서 수차례 큰 폭발음이 감지되었다.〉

이런 소문이나 언론보도를 주시하는 집단이 있다. 바로 각국의 정보기관과 무기상들이었다.

수집한 정보를 바탕으로 사실을 캐고 다니던 이들이 내린 결론은

〈피격당한 잠수함은 '나일악어' 해적단이 운용하는 독일제 디젤 잠수함이었다.〉

〈그 시각 러시아의 핵잠수함과 미국의 핵잠수함이 그 부근을 통과한 사실도 있다.〉

〈이 사건의 주역은 한국의 핵잠, 얼티밋 워리어호였다.〉

그러나 여전히 그들이 풀지 못한 의문은

〈세계 최강 미국의 핵잠도 모르고 지나친 디젤잠수함의 존재를 워리어호는 어떻게?〉

〈소문대로 그들의 소나시스템은 천하무적인가?〉

얼티밋 워리어호에 대한 관심은 날로 증가했다. 유달리 큰 관심을 가지는 집단이 있었는데 그들은 바로 카심 회장과 코시킨을 정점으로 하는 카이저펀드였다.

9
낯선 여자를 조심하라 - 잠언 5장

2027년 봄 금요일
홍대 앞
대한민국

'CLUB DAY'가 열리는 홍대 앞은 마치 큰 야외 파티장을 연상케 한다. 이날을 즐기기 위해 수많은 사람들이 모여드는데 오늘 같은 'CLUB DAY'에는 몇만원만 내면 웬만한 클럽은 다 입장할 수 있다.

사람 구경을 위해 마실 나온 사람들도 있고 미리 짝을 맞추어 온 커플도 있지만

"한 건 재미난 일이 생겼으면 좋겠네."

상당수가 '뭔가 좋은 일'을 기대하고 이곳으로 몰려든다. 그 사람들 중 상당수가 이런저런 소개팅을 통해 쌍을 이룬다. 즉석 파트너와 함께 술을 마시고 춤을 추다가 깔끔하게 헤어지는 커플도 있고 개중에는 처음 만난 파트너들과 함께 인근 모텔로 옮기는 소위 '운 좋은 친구들'도 있다.

늦은 오후 뒷골목에 있는 어느 칵테일바에 한 청년이 홀로 앉아

있다. 그는 불과 두 시간 전에 소개팅 자리를 도망치듯 빠져나온 '운 나쁜 청년'이다. 그의 이름은 한용만, 나이는 23세다. 명문 K대학교를 다니다가 군에 입대한 한용만은 진해에 있는 해군 본부 군수보급창에서 근무하고 있는 말년병장이다. 제대를 몇 개월 앞둔 한병장은 지금 마지막 휴가를 보내는 중인데 며칠 후 귀대할 예정이다. 왜 그가 이 시각 칵테일바에 궁상맞게 홀로 앉아 있을까?

한병장에게는 같은 내무반을 쓰는 경상병이라는 후배가 있었다. 그는 한병장의 대학 1년 후배였는데, 신기하게도 같은 과 출신에 고향도 비슷했다. 이런저런 이유로 둘은 친하게 지냈는데, 서글서글한 성격을 가진 경상병은 한병장을 잘 따르는 편이었다.

이틀 전 경상병이 휴가 중인 한병장에게 전화를 걸어와 대뜸

"형. 말년휴가를 기념하는 의미로 걸쭉한 추억거리 하나 만들어 보실래요? 삼삼한 여자애 하나 소개해 드릴까 하는데."

여친이 없었던 한병장이 반색하며

"삼삼한 애? 근데 니가 그런 능력이……?"

경상병이 피식 웃으며

"형. 내가 말씀 안 드렸나? 입대 전에 영어 회화 학원에 다녔는데 그 학원에 의외로 괜찮은 애들 많았다구?"

경상병은 학원에서 친하게 지낸 사이라며 핸드폰으로 여자 사진들을 보내왔다.

사진을 훑어본 한병장이

"이 여자들은, 영어학원에 다닐 아그들 같지 않은데……."

"형. 답답하기는. 애들도 꼭 영어나 배우자고 학원에 오는 게 아니잖슈? 걔들. 소주도 잘 마셔요. 그중에 하나 찍어보슈. 시간 함 잡아보께요."

잠시 후 한병장이 경상병에게 문자를 날렸다.

〈애로 할게. ㅋㅋ.〉

잠시 후 경상병의 문자 메시지가 도착했다.

〈형. 보는 눈이 있네요 ㅋㅋ 대박. 완죤 퀸카 ㅎㅎ.〉

'퀸카라면서 웬 소개팅? 설마 꽃뱀은 아니겠지?'

미심쩍은 생각이 들기도 했지만 크게 손해 볼 일은 없다는 생각이 든 한병장이 문자를 날렸다.

〈오케바리. 잘 되면 내 함 크게 쏠게.〉

바로 몇 시간 전 한병장은 대로변에 위치한 2층 커피숍에서 경상병이 소개한 그 '퀸카'를 만났다. 몸에 착 달라붙은 청바지와 무지개 빛깔의 티셔츠를 걸치고 나타난 그녀는 상당한 미인이었다.

'헉. 실물이 더 나은 거 같은데!'

그녀를 처음 본 순간 한병장의 가슴은 쿵당쿵당 뛰기 시작했다.

"미키라 불러주세요."

저음의 허스키한 보이스로 자기 이름을 밝힌 그 '퀸카'는 손을 힘차게 내밀었다.

가볍게 악수를 하고 자리에 앉은 한병장은 내심

'어, 이 여자, 외모와 달리 손이 엄청 거치네.'

자리에 앉은 그 '퀸카'는 손지갑을 열고는 담배와 라이터를 꺼냈다. 특이하게도 라이터와 담뱃갑도 온통 무지개 빛깔이었다.

'이 여자분 진짜 멋쟁이시네. 패션 감각도 장난이 아니셔.'

평소 담배 피는 여자를 '굴뚝'이라며 멀리하는 한병장이었지만 이 순간만큼 그런 생각을 접기로 마음먹은 터였다.

앞에 앉은 '퀸카'를 바라보는 한병장의 얼굴에 미소가 떠나지 않았다. 그러나 그런 생각도 잠시, 대화를 이어가던 한병장의 표정이 점점 어두워지기 시작했다. 그녀는 명품 브랜드와 연예인 가십거리 외는 아는 게 없고 특히 상식과는 담을 쌓은 것 같았다. 푸틴이 누군지도 몰랐고 심지어 헤밍웨이나 맥아더 장군은 들어본 적이 없다고 말했다. 상식이나 교양이 없는 사람에게 빨리 싫증을 내는 사람들이 있는데, 한병장도 그런 부류의 사람이었다. 사람의 생각은 순식간에 바뀔 수 있는 법이다. 이제는 그녀의 목소리도 한병장의 비위에 거슬렸다.

그는 속으로 혀를 차며

'머리가 완존 비었군. 무개념이야. 목소리는 왜 저랫? 허스키도 정도껏 해야짓.'

특히 주변을 의식하지 않고 딱딱 시끄러운 소리를 내며 껌을 씹어대는 그녀를 한심한 눈길로 바라보던 한병장이 자리를 뜰 궁리를 하기 시작했다. 실내를 둘러보던 한병장의 눈에 옆 테이블에 앉아 있는 두 명의 백인 여자가 들어왔다. 친구 사이인 듯 한참 수다를 떨던 그녀들은 한병장과 눈이 마주치자 손가락을 구부리며 눈인사를 했다. 멋쩍은 표정으로 황급하게 고개를 돌리는 한병장을 바라보며 '퀸카'가 입을 열었다.

"자기. 오늘 밤 집에 안 들어가도 되지?"

그녀는 한병장을 자기라고 부르면서 팔을 뻗어 그의 가슴을 콕콕 찔러댔다.

한병장이 본능적으로 몸을 뒤로 재끼며

'아쭈구리. 본색을 드러내는군.'

한병장은 자리를 박차고 나오고 싶었지만, 경상병의 얼굴을 봐서 조금 더 앉아 있기로 했다.

약 10분 후 한병장이 핸드폰을 들여다보며

"집에서 급한 연락이 왔네요. 잠깐 실례할게요."

한병장은 전화 핑계를 대며 화장실로 들어갔다.

한병장이 혼잣말로

"잰 선수 같아. 더 말리기 전에 이쯤에서 튀는 게 상수야."

자리에 돌아간 그는 '퀸카'를 쳐다보며

"급한 일이 생겼네요. 이만 가볼게요."

그녀의 반응은 의외로 쿨했다.

"아. 그러세요? 그럼 기회가 되면 또 봐요."

그녀는 핸드폰에 저장된 전화부를 뒤지더니 또 어딘가로 전화를 걸었다.

그녀의 통화 소리를 뒤로하고 발길을 옮기던 한병장이 속으로

'우씻. 겉은 멀쩡한데…… 우씻.'

커피숍을 벗어난 한병장은 지나가던 택시를 잡아 탔다.

불과 몇 블록을 지나서 택시에서 내린 그는 주변을 두리번거리며 혼잣말로

"이 예쁜 여자들은 다 누구 거야? 나의 공주님은 어디에 있나?"

터벅터벅 길을 걷던 그는 시간이나 때울 셈으로 가까운 칵테일바로 들어가서 여태 혼술을 하는 중이었다. 술을 마시면 객기가 생기는 법이다. 그는 주먹을 불끈 쥔 채 마음을 다졌다.

'그래. 넘쳐나는 게 온통 여잔디…… 내 손으로 직접 구하면 되지 뭐. 7시도 안 됐잖아?"

그때 경상병이 근무지에서 전화를 걸어왔다.

"한선배. 소개팅 어떠셨어요?"

"걍 헤어졌어. 내 타입이 아니더라."

술이 오른 한병장이 전화기에 대고 한참을 떠들더니 말미에

"해군병장 한병장이 누구냐? 내가 알아서 해결해 볼게!"

한병장은 전화를 끊고 담배를 한 대 꼬나물었다.

칵테일 몇 잔 더 마신 한병장이 손목시계를 내려다보며

"흠. 이제 9시라…… 마지막으로 한 번 트라이나 해볼까?"

칵테일바를 나온 그는 먹잇감을 찾아 헤매는 하이에나처럼 인파 속을 헤집고 돌아다녔다. 대로를 벗어나 뒷골목을 헤매고 다니던 한병장의 눈에 번쩍거리는 광고판이 들어왔다.

"징기스칸! 징징징기스칸이라. 뭔가, 필이 왔어."

입장권을 산 그는 마치 선약이 있는 사람처럼 클럽 안으로 성큼성큼 걸어 들어갔다. 맨 안쪽에 있는 작은 테이블에 가서 조용히 자리를 잡은 그는 클럽 안을 두리번거렸다.

하지만 그는 이내 실망스런 표정으로

"우씨. 다들 짝이 있잖아."

플로어에 나가 홀로 춤을 추고 돌아와 술잔을 비우기를 반복하던 그는 자신을 위로하듯

"말년병장 한병장. 오늘은 걍 혼술이나 하다가 가야겠어."

그때 머리를 노랗게 물들인 젊은 웨이터가 그에게 다가와서

"손님. 합석하시겠어요?"

"나요?"

한병장이 손가락으로 자기를 가리키며 되묻자 웨이터는 그렇다고 대답을 하였다.

"네. 저기 외국 여자 두 분이 선생님이 아주 마음에 든다고 합석 신청을 했는데요."

한병장이 믿기지 않는다는 표정을 지으며

"엥. 나를요? 누군데요?"

그 웨이터가 팔을 들며 구석진 자리를 가리키자 그곳에 앉아 있던 백인 여자 두 명이 손을 흔들었다.

웨이터가 바람을 잡으며

"유럽에서 온 대학생들이래요. 형님이 마음에 드신대요. 형님은 복 받으신 거여요."

웨이터가 그를 형님이라 부르며 눈을 찡긋했다. 첫눈에 보아도 대단한 미모를 가진 여자들이었다.

한병장이 침을 꼴깍 삼키며

'와우. 굉장한 미인들이네. 근데 왜 얼굴들이 낯설지가 않지?'

사실 한병장은 모르고 있었지만 그녀들은 낮에 소개팅하는 장소에서 옆자리에서 눈인사를 했던 그 여자들이었다.

한병장이 주머니에서 오만원권 한 장을 꺼내어서 웨이터의 손에 쥐어주며

"이쪽으로 모시고 오세요. 아님 내가 그쪽으로 갈까요?"

돈을 호주머니에 쑤셔 넣은 웨이터가 훈수를 한답시고

"형님이 가시는 게 더 낫죠. 확실한 의사표시를 해야죠."

여자들이 앉아 있는 테이블로 다가간 한병장이 미소를 지으며

"Call me Han. Nice to meet you. (한병장이라는 사람인데, 만나서 반가워요.)"

"방까워요."

서툰 한국말로 인사를 건넨 그녀들은 마주 보고 낄낄대며 한병장에게 자리를 권했다. 한병장이 말년병장이라고 자기 신분을 밝히자 그 여자들도 간단한 자기소개를 했다. 두 여자 모두 서울 Y대학에 다니는 어학연수생들인데 현재 한국어를 배우는 중이라고 했다. 한 명의 이름은 나타샤, 체코에서 왔다고 했고 또 안나라는 이

름을 가진 다른 여자는 폴란드가 고향이라고 했다.

그녀들은 서로 마주 보고 방긋 웃으며

"우리도 처음 만났어요. 어학연수원에서."

어색함도 잠시, 이들 셋은 오랜 친구인 양 술잔을 돌리며 함께 춤을 추었다.

자정을 지난 시각, 처음부터 한병장에게 호감을 보이던 나타샤가 한 손으로 한병장의 가슴을 만지며

"Han, 당신 멋죠. 우리는 당신처럼 강한 남자. 정말 조아해."

안나도 엄지손가락을 치켜세우며

"나도 당신처럼 멋진 남자가 너무 조아해."

한병장은 흠칫하며

'왜 나보고 강하고 멋지다는 거얏?'

한병장은 성인이 된 이후 지금껏 여자들로부터 멋있다거나 강하다는 얘기를 들어본 적이 없었다. 기껏해야 인간적이라는 얘기를 들은 것이 고작이었다.

'내 외모가 외국인한테는 통하나 보지.'

취기가 오른 한병장은 그냥 편하게 생각하기로 했다. 그 와중에도 그는 멋있게 보이려고 허리를 세우고 배를 집어넣는 것을 잊지 않았다. 앞가슴을 크게 보이기 위해 숨을 참다 보니 취기가 오른 한병장의 얼굴이 더 빨개졌다. 그러나 그의 허세는 거기까지였다.

"잠깐 실례."

화장실로 가기 위해서 자리에서 일어서던 한병장이 그 자리에서 픽 고꾸라졌다.

나타샤가 주변에 서 있는 웨이터를 보며 서툰 한국말로

"헤이 웨이터. 콜택시 하나 불러주쇼. 우리 오빠. 완존 갔다."

"5분만 기다려 주세요."

한병장이 오만원을 손에 쥐여주었던 그 웨이터였다. 그는 술에 취해 쓰러진 한병장을 안타까운 눈으로 바라보며 속으로

'저 형님. 왜 저래? 아이구 노마크 찬스인데. 쯧쯧'.

잠시 후 두 여자는 한병장을 양쪽에서 부축해 클럽을 나갔다.

다음 날 아침

얼굴에 축축한 물기를 느낀 한병장이 눈을 떴다.

"어. 여기가 어디지?"

손목시계는 오전 8시를 가리키고 있었다. 곁에 있던 나타샤가 살포시 얼굴을 갖다 대며

"오빠. 이제 정신줄을 찾아버리나?"

고개를 두리번거리다 침대에 알몸으로 누워있는 자기 모습을 본 한병장이 민망한 표정을 지으며

"여기가 어디에요?"

나타샤가 한병장의 얼굴을 살짝 꼬집으며

"여기는 우리 오피스텔이지. 나는 나타샤. 오빠. 기억이 안 나는 거야?"

한병장이 고개를 세차게 흔들며

"필름이 끊겼는데…… 근데 내가 왜 여기에 누워있는 거죠? 나…… 타…… 샤."

나타샤가 손가락으로 한병장의 가슴을 쿡쿡 찌르며

"이 엉큼한 사람. 자기, 어젯밤 잠도 안 자고 나타샤를 못살게 굴었다."

한병장이 그제야 생각난다는 듯이 머리를 긁적이며

"아, 그랬나요? 히힛."

나타샤가 손으로 한병장의 입을 누르며

"쉿쉿. 목소리 낮추기다. 옆방에 안나가 자고 있지."

기분이 업된 한병장이 그녀를 끌어안으며 침대에 눕혔다. 그 시간 옆방에서는 안나가 핸드폰으로 여러 장의 이미지를 전송하고 있었다. 자세히 보니 그것은 한병장의 얼굴과 두상 그리고 손가락을 정밀하게 찍은 사진들이었다. 잠시 후 그녀의 핸드폰에 한 통의 메시지가 도착했다.

〈이미지 수신 완료. 상태 양호함.〉

일주일 후

진해 해군 군수보급창

지난주 휴가를 다녀온 한병장은 이번 주 내내 핸드폰을 끼고 살았다. 저번 주 홍대앞에서 만난 나타샤 때문이다. 목요일 저녁, 오늘도 두 사람의 문자질은 계속되었다.

〈오빠. 머해용?〉

〈나타샤 생각하고 있지롱.〉

〈나 보고 싶나?〉

〈당근 당근.〉

〈ㅎㅎ 이번 주말에도 오빠 만나고 싶다.〉

나타샤의 메시지는 직선적이었다. 문자를 확인한 한병장이 기다렸다는 듯이 답신을 날렸다.

〈나두. 근데 이번 토욜 외출은 가능하지만 외박은 안되용ㅠㅠ.〉

실제로 저번 주 말년휴가를 다녀온 한병장에게 이제 남은 휴가는 없었다.

〈이 나타샤가 그기루 내려간다?〉

〈아 정말? 그래 주면 내가 고맙지. ㅎㅎ.〉

〈오빠가 시간만 정해주어라.〉

잠시 손가락을 꼽으며 시간을 가늠해보던 한병장이 문자판을 눌렀다.

〈토요일 오후 1시 부대 정문. 밤 9시까지는 부대로 돌아와야 함.〉

〈나타샤, 오빠 넘 보고파. 부대 앞에서 아침부터 기다릴 꼬얌.〉

한병장은 나타샤에게 자신이 근무하는 병기창의 주소를 보냈다.

〈우리 부대 주소야. 그때 봐요. 나타샤.〉

〈안뇽. 오빠.〉

나타샤의 새하얀 알몸을 떠올린 한병장은 그녀를 껴안고 뒹구는 즐거운 상상의 나래를 펼쳤다.

이때 얼굴에 주름이 많아 오랑우탄이라는 별명을 가진 선임하사가 한병장에게 다가와

"어이 한병장. 요즘 좋은 일이 생겼나벼?"

한병장이 재빨리 핸드폰을 주머니에 넣으며

"별거 아닙니다. 선임하사님."

선임하사가 씩 웃으며

"어이, 여친이 생겼구나?"

"아 예. 여친이라고 하기에는 아직……."

"그래? 근데 제대 날짜가 언제지? 한병장."

"쪼깨 남았습니다."

"지금이 좋을 때야. 사회 나가면 고생이지."

선임하사가 한병장의 주머니를 가리키며

"얼핏 보니 외국 여자 같던데…… 감당할 수 있겠어?"

"저도 잘 모르겠습니다."

토요일 정오

부대 정문 앞은 수많은 인파로 붐볐다. 대부분 면회를 하기 위해 전국 각지에서 몰려온 사람들이었다. 외출허가증을 손에 쥔 한병장은 13시 정각에 부대 정문을 나섰다.

새빨간 옷을 입은 여자가 인파 속에서 불쑥 나타나며

"오빠. 나 여기 여기."

한병장이 나타샤의 어깨를 감싸 안으며

"용케 잘 찾아왔네요."

"이 정도는 식은 죽이당. 일단 뭐 좀 먹으러 가자. 내 차 타고."

"차를 직접 끌고 왔어요?"

나타샤가 주차장을 가리키며

"호호. 말씀 안 드렸나? 이 나타샤. 취미가 운전이라고."

"그래요?"

나타샤의 차는 빨간색 2인용 스포츠카였다.

나타샤가 익살스런 표정으로

"어디로 모실까? 왕자님을 모시는 하녀 나타샤입니당."

조수석에 앉은 한병장이

"우선 뭐 좀 먹읍시다. 여기서 조금만 나가면 맛있는 횟집들이 많아요."

나타샤가 군인처럼 거수경례를 하며

"예썰."

약 1시간 후 두 사람은 바닷가에 자리 잡은 어느 횟집으로 들어갔다. 서둘러 식사를 마친 두 사람은 나타샤의 차를 타고 언덕에 서 있는 한 모텔로 들어갔다. 늦은 오후 모텔을 나온 두 사람은 언덕길을 따라 해변을 걸어 다녔다.

나타샤가 손으로 한병장의 얼굴을 어루만지며

"오빠. 나 너무 행복하다."

한병장이 황홀한 미소를 지으며

"Me Too. (나두.)"

손목시계를 들여다보던 나타샤가 헤어지기 아쉬운 듯

"오빠. 몇 시까지 부대에 들어가야 되나?"

시간을 체크한 한병장이

"에이. 분위기 깨게 웬 시간을 물어봐? 9시까지니까 한 두세 시간 후에 출발하면 되겠네."

"오케바리. 요 앞에 커피숍이 보인다. 그기로 고고. 오빠 나 전화 한 통만 하고 따라갈게."

커피숍을 향해 앞서 걸어가는 한병장의 뒷모습을 바라보던 나타샤가 핸드폰을 꺼내 들었다.

비슷한 시각
진해 군수보급창

아까부터 군복을 입은 두 사람이 보급기지를 감싸고 있는 철조망 부근을 서성대고 있었다. 보급창 소속 군인으로 보이는 그들은 길가에 서 있는 큰 나무 그늘에 앉아서 줄담배를 태우고 있었다. 누가 보더라도, 외출을 나왔지만 달리 갈 곳이 없어서 기지 주변을 어슬렁거리는 군인처럼 보였다.

"뚜뚜."

그때 걸려 온 한 통의 전화를 받은 그들은 주변에 있는 감시초소의 동태를 살피기 시작했다. 감시초소에서 간간이 터져 나오는 큰 웃음소리로 추측건대, 그곳 경비는 그렇게 삼엄한 것 같지 않았다. 잠시 후 감시초소의 경비병들이 임무 교대를 위해 부산하게 움직이는 모습이 보였다. 이때가 하루 중 감시가 가장 취약한 시간이었다.

'지금이다.'

눈빛을 교환한 두 사람은 순식간에 철망을 절단하고 군부대 안으로 기어들어 갔다. 엎드린 상태로 주변을 살핀 두 사람은 재빠르게 몸을 일으켰다. 옷에 묻은 먼지와 풀을 털어낸 그들은 보급창고를 향해서 걸어갔다. 오가는 군인들 어느 누구도 그들에게 관심을 두는 사람은 없었다. 보급품 창고 앞에서 서성이던 두 사람은 잡담을 나누며 담배를 한 대씩 꺼내 입에 물었다. 잠시 후 날이 어두워지고 주변 막사 건물들에는 불이 하나둘 켜지기 시작했다. 이때 둘 중 한 사람이 군홧발로 담배를 눌러 끈 후 재빨리 창고의 출입문으로 다가가 품속에서 카드를 꺼냈다. 그가 입구에 설치된 출입 통제기에 카드를 밀어 넣자 외부에 설치된 화면에 출입자의 신원이 찍히고 있었다.

성명: 한용만
계급: 병장
군번: 2025100932
보안: 보급창고 출입 허가자

잠시 후 화면에 다음과 같은 글이 찍혔다.

〈얼굴과 지문을 인식기에 갖다 대시오.〉

그 남자는 주머니에서 고무장갑을 꺼내서 손가락에 끼고는 곧바로 품속에서 얇은 비닐 마스크를 꺼내서 얼굴에 썼다. 마스크를 쓴 남자가 구부정한 자세를 취하며 양 손가락과 얼굴을 인식기에 갖다 대었다. 그런데 그 마스크를 쓴 사람은 영락없이 한병장이었다. 잠시 후 화면에 선명한 글자가 떠올랐다.

〈출입을 허가함. 출입문이 10초 동안 열림.〉

출입문이 열리자 그 남자가 쏜살같이 안으로 들어갔고 다른 사람은 바깥에서 줄담배를 피우면서 주변을 서성이고 있었다.

약 30분 후 정체불명의 이 두 사람은 짐이 가득 찬 등산용 가방 2개를 어깨에 메고 아까 왔던 길을 따라 철조망에 접근했다. 잠시 서성이며 감시초소의 동정을 살피던 두 사람은 미리 절단해 놓았던 철조망을 벌리고 밖으로 기어 나왔다. 엎드린 채로 주변을 살피던 그들은 철조망의 끊어진 부분을 당겨서 원상복구 한 다음 유유히 어둠 속으로 사라졌다.

비슷한 시각, 멀리 해변의 카페에서 나온 한병장은 나타샤의 차를 타고 부대로 돌아오고 있었다.

그 얼마 후
샹그릴라 호텔 20층
퍼시픽 플레이스, 홍콩

카심 회장이 냉장고에서 콜라 두 캔을 꺼내서 하나를 옆에 있는 코시킨에게 건네주며

"여기는 언제 오더라도 후덥지근해."

"네. 회장님. 조금만 움직여도 땀이 솟아납니다."

카심 회장이 캔 뚜껑을 따면서

"한국 일은 잘 돼가고 있나?"

카심 회장이 홍콩으로 날아온 것은 뉴코리아조선 때문이었다. 저번 주 홍콩에 도착한 그는 무기 수입상들을 만나며 나름 바쁘게 지냈다. 그가 궁금한 것은 핵잠수함 기밀을 사줄 작자들은 있는지? 만약 있다면 가격은 어느 정도쯤 불러야 하는지였다. 시장 상황을 체크한 그가 내린 결론은 한국의 얼티밋 워리어는 최고 인기 상품이라는 것이었다.

코시킨이 종이 한 장을 카심 회장에게 내밀며

"현재까지의 진행 상황입니다. 회장님."

카심 회장의 취향에 맞게 그 종이에는 큰 활자체로 쓰여진 제목만 달랑 몇 개 적혀 있었다.

보고서를 간단히 훑어본 카심 회장이

"흠. 잠수함에 입히는 타일 실물을 확보했군."

"넵 회장님. 군수창고에서 타일을 빼내서 살펴보고 있습니다."

카심 회장이 씽긋 웃으며

"꾸웨이스."

그는 연이어

"그건 그렇고…… 그 대주주들하고 연락은 닿았나?"

"네 회장님. 이미 접촉을 시작했습니다."

카심 회장이 말을 자르며

"그래? 팔 생각이 있대?"

"그런 것 같습니다. 회장님."

“꾸웨이스.”

그는 곧바로 다음 질문을 던졌다.

“송박사라는 친구, 약점이나 아킬레스건 같은 거 찾아냈나?”

“조만간 좋은 소식 올리겠습니다.”

카심 회장이 씩 웃으며

“고랫? 이 세상에 약한 고리가 없는 눔이 어디 있겠어? 송박사 그 친구도 마찬가질 거야. 한 방에 보내버릴 수 있는 그런 거, 잘 찾어봐.”

“넵. 회장님.”

카심 회장이 소파에 몸을 기대며

“내 전에 말했었지? 구매자 말이야. 잠수함 사 갈 눔들.”

“네. 회장님.”

“핵잠수함 기술을 사 갈 눔들은 좀 있을 것 같나?”

“네 회장님. 현지 무기 브로커를 통해서 알아보았습니다.”

카심 회장이 콧수염을 만지며

“고랫? 개들은 뭐라고 하던가?”

용의주도한 카심 회장은 자기 의견을 먼저 말하지 않았다.

“개들 말로는 한국형 핵잠은 인기가 짱일 거라고 했습니다.”

카심 회장이 씩 웃으며

“자네가 만난 개들, 엉터리는 아닌가 보군. 나도 그렇게 들었네.”

코시킨이 말을 이어갔다.

“강대국은 물론이고 돈 좀 있다는, 소위 말하는 불량국가들이나 국제 테러 단체들도 꽤 흥미를 보일 것 같다고 합니다. 가격을 쎄게 받아주겠다고 했습니다.”

“쎈 가격? 고것 가지고는 안되지. 엄청나게 쎄야지. 지금껏 우리가 들인 공이 얼만데?"

카심 회장이 코시킨을 바라보면서 일장 연설을 시작했다.

"공도 공이지만, 그보다 중요한 것은 현대 전쟁은 이미 기술과 정보의 싸움이 되버린 것이지."

"네네."

"현대 전쟁에서 승패를 가를 첨단 무기를 꼽는다면 딱 두 개밖에 없네. 군사용 위성과 핵잠수함. 핵무기는 들고 있어 봐야 무용지물이지. 쏠 수도 없으니까."

카심 회장은 연이어

"군사용 위성에서 미국의 우위가 사라진 지는 오래되었지. 중국이 거의 따라잡았다고 봐야 해."

"네네."

"중국 정부가 오래전부터 우주 분야를 집중적으로 키워왔다는 것은 천하가 다 아는 사실이고……."

"네네."

카심 회장의 말문이 터진 듯

"근데 자네. 미국 NASA에 근무하는 인력의 상당수가 중국계라는 사실을 알고 있나? 중국이 그들의 도움을 받았다는 얘기가 있었는데 사실인지 아닌지는 나도 모르지. 그러나 양국 간 우주기술은 차이가 거의 없다고들 하더군."

"네네."

카심 회장이 확신에 찬 표정으로

"남은 것은 잠수함밖에 없다니까. 잠수함 하면, 소리를 잘 가지고 노는 눔이 장땡이야."

잠시 침묵이 흐른 후 카심 회장은 하얀 이빨이 드러나는 그 특유

의 미소를 지으며

"당분간 최신 소나시스템을 장착한 한국형 핵잠에 대항할 자는 안 보여."

"그런 거 같습니다."

실내를 서성거리며 창밖을 내다보던 카심 회장이

"그건 그렇고. 카이저펀드의 책임자를 이곳으로 불렀다고 했었나?"

"넷. 카이저펀드 책임자가 이곳에서 대기 중입니다."

"고랫? 그 친구 한번 불러보지."

"네. 알겠습니다. 회장님."

코시킨이 구내전화를 통해 어딘가로 전화를 했다. 잠시 후 한 얼굴이 거무튀튀한 남자가 방으로 들어왔다. 현 카이저펀드 CEO인 존 왈라드였다. 호텔방으로 들어온 왈라드는 카심 회장 앞으로 성큼 다가가서 무릎을 꿇고 카심 회장의 손에 입을 맞추었다.

카심 회장이 흡족한 표정을 지으며

"왈라드군이라 했나?"

왈라드를 부르는 카심 회장의 목소리는 마치 자식을 대하는 아버지처럼 부드러웠다.

"네네. 왈라드입니다."

"여기 왈라드군이 뭘 준비하고 있다고 했지? 코시킨."

왈라드와 눈빛을 교환한 코시킨이 카심 회장을 바라보며

"네. 그렇습니다. 회장님. 자금 조달 계획을 짜고 있습니다. 자세히 보고드리도록 할까요?"

카심 회장이 고개를 좌우로 세차게 흔들며

"노놋. 세부적인 사항은 됐고. 자금모집이 잘 될 건지? 고것만

간단하게."

제때 자금 조달이 안 되어 여러 번 어려움을 겪었던 카심 회장이었다.

코시킨이 재차 왈라드와 눈을 맞추며

"자금모집이 잘 될지, 회장님께 간략하게 설명 드리게."

왈라드가 몇 차례 헛기침을 하고는 말을 시작했다.

"네. 회장님. 능력 있는 대형 증권회사를 통해 자금을 조달할 생각입니다. 만일에 대비해 별도로 우리도 몇몇 투자자를 은밀하게 접촉하고 있습니다."

"은밀하게? 그래, 그들은 누군가?"

카심 회장의 말투에 경계감이 배여 있었다. 아이러니하게도 은밀하게 움직이는 것을 선호하는 카심 회장이 은밀이라는 단어에 민감한 반응을 보였다.

싸한 분위기를 감지한 왈라드가 카심 회장의 눈치를 살피며

"네. 회장님. 대형 펀드 몇 군데를 은밀히 접촉하고 있습니다."

"대형 펀드라구? 펀드하는 놈들 다들 날강도들 아냐?"

왈라드가 선뜻 대답을 못하고 속으로

'회장님이 대형 펀드에게 크게 당한 적이 있나?'

왈라드가 머뭇거리는 사이에 카심 회장이 손가락으로 방아쇠를 당기는 시늉을 하며

"그놈들 우리 뒤통수칠 놈들 아니냐구? 왜 우리한테 정보만 챙기고 나서 뒤통수치는 놈들 있잖아? 왈라드군."

그제야 이해가 된 왈라드가 환한 얼굴로

"아 네. 회장님. 우리가 접촉한 펀드는 나름 족보가 있는 정통 투자자들입니다. 허튼짓할 사람들이 아닙니다."

카심 회장이 고개를 끄덕이며

"그랫? 그 대형 펀드들 반응은 어떤가?"

왈라드가 지체 없이

"기대 이상으로 좋았습니다. 회장님. 조건만 맞으면 원껏 투자를 하겠답니다."

"그랫?"

카심 회장이 양손으로 팔짱을 낀 채 창밖을 내다보았다.

한동안 말이 없던 카심 회장이 한쪽 볼을 씰룩거리며

"참. 왈라드군. 뭐 하나 좀 물어보세."

"네. 회장님."

"앞으로 미국과 중국이 박터지게 싸우면 누가 이길 거 같은가?"

카심 회장은 주변 사람들에게 느닷없이 업무와 상관이 없는 질문을 날리곤 한다. 그들의 내공이 어느 정도인지 체크하는 카심 회장 나름의 방식이었다.

'툭 던지면 머리 나쁜 놈들은 다 걸리게 돼 있어. 대가리 나쁜 놈들을 가까이 두면 안 돼. 꼭 사고 치게 돼 있어.'

내공이 약한 사람은 중용하지 않는다는 게 카심 회장의 인사원칙 중 하나였다.

어리둥절한 표정으로 서 있는 왈라드를 향해 코시킨이

"걍 자네 생각을 말씀드리게나."

왈라드도 보통내기는 아니다.

'아. 나를 테스트하는군.'

몇 번 눈을 깜박이던 왈라드가

"넵. 제 생각에 이 싸움에서 승자는 없습니다. 둘 다 패배자로 기록될 것 같습니다."

카심 회장이 눈을 크게 뜨며

"고랫?"

코시킨이 끼어들며

"그 이유를 짧게 말씀드리게나. 왈라드."

"넵."

잠시 뜸을 들이던 왈라드가 입을 열었다.

"제 생각에는 둘 다 큰 실수를 저질렀습니다. 중국은 미국에게 너무 일찍 대들었고 반대로 미국은 중국을 너무 늦게 손보기 시작했습니다. 저렇게 피 터지게 싸우다 보면 이겨도 이긴 게 아니고, 결국 구경꾼들만 덕 볼 거 같습니다."

"이겨도 이긴 게 아니다…… 그 말이 아주 맘에 들어, 왈라드군."

잠시 창밖을 내다보던 카심 회장은 시계를 쳐다보며

"이제 가보게나. 왈라드군."

왈라드가 방을 나가자 카심 회장이 코시킨에게

"왈라드 저 친구. 머리가 괜찮어. 잘 관리하게나."

"네. 회장님."

"그리고 낼 아침 비행기로 나이로비로 떠날걸세."

케냐의 수도 나이로비는 카심 회장이 즐겨 찾는 도시 중의 하나였다.

며칠 후
세계적인 증권회사 모건 글로벌의 아태지역 M&A 본부 회의실
센트럴지구, 홍콩

카이저펀드 CEO 왈라드가 부하직원을 대동하고 모건 글로벌을 방문했다. 회의실에서 기다리고 있던 한 남자가 자리에서 일어서며 손을 내밀었다.

"어서 오십시오. 왈라드 사장님. 아시아 M&A 부서 책임자인 스미스입니다. 그리고 이쪽은 라이언이라고 합니다."

스미스가 뒤에 서 있는 부하직원을 손으로 가리켰다.

왈라드가 두 사람과 가볍게 수인사를 나누며

"왈라드입니다. 시간 내주셔서 고맙습니다. 그리고 이쪽은 우리 카이저펀드의 쿠퍼라고 합니다."

왈라드가 뒤에 서 있는 뚱뚱한 남자를 가리켰다.

인사를 끝낸 네 사람은 곧바로 본론으로 들어갔다. 왈라드가 먼저 입을 열었다.

"전화상으로 말씀드렸죠? 우리는 한국의 뉴코리아조선을 M&A 하려고 합니다."

스미스가 손에 들고 있는 메모를 흔들며

"총 인수금액을 약 10조 정도로 예상하셨더군요?"

왈라드가 스미스를 똑바로 쳐다보며 단도직입적으로 물었다.

"그렇소. 그중 20% 정도는 우리 자체 자금으로 깔 생각이요. 나머지 자금을 태울 투자자를 찾아줄 수가 있겠소?"

스미스가 양팔을 벌려 어깨를 으쓱하며

"그럼요. 투자조건만 괜찮다면야 별문제 없을 겁니다. 먼저, M&A 딜은 수수료가 싸지 않다는 거 알고 계시죠?"

왈라드가 무표정한 얼굴로

"얼마를 원하는지 먼저 그쪽 의견을 들어봅시다."

스미스가 기다렸다는 듯이

"착수금 1%를 포함해서 총 인수금액의 5%. 단 이 착수금은 일의 성사에 상관없이 되돌려드리지 않습니다."

스미스가 제시한 숫자는 시장에서 통용되는 수준이었다. 즉 총 거래대금을 10조원으로 잡으면 그것의 5%에 해당하는 5천억원을 수수료로 요구한 것이다. 이 중 착수금 1,000억원은 일의 성사에 상관없이 되돌려주지 않는 조건이다.

스미스의 제안을 들은 왈라드가 엄지를 치켜세우며

"수수료는 제안하신 대로 받아들이겠소. 대신 일 처리는 깔끔하게 해 주시오."

"당근이죠. 깔끔하게 마무리하겠습니다."

스미스가 흡족한 표정으로 라이언을 쳐다보며 눈을 찡긋했다. 한 건 건졌다는 눈짓이었다. 이때 비서가 커피를 들고 들어왔다. 잠시 한담을 나누던 그들의 대화는 다시 본론으로 돌아왔다.

스미스가 커피잔을 내려놓으며

"뭐 한 가지 물어봐도 괜찮습니까? 왈라드씨."

왈라드가 씩 웃으며

"얼마든지. 우리는 곧 파트너가 될 사이 아닌가요?"

스미스가 정색을 하며

"뉴코리아조선을 찍은 뭐 특별한 이유라도……?"

잠시 대답을 망설이던 왈라드가

"뭐 별다른 이유가 있겠소? 걍 다 돈 벌려고 하는 거지요."

국제 금융가에서 잔뼈가 굵은 프로답게 왈라드는 쓸데없는 얘기를 늘어놓지 않았다.

"아. 그렇군요."

눈치 빠른 스미스도 더 이상 캐묻지 않았다.

그는 연이어

"다른 투자자들을 엮으려면 그 뭐냐…… 섹시한 스토리가 필요하거든요."

왈라드가 쿨한 목소리로

"그런 스토리는 댁들이 알아서 만들어 보세요. 다들 머리가 좋잖아요?"

이번에는 라이언이 나서며

"M&A 성사 후, 뉴코리아의 매출을 어느 정도까지 키울 수 있습니까?"

향후 매출 규모는 M&A딜에서 매우 중요한 안건이다. 왜냐하면 시너지 등의 효과로 미래 매출이 증가할 것 같으면 많은 투자자들이 몰리기 때문이다. 반대로 시너지 효과가 없다면 누가 투자를 하겠는가?

아까부터 연신 사탕을 집어 먹던 카이저의 쿠퍼가 간만에 나설 기회를 잡은 듯

"그니까 예상 매출은."

그러나 쿠퍼는 하던 말을 다 끝마치지 못했다.

곁에 있던 왈라드가 황급히 쿠퍼를 제지하며

"그 숫자는 추후에 연락드리겠소."

왈라드는 노련한 협상가였다. 자기 패를 일찍 내보여주거나 성급하게 계약서에 먼저 도장을 찍어주는 것은 하수들이나 하는 짓이다. 계약이 깨지면 훗날 상대방이 적이 안 된다는 보장이 있는가?

그들의 대화를 듣고 있던 스미스가 엄지를 치켜세우며

"아주 화끈한 숫자를 기대합니다. 그나저나 3~4년 후의 주가를 얼마로 봅니까? 투자자들이 제일 궁금해할 사항이니까요."

이번에도 카이저의 쿠퍼가 나서려다가 왈라드를 쳐다보고는 입

을 다물었다.

왈라드가 스미스와 라이언을 번갈아 쳐다보면서

"예상 주가도 그쪽에서 알아서 만들어 보시죠. 우리는 기초자료만 제공할 테니까."

스미스와 라이언이 한목소리로

"굿굿굿. 기초자료를 넘겨주시면 우리가 알아서 투자제안서를 만들어 보겠습니다."

왈라드가 틈을 놓치지 않고

"멋진 제안서 기대할게요. 수수료에 걸맞은."

잠시 침묵이 흐른 뒤 왈라드가 스미스를 정면으로 응시하며

"그런데. 요구 사항이랄까 협조 사항이 몇 개 있소."

스미스가 앞에 놓인 메모지와 연필을 들면서

"당연히 있으시겠죠. 말씀하시죠."

왈라드가 다섯 손가락을 펴 보이며

"투자자가 총 다섯 군데를 넘지 않았으면 좋겠습니다. 맥시멈, 파이브."

스미스가 별문제가 아니라는 듯 손을 흔들며

"노 프라블럼. 문제 없습니다. 또요?"

"투자자들로부터 위임장과 주식우선매수권(Right of First Refusal)을 받아주세요."

위임장은 주주총회에서 표결에 대한 권리를 카이저에게 맡기는 것이고, 주식우선매수권은 주식을 팔고 싶을 때 카이저를 먼저 접촉하겠다는 약속이다.

스미스가 어깨를 으쓱해 보이며

"노 프라블럼. 그런 것은 업계 관행이니까요."

왈라드가 곧바로

"기밀 유지는 걱정 안 해도 되겠지요? 설령 계약이 성사되지 않더라도……."

스미스가 다시 어깨를 으쓱하며

"걱정 붙들어 매시죠. 기밀 유출하다가 걸리면 형사고발 당해요. 여태 우리 임직원들 중 그런 이유로 고발된 친구는 없었습니다."

왈라드가 자리에서 일어서며

"오케이. 계약서가 준비되는 대로 알려 주세요."

스미스가 거수경례를 하는 폼을 잡으며

"조만간 연락드리겠습니다. 왈라드씨."

회의실을 걸어 나가던 왈라드가 스미스의 귓가에다 소근거렸다.

"이 딜 가지고 보너스 많이 챙기쇼."

스미스가 환하게 웃으며

"생큐 생큐. 왈라드 사장님. 멋진 식사 함 모실게요."

며칠 후 아시아 출장을 끝마치고 뉴욕으로 돌아간 왈라드는 코시킨에게 이메일을 보냈다.

〈코시킨 대장님, 홍콩 일정을 마치고 뉴욕으로 돌아왔습니다. 지금까지의 진행 상황을 요약보고 드립니다. 링 클로버에 의하면 기존 대주주는 가격만 맞으면 언제든지 회사를 넘길 의사가 있다고 합니다. 고용 승계, 새로운 이사회의 구성 등 잡다한 사항은 우리 측에게 일임하겠답니다. 우리 카이저를 위해 일할 주간사로는 모건 글로벌로 정할까 합니다. 혹 다른 의견 있으면 연락 바랍니다.〉

이메일을 보내고 난 후 왈라드는 러시아의 수도 모스크바에 체류 중인 코시킨에게 전화를 걸었다. 이메일을 보낸 다음 곧바로 follow-up 전화를 하는 것, 이것이 바로 성공하는 프로들이 일하는 방식이다. 반면에 하수들은 문서나 메시지를 보내고 끝내 수신확인 통화를 하지 않는다.

몇 주 후

얼마 전 핵잠수함 한 대를 추가로 취역시킨 한국 해군은 총 2대의 핵잠을 보유하고 있다. 이들은 성능이 비슷한 자매호로서 얼티밋 워리어 제1호와 2호로 불리고 있었다. 한국 해군은 수년 내로 3대를 추가로 건조하여 총 5척의 핵잠수함을 운용할 계획이다.

이 시각 남중국해 바닷속에서 작전을 수행 중이던 얼티밋 워리어 2호에게 상부로부터 전통문이 하달되었다. 배영수 함장이 전통문을 천천히 읽어 내려갔다.

〈임무를 마치고 귀환하는 특수부대 요원 2명을 탑승시킬 것. 필리핀 레이테섬의 메르세데스 골프장 앞 무인도. 좌표 xxxxxx. 접촉시각 xxxxxxxx.〉

레이테섬은 필리핀 세부에서 배로 약 두 시간 거리에 있는 지역으로서 메르세데스 골프장은 예전 미군들을 위한 전용 골프장이었다.

배영수 함장이 운항장교에게 전통문을 건네주며

"새로운 임무가 부여됐다. 좌표를 입력하고 항로를 수정하라."

"넵. 목적지의 좌표를 입력하고 항로를 수정하겠습니다."

함장의 명령을 복창한 운항장교가 컴퓨터에 목표지점의 좌표를 입력했다.

"이 속도로 가면 제시간에 도착할 수 있겠지?"

잠시 셈해보던 운항장교가

"넵. 시간 내로 도착할 수 있습니다."

함장이 고개를 끄덕이며

"오케이. 이 속도를 유지하고 1시간마다 전통문을 수신하도록."

이것저것 지시를 내리던 함장이 두 팔을 허리에 대고 목을 서너 차례 돌렸다. 운동이 부족한 잠수함의 승조원들은 틈나는 대로 몸을 움직인다.

약 1시간 후 정보장교가 함장에게 다가와서

"함장님. 새 전통문을 수신했습니다."

전통문을 읽어본 함장이 정보장교에게 그 전통문을 건네주며

"오케이. 그 두 사람 인상착의와 비표시가 적혀 있군."

비표시는 신분 확인을 위해서 하얀 완장이나 검은 장갑 등 아군끼리 미리 약조해 놓은 표식을 뜻한다. 몇 시간 후 지휘실에 설치된 대형 화면을 유심히 바라보던 함장이 명령을 내렸다.

"수면으로 부상하라."

잠수함은 레이테섬 부근 해상에서 조용히 수면 위로 떠올랐다. 곧바로 세 명의 병사가 해치를 열고 잠수함 밖으로 나왔다. 어두컴컴한 바다에는 바람이 강하게 불고 있었지만 시야는 양호했다. 한동안 주위를 살피던 그들은 해안가 어느 지점을 향해 손전등을 몇 번 깜빡거렸다. 잠시 후 저 멀리 바위틈에서 불빛이 몇 번 깜박거리더니 이내 텅텅거리는 엔진소리와 함께 한 척의 어선이 잠수함에 접근했다. 현지인 복장을 한 건장한 두 남자가 어선에서 내려 재빠르게 잠수함으로 옮겨탔다. 간단한 신분 확인 절차가 끝나자 특수요원을 태운 워리어호는 물밑으로 잠수했다. 차 한 잔 마실 정도 시간이 흐른 후 얼굴에 검은 칠을 한두 사람이 지휘실에 들어와 함장에게 경례를 했다.

"육군 특공부대 김대위입니다. 이쪽은 이중위입니다."

"오느라고 수고들 많았소. 방으로 가서 쉬도록 하시오."

호리호리한 몸매에 눈매가 날카로운 두 사람은 함장에게 간단한 신고만 하였고 함장도 더 이상 물어보지 않았다.

두 사람이 경례를 하고 지휘실을 나가자 함장이 정보장교를 쳐다보며

"저 양반들. 다음 목적지가 어디야?"

특수요원을 태우고 내려주는 작업은 잠수함의 주요 업무 중 하나다.

"동인도양에 위치한 한 무인도입니다."

통신장교가 건네준 전통문을 확인한 함장이 운항장교에게 지시를 내렸다.

"굿. 목표를 동인도양으로 입력하도록."

"넵. 항로를 동인도양으로 입력하겠습니다."

지시를 마치고 자기 방으로 돌아간 함장은 간이의자에 앉아서 밀린 서류를 정리하기 시작했다. 얼마 후 누군가가 세차게 함장실 방문을 두드렸다.

함장은 책상 위에 있는 서류에서 눈을 떼지 않은 채

"무슨 일인가?"

"함장님. 긴급 사항이 발생했습니다."

"긴급사항? 들어오시오."

문이 열리기 무섭게 정보장교가 방 안으로 뛰어 들어왔다.

함장이 고개를 돌리며

"그래? 무슨 일인가?"

"송대위. 함장님께 말씀드려."

"넵"

정보장교의 뒤에 서 있던 장교가 앞으로 나서며 함장에게 거수경례를 했다. 그는 잠수함의 소나시스템을 책임지고 있는 송힘찬 대위였다. 바로 뉴코리아조선 송경찬 박사의 친동생이다.

함장이 의아하다는 표정을 지으며

"송대위가 웬일이야?"

정보장교가 손짓을 하자 송대위가 심각한 표정으로

"소나시스템에 문제가 생긴 것 같습니다. 함장님."

"소나시스템에?"

함장이 서류를 책상 위에 던져놓고는 두 사람의 얼굴을 번갈아 쳐다보았다.

송대위가 목소리를 낮추며

"넵. 아까부터 소나탐지기에서 정체불명의 잡음이 잡히고 있습니다."

음파를 활용해 물밑을 다니는 잠수함에게 소나시스템은 핵심 중의 핵심 기관이다. 인체에 비유하자면 눈이고 귀라고 할 수 있다. 눈과 귀에 이상이 생기면 인간이 정상적인 활동을 할 수가 없듯이 소나시스템에 이상이 생기면 잠수함이 안전하게 돌아다닐 수 없다.

"언제부터 그랬나?"

함장의 목소리 톤이 올라갔다.

송대위가 함장을 향해 상체를 굽히며

"레이테섬을 떠날 때부터 이상한 소음이 잡히기 시작했는데 그 후 소음 강도가 점점 더 심해지고 있습니다. 몸체를 둘러싸고 있는 외부 타일이 손상을 입은 것 같습니다."

손목시계를 들여다본 함장이

"그래? 그렇다면 1시간이 넘었군."

송대위가 자신 없는 표정으로

"지금 원인을 파악 중입니다. 우리 탐음병들의 생각에는 아마도 바다 쓰레기나 어망에 부딪힌 것 같다고 합니다."

실제로 잠수함 승조원들은 어부들이 쳐놓은 어망이나 철망, 또 바다를 떠다니는 쓰레기를 매우 무서워한다. 스크류가 감기거나 몸통에 생채기를 내는 경우가 많기 때문이다.

함장이 손가락으로 이마를 툭툭 건드리면서

"음음. 아까 수면으로 부상할 때 뭔가 부딪히는 느낌이 오기는 했어. 탐음병들은…… 바다 쓰레기들이나 어망 같다구?"

"넵."

잠시 생각을 하던 함장이 두 사람을 쳐다보며

"특수요원들을 목적지에 내려주고 나면 곧바로 진해 수리창으로 돌아가야겠어. 긴급상황이 발생했다고 상부에 보고하게."

"넵. 알겠습니다."

두 사람은 경례를 하고 방을 나갔다.

며칠 후

진해만

잠수함의 몸무게를 조절하는 발라스트탱크의 물을 빼고 가벼워진 얼티밋 워리어가 수면 위로 떠오른 뒤 서서히 항구에 접근했다. 워리어호는 진해 수리창에서 일차 점검을 받은 후 심각한 문제가 발견되면 남해연구소로 이동해서 소나시스템을 보수할 예정이었다. 잠수함이 부두의 접안시설에 몸체를 고정시키기 무섭게 배영수 함장이 몇 명의 장교를 대동하고 잠수함 밖으로 걸어 나왔다. 미리 연락을 받은 듯 작업모를 쓰고 손에는 각종 검사기기와 수리 장비를 들고 있는 군인들이 여럿 대기하고 있었다.

그들 중 선임자가 함장에게 다가와서 경례를 하며

"지원대대 정조국 대위입니다."

함장이 손으로 잠수함을 가리키며

"수고들이 많소. 잘 부탁하오."

"네. 즉시 조처 하겠습니다. 승선을 허락해 주시기 바랍니다."

정대위가 서류를 내밀었다.

함장이 그 서류에 사인을 한 뒤

"승선을 허락하겠소."

"작업을 개시하겠습니다. 함장님."

정조국 대위가 손짓하자 대기하고 있던 부하들이 일사불란하게 움직이기 시작했다. 그들 중 일부는 함 내로 들어가고 나머지는 바깥에 남아서 외부 동체와 스크류를 집중적으로 살피기 시작했다.

배영수 함장이 옆에 서 있는 작전장교를 돌아보며

"우리 간부들 다 불러 모으게."

"네. 알겠습니다."

잠시 후 간부들이 모이자 함장이 입을 열었다.

"점검작업이 언제 끝날지 모르니까 전 승조원들은 멀리 가지 말고 부대 내에서 대기토록."

"넵."

함장은 연이어

"통신보안. 외부하고 일체의 교신을 금지하도록."

어느 나라나 핵잠수함의 위치는 특급 기밀 사항인데 이와 관련 그 첫 번째가 통신보안이다.

"네. 알겠습니다."

"그동안 나는 상부와 연락을 하고 돌아오겠네."

간단히 지시를 내린 함장이 대기하고 있던 지프차에 올라탔다. 몇 시간 후 잠수함 밖으로 나온 정조국 대위가 함장을 찾았다.

정보장교가 정대위를 쳐다보며

"곧 돌아오실 겁니다."

잠시 후 정보 담당 장교가 저 멀리 보이는 검정색 지프차를 가리키며

"저기 오고 계십니다."

차에서 내린 함장이 곧바로 정대위에게 다가가며

"그래. 문제를 찾았소?"

정대위가 함장에게 다가가서는 귓속말로

"원인을 찾아냈습니다. 함장님."

"그래요? 뭡니까?'

"저쪽으로 가시지요."

두 사람은 멀찍이 자리를 옮겨 대화를 나누었다.

한참 설명을 듣던 배영수 함장이 고개를 끄덕이며

"알았소. 그렇게 하는 게 났겠소."

"저희들은 이만 철수하겠습니다. 자세한 보고는 서면으로 다시 올리겠습니다."

정대위가 부하들을 데리고 현장을 떠난 후 배영수 함장이 간부들을 근처 천막 막사로 불러 모았다.

함장이 간부들을 둘러본 후

"송대위가 추측했던 대로야. 외부 타일이 바다 쓰레기에 긁혀서

손상이 좀 생겼다는구만."

그는 연이어

"다행히 큰 문제가 아니래. 손상된 타일만 몇 개 교체하면 별문제 없을 것 같대. 남해연구소까지 갈 필요도 없겠어."

간부들이 일동 휴 하고 안도의 한숨을 쉬었다.

배영수 함장이

"그래도 타일을 교체하는 데 아무리 빨라도 며칠 걸릴 거래."

그는 연이어

"며칠씩 걸린다고 하니 승조원들에게 이삼일, 특별휴가나 줘야겠어."

휴가라는 말에 간부들의 얼굴에 화색이 만연했다. 몇 개월씩 바다 밑을 돌아다니는 잠수함 승조원들이 제일 원하는 것이 땅을 밟는 것이기 때문이다. 전 승조원들에게는 내일부터 이박삼일의 특별휴가가 주어지기로 결정되었다. 딱히 할 일이 없었던 송힘찬 대위는 경찬에게 전화를 걸었다.

"형. 나야."

"힘찬아. 어쩐 일이야?"

보통 문자 메시지로 연락을 하는 동생이었다.

"전화상으로 말하기는 그렇고, 요 며칠 진해에 있을 거야."

경찬도 더 이상 묻지를 않고

"그래? 니 얼굴 한번 보자. 남해로 와라. 두 시간이면 온다."

"오케이. 내일 아침 일찍 출발할게."

다음 날 아침 힘찬이 형 경찬을 만나러 숙소를 막 나서는 참이었다. 그때 누군가가 급하게 힘찬의 방문을 두드렸다.

'무슨 일이 생겼남?'

힘찬이 고개를 내밀고 보니 한 병사가 복도를 뛰어다니며 큰 소리로 외치고 있었다.

"간부들에게 알려드립니다. 간부들 전원 즉시 집합하라는 함장님 명령입니다."

그 사병은 집합하라는 소리를 한 번 더 외친 뒤에 어딘가로 사라졌다.

잠시 후, 군용 막사에 모인 간부들을 향해 배영수 함장이 입을 열었다.

"문제가 생겼어. 보급창에 보관 중이던 타일이 박스째로 없어졌다는구만."

모두가 깜짝 놀라며

"넷? 타일이 없다니요?"

함장이 입맛을 다시며

"없어졌대. 거 참. 일단 전 승조원들 휴가 취소시키고 다음 지시를 기다리도록."

함장이 연이어

"그리고 작전장교하고 보급장교는 나하고 얘기 좀 하자구. 수리 일정이 늦어지면 당장 운항 일정을 조정해야 되잖아?"

잠시 후 막사를 나온 송힘찬 대위가 핸드폰을 꺼내 들었다.

"형. 나야."

"출발했어?"

전화기를 타고 경찬의 목소리가 들려왔다.

"형. 미안한데. 나 못 갈 거 같아."

힘찬이 전화상으로 외출이 취소된 저간의 사정을 간단하게 말해

주었다.

"보급창에 있던 타일이 없어졌다고? 잘 찾아보면 있겠지."

"그러길 바라야지. 어쨌거나 오늘은 못 갈 거 같아. 형."

"허 참. 니 얼굴도 보고 또 몇 가지 물어볼 것도 있었는데."

경찬은 실험실에서 연구를 하다가 의문이 생기면 현장에서 답을 구한다. 그는 잠수함 승조원들의 현장 경험을 언제나 귀담아듣는 편이다.

경찬이 통화 말미에

"참 힘찬아. 혹 타일을 못 구하면 다시 연락해라. 우리도 실험용으로 보관하고 있는 게 몇 박스쯤 있을 거야."

"그래? 함장님께 보고하고 다시 연락할게."

그날 오후 배영수 함장은 천막 본부로 간부들을 다시 집합시켰는데 그의 표정이 아침보다 훨씬 더 심각했다.

함장이 천막 지붕의 한 곳을 올려다보며

"도난 사고래. 수사관들 얘기로는 누군가 자재 창고를 불법으로 침입해서 타일을 박스째로 가져갔다고 하는군."

모든 간부들이 서로의 얼굴을 쳐다보며 어이없다는 표정을 지었다.

그들은 내심 같은 생각을 하고 있었는데

'어느 얼간이들이야? 우리는 바다에서 쌔빠지게 고생하고 있는데 편하게 지상 근무하는 눔들이 그까짓 재고관리 하나 못하나?'

이때 간부 중 누군가가 큰 소리로

"CCTV 돌리면 누가 가져갔는지 곧바로 찾을 수 있을 겁니다."

함장이 손을 옆으로 내저으며

"노놋. CCTV 화면에 스프레이를 잔뜩 뿌렸나 봐. 뿌옇게 아무것도 안 보인다는데.”

이곳저곳에서 간부들의 소근거리는 소리가 들렸다.

“아니 우찌 이런 일이? 영화에서나 나올 법한 얘기잖아?”

잠시 후 함장이 조용히 하라는 손짓을 하며

“오케이. 군 수사기관이 조사 중이니 결과가 나올 때까지 기다려들 보자구.”

간부들이 한목소리로

“네. 알겠습니다. 함장님.”

이때 구석에 서 있던 송힘찬 대위가 함장에게 다가가 귓속말을 건네자 함장이 눈을 크게 뜨며

“그래? 남해연구소에?”

송대위가 고개를 끄덕이며

“넵. 실험용으로 몇 박스 보관하고 있답니다.”

“굿굿. 급한 대로 그곳에서 빌려 써야겠구만.”

그는 몇몇 간부를 불러 모은 후

“다행히 남해연구소에서 몇 박스를 보관하고 있다고 하니 이번에 신세를 지기로 합시다. 먼저 상부에 보고를 하세요.”

“넵. 알겠습니다.”

10
준동하는 어둠의 세력

비슷한 시간
나이로비, 케냐

매력적인 관광지가 많은 케냐를 찾는 외국인이 해마다 늘고 있다. 이들은 대부분 수도 나이로비를 중심으로 움직인다. 그래서 나이로비 시내 곳곳은 늘 외국인이 넘쳐난다. 흑진주클럽은 나이로비 도심에 자리 잡은 뉴힐튼 호텔로부터 두 블록 떨어진 곳에 위치해 있다. 이 클럽에서는 밤새 술을 마실 수도 있고 또 돈만 내면 마음에 드는 여자 종업원을 지하실에 있는 독방으로 데려갈 수도 있다. 이 클럽을 찾는 사람들은 대부분 돈 많은 기업인들과 외국인 관광객들이었다. 그러나 일반 현지 주민들은 그 클럽에 가지 못한다. 그 이유는 간단했다.

"입장료와 음식료 값이 너무 비쌉니다."

오래전부터 이 클럽을 색다른 손님들이 찾기 시작했다. 이집트와 중동을 중심으로 활동하는 수많은 아랍 무기상들이 정정 불안을 이유로 이곳 나이로비로 이동했는데 이들 중 상당수가 이 클럽에서 죽치기 시작한 것이었다. 꽃과 쓰레기는 나비와 파리를 불러 모으는 법이다. 갖가지 모습으로 위장한 각국의 정보기관 요원과 스파이들이 이들 무기상 주변에 꼬이기 시작했다. 그런 요원과 스파이들은 '아프리카에서 화끈한 밤'을 선물한다는 광고 속의 모델이나 값비싼 위스키를 찾아서 이곳에 온 것이 아니었다. 그들은 무기상들로부터 따끈따끈한 정보를 구하기 위해 이곳으로 모여들었던 것이다.

사실 스파이들끼리 모이면 하는 말이

"이 클럽에서 며칠 죽치다 보면 신무기나 불법 무기 거래는 물론 청부살인이나 쿠데타 등 웬만한 소문은 다 들을 수 있다니까."

그러나 이러한 소문은 공짜로 얻어지는 것이 아니고 쓸만한 정보를 구하려면 비싼 수수료를 지불해야 한다. 심한 경우에는 정보원들의 목숨을 바쳐야 하는데 이곳을 찾는 스파이들 중 상당수는 어느 날 인근 쓰레기 매립장이나 하수처리장에서 싸늘한 시체로 발견되기도 한다. 이런 일들이 자주 일어나다 보니 수사하러 나온 현지 경찰은 대수롭지 않게 말한다.

"이건 아무것도 아니오. 목이 잘린 채 초원에 버려지거나 이마에 총알이 박힌 채 악어농장에 던져진 사체도 많아요."

며칠 전 나이로비에 도착한 카심 회장은 아예 흑진주클럽에서 진을 치다시피 했다. 그는 낮에는 인근 뉴힐튼 호텔의 시원한 커피숍에서 무기 거래상이나 정보기관의 끄나풀을 만나고 밤이 되면 이 클럽에서 여자들과 어울렸다. 그는 이 클럽을 유난히 선호했는데 언젠가 그 이유를 측근들에게 얘기한 적이 있다.

"이곳은 왠지 마음이 편해."

오늘 밤 늦은 시간에 흑진주클럽을 찾은 카심 회장은 미리 대기하고 있던 사람의 안내를 받아서 지하실의 밀실로 들어갔다. 지인을 통해서 소개받은 현지 무기 거래 브로커를 이곳에서 다시 만나기로 한 것이다.

"잠시 기다려 주십시오, 회장님. 곧 손님을 모시고 오겠습니다."

안내인이 방을 나가지 않고 잠시 머뭇거렸다.

"오케이. 도착하는 대로 이곳으로 모시고 오게나."

카심 회장이 지갑에서 백불짜리 지폐 몇 장을 안내인의 손에 쥐여 주었다. 카심 회장은 백불짜리 지폐의 위력을 누구보다도 잘 알고 있다.

'이 양반에게 잘 보이면 돈이 생기잖아?'

그가 기억하는 한, 호텔의 벨보이나 칵테일바의 웨이트리스, 하급 관리들 등등 그가 쥐여주는 백불짜리 지폐를 마다하는 사람은 이 세상 어디에도 없었다. 지폐를 받아 든 이들은 누구나 카심 회장의 얼굴을 머릿속에 깊게 각인해 두었다.

"고맙습니다, 회장님."

그 안내인이 흡족한 표정으로 백불짜리 지폐를 곱게 접어 주머니에 살포시 집어넣었다.

카심 회장이 실내에 설치되어 있는 대형 스크린을 가리키며

"여보게. 이 화면 좀 켜보게나."

"넵. 회장님."

방을 나서려다가 잽싸게 되돌아온 안내인이 리모컨을 집어 들었다. 대형 화면은 흑진주클럽의 내부를 속속들이 비추고 있었다.

실내에 앉아 있는 사람들을 죽 훑어보던 카심 회장이 한곳을 가리키며

"이 친구는 누구야? 못 보던 얼굴인데."

그 사람은 뉴욕 양키즈팀의 마크가 새겨진 모자를 쓰고 있었다.

그 안내원이 피식 웃으며

"쿠바 정보원입니다. 최근에 발령받았다고 합니다."

카심 회장이 손가락으로 가볍게 탁자를 두드리며

"최근에? 신참들은 표가 난다니까."

그는 연이어 홀 중앙에 있는 테이블에서 인상을 쓰면서 맥주를 마시고 있는 네댓 명의 사람들을 가리키며

"이 친구들은 왜 이리 붙어 다녀? MSS 같은데?"

MSS는 중국의 국가안전정보부다.

안내인이 씩 웃으며

"정확하십니다. 회장님. 걔들은 늘 저리 뭉쳐서 다닙니다."

"흠. 저 친구들은 누구야?"

카심이 클럽의 맨 안쪽 테이블에 앉아 있는 두 남녀를 가리켰다. 신혼부부처럼 보이는 두 사람은 서로 지긋이 바라보며 잡담을 나누고 있었다.

"쟤들은 CIA 나부랭이들입니다."

카심 회장이 가볍게 코웃음을 치며

"훗. 미국 애들은 나는 누굽네 이마에 쓰고 다닌다니까."

그 안내인은 이 클럽을 찾는 사람들, 특히 스파이들의 신분을 속속들이 꿰차고 있는 것 같았다. 이러다 보니 스파이들의 시체가 주변에 차고 넘칠 수밖에 없었다.

약 10분 후 노크 소리가 들리고 다른 종업원이 들어와서 카심 회장에게

"손님이 도착했습니다. 회장님."

"응. 이리로 모시게."

카심 회장은 백불짜리 지폐를 꺼내서 그 종업원의 손에 쥐여주었다. 잠시 후 키 작은 흑인 남성이 들어와서 카심 회장을 쳐다보며 가볍게 눈인사를 했다.

카심이 소파를 가리키며

"어서 오시오. 쿠와네씨."

쿠와네라고 불리는 사내는 이 바닥에서 이름난 무기 브로커, 즉 무기 공급자와 수요자를 연결해주는 사람이다. 입이 무겁다는 소문이 난 그는 수많은 무기상들이 즐겨 찾는 인물이다. 오래전 그는 아프리카의 어느 정부 측에게 무기를 팔아먹다가 반군에게 붙들려 반역 혐의로 조사를 받은 적이 있었다. 모진 고문에도 불구하고 그는 끝까지 원 구매자의 이름을 불지 않았다.

"지독한 눔. 없애 버렷."

처형되기 전날 그는 정부군의 공격을 받은 반군들이 달아나는 틈에 구사일생 목숨을 건질 수 있었다. 그날 이후 그의 가슴에는 무공훈장같이 빛나는 별명이 하나 걸렸다.

〈아프리카 두꺼비〉

토종 아프리카 두꺼비는 뭐든지 꿀꺽 삼키면 쉽게 내뱉지 않는다. 비밀을 내뱉지 않는 쿠와네는 카심 회장이 딱 좋아하는 타입의 무기 브로커였다. 다만 수수료를 비싸게 부르는 것이 흠이라면 흠이다.

"또 만나뵈서 영광입니다. 카심 회장님."

예전에 만난 적이 있는 두 사람이었다. 시원한 맥주를 한 잔씩 들이켠 두 사람은 곧바로 본론으로 들어갔다.

"그 잠수함 말이요. 어떻겠소? 인기가 있겠소? 미스터 쿠와네."

"베리굿입니다. 살려고 하는 데가 많습니다."

"그래요? 관심을 보이는 애들이 누구요?"

카심이 슬쩍 쿠와네를 떠보았다. 그러나 쿠와네도 이 바닥에서 잔뼈가 굵은 프로다. 자기 패를 미리 보여줄 리가 없다.

즉답을 피하고 대신에 그는 새 맥주캔을 따서 맥주를 입에 쏟아부은 다음에

"그것은 차차 말씀드리기로 하죠. 다만 믿을 만한 구매자들이 있다는 사실은 말씀드릴 수 있습니다."

카심 회장은 내심

'이 친구 표정을 보니 뻥은 아닌 것 같구먼.'

카심 회장이 눈을 크게 떠 놀라는 척하며

"그래요?"

쿠와네가 전화번호가 적힌 쪽지를 내밀며

"그렇습니다. 준비가 되면 연락주십시오. 회장님."

메모지를 흘깃 쳐다본 카심 회장이 내심

'특이한 전화번호군.'

카심 회장의 속마음을 읽기라도 한 듯 쿠와네가 맥주캔을 탁자에 놓으며

"통신위성을 한 대 통으로 빌렸습니다. 하도 엿듣는 눔들이 많아서…… 이것은 위성하고만 교신할 수 있는 직통번호입니다."

카심 회장이 고개를 끄덕이며

"꾸웨이스. 조심해서 나쁠 건 없지 않겠소. 이 번호를 통해서 연락드리리다."

잠시 침묵이 흐른 후, 쿠와네가 뭔가 생각이 났다는 듯이 이맛살을 찌푸리며

"참 회장님. 이상한 소문을 하나 들었는데 헛소문 같기도 하

고…….”

카심 회장이 맥주를 들이켜다 말고

“말씀해보시오. 설령 헛소문일지라도. 허헛.”

쿠와네가 고개를 갸우뚱하면서

“그 잠수함 팔아먹는 거. 회장님 모르게 누군가가 따로 작업하고 있는 것은 아니겠죠?”

“무슨 말이요?”

카심 회장의 표정이 굳어졌다. 쿠와네가 눈을 껌뻑거리며

“그 핵잠의 최종 목적지가 러시아라는 소문을 들은 거 같아서요.”

코시킨의 얼굴을 떠올린 카심 회장이 너털웃음을 터트리며

“하핫. 그건 내 부하 중에 그쪽 지방 출신들이 몇 명 있어서 그럴 거요.”

그는 연이어

“걍. 뜬소문일 거요.”

쿠와네도 따라 웃으며

“그렇군요.”

카심 회장이 맥주잔을 들어서 쿠와네의 잔과 부딪히며

“조만간 우리가 준비되는 대로 선생께도 연락을 드리겠소.”

연락하겠다는 카심 회장의 이 약속은 진심이었다. 카심 회장은 쿠와네의 고객을 최종 구매후보자 명단에 넣기로 마음을 굳힌 상태였다. 왜냐하면 입이 무거운 쿠와네와 거래를 하면 깔끔한 마무리는 물론이고 비밀 하나는 확실히 지켜진다는 믿음이 있었기 때문이다. 실제로 카심 회장처럼 세상사를 충분히 경험해본 사람은 다 안다. 무늬만 프로랍시고 깨춤을 추고 다니다 오히려 일을 망치는 사람들이 한둘이 아니라는 것을.

"언제든지 연락주십시요. 회장님."

쿠와네가 방을 나가자 뒷짐을 진 카심 회장이 방안을 서성거렸다. 한참을 생각해 보던 카심 회장이 어디론가 전화를 걸었다.

"날세. 코시킨."

카심 회장이 소파에 등을 기대며.

"응. 나이로비야. 며칠 더 있을 거야. 보고할 사항들이 있는가?"

"넵. 몇 가지 보고드리겠습니다."

코시킨의 보고를 듣는 순간에도 그는 리모컨으로 화면을 돌려가면서 클럽 내부에 앉아 있는 사람들을 유심히 살폈다.

"그래그래. 우리 변호사가 뉴코리아 측하고 접촉했다구? 또 다른 얘기는?"

이때 한 백인 여자가 방에 들어와 카심 회장의 옆에 살며시 앉았다. 카심 회장이 즐겨 찾는 루시라는 동유럽 출신의 여자였다.

카심 회장이 루시의 등을 가볍게 어루만지며 전화기에 대고 낮은 소리로

"특이한 사항은 없군."

비스듬하게 누워서 듣기만 하던 카심 회장이 여자의 허리에서 손을 떼고 상체를 고쳐세우며

"참 코시킨. 웃기는 소문을 하나 들었는데."

카심 회장의 눈빛이 달라졌다.

"응 그러니까. 그 잠수함의 최종 목적지가 러시아라는 얘기가 돌고 있다누먼. 그리구 자네 이름도 나오던데. 물론 믿지는 않네만."

코시킨의 이름을 들었다는 것은 방금 꾸며낸 거짓말이었다. 노련한 사람들이 즐겨 사용하는 소위 '잽 날리기'로, 카심 회장은 이번 기회를 통해 슬쩍 코시킨의 속내를 찔러본 것이었다. 사람 마음은

그 깊이와 속내를 알 수가 없고 사람은 대개 자기 이익과 처지에 따라 변하기 마련이지 않는가? 그런 인간의 속성을 잘 알고 있는 카심 회장은 누구의 말도 믿지 않는다. 오가다 길거리에서 만난 코시킨이라고 예외가 될 수 없었다.

"회장님. 어떤 놈이 감히 그런 헛소리를? 누굽니까?"

코시킨의 성난 목소리가 수화기를 타고 들려왔다.

카심 회장이 루시에게 맥주를 더 따르라는 손짓을 하며

"응 현지 무기 브로커야. 헛소리나 하고 다니는 놈이지."

코시킨의 설명이 한참 이어졌다.

맥주를 한잔 들이킨 카심 회장이 너털웃음을 터트리며

"하핫. 열심히 일하는 사람들에게는 늘 구설수가 따르는 법이지. 훈장으로 생각하고 그따위 루머는 다 잊어버리게나. 코시킨."

코시킨이 다소 진정된 목소리로

"네. 감사합니다. 회장님."

"꾸웨이스. 조만간 서울에서 보자구. 코시킨."

전화기를 내려놓는 카심 회장의 표정은 여전히 굳어 있었다.

그는 혼잣말로

"러시아? 코시킨?"

한동안 생각에 잠겨 있던 카심 회장이 고개를 세차게 흔들며

"코시킨의 목소리가 거짓말하는 것 같지는 않았어."

손목시계를 확인한 카심 회장이 여자를 쳐다보며

"한두 시간 쉬어야겠어."

잠시 후 카심 회장은 여자를 데리고 지하 통로에 설치된 귀빈용 엘리베이터에 올라탔다. 그들은 맨 꼭대기 층에 있는 독실로 올라갈 참이었다.

그 며칠 후
진해, 대한민국

한병장이 온종일 내무반에서 전화기와 씨름을 하고 있었다.

"우씨. 왜 이리 전화를 안 받앗? 나타샤. 전화 좀 받엇."

한병장의 가슴에 슬슬 불안한 마음이 들기 시작했다.

'그새를 못 참고 새 남친을 만들었나? 설마?'

한병장은 그녀와 마지막으로 주고받았던 문자를 여러 번 읽어보았다.

〈오빠. 너무 보고싶다.〉

〈미투. 언제 볼까?〉

〈이번에는 오빠가 서울로 달려온다.〉

〈미안 미안. 니가 내려와. 갑자기 외박금지령 내렸다.〉

〈금지가 모얏?〉

〈부대 밖으로 못 나간다구.〉

〈왯?〉

〈음…… 이거 비밀인데…… 누가 우리 부대 자재 창고에서 물건을 훔쳐 갔나 봐.〉

〈오우. 큰 사고가 났다?〉

〈그러게 말이야. 나 곧 조사받으러 가야 해. 벌써 두 번이나 조사받았어.〉

〈두 번씩이나?〉

〈응응. 근데 창고가 뚫린 시간이 내가 나타샤랑 함께 있던 시간과 겹치는 바람에 알리바이가 증명됐어. 고생할 뻔했어.〉

〈오. 알리바이. 굿굿. 그렇다면 이번에도 내가 내려갈 거다.〉

〈탱규. @@@.〉

아무리 읽어보아도 문자 메시지에는 이상한 구석은 전혀 없었다. 갑자기 그의 뇌리에 불길한 생각이 떠올랐다.

'큰 사고라도? 혹 나타샤에게 무슨 일이 생긴 거 아냐?'

몇 시간 후

군 수사기관의 조사를 받고 내무반으로 돌아온 한병장이 침상에 길게 누우며

"왜 사람을 몇 번씩이나 부르고 난리야? 요즘 말년병장 한병장 맘이 뒤숭숭하다구."

자재 창고 분실 사고와 관련, 군 수사관은 한병장을 은밀하게 수사하고 있었다. 그들이 보기에 한병장에게는 특별한 혐의점이 없었지만 그렇다고 이 사건과 전혀 무관하지도 않았다. 그의 동선에 몇 가지 석연찮은 점이 발견되었는데 특히 홍대 부근에서 함께 술을 마셨다는 외국인 여성의 신원이 모호했다.

또 같은 내무반의 선임하사가 증언하기로

"외국 여자애하고 사귀는 것 같았어요."

수사관들은 필요하면 한병장을 재소환할 방침이었다.

전혀 분위기 파악을 못하고 있던 한병장은 여전히

'왜 애꿎은 사람을 붙잡아놓고 시간 낭비들을 하는겨?'

토요일 오후 점심을 거른 한병장이 당직 장교를 찾아갔다.

"어? 말년병장이 웬일로?"

집에 무슨 큰일이 생겼다고 적당히 둘러댄 그는 당직 장교에게

통사정을 해서 주말 외박증을 얻어냈다. 가장 이른 오후 차를 타고 무작정 서울로 올라갈 심산이었다.

당직 장교는 한병장에게 몇 번씩 다짐을 받으며

"늦지 말고 귀대하쇼."

서울 터미널에 도착한 그는 바로 택시를 타고 홍대 부근으로 직행했다. 택시에서 내린 한병장은 기억을 짜내 온 거리를 헤매고 다녔다.

"이 빌딩 같기도 하구. 저 아파트 같기도 하구…… 저 오피스텔 같기도 한데……."

어느 오피스텔 건물 앞 계단에 걸터앉은 한병장이 핸드폰을 꺼내 나타샤에게 전화를 걸었다.

"뚜뚜뚜…… 전화를 받지 않습니다."

신호는 가는데 전화를 받지 않았다. 오피스텔 입구를 서성이던 한병장이 경비실로 들어갔다.

한병장이 거수경례를 하며

"안녕하세요? 아저씨, 뭐 하나 여쭤볼게요."

TV 오락프로를 재미나게 보고 있던 경비가 한병장을 아래위로 훑어보며

"군인 아자씬가?"

한병장이 목소리를 가다듬으며

"넵. 저 군인 맞구요. 실은…… 급하게 사람을 찾고 있는데요."

상대방이 군인이라는 말에 경비가 TV 볼륨을 낮추며

"왜? 누가 탈영이라도 했수?"

한병장이 쑥스러운 표정으로 머리를 긁적거리며

"저…… 여기에 살고 있는 외국 여자분을 찾고 있는데요."

탈영이 아니라 여자 얘기가 나오자 경비가 시답잖은 표정으로

"외국 여자요?"

"넵넵."

경비가 퉁명스럽게.

"딱하기는. 이 오피스텔에 사는 외국 여자가 어디 한두 명인가?"

한병장이 풀죽은 목소리로

"둘 다 백인인데요. 한 여자는 이름이 나타샤이고, 또 다른 여자는 안나라고 합니다."

경비는 TV에 시선을 고정한 채 허공에 손을 서너 번 휘저으며

"어허. 이름 갖고는 못 찾는다니까."

"그럼 사진을 보면 알아보실 수 있겠어요?"

한병장이 핸드폰을 경비의 눈앞에 들이댔다.

"한번 봅시다."

귀찮은 표정을 지은 경비가 돋보기를 꺼내 쓰며

"이거 얼굴은 잘 안 보이고 온통 수영복 사진이잖아?"

구미가 당긴 경비가 핸드폰을 코앞으로 가져갔다.

"혹시. 기억이 나세요?"

"성질도 급하네. 잠시 기다려 봐요. 군인 아자씨."

넋을 잃은 사람처럼 열심히 사진을 감상하던 경비가 막 생각이 난다는 듯

"아. 이 여자들이구만?"

"기억나세요?"

경비가 돋보기를 벗으며

"이 아가씨들. 월세로 살던 처자들인데…… 그러고 보니 요 며칠 동안 통 얼굴을 못 본 거 같구먼."

"못봤다구요?"

"아 글쎄. 요 며칠 사이 코빼기도 안 보였다니까."

이제 가보라는 듯 경비가 TV화면으로 고개를 돌렸다. 경비실에서 나온 한병장이 큰길을 따라 터벅터벅 걸어갔다.

"혹시 징기스칸의 그 웨이터에게 물어보면 어떨까?"

한병장은 나타샤를 처음 만났던 클럽을 어렵잖게 찾아냈다.

"웨이터 총각. 안녕하세요."

한병장이 예전의 그 웨이터를 알아보고 손을 흔들었다.

빗자루를 들고 청소를 하고 있던 웨이터가 한병장을 흘깃 쳐다보고는

"손님. 이제 문 닫을 시간입니다. 낼 오세요."

"저 혹시 기억이 안 나세요?"

한병장이 얼굴을 가까이 들이밀었다.

"잘 기억이 안 나는데요."

한병장이 멋쩍은 미소를 지으며

"일전에 외국 여자 두 명 소개시켜 주었잖아요?"

그제야 웨이터가 능글맞게 웃으며

"아. 그 군인 아찌. 또 다른 여자애들 소개해 달라고 오셨구나?"

한병장이 손사래를 치며

"아니, 아니. 걔들을 찾고 있어요. 요즘도 그 여자분들 이곳에 오나요?"

웨이터가 손사래를 치며

"요즘에는 통 못 보았는데유. 딴 클럽으로 갔겠죠?"

"딴 클럽요?"

"여기 안 오면 당연히 딴 데 다니겠죠? 관리 잘하세요. 군인 아

찌. 여자 바람나는 거 순식간이에요."

웨이터의 말투가 어느새 훈계조로 바뀌었다.

"아, 그런가요?"

클럽을 나온 한병장이 손목시계를 보니 자정이 넘었다.

"정말 딴짓하고 다니나? 내일 다시 찾아봐야짓."

한병장은 근처에 있는 모텔로 들어갔다.

다음 날 아침

홍대 부근 오피스텔을 다시 찾아간 한병장은 부근의 노상 카페에 죽치고 앉았다. 운이 좋으면 혹 그녀들을 다시 만날 수 있을까 기대를 했는데 그녀들의 모습은 어디에도 보이지 않았다. 어쩌다가 늘씬한 외국 여자들이 지나가면 뒤쫓아가서 얼굴을 확인하곤 했지만 허탕 치기 일쑤였다. 정오를 지나서 한병장은 10분이 멀다 하고 시계를 들여다보았다.

"부대 돌아갈 시간이 얼마 안 남았잖아?"

서글픈 생각이 든 한병장은 핸드폰에 저장된 사진을 몇 번씩 들여다보았다.

"나 좋다고 하는 여자는 처음이었는데……."

같은 시각 길 건너 2층 카페에 몇 사람이 모여 앉아서 검은 유리창을 통해서 바깥을 내다보고 있었다. 이들은 비신스키의 지시를 받는 러시아 마피아들인데 현재 코시킨의 일을 돕고 있는 중이었다. 대략 10명 정도가 한 조가 되어 움직이는 이들은 지금 한국의 어느 조폭단체의 지원을 받으며 한국 핵잠수함의 기술과 기밀을 빼내는 작업을 수행 중이었다.

이곳에서는 길 건너 노상 카페에 앉아 있는 한병장의 모습이 선명하게 보였다. 눈매가 날카롭고 완벽한 러시아어를 구사하는 한 백인 남자가 턱으로 한병장을 가리켰다.

"쟤 왜 저래? 왜 저렇게 쫓아다니게 해? 나타샤."

나타샤가 이마에 걸치고 있던 검은색 선글라스를 탁자에 내려놓으며

"내가 어찌 알겠어요? 왜 나를 찾아다니고 있는지."

그 남자가 나타샤를 매섭게 째려보면서

"마무리가 약해. 확실히 끝내야지."

더 이상 다투기가 싫은 듯 나타샤가 고개를 돌려 길 건너 한병장을 바라보며

"저 벼엉신. 핸드폰 연락 안 받으면 그걸로 끝나는 거 몰라?"

옆에 앉아 있던 붉은 수염을 기른 남자가 비아냥거리는 말투로

"쟤 되게 눈치 없게도 생겼다. 나타샤하고 잘 어울리는걸."

나타샤가 붉은 수염을 노려보며 화난 목소리로

"뭔 헛소리야?"

붉은 수염이 기다렸다는 듯이

"왜? 내가 뭐 틀린 소리 했냐? 니네들 덕분에 우리 애들만 생고생했잖아?"

나타샤가 풀 죽은 목소리로

"왜 꼭 우리 탓이야?"

붉은 수염이 엄지로 창밖을 가리키며

"저 병신 자식 꼬셔서 보안카드 빼내자는 아이디어 니네들이 냈잖아? 우리 애들 목숨 걸고 기껏 물건 빼내 왔더니, 그 타일인가 나

발인가 별 쓸모가 없대잖아?"

'아 씨파……알. 아이디어 한번 잘못 냈다가 쌍코피 터지네.'

속으로 자책하던 나타샤가 대꾸를 하지 못하고 멍하니 천장만 바라보았다. 나타샤가 난감해하는 사건의 전말은 이렇다.

얼마 전 나타샤가 빼낸 한병장의 보안카드를 복제한 이들 패거리는 진해 보급창고에서 타일을 박스째로 빼내는 데 성공하였다. 비신스키와 코시킨은 그 타일에 감춰진 비밀을 밝히기 위해 러시아와 마카오 그리고 영국에 있는 사설연구소에 각각 충분한 분량의 타일을 배달했다. 그러나 이들 연구소는 곧바로 실망스런 응답을 보내왔다.

〈이 타일에는 소음과 방음 기능을 위한 음파 통제 회로가 심어져 있다. 이 회로는 첨단 나노기술과 고도의 물리학을 바탕으로 만들어졌다. 이 회로를 통제하는 소나시스템 프로그램과 소스코드의 확보가 관건이다.〉

쉽게 말해 작동 방법은 알겠는데 그 작동 원리는 모르겠다는 소리였다. 이런 보고를 접한 코시킨은 곧바로 카심 회장에게 연락을 취했는데 카심 회장은 간단한 답신을 보내왔다.

'다른 수단을 강구할 것. 핵심을 치고 들어가게.'

잠시 고민하던 코시킨은 비신스키에게 연락을 취했다. 비신스키는 몇 가지 안을 보내왔는데 그중 한 가지가 코시킨의 마음에 쏙 들었다.

코시킨이 비신스키에게

"그래. 그 방법이 마음에 들어. 비용 같은 거 따지지 말고 작업 들어가자구. 참 한국 내 연락책에 의하면 군 수사기관이 타일 분실건을 조사 중이라는군. 조심들 하게나. 비신스키."

결론적으로 타일을 빼낸 비신스키의 부하들은 헛심을 쓴 꼴이 되었는데, 설상가상 군 수사기관이라는 벌집을 쑤신 꼴이 되었던 것이었다. 이런 판국에 한병장까지 나대기 시작하니 이들의 심사가 평온할 리가 없었다.

눈매가 날카로운 남자가 길 건너 한병장에게서 눈길을 거두며

"헤이 친구들. 캄다운하자구."

그는 연이어

"지금 누구 잘잘못을 따져서 무슨 소용이 있나? 우선……."

모든 사람의 시선이 그 남자에게 쏠렸다.

"한국 수사관들이 더 치고 들어오기 전에 꼬리를 잘라야겠어."

그 남자는 턱으로 길 건너 카페에 앉아 있는 한병장을 가리켰다.

막차를 타고 밤늦게 부대로 돌아온 한병장은 막사 부근의 나무 밑에 앉아 있었다. 그때 한병장의 핸드폰이 울렸다. 기다리던 나타샤의 연락이었다.

"나타샤. 왜 그렇게 연락이 안 됐어? 내가 여러 번 연락 했는데."

그리움이 사무친 한병장의 눈에 눈물이 고였다.

"미안했다. 오빠. 고향에서 친척들 와서 나타샤 좀 바뻤다."

"친척들? 휴."

안도감에 마음이 놓인 한병장이 한숨을 내쉬며

"이 오빠가 많이 걱정했잖아. 너네 살던 집에도 가봤어."

그는 굳이 경비를 만났다는 사실까지는 말하지 않았다.

"오 그랬쪄? 미안하다. 오빠."

"아니 괜찮아. 우리 언제 만나지?"

나타샤가 기다렸다는 듯

“음. 오빠. 다음 주에 기차 여행할까? 기분도 전환할 겸.”

“응? 기차여행? 오케이.”

한병장은 이것저것 따질 처지가 아니었다. 두 사람의 통화는 조금 더 이어졌는데 통화를 마친 한병장의 표정은 아까와는 딴판이었다. 한병장은 조금 전 나타샤와 나누었던 대화를 곱씹어보았다.

“이 나타샤. 한국 와서 기차 타고 시골 경치 구경하고 싶었다. 아직 못했다.”

“훗. 고랫. 그럼. 기차 타구 나가보지. 뭐.”

“이왕이면 아침에 열차 탄다. 사람들 붐비는 거 싫다.”

일찌감치 자리에 누운 한병장은 여행 생각에 잠을 설쳤다.

‘음. 강원도 기차여행이라…… 이번에는 외박은 어려울 거구…… 하루 외출증을 얻어서 새벽 일찍 출발해, 막차를 타고 오면…… 빠듯하기는 해도 시간은 되겠군.’

품속에 양주병을 감춘 한병장이 당직 장교를 찾아갔다.

“어머님이 위독하답니다. 마지막으로 이번 한 번만 봐주세요.”

곧 제대를 앞둔 말년병장의 애절한 부탁을 거절할 사람은 흔치 않다.

당직 장교가 들고 있던 지시봉을 한병장의 코앞에 들이밀며

“술은 안 받겠소. 외박이 아니고 외출이요. 정시에 복귀하는 거 잊지 마세요.”

그다음 날 아침

한병장과 나타샤는 서울 교외로 나가는 열차에 올라탔다. 도심을 벗어난 열차는 동쪽으로 힘차게 나아갔다.

열차가 호젓한 산골짜기를 지나 오르막길에 접어들자 나타샤가 한병장의 옆구리를 쿡쿡 찌르며

"오빠. 열차에 사람들이 별로 없다."

"조용하고 더 좋네."

"오빠. 우리 앉아만 있지 않는다. 저쪽으로 가 보자."

나타샤는 열차와 열차를 연결하는 통로 부분을 가리켰다.

"저쪽으로?"

나타샤가 방긋 웃으며

"재밌겠다."

두 사람이 통로 사이를 걸어 나가 연결부분으로 가보니, 그곳에는 두 명의 백인 남성이 한가롭게 담소를 나누고 있었다. 그들 중 한 명이 나타샤를 보고 살짝 윙크를 했지만, 넋을 빼고 바깥 풍경을 감상하던 한병장은 그런 낌새를 눈치채지 못했다.

"덜커덩덜커덩."

열차는 몸서리를 치며 고갯길을 힘겹게 올라가고 있었다. 그때 한병장 곁으로 다가온 두 남자 중 마른 남자가 뭔가를 들고 그의 목을 휙 그었다. 전문 프로들의 재빠른 손놀림이었다.

"억."

한병장이 소리 한 번 못 지르고 무릎을 꿇었다. 목을 타고 올라가는 혈관이 절단된 것이었다. 예리한 칼로 순식간에 목 혈관을 절단하는 수법은 동유럽 마피아들이 즐겨 쓰는 수법이다. 두 백인 남성은 숙련된 솜씨로 칼을 품속으로 집어넣은 후 한병장의 시신을 들어서 철길 너머 덤불 속으로 던졌다.

"퍽."

둔탁한 소리와 함께 시신이 땅바닥에 처박히는 것을 확인한 나

타샤와 백인 남성들은 각기 반대 방향으로 걸어가서 객실로 사라졌다. 아직도 목에서 피가 흘러나오는 한병장의 시신은 인적이 끊어져 잡풀이 무성한 덤불 속에서 눈을 부릅뜬 채 하늘을 바라보고 있었다.

며칠 후
KAIT 본사
여의도, 서울

김연준 사장은 창가에 앉아서 햇살을 즐기고 있었다.

핸드폰을 열고 오늘의 일정을 체크하던 그는 혼잣말로

"오늘 일정은 별로 바쁘지 않구먼. 오전에는…… GIC(Government of Singapore Investment Corporation, 싱가포르 투자청)이라…… 오후에는 별거 없구…… 저녁에는 경찬이 커플하고 예술의 전당 공연이라……."

GIC는 세계적인 투자자인 싱가포르 국부펀드이다.

잠시 후 비서의 목소리가 인터폰을 타고 흘러나왔다.

"사장님. GIC에서 손님 오셨습니다. 어디로 모실까요?"

김연준이 자리에서 일어나며

"대회의실로 모시세요."

잠시 후 김사장이 COO(Chief Operating Officer, 관리본부장)와 함께 대회의실로 걸어 들어갔다. 싱가포르 투자자들은 둘 다 체격은 크지 않았지만 눈매가 매서웠다.

김연준이 다가가서 악수를 청하며

"와주셔서 감사합니다. 이쪽은 우리 회사 COO, 김만돌 상무입니다."

그중 나이가 들어 보이는 사람이 한걸음 나서며

"안녕하세요. 김사장님. 저는 GIC의 아시아 투자 담당 책임자 알란 청입니다. 이쪽은 제 동료인 Dr. 마이클 코입니다. 투자전략가입니다."

투자업계의 강자답게 GIC에는 유난히 박사나 CFA 소지자가 많다. 간단한 수인사를 마친 그들은 테이블을 사이에 두고 마주 보며 자리에 앉았다. 이미 수차례 통화를 했던 터라 곧바로 본론으로 돌입했다.

알란 청 박사가 연준을 빤히 쳐다보며

"저번 통화 때 말씀드렸죠? 조건만 맞으면 KAIT에 자금을 맡기겠습니다. 우리가 원하는 것은……."

KAIT는 물론이고 많은 투자회사는 역사와 전통을 자랑하는 GIC의 자금을 탐낸다. 특히 KAIT같은 신생 회사가 GIC로부터 만약 자금을 위탁받는다면 큰 영광이요 두고두고 자랑거리가 될 것이었다.

"흠흠. 말씀하십시오. 알란 청 박사님."

떨리는 그의 목소리로 보아서 천하의 김사장도 이 순간만큼은 긴장한 것으로 보였다.

알란 청 박사가 손가락 하나를 펴 보이며

"아시겠지만 우리는 돈을 맡기면 천억원 단위입니다. 보통 천억에서 오천억 사이에서 시작합니다. 가능합니까?"

청박사의 질문을 쉽게 풀어보자면 KAIT는 과연 수천억이나 되는 큰 자금을 맡아서 관리를 할 캐파(능력)를 보유하고 있는가를 묻는 것이었다.

기다렸다는 듯 김사장이 거침없이

"GIC의 경우 2천억까지는 가능합니다. 캐파를 풀가동하면 5천억도 가능하지만, 무리하지는 않겠습니다."

능력은 있지만 오바하지 않겠다는 김사장의 대답은 상대방에게 신뢰를 주는 만점짜리 답변이다. 하수들 같으면 5천억을 다 맡을 수 있다고 대답했으리라.

청박사가 손가락 두 개를 내보이며

"OK. 그렇다면, 일단 2천억원에서 시작하는 것으로 합시다."

펀드 수익률이 좋으면 KAIT에 자금을 더 맡기겠다는 말을 덧붙인 그는 김연준을 흘깃 쳐다보며

"우리는 시황에 상관없이 절대수익을 원합니다. 알고 계시죠?"

"물론입니다."

연준이 고개를 끄덕이며 청박사를 향해 손가락으로 동그라미를 만들었다. 문제 없다는 의미였다.

"목표 투자수익률은 1% 수수료 지급 후 네트로 연간 4%입니다."

청박사는 관리 수수료 1%를 뗀 연간 4%의 수익률이 안 나오면 주식에 투자할 이유가 없으며 차라리 안전한 채권에 투자를 하겠다는 말도 덧붙였다.

연준이 중간에 끼어들며

"몇 년 정도 맡기실 생각인가요?"

청박사가 손가락 3개를 펴 보이며

"우리는 3년 단위로 계약을 합니다. 일단 맡기면 간섭을 하지 않습니다. 물론 재연장도 가능하구요. 단 불법행위나 계약 위반시에는 자금을 곧바로 회수합니다."

"Fair enough. 받아들입니다."

동의한다는 말을 한 연준이 청박사의 얼굴을 빤히 쳐다보며

"우리는 성공보수를 원합니다."

청박사가 김사장에게 양팔을 벌리며

"당연히 드려야죠. 조건을 말씀해보십시오."

"10&20입니다. 즉 성공보수는 20%를 받고 있습니다. 허들은 10%입니다."

10&20이란 투자수익률이 연간 10%를 넘는 경우 10%를 초과하는 수익금에 대해서는 관리 수수료 외 추가로 20% 성공보수를 가져가겠다는 의미였다.

청박사가 씩 웃으며

"No problem. 글로벌 스탠다드니까요."

이제 중요한 이슈는 모두 타결되었다. 계약서에 사인하고 자금을 보내는 일만 남았다.

잠자코 듣고 있던 김만돌 상무가 상체를 앞으로 들이밀며

"커스타디언 뱅크로 특별히 원하는 은행이 있습니까?"

커스타디언 뱅크란 투자자를 위해서 회계나 자금 및 실물 보관 업무를 대행하는 금융기관을 말한다. 물론 공짜가 아니고 수수료를 뗀다.

"네. 싱가포르 국립은행으로 해 주십시오."

"알겠습니다."

잠시 침묵이 흐른 뒤 청박사가 김연준을 바라보며

"김사장님. 잠깐 둘이서만 얘기할 게 있는데……."

"네네. 자리를 옮기시죠."

두 사람은 소회의실로 자리를 옮겼다.

청박사가 얼굴을 들이밀며

"이거 오프더레코드(off the record)인데요……."

오프더레코드는 우리끼리만 알고 외부로 발설하지 않는 것을 약속하고 나누는 얘기다. 김연준도 상체를 앞으로 숙이자 두 사람 얼굴이 거의 맞닿을 정도로 가까워졌다.

청박사가 목소리를 죽여

"뉴코리아조선이라는 회사를 잘 아세요?"

뉴코리아라면 바로 송경찬이 다니는 회사 아닌가? 김연준만큼 그 회사를 잘 아는 사람도 몇 안된다.

김연준이 어깨를 으쓱하며

"네. 웬만한 금융인이라면 뉴코리아를 모르는 사람은 없을 것입니다. 워낙 유명한 회사가 돼서……."

청박사가 주위를 살피며

"요즘에 그 회사 문제가 있나요? 대주주가 회사를 매각한다는 소문이 파다하던데."

연준이 난감한 표정을 지으며

"그 얘기가 또 나왔습니까? 예전에도 몇 번 들은 거 같은데요."

청박사가 손으로 자기 입술을 문지르면서

"이번에는 진짜 같아요. M&A 투자제안서를…… 받았거든요."

"M&A 제안서를요?"

청박사가 양팔을 벌리며

"네. 상당히 구체적인 투자제안서를 받았다니까요? 그 회사를 M&A하는데 투자하면 예상 수익률이 얼마, 또 투자 기간이 얼마 등등 자세한 숫자가 적혀 있었거든요."

연준이 조심스럽게

"최종 인수자가 누군지 물어봐도 될까요?"

청박사는 즉답 대신에 손가락으로 자기 코를 만지작거렸다. 잠시 망설이던 청박사가 입을 열며

"카이저펀드입니다. 김사장님도 들어 보신 적이 있죠?"

그는 모건 글로벌 증권을 통해서 제안서를 받았다는 얘기를 덧붙였다.

"카이저펀드라구요? 걔들은…… 주로 IT와 보안 쪽을 들여다보는…… 아랍계 펀드 아닌가요?"

김연준의 기억에 예전 어느 금융잡지에서 카이저펀드 기사를 읽은 적이 있었다.

청박사가 고개를 끄덕이며

"네네. IT와 통신산업에 투자하는 그 아랍계 펀드가 맞아요. 거래 관련자들 평판에 문제가 있거나 불법적인 요소가 있는지 여기저기 체크해 보고 있습니다."

"그래요? 자기들이 잘 아는 분야가 아닌데 뉴코리아 같은 조선회사를 M&A한다? 참 재미있네요."

연준의 입에서 별다른 얘기가 나오지 않자 청박사가 손가락으로 자기 손목시계를 툭툭 건드리며

"이만 일어서야겠네요. 다음 약속이 있어서요."

청박사 일행이 떠난 후 자기 방으로 돌아온 김연준은 잠시 생각에 잠겼다.

'카이저펀드는 왜 뉴코리아를 산다고 그러지?'

김연준이 불쑥 고개를 쳐들며

"혹시? 잠수함 기술 때문인가?"

옆에 있는 커피잔을 툭툭 건드려보던 연준이 혼잣말로

"아참. 오늘 저녁에 경찬이 만나잖아. 그때……."

그는 인터폰으로 동생 김미경을 불러냈다.

"오늘 저녁 예술의 전당. 같이 출발하자. 라이드 줄께."

"오케바리. 출발시 연락주숑."

그날 저녁

예술의 전당 부근 이탈리안 레스토랑 나폴리

예술의 전당 맞은 편에 있는 나폴리는 양갈비와 파스타를 잘하기로 소문난 집이다. 맛집답게 오늘 저녁도 만석이다. 창가 자리에 앉아 있는 관광객으로 보이는 젊은 외국인 남녀를 제외하고 나머지 대부분 공연 보러 온 사람들로 보였다. 김연준이 실내로 들어서자 미리 와서 기다리던 경찬이 반갑게 손을 흔들었다.

"형. 연준 형."

"여. 오랜만이다. 경찬아."

간만에 얼굴을 보는 두 사람은 서로의 등을 힘차게 껴안았다.

"오랜만이에요. 김사장님. 그대로시네요."

경찬 뒤에 서 있던 전미진이 한걸음 나서며 연준에게 고개를 숙여 인사했다.

"야아. 미진씨야말로 하나도 안 변했네. 경찬이가 잘해 주나 봐?"

경찬이 쑥스러운 표정으로

"노놋. 나 별로 잘해주지도 못해. 형."

연준이가 어색하게 서 있는 김미경과 전미진을 번갈아 쳐다보며

"참. 서로 얼굴들 잘 알지요?"

두 사람은 99년생 토끼띠 동갑내기다. 검은색 정장에 가슴에 빨간 장미 모양의 액세서리를 단 미진에게는 지체 높은 귀부인의 기

품이 느껴졌다. 반면에 색이 바랜 청바지에 검은색 코트, 그리고 굵은 은목걸이를 걸친 미경은 싱싱한 아름다움을 발산하고 있었다.

미경이 미진에게 동의를 구하듯 가볍게 고개를 끄덕이며

"그럼요. 우리 미국에서도 만났잖아요?"

미진을 대하는 미경의 태도는 적대적이지는 않지만 그렇다고 친밀하지도 않았다. 약간 쌀쌀맞다라고 하는 것이 더 정확한 표현이다. 그러나 경찬을 쳐다보는 표정은 온통 반가움과 기쁜 표정이 역력했다.

"안녕, 경찬 오빠?"

솔직한 미경은 감정을 숨기지 못한다.

"안녕 MK."

"자주 만나니 좋아요."

자주라는 말에 미진이 고개를 돌려 경찬의 얼굴을 쳐다보았다.

"아 맞다. 얼마 전에 MK가 연구소에 왔었지. 여러 애널들하고."

무슨 죄를 지은 사람마냥 얼굴이 빨개진 경찬이 여러 애널들이라는 말을 유난히 강조했다.

잠시 어색한 침묵이 흐르고 분위기가 싸해지자, 연준이 나무라는 시늉을 하며

"미경아. 너도 이제부터 소장님이라고 불러, 임마. 오빠가 뭐니? 한국 해양업계의 유명 인사를 보고."

미경도 지지 않고

"당근이지. 공식석상이라면 단연 송소장님으로 불러드렸겠지."

이때 나비넥타이를 맨 웨이터가 다가와서

"주문 도와드릴까요?"

구세주라도 만난 양 급하게 메뉴판을 낚아챈 경찬이 주위를 둘

러보며

"제가 골라도 될까요? 이 집은 제 단골이니까요."

"Why not? Please."

연준이 공손한 몸짓을 하며 고개를 숙이자 모두들 킥킥거렸다.

"그러니까 시작은 카프레제로 하고……."

경찬이 주문을 마치고 연이어 웰컴 드링크로 스파클링와인이 나오자 분위기가 한결 부드러워졌다.

연준이 경찬이 손을 쥐며

"경찬아. 저녁 초대해 주어서 고맙다."

"뭘 말씀을? 형 덕분에 좋은 공연 보게 됐는데. 아우가 저녁 정도는 대접해야죠."

잠시 후 음식들이 나오기 시작했다.

"수프 맛이 예술인데."

연준이 엄지를 치켜세웠다.

"이 집 주방장이 백제 호텔 쉐프 출신이래요. 이 빵 맛도 장난 아녜요."

경찬이 빵이 들어있는 바스켓을 연준과 미경 앞으로 밀었다.

"와우. 치즈도…… 신선한데요."

토마토 카프레제에 얹혀 있는 모차렐라 치즈를 한 조각 먹어 본 미경도 엄지를 치켜세웠다.

"우리 와인 한 잔씩 할까요? 공연 시간 아직도 멀었는데."

손목시계를 들여다본 경찬이 다른 사람의 의견을 물었다.

와인 얘기가 나오자 연준이 와인리스트를 집어 들며

"한잔해야지. 와인은 내가 골라볼까?"

경찬이 엄지척하며

"아 맞다. 와인 하면 연준 형이지. 미국의 내로라하는 와이너리를 거의 다 섭렵했잖수?"

연준이 낄낄거리며

"그래그래. 한때 와인에 빠졌었지. 왜 그랬는지 그 이유를 나두 모르겠어."

연준처럼 업무 스트레스가 많은 금융전문가들 중에는 와인에 심취한 사람들이 많다. 과연 와인은 신의 물방울인가? 한 잔의 와인은 즐거움도 주지만 때로는 돈을 잃은 어느 젊은 트레이더나 펀드매니저의 시름을 달래주기도 한다. 또 큰 거래를 앞두고 고민하는 어느 전략투자자의 친구가 되기도 한다. 그러나 와인 향기 속에 숨어 있는 악마가 날개를 펼치기라도 하면 와인잔은 이내 독배로 변한다. 와인 한두 잔에 사업기밀을 발설해버리는 얼치기들, 상사나 동료들의 뒷담화나 불만을 쏟아내는 푼수들은 와인 속에 웅크리고 있는 악마의 노예로 전락한다.

와인을 곁들인 식사가 끝나갈 무렵 연준이 갑자기 생각난 듯이

"참. 경찬아. 카이저펀드라고 들어봤니? 주로 IT와 보안에 투자한다던데."

경찬이 고개를 저으며

"생소한 이름인데…… 근데 왜요?"

연준이 상체를 앞으로 숙이며

"아, 글쎄……요 근래 만난 어떤 투자가가……."

연준이 말끝을 흐리자, 미경이 나서며

"오빠두 참. 큰 비밀이 아니면 걍 시원하게 얘기해 주세요."

손으로 턱을 만지던 연준이 입을 열면서

"오프더레코드라, 투자자의 이름을 밝힐 수는 없지만…… 카이

저펀드 정도는 니가 알고 있는 게 좋을 것 같아."

연준은 GIC 이름을 밝히지 않은 채 아침에 들은 대화 내용 중 일부분을 경찬에게 전해주었다.

연준의 얘기가 끝나자 경찬이 심각한 표정을 지으며

"그런데 형. 만일 회사가 팔리면…… 우리 연구소 기술도 다 내주어야 되는 건가요?"

연준이 고개를 끄덕이며

"내준다기보다는…… 가져가겠지. 회사 주인이 내놓으라면 별수 없잖아? 왜 예전에 우리나라 어떤 자동차 회사 기억나니? 중국 기업에 넘어갔다가 인도에 다시 팔렸잖니?"

그는 연이어

"그때도 기술만 빼갔다고…… 뭐 그런 얘기가 떠돌았잖아?"

흥미롭게 듣고 있던 미경이 끼어들며

"근데. 카이저펀드는 무슨 꿍꿍이야? 주로 IT기업을 본다면서 왜 조선해양 쪽을 넘보는 건지 나두 궁금해지네."

연준이 와인을 한 모금 마시며 주위를 둘러보다가 마침 창가에 앉아 있던 백인 남녀와 눈이 마주쳤다. 연준이 그들에게 살짝 미소를 지어 보였다. 실내장식을 배경으로 사진을 열심히 찍고 있던 그들도 손가락을 구부리며 연준에게 입을 뻥긋 '하이'라고 말했다.

연준이 고개를 돌려

"실은 나두 궁금해서 월가에 근무하는 친구한테 급하게 연락을 해봤어."

그는 목소리를 낮추며 연이어

"카이저펀드는…… 정체가 좀…… 약간 썩은 냄새가 난다더라."

경찬이 와인잔을 테이블에 살며시 내려놓으며

"썩은 냄새라면?"

연준이 입술을 앞으로 내밀며

"뚜렷한 증거는 없지만, 해킹이나 불법 무기 거래 등등, 늘 안 좋은 소문이 따라다닌대."

"그래요?"

연준이 들릴락 말락 한 목소리로

"하는 짓도 수상하고 또 대주주의 행적도 석연찮은 점이 많대."

말을 마치고 실내를 둘러보던 연준의 시선이 창가에 앉은 외국인 남녀에게 멈추었다. 아까 시시덕거리던 모습은 사라지고 그 둘의 표정은 심각했다. 뭔가 큰 의견충돌이 있는 듯 그 둘은 큰소리로 다투기 시작했다.

그들의 대화를 얼핏 들어본 연준이 속으로

'아 재들. 영어를 안 쓰네?'

그는 그 외국인들의 얼굴을 한 번 더 쳐다보았다.

미경이 연준의 팔을 툭툭 건드리며

"그래서 카이저펀드의 대주주가 누구래?"

"아참. 물주는 카심이라는 사람인데."

경찬이 눈을 크게 뜨며

"카심요? 아랍계통으로 들리는데요?"

"그래. 아랍계래. 예전에…… 그 유명한 아랍계 무기상인 아드난 카쇼기의 친척이라고 하던데. 그것도 사실인지 아닌지 아무도 모른대."

경찬이 곧바로

"형. 아까 안좋은 소문이라고 했잖아요? 무슨 말이에요?"

연준의 시선이 다시 창가로 향하며 내심

'어? 그 외국인들은 갔나?'

연준이 고개를 돌려 경찬을 바라보며

"걔들이 예전에 '시스템 시큐리티'라고 하는 보안회사를 인수한 적이 있었대."

경찬이 맞장구를 치며

"아. 그러고 보니 그 보안회사 이름은 얼핏 들어본 거 같아요."

"카이저펀드는 그 회사를 인수한 다음, 되팔아서 큰돈을 벌었는데. 그 과정에서 해커들을 불러 모아 온갖 장난질을 쳤다는 소문이 파다해."

"해커들을요?"

경찬의 목소리가 높아지자 연준이 목소리를 죽이라는 손짓을 하면서

"그래. '메소포타미아'인가 뭔가 하는 전문 해커들을 무더기로 데려와 '뉴텍비젼'이라는 회사를 만들었고, 걔들이 '시스템 시큐리티'를 찾아냈대."

경찬이 미간을 찌푸리며

"걔들 MIT 출신들 아니에요? '메소포타미아'."

연준이 고개를 끄덕이며

"나도 이름을 들어본 거 같기도 해."

미경이 팔짱을 끼며

"해커들이 모여 장난질을 한다? 감독기관에서 왜 그냥 내버려 두었죠?"

연준이 입맛을 다시며

"글쎄. 여러 번 조사는 했는데 딱히 불법을 저질렀다는 증거를 찾지는 못했다는군."

남매의 대화를 듣고 있던 경찬이 고개를 들어 천장을 바라보며

"아하. 그 사람들인가?"

연준이 경찬을 쳐다보며

"뭔가 짚이는 게 있냐?"

경찬이 천천히 고개를 끄덕이며

"최근에 본사에서 연락이 왔었어요. 외국의 어느 투자자가 남해 R&D센터를 구경하고 싶다구. 누군지는 알려주지 않았어요."

"그래? 몇 명이나 온대?"

"네댓 명쯤 온다는 것 같던데요. 진해 부산만에 있는 본 공장 둘러보고 곧장 R&D센터로 올래나 봐요."

미경이 수사관처럼 눈을 찡그리며

"그 투자자가 카이저 아녜요? R&D센터를 탐색하러 나오는 것 같은데? 어쨌거나 뉴코리아조선의 엑기스는 R&D센터잖아요?"

사실 미경의 멘트는 정곡을 찌르는 말이었다.

경찬이 손을 가슴에 가져가며

"형. MK 말이 가슴에 와닿는데요."

"오빠. 생각 그만 하세요. 몸 상해요."

조용히 앉아 있던 미진이 경찬의 손을 꼭 쥐며 다른 사람들과 눈을 맞추었다. 이제 그만하자라는 몸짓이었다.

연준이 손목시계를 가리키며

"벌써 공연 시작시간이 다 됐네."

그는 연달아

"이쯤에서 건배 한 번 합시다."

잠시 후 계산서를 받아 든 경찬이 앞장서 걸어갔다. 식당을 나선 네 사람이 공연장소를 향해 걷기 시작하자 어디선가 나타난 외국인

두 사람이 그들의 뒤를 따라갔다. 자세히 보니 이들은 아까 레스토랑 창가에 앉아 있던 그 커플이었다. 거리풍경을 찍는 듯 한 사람은 쉴 새 없이 카메라 셔터를 눌렀고 또 한 사람은 어딘가로 바쁘게 문자질을 주고받고 있었다.

〈이미지 충분한가요?〉

〈몇 장 더. 20~30장을 채우라니까.〉

〈하라쇼.〉

하라쇼는 '좋다'라는 러시아 말이다.

〈송박사라는 친구는 됐고 그 여친 있잖아? 그 예쁜 조개. 이미지를 더 확보하라굿.〉

〈하라쇼.〉

2027 겨울 어느 월요일
남해 R&D센터

온종일 실험실에 처박혀 있던 경찬이 머리를 식힐 겸 건물 내에 있는 휴게소를 찾았다.

경찬은 주문한 아메리카노의 커피 향을 맡으며

"음. 역시 이 맛이야."

갑자기 핸드폰이 울리며 커피 향이 가져다준 달콤한 시간은 끝났다.

"형 나야. 통화할 수 있어?"

동생 힘찬의 다급한 목소리가 핸드폰을 타고 흘러 들어왔다.

경찬이 마시던 잔을 내려놓으며

"어 힘찬아. 웬일이고?"

"형. 시간상 짧게 얘기할게."

"그래그래. 뭔 얘긴데?"

"형. 작전 중인데 외국에 있는 우방국 해군기지에 잠깐 들렀어. 우선 함장님이 타일 보내주어서 고맙다는 말을 전하라고 했어."

사실 경찬이 보내준 타일은 손상된 부분을 교체하기에 충분한 양이었다.

"뭘 그거 갖고……."

힘찬이 말을 자르며

"근데 형. 이것은 보안 사항인데…… 함장님이 형한테 빨리 연락하래."

경찬이 멈칫하며

"보안 사항?"

"그 병기창에서 없어진 타일 있잖아? 조사해봤더니 전문가들 소행 같대."

"전문가들이라고? 그게 무슨 말이고?"

힘찬의 설명에 따르면 신원 미상의 괴한들이 타일을 빼내 갔는데, 그들은 그 부대에 근무하는 자재관리병의 지문과 안면인식을 위조해서 자재 창고로 잠입했다는 것이다.

"그 자재관리병을 조사하면 답이 나올 거 같은데?"

"근데. 형. 그 자재관리병의 소재가 파악이 안된대. 행불된 지 오래됐다나 봐."

철길 옆 잡풀 속에 버려진 자재관리병 한병장 사체는 지금도 썩어가고 있었다.

"그래?"

"대규모 수사인력을 동원했는데도 여태 못 찾았대. 함장님이 형도 걱정하고 계셔. 늘 말씀하시길 형 같은 국보급 박사는 국가가 나서서 지켜야 한댔어."

"국보급은 무슨…… 암튼 고맙다는 말 전해주라."

통화를 마친 경찬은 두 손으로 깍지를 끼고 뒷머리를 감쌌다. 잠시 잊고 있었던 연구소 폭발 사고의 기억이 스멀스멀 머릿속을 기어 다니기 시작했다. 동시에 그의 뇌리 깊숙이 묻어두었던 사건사고들이 꼬리를 물고 영상처럼 스쳐 지나갔다.

'카이저펀드, 타일 분실, 자재병 실종…… 이 모든 것이 연관성이 있는 것은 아닐까?'

11
조여오는 그물망

2027년 겨울
남산 하얏트 호텔
서울, 대한민국

창가를 서성이던 카심 회장이 손가락으로 손목시계를 툭툭 건들며

"올 때가 됐는데."

오늘 오후 카이저펀드 측과 뉴코리아조선의 대주주 측은 비공개 회동을 가졌는데, 카심 회장은 그 회담의 결과를 기다리고 있었다.

"똑똑똑."

잠시 후 방문을 두드리는 소리가 들렸다.

"접니다. 코시킨입니다."

카심 회장이 급하게 방문을 열어주며

"들어오게. 코시킨."

서류 가방을 든 코시킨이 한 백인 남자와 함께 방으로 들어왔다.

코시킨이 손으로 그 남자를 가리키며

"회장님. 링 클로버 한국 대표 제프 슐만씨입니다."

세계적인 법률회사 링 클로버는 뉴코리아조선 M&A건 관련 카이저펀드의 자문기관이다. 즉 카이저펀드를 대신해서 협상이나 관공서 허가 등 모든 업무를 도맡아서 처리해줄 회사였다. 링 클로버는 일 처리 하나는 확실히 한다고 소문이 나 있지만 높은 수수료를 챙기는 것으로도 악명이 높다.

"반갑소. 슐만씨."

카심이 악수를 청한 후 자리를 건네자 슐만이 가볍게 고개를 숙이며

"뵙게 되서 영광입니다. 카심 회장님."

건성으로 고개를 끄덕인 카심 회장이 코시킨 쪽으로 고개를 돌리며

"오늘 미팅은 어땠어?"

슐만이 나서며

"잘 진행될 것 같습니다. 회장님. 별일 없으면 이번 주 내로 MOU를 체결할 예정입니다."

카심 회장이 둘을 번갈아 바라보며

"걔들이 팔 생각은 있는 모양이군?"

코시킨이 고개를 돌려서 슐만을 쳐다보며

"회장님께 좀 더 자세한 내용을 보고드리세요."

슐만이 카심 회장을 쳐다보며

"적당한 가격에 경영권을 넘기는 것으로 구두합의했습니다."

"그랫? 적당한 가격이라면? 일전에 모건인가 하는 애들이 언급했던 그 가격인가?"

코시킨이 한걸음 나서며

"네. 그렇습니다. 회장님. 모건 글로벌의 평가에 따르면 경영권

의 적정 가격은 10조원대로 보입니다. 상대방도 이 가격대에 납득하는 분위기였습니다."

슐만이 말을 덧붙이며

"최종 가격은 실사를 해본 다음에 확정하기로 했습니다. 실사 결과에 따라서 한 10% 깎을 여지는 남아 있습니다."

카심 회장이 쿨한 목소리로

"당연하지. 실사하면서 뭔가 찾아야짓."

카심 회장이 기억이 잘 안 난다는 듯 얼굴을 찡그리며

"그 회사 시가총액이 얼마라 그랬지?"

"약 20조원입니다."

"최대 주주가 25% 들고 있다 그랬나?"

슐만이 나서며

"네. 회장님. 최대 주주는 한국의 드래곤건설로서 지분율은 25%입니다. 금액으로는 약 5조원입니다."

그의 대답은 자동응답기에서 흘러나오는 안내방송처럼 막힘이 없었다.

잠시 생각해 보던 카심 회장이

"시가는 5조원이라…… 근데 총 10조를 달라? 흠 경영권 프리미엄을 100% 얹어달라는 얘기군."

"그렇습니다."

"흥. 경영권 프리미엄으로 5조원을 달라."

코웃음치는 카심 회장의 입술 사이로 하얀 이가 드러났다.

슐만 사장은 내심

'이 영감이 경영권 프리미엄이 높다고 보나?'

거래를 붙여야만 수수료를 챙길 수 있는 링 클로버의 입장에서 보면 프리미엄이 100%면 어떻고 또 200%면 무슨 상관이 있겠는가? 중요한 것은 카심 회장이 계약서에 날인하는 것뿐이었다. 말 한마디 잘못하면 수수료가 날아갈 판이다.

그는 마음을 다잡으며

'공든 탑이 무너질 수도 있다. 정신 차려, 미스터 슐만.'

노련한 슐만은 이 순간에 어떤 행동을 취해야 할지를 잘 알고 있었다. 첫째는 진지한 자세를 보이는 것이고, 둘째는 카심 회장을 위해서 최선을 다하고 있다는 인상을 심어주는 것이다. 마지막으로 100% 프리미엄이 터무니없는 요구가 아니라 납득할 만한 수준이라는 점을 설득해야 한다. 실제로 경영권 프리미엄은 값이 정해져 있는 게 아니고 거래 쌍방이 정하기 나름 아닌가?

슐만 사장이 심각한 표정을 지으며 느릿느릿한 말투로

"그러잖아도 여러 군데 체크해 보았습니다. 회장님."

이런 상황을 가정하고 이미 거울 앞에서 여러 번 연습을 해두었던 슐만 사장이 연기를 시작했다.

그는 확신에 찬 목소리로

"그 정도 회사라면, 100% 경영권 프리미엄은 전혀 무리가 없어 보입니다. 이 회사의 기술력은 여러 경로를 통해서 수차례 확인했습니다."

그는 '전혀'와 '수차례'라는 말에 힘을 주며 설명을 늘어놓았다.

"그리고 또 이 회사의 강점은…… 나중에 되팔더라도 높은 가격에……."

잠자코 듣고 있던 코시킨이 중간에 끼어들며

"가격을 더 깎을 수 있다고 하지 않았소? 슐만씨."

뻔한 질문이지만 이런 질문은 종종 상급자의 귀를 즐겁게 한다.

슐만은 능숙한 솜씨로 맞장구를 쳐준다.

그는 어깨를 으쓱해 보이며

"물론입니다. 아까 말씀드린 대로 실사가 남았잖습니까? 적당한 꼬투리를 잡으면 됩니다."

꼬투리라는 말에 카심 회장의 굳은 표정이 풀어지며

"계속해보게나."

슐만이 여전히 심각한 표정으로

"상대방의 약점을 알지 않습니까? 자금 사정이 안 좋다고. 그것을 빌미로 꼬투리는 얼마든지 잡을 수 있습니다."

슐만의 태도가 마음에 든 카심 회장이 하얀 이빨이 보이게 씩 웃으며

"그렇지. 자금이 말린 상대방을 우리 뜻대로 요리할 수 있다는 얘기로 들리는군."

상대방과 일면식이 없는 국제거래에서 약점이 보이면 곧바로 손해를 입게 된다. 이 냉혹한 사냥꾼들은 피를 흘리고 있는 상대방의 상처를 물고 늘어질 참이었다.

코시킨이 슐만에게 눈짓을 하며

"추가로 보고드릴 것이 없소? 미스터 슐만."

슐만이 잠시 머뭇거리다가

"몇 가지 사소한 이슈들도 상의했는데, 우리가 원하는 대로 해주겠다고 합니다. 회장님."

"사소한 이슈들이라구?"

"네네. 회장님. 예컨대, 직원 고용 승계나 새로 이사진을 구성하는 문제는 전적으로 '우리' 손에 넘기겠다고 합니다."

링 클로버의 역할을 부각시키기 위해서 슐만은 '우리'라는 말을

힘주어 말했다.

"꾸웨이스. 그눔들 자금 사정이 정말로 심각한 모양이군. 임직원도 다 내팽개치는 것을 보니."

'발렌타인 30년' 위스키 한병을 꺼낸 카심 회장이 두 사람에게 잔을 건네며

"그래, 실사는 언제쯤 할 생각인가?"

슐만 사장이 잔을 입으로 가져가다가 말고

"며칠 내로 MOU를 체결하고, 곧바로 한 달 예정으로 실사를 시작할 생각입니다."

"흠흠."

잠시 침묵이 흐른 후 슐만 사장이 할 말이 있다는 듯 코시킨을 쳐다보았다. 코시킨이 고개를 끄덕이자 슐만 사장이 카심 회장을 향해 조심스럽게 입을 열었다.

"그런데 회장님. 실사를 하려면 먼저 계약금 조로 5%를 공탁해야 할 것 같습니다."

카심 회장이 얼굴을 찌푸리며

"5%씩이나?"

자기 주머니에서 먼저 돈이 나가는 것을 좋아할 사람은 없다. 슐만 사장이 진지한 표정을 지으며

"네네. 회장님. 일종의 관행입니다. 포커판에서 패를 구경하려면 미리 판돈을 태우는 것과 비슷한 논리입니다."

카심 회장이 여전히 언짢은 표정으로

"그 돈 한번 내면 못 찾아오는 겐가?"

슐만은 속으로

'이 양반이 현찰 나가는 것에 대해서는 생각보다 쫀쫀하군.'

그러나 전혀 내색하지 않고

"아닙니다. 딜이 안될 것 같으면 그대로 찾아올 수 있도록 계약서를 만들겠습니다."

숲만은 돈을 되찾아온다는 말에 힘을 주었다.

"굿굿."

돈을 되찾을 수 있다는 말에 카심 회장의 표정이 풀어지자 눈치를 살피던 숲만이

"하지만 회장님. 만약 우리가 정당한 사유 없이 실사를 중지하게 되면 그 돈을 전부 날릴 수도 있습니다. 뭐 그런 일이야 일어나겠습니까만."

잠시 생각해 보던 카심 회장이

"흠. 정당한 사유라? 고건 말이 되는구먼. 어쨌건 올해가 가기 전에 최종계약서에 사인할 수 있을까?"

숲만 사장이 자신에 찬 목소리로

"가능합니다. 연말을 안 넘기도록 하겠습니다."

잠시 생각해 보던 카심 회장이 고개를 돌려서 창밖을 내다보며

"야경이 멋있어. 서울은."

숲만이 맞장구를 치며

"네 멋있는 도시입니다. 서울은 과거와 미래가 균형 있게 혼재되어 있는 도시입니다."

"사람들도 잘생겼어. 한류 바람이 괜히 부는 게 아닌 것 같아. 여기 애인 하나쯤 있어도 괜찮겠어. 예쁜 여자애로 말이야."

카심 회장이 또다시 위스키잔을 채웠다.

위스키잔을 받아 든 숲만이

"제가 한번 알아볼까요? 회장님. 아주 멋진 여자로요?"

"훗훗. 그렇게 어려운 일도…… 가능하겠어?"

"회장님이 원하신다면 그 정도야 뭐. 핫핫."

"소개료를 너무 높게 청구하지는 않겠지? 미스터 슐만."

"핫핫핫."

세 사람은 동시에 큰 소리로 웃었다.

카심 회장이 손을 들며

"오늘은 여기까지."

카심 회장이 슐만 사장을 문 앞까지 전송하며

"오늘 수고가 많았소. 우린 잠깐 얘기할 게 남아서."

슐만이 떠난 후 두 사람은 소파에 앉았다.

카심 회장이 마시던 위스키잔을 입에 가져가며

"난 내일이나 모레쯤 중동으로 가볼 생각이네. 자네의 일정은 어떤가? 코시킨."

"네. 회장님. 저는 며칠 더 머물면서 마무리 작업하도록 하겠습니다."

"졸개들 관리 잘하라구. 잠수함 부품 도난 사건을 수사하는 수사기관들이 잔뜩 독이 올랐대."

카심 회장은 선이 닿는 첩보원에게서 들었다는 이야기를 덧붙였다.

"넵. 명심하겠습니다. 회장님."

실제로 카심 회장의 경고처럼 한국 수사기관은 새로운 변수로 떠올랐다. 힘들게 빼낸 잠수함 타일이 별 가치가 없다는 통보를 받았을 때 코시킨은 단단한 벽에 부딪히는 느낌을 받았었다. 그 느낌은 한국 수사기관의 개입으로 뭔가 불길한 예감으로 이어졌는데 코시킨은 그 예감이 현실이 되기 전에 미리 손을 써야겠다고 마음을 먹고 있었다.

'확실하게 마무리해야겠어. 늦기 전에 비신스키가 얘기했던 그 방법을 써야겠어.'

며칠 후
링 클로버 서울 사무실

아침부터 카이저펀드와 드래곤건설 측 사람들이 몇 명 모였다. 양측은 오늘 MOU 계약서에 사인을 하고 실사 과정을 거친 다음 정식 계약을 체결할 예정이었다.

링 클로버의 한국 대표 슐만이 가볍게 손뼉을 치며

"이제 MOU 계약서에 사인하는 절차만 남았습니다."

별다른 이견이 없자 슐만이 부하직원에게 손짓을 했다. 그 직원은 미리 준비해 놓은 계약서 2부를 가져와서 양측 대표 앞에 각각 한 부씩 내려놓았다. 카이저펀드 측은 CEO 왈라드 대신 모회사의 중역 자격으로 참석한 코시킨이 진두지휘하고 있었다.

슐만이 코시킨에게 계약서의 맨 뒷장을 펼쳐 보이며

"여기에 사인하시면 됩니다."

양측 대표가 사인을 마치자 슐만이

"이제 계약서를 교환해서 한 번 더 교차사인 하시기 바랍니다."

잠시 후 슐만이 손뼉을 치며 큰 소리로

"이것으로 MOU는 체결되었습니다."

코시킨이 슐만에게 귓속말을 하자 슐만이 고개를 끄덕였다.

"별일 없으면 이대로 계약이 된다고 보고 계약금 5%는 오전 중에 지정된 계좌로 입금토록 하겠습니다."

드래곤 측 대표가 슐만을 쳐다보며
"언론 발표는 언제 하는 것이 좋겠소?"
슐만은 코시킨과 몇 마디를 주고받은 후 드래곤 측을 바라보며
"카이저 측에서는 언론 발표를 며칠 미루자고 하는데, 어떻겠습니까?"
"좋습니다."
그전까지 비밀로 해 달라는 카이저 측의 요청이 받아들여졌다.

같은 날 오후
뉴코리아조선 서울 본사

계약금을 보내고 난 후, 코시킨을 포함한 카이저 측 인사들은 시내에 있는 뉴코리아조선의 본사를 방문했다. 입구에서 미리 대기하고 있던 대표이사는 카이저 측 인사들을 귀빈용 회의실로 안내했다. 회의실에는 열 명 남짓 되는 뉴코리아조선의 고위 임원들이 앉아 있었다.

아침에 대표이사로부터
"회사를 매각합니다."

이미 통보받은 터라 대주주와 운명을 같이 하기로 한 일부 임원을 제외한 대다수는 한결같이 굳은 표정을 짓고 있었다. 비단 뉴코리아조선뿐 아니라 피인수 기업 임원들의 앞날은 표주박 신세처럼 불안하다. 목이 달아날지 아니면 살아남을지 그들의 운명이 일면식도 없는 인수자의 마음 먹기에 달려 있기 때문이다. 잠시 후 대표이사가 그곳에 모인 임원들을 한 사람씩 호명하며 코시킨에게 소개했다.

중앙에 자리 잡은 코시킨이 자리에 앉은 사람들을 찬찬히 둘러보며

"이렇게 환영해 주셔서 감사합니다."

"……."

모두가 꿀 먹은 벙어리처럼 말없이 코시킨의 다음 말을 기다리고 있었다.

코시킨이 목소리를 깔면서

"우리 카이저펀드는……."

그는 카이저펀드가 누구인지 또 왜 뉴코리아조선을 인수하는지에 대해서 장광설을 늘어놓았다. 눈치 빠른 몇몇 임원들은 수첩에 무언가를 열심히 받아 적는 척했다. 우쭐해진 코시킨이 팔을 흔들며 말을 이어 나갔다.

"우리는 뉴코리아조선을 더 좋은 회사로 키워나갈 자신이 있습니다. 단, 여기 계신 여러분들이 도와주신다면 말입니다."

굳어 있던 임원들의 표정이 순식간에 밝아졌다.

'뭐? 도와달라고? 잘하면 살아남겠구먼.'

잠자코 앉아 있던 슐만이 한마디 거들며 분위기를 띄웠다.

"간단히 말해서 여기 계시는 임원분 모두 자리를 지켜주시기 바란다는 말씀입니다."

일부 임원들은 차를 마시기 시작했고 또 누군가에게 안심하라는 문자 메시지를 보내는 사람도 있었다.

슐만을 바라보며 고개를 끄덕이던 코시킨이 좌중을 둘러보며 선언하듯이

"그렇습니다. 이곳에 모인 여러분들과 함께 뉴코리아조선을 키워갈 생각입니다."

잠시 뜸을 들인 그는 손바닥으로 허공을 수직으로 자르며

"물론 우리하고 뜻이 다르신 분들은, 같이 갈 수가 없습니다."

임원들의 반응이 나쁘지 않다는 것을 확인한 코시킨이 대표이사를 바라보며

"대표이사님. 요청을 하나 드려도 될까요?"

갑자기 호명을 받은 대표이사가 황급히 찻잔을 내려놓으며

"말씀하십시오. 회장님."

코시킨이 생각이 잘 안 난다는 듯 손가락으로 이마를 두드리며

"일전에도 한 번 말씀드린 적이 있었는데, 부산하고 진해만에 있는 메인 도크 말고 어딘가에 R&D센터가 있다고 들었습니다만."

코시킨은 연구소의 위치를 전혀 모르는 척했다.

코시킨의 연기에 속아 넘어간 대표이사가 두 손을 비비면서

"네네. 남해에 있습니다."

코시킨이 슐만과 대표이사를 번갈아 바라보며 무심한 말투로

"바쁜 일정도 없는데 메인 도크하고 남해연구소나 한번 가볼까 하는데요."

대표이사가 끼어들며

"네네. 날짜만 주시면 언제든지……."

코시킨이 말을 자르며

"오케이. 일정을 픽스해서 연락드릴게요."

이런저런 얘기를 나누던 코시킨이 좌중을 둘러보며

"신규로 외부 전문가를 몇 명 영입할 계획입니다."

코시킨은 그 전문가들이 어떤 사람인지에 대해서 말하지 않았고 또 굳이 알려고 하는 사람도 없었다. 자기 목이 달아나지 않는 한 외부 전문가들이 몇 명 더 들어오는 게 무슨 대수인가?

그다음 주 월요일 아침
남해 R&D센터

새벽 5시를 알리는 알람 소리에 잠이 깬 경찬이 습관적으로 TV를 켰다. 출근 전 국내외 주요 뉴스채널을 통해 국제 정세와 경제 동향을 체크하는 것은 경찬의 오래된 습관이었다. 냉장고에서 우유를 꺼내 마신 경찬은 책상 위에 놓아둔 핸드폰을 체크했다.

"어. MJ가 문자를 보냈네."

미진이 문자를 보낸 시간은 어젯밤 자정이 지난 시간이었다.

"무슨 일이 생겼나? 뉴스 속보를 보라고?"

CNN의 주요 기사를 훑어본 경찬이 국내 뉴스채널로 돌렸다.

속보와 자막을 검색하던 경찬이 기지개를 켜면서

"별다른 뉴스가 없는 것 같은데…… 어? 저건 뭐야?"

경찬의 시선이 화면의 하단에 꽂혔다. 그곳에는 붉은 글씨로 선명하게 쓰여진 자막이 번쩍거렸다.

〈속보! 뉴코리아조선 카이저펀드에 팔려.〉

그는 김연준 사장과 나누었던 대화 내용을 떠올리며

"카이저펀드? 저번에 연준 형이 말했던 개들이잖아?"

서둘러 출근 준비를 마치고 방을 나선 경찬은 평소보다 이른 시각에 연구소에 도착했다. 현관에 많은 사람들이 모여 있었는데 웅성거리는 폼이 다들 카이저펀드 소식을 들은 것 같았다. 그곳에 있는 사람들과 대충 눈인사를 주고받은 경찬은 계단을 뛰듯이 자기 방으로 올라갔다.

"소장님. 무슨 차 드릴까요?"

비서는 여느 때와 별반 차이 없이 밝은 표정이었다.

“녹차 주세요.”

샤넬 구두를 신은 비서의 뒷모습을 쳐다보던 경찬이 속으로

‘저 친구는 뉴스를 못 보았나?’

그는 연이어 비서를 향해

“월요 간부회의를 좀 당겨서 합시다. 지금 당장 소집하세요.”

남해연구소장으로 부임한 이래 경찬은 창립기념일이나 해외 출장 등 특별한 날을 제외하고 월요미팅을 거른 적이 단 한 차례도 없었다. 비서가 연락하는 중간에 경찬은 자기 사무실에서 연합뉴스와 YTN채널을 번갈아 시청했다.

잠시 후 비서가 차를 들고 들어와

“회의 소집되었습니다. 소장님.”

평소보다 더 활기차 보이는 그녀의 뒷모습을 유심히 바라보던 경찬은

‘정말 뉴스를 못 보았나? 아니면 회사 일에 원래 저렇게 관심이 없었나?’

경찬이 회의실로 걸어 들어갔다.

참석자들과 가벼운 인사를 나눈 경찬이 자리에 앉으며

“다들 알고 계시죠? 카이저펀드.”

김부소장이 주요 일간신문들을 경찬 쪽으로 밀면서

“우리 회사가 헤드라인을 아주 도배를 했습니다.”

주요 일간지들은 하나같이 뉴코리아조선을 톱뉴스로 다루고 있었다.

〈뉴코리아조선 대주주 자금압박 심화. 회사 결국 팔리나?〉

〈카이저펀드. 그들은 누구인가?〉

〈종업원들의 앞날은?〉

이 정보를 남들보다 한걸음 빨리 입수해서 특종을 잡은 '최신일보'는 제법 상세한 기사를 실었다.

내부인을 취재한 그들의 기사에 의하면

〈뉴코리아조선의 최대 주주인 드래곤건설이 해외 사모펀드(PEF)인 카이저펀드에게 10조원을 받고 경영권 주식을 넘기기로 했다. 양측은 며칠 전 MOU를 체결했고 실사가 끝나는 대로 최종 계약서에 날인키로 했다.〉

'최신일보'는 한발 더 나아가 추측성 기사까지 내놓았다.

〈카이저는 최종협상이 결렬될 경우 일반투자가를 대상으로 주식을 공개 매수해서라도 경영권을 인수할 것.〉

경영권 인수에 대한 시장과 전문가들의 반응은 대체로 부정적이었다.

〈검증이 안 된 카이저펀드가 과연 뉴코리아조선을 잘 경영해 나갈 수 있는가?〉

〈인수에 따른 고용불안은 없는가?〉

심지어 일부 언론은 카이저를 뜨내기 장사꾼이라고 치부하며

〈카이저가 뉴코리아조선을 더 높은 값에 팔고 언제든 떠날 수도 있다.〉

그러나 뉴코리아조선의 주가가 상승할 것이라고 주장하는 경제지들도 몇 있었다.

〈자금력이 허약한 드래곤건설이 물러나고 대신 국제 사모펀드가 들어오면 회사에 나쁠 것 없다. 이 경우 주가는 상승할 것이다.〉

어쨌건 대형 M&A는 풍성한 볼거리와 돈 벌 기회를 제공하는 법이다.

머리기사를 훑어본 경찬이 김부소장을 쳐다보며

"카이저펀드. 얘들 의도가 뭘까요?"

김부소장이 옆에 앉아 있는 사람을 팔꿈치로 건드리며

"주식 도사 오박사. 당신이 설명 좀 해드려."

오박사는 한 때 '미래의 연구소장'이라는 소문이 날 정도로 잘나가던 엔지니어였다. 그러나 자기보다 나이가 어린 경찬이 소장으로 부임하면서 그의 경력은 내리막길로 접어들었다. 한직으로 밀려난 그는 건강상의 이유로 일찌감치 사표를 제출했었다.

"밤을 새워가며 연구과제를 수행하기에는 제 체력이 따라주질 못하는 것 같습니다."

그가 사표를 제출한 진짜 이유가 좌절감이라는 사실을 모르는 사람은 아무도 없었다. 그동안의 공로를 인정, 본사에서는 그의 사표를 수리하는 대신 부소장이란 직책을 새로 만들어 연구소의 자질구레한 일을 맡겼다.

"명색이 박사인데, 이런 허접한 일들을……."

마음에 큰 상처를 입은 오박사는 회사 일은 소홀히 하고 대신 주식 투자에 몰두하며 정년 날짜를 기다리고 있었다.

어쩌다 소주가 몇 잔 들어가면 그는 신세를 한탄하며

"날개 꺾인 독수리. 타다 만 폭죽."

저간의 사정을 잘 알고 있는 경찬도 연상인 오박사를 공손히 대했다.

오늘 아침 뭔가 신이 난 오박사가 경찬을 쳐다보며

"사모펀드는 회사의 지분과 경영권을 통으로 사고팔면서 이익을 챙기는 펀드입니다."

경찬이 계속하라는 손짓을 보내자 오박사가 안경 너머로 경찬을 넌지시 바라보며

"론스타라는 펀드 들어 보신 적이 있습니까?"

경찬이 고개를 끄덕이며

"네네. 기사를 읽어본 적이 있습니다. 90년대 IMF사태 터졌을 때 외환은행 문제로 시끄럽던 그 회사 아닙니까?"

"기억하고 계시네. 그 회사가 외환은행을 통으로 샀거든요. 왜 샀겠습니까?"

곁에 있던 김부소장이 끼어들며

"그야 당근 돈 벌자고 샀겠지?"

오박사가 전직 대통령의 말투까지 흉내를 내가며

"네네. 돈 벌자고 산 거 맞습니다. 맞고요."

주위를 둘러본 그는 말을 이어갔다.

"자. 론스타는 당시 자금 사정이 어려웠던 외환은행을 산 후 신규 자금을 투입해서 은행을 정상화시키는 겁니다."

김부소장이 나서며

"정상화시킨 다음에는?'

오박사가 손가락을 구부려 동그라미를 만들며

"걍 비싸게 되팔아먹는 거죠."

잠자코 듣고 있던 경찬이 고개를 흔들며

"설명을 들으니 이해는 됩니다만, 우리 회사는 그 당시 외환은행하고는 다르잖아요? 우리는 잘해 나가고 있잖아요?"

김부소장이 입가에 미소를 흘리며

"거참. 우리 소장님이 뭘 모르고 계시네. 우리 회사가 잘 나가는 거 하고, 에 또 머시냐? 대주주 자금 사정이 안 좋은 거 하고는 전혀 다른 얘기죠. 요즘 해외 건설회사치고 형편이 안 어려운 데가 있습니까?"

그들이 설왕설래 하는 동안 어느새 시계는 9시를 훌쩍 넘겼다.

벽시계를 쳐다본 경찬이 손뼉을 치며

"카이저펀드 얘기는 여기까지 하고, 우리는 본업으로 돌아갑시다. 우선 주요 업무 진행 상황을 보고해 주십시오."

미팅은 어수선한 분위기에서 한 시간 가량 더 지속되었다. 회의 중간에 김부소장이 핸드폰을 들고 바깥으로 나갔다.

한동안 복도에서 통화를 하던 그가 회의실로 들어와서는 경찬의 귀에 대고

"서울 본사에서 저를 급하게 찾는데요?"

때가 때인지라 경찬이 눈을 크게 뜨며

"무슨 일이 있댑니까?"

"이유는 알려주지 않고 그냥 올라오라고 합니다."

"그래요?"

경찬이 고개를 끄덕이자 김부소장이 회의장을 박차고 나갔다.

사라지는 그의 뒷모습을 멍하니 바라보던 경찬이

'우리 연구소에도 조만간 무슨 일이 일어날 것 같은데…….'

벽시계를 쳐다본 경찬이

"자 오늘 회의는 여기서 끝냅시다."

경찬은 곧바로 건물 내에 있는 대형 풀장으로 향했다. 오늘은 건물 내 대형 풀장에서 모의 해상전투를 실시하는 날이다. 현 소나시스템이 안고 있는 문제점을 발견하고 개선책을 찾아내는 것이 오늘 모의 전투의 핵심과제이다.

실내 수영장보다 큰 대형 풀장에서는 여러 척의 모형군함과 잠수함들이 떠다니고 있었고 그 위로 모형 비행기들이 날아다니고 있었다. 크기만 작을 뿐 기능상 실물과 거의 동일하게 움직이는 모형

물의 내부에는 AI(인공지능)를 포함 온갖 전자장비들이 설치되어 있다. 남해연구소에서 심혈을 기울여 제작한 이들 모형물은 대당 제조단가가 십억원을 넘는 것도 수두룩하다.

경찬은 기회가 있을 때마다

"이 모형물은 최첨단 소나시스템 개발의 일등 공신들입니다. 내부에 장착된 AI인공지능이 이 모형물을 스스로 조종합니다. 물론 인공지능을 통제하는 것은 사람들이지만요."

잠시 후 대형 풀장이 한눈에 내려다보이는 통제실로 들어선 경찬은 헤드폰을 머리에 끼며 소형 마이크 앞에 앉았다. 그의 눈 앞에는 대형 화면이 설치되어 있었는데 이 화면은 얼티밋 워리어 내부 통제실에 설치되어 있는 화면과 동일하다.

차이라면 오로지

"이 화면은 풀장에서 일어나는 상황을 보여주지만 워리어에 설치된 화면은 실제 상황을 보여준다는 것뿐이지요."

통제실에는 경찬 외에 헤드폰을 낀 여러 연구원들이 격리된 밀실에서 각자의 책상 위에 설치된 컴퓨터 화면을 응시하고 있었다. 이제 곧 피아간 가상전투가 벌어질 참이었다. 현재 풀장의 한쪽 편에는 가상의 적 구축함 1대와 적 이지스함 2대가 돌아다니고 있었고 그 위로는 적 정찰기가 아주 느린 속도로 날아다니고 있었다. 풀장의 반대편에는 모형 얼티밋 워리어와 아군 이지스함 한 척이 정지한 상태로 명령을 기다리고 있었다.

경찬이 마이크에 대고

"자. 시작합니다."

그가 지시를 내리자 연구원들이 컴퓨터에 지시어를 입력하기 시작했고 곧이어 모형들이 움직이기 시작했다. 곧이어 경찬의 입에서 전투 개시신호가 떨어졌다.

"워리어의 임무를 하달합니다. 적함의 경계를 뚫고 침투하세요. 그다음 적진 내 600km 지점에 있는 가상목표를 향해 순항미사일을 발사한 후 포위망을 뚫고 복귀하세요."

잠시 뜸을 들인 경찬이 다시 마이크에 대고

"적함의 임무는 간단합니다. 가용한 모든 수단을 동원해서 침투하는 워리어를 조기에 포착하는 것입니다. 발견 즉시 통제실로 보고하세요."

풀장과 화면을 동시에 볼 수 있는 경찬과는 달리, 어두운 밀실에 앉아 있는 연구원들은 풀장에서 일어나는 상황을 육안으로 볼 수 없다. 오로지 화면을 바라보면서 상대방을 제압해야 한다.

"모두들 전투 기동을 개시하세요"

여기저기 자판기를 두드리는 소리가 들리며 이내 모형물들이 빠르게 움직이기 시작했다. 모형 워리어가 순식간에 물밑으로 모습을 감추었다. 수상함들이 웅웅 소리를 내면서 수면을 휘젓고 다녔고 모형 비행기들도 빠른 속도로 날아다녔다.

경찬은 연달아

"오케이. 적함과 적 항공기. 탐지 시스템 풀가동하세요."

곧이어 모형 적함과 비행기가 삐삐 소리를 내면서 전자 및 소나 탐색 장비를 가동하기 시작했다. 이들 탐색 장비들은 가상 적국이 운용 중인 실전 장비에 비해 성능 면에서 전혀 손색이 없었다.

"워리어. 적함에 바짝 접근하세요."

짧은 답신이 경찬의 헤드폰을 타고 흘러 들어왔다.

"워리어. 접근 완료."

경찬이 곧바로 적함을 향해

“적함. 적함. 워리어가 귀함에 접근했다. 접근하는 소리를 탐지했는가?”

곧바로 돌아온 통신음은

“전혀 탐지하지 못했습니다.”

경찬이 흐뭇한 표정을 지으며 새로운 지시를 하달했다.

“워리어. 이제 물고기 로봇을 내보내시오.”

잠시 후 물밑에서 기동 중이던 모형 워리어의 후미가 열리면서 수많은 물고기들이 쏟아져 나왔다. 이 물고기들은 남해 R&D센터가 개발한 외부 통신용 신형 로봇이었다.

경찬이

“총 몇 마리인가요?”

“총 10마리를 내보냈습니다.”

경찬이 고개를 끄덕이며

“오케이. 외부 교신 시도하세요.”

“넵. 외부와 교신을 시도하겠습니다.”

헤엄을 치고 다니던 물고기 로봇은 풀장 위에 설치된 모형 위성과 교신을 주고받았다. 교신을 끝낸 로봇은 다시 물밑으로 내려와서 천천히 헤엄쳐 나갔다. 잠시 후 그들은 아까 출발했던 모형 잠수함 꼬리 부분의 조그만 홈 속으로 자취를 감추었다.

잠시 후 워리어호는 경찬에게

“10마리 전원 성공적으로 복귀하였습니다.”

경찬이 들뜬 목소리로

“베리 굿.”

전파가 통하지 않는 어두운 물속에서 잠수함 밖을 떠돌던 물체가 이동 중인 잠수함으로 복귀한다는 것은 실로 어려운 일이다. 잠수함을 운용하는 수많은 국가들이 이 기술을 개발하기 위해 무진 애를 썼지만 이제껏 성공한 국가는 없다. 모든 국가들이 사실상 포기한 상태였지만 오로지 얼티밋 워리어호만 실전에서 이 기술을 사용하고 있다. 워리어호의 로봇 회수율은 매년 상승하고 있었다.

경찬의 욕심은

'변수가 훨씬 많은 실전에서 회수율을 목표치 98%까지 끌어올리려면 풀장에서는 무조건 100%가 되어야지.'

그가 기대를 걸고 있는 것은 바닷속 위치를 정확하게 짚어주는 기술의 개발이다.

"GPS상에 인공지능과 자기장을 조합할 수만 있다면……."

그의 생각에 조만간 완성도가 높은 기술이 탄생할 것 같았다.

화면을 쳐다보던 경찬이 마이크에 대고

"적함, 적 항공기. 물고기 로봇 감지했는가?"

경찬의 질문에 곧바로 답신이 돌아왔다.

"전혀 잡아내지 못했습니다."

숨을 들이마신 경찬이 워리어에게 새로운 지시를 내렸다.

"워리어. 역소나시스템 가동하면서 적함을 돌파하세요."

"넵. 역소나 가동하겠습니다."

역소나시스템이란 적군이 발사하는 탐지 음파를 향해 반대 파장을 발사해서 그 탐지 음파를 무력화시키는 기술이다. 현재 역소나시스템을 제대로 운용하고 있는 잠수함은 얼티밋 워리어뿐이다. 모형 워리어가 적함 사이를 뚫고 유유히 지나가고 있었다.

"적함. 적 항공기. 탐지시스템에 잡히는 게 있는가?"

같은 회신이 돌아왔다.

"탐지음파를 발사했습니다만 아무것도 잡히지 않습니다."

이 모든 상황을 보고받은 경찬이 새로운 지시를 내렸다.

"워리어. 순항미사일 발사하세요."

잠시 후 속도를 줄이고 호버링을 실시하던 워리어가 미사일을 발사했다.

워리어가 발사한 소형 미사일이 물밖으로 솟구쳐 올랐다가 풀장 구석으로 떨어졌다.

모형 적함은 워리어의 위치를 파악하지 못하고 있다가 미사일이 물 밖으로 모습을 드러낸 후에야 반응을 보이기 시작했다.

"미사일 감지."

"감지한 시각은?"

"13시 50분 36초입니다."

잠수함이 미사일을 발사한 시점보다 상당히 늦은 시간이었다. 경찬이 미소를 지으며 마이크를 잡았다.

"이 모든 사항을 데이터로 보고하세요."

"네. 알겠습니다."

잠시 후 경찬이 흡족한 표정으로

"다들 수고 많았습니다. 오늘 실험은 여기서 끝냅시다."

연구원들이 자리를 뜨자 경찬이 내부 인터폰을 켰다.

"최진경씨. 통제실로 와주세요."

잠시 후 그녀가 모습을 나타내자 그는 종이 한 장을 건네주며

"최진경씨. 이거 CG 하나 만들어주세요."

경찬이 건네준 종이에는 로봇의 이동 경로와 움직임에 관한 데이터가 빽빽이 적혀 있었다.

다음 날 오전

사무실에 앉아 커피를 마시며 바깥을 내다보던 경찬이 손목시계를 들여다보며

"손님들이 온다고 했는데……."

그때 비서가 인터폰으로

"소장님. 손님들이 도착하셨습니다."

"오케이. 회의실로 모시도록 하세요."

잠시 후 자기 방에서 걸어 나온 경찬은 김부사장과 오박사가 서 있는 것을 발견하고

"어? 두 분은 어쩐 일로?"

김부사장이 머리를 긁적이며

"아참. 미리 말씀 못 드렸네요. 본사에서 손님분들 안내하라구 지시를 받아서리……."

"아. 그래요? 손님들, 몇 분이나 오셨나요?"

김부사장이 눈을 껌뻑거리며

"네댓분 오셨습니다."

곁에 서 있던 오박사가 한걸음 나서며

"손님분들이 연구소를 둘러보고 싶다고 하셔서 제가 먼저…… 길 안내를 했습니다."

경찬이 인상을 찌푸리며

"길 안내라구요? 우리 연구소는 전 지역이 외부인 통제구역이잖아요?"

김부사장이 나서며

"본사 요청도 있고 해서리…… 제가 오박사에게 길 안내를 부탁

했습니다."

경찬이 어이없다는 표정을 지으며

"회의실로 들어갑시다."

경찬이 회의실로 들어서자 의자에 앉아 있던 서너 명의 남자들이 천천히 자리에서 일어났다.

김부소장이 경찬을 쳐다보며

"인사드리십시오, 소장님. 이분은 카이저펀드의 코시킨 회장님입니다."

함께 온 동시통역사가 통역을 하자 코시킨이 황급하게 팔을 저으며

"허 참. 나는 회장이 아니래도. 미스터 코시킨이라고 합니다."

코시킨은 그룹 내에서 회장은 카심 회장 한 사람밖에 없다고 공언하고 다니는 사람이다.

"처음 뵙겠습니다. 연구소 소장 송경찬입니다."

경찬이 가볍게 목례를 하자 코시킨이 악수를 청하며

"말씀 많이 들었소. 송경찬 박사님."

말투는 정중했지만 경찬을 쏘아보는 코시킨의 눈초리는 날카로웠다.

김부사장이 끼어들며

"코시킨 회장님은 이번에 뉴코리아조선을 인수하는 카이저펀드를 설립하신 분입니다."

회장님이라는 호칭에 코시킨이 인상을 쓰며 김부소장을 째려보자 김부사장이 서둘러

"아참. 미스터 코시킨씨는……."

못마땅한 표정이 역력한 코시킨이

"편하게 인사들 나눕시다. 곧 한솥밥 먹는 사이가 될 테니까요."

코시킨의 곁에 서 있는 사람들은 체격은 크지 않았지만 하나같이 다부진 체격에 강렬한 눈빛을 가졌다. 간단한 수인사를 마친 그들은 테이블을 사이에 두고 마주 보고 앉았다.

잠시 어색한 침묵이 흐른 후 코시킨이 입을 열며

"공기가 달콤하군요. 마치 북유럽 어딘가에 있는 거 같아요."

유럽인들은 자연이나 기후를 가지고 대화를 시작하는 경우가 많은 편이다.

김부소장이 나서며

"네네. 여기는 한려수도의……."

김부소장의 말이 끝나자 경찬이 코시킨을 쳐다보며

"앞으로 연구소를 어떻게 운영하실 생각이십니까?"

경찬은 카이저펀드를 만나면 먼저 이 질문부터 하겠다고 마음먹고 있던 터였다.

코시킨이 예상했다는 듯

"아직 구체적으로 정해진 것은 없소. 그 문제에 대해서는 송박사하고 상의를 한 후에 결정할 생각이요."

그는 연이어

"우리가 누군지 궁금하실 테니 먼저 우리 소개부터 해드릴게요. 송박사."

코시킨은 준비해 온 자료를 꺼내서 경찬 앞으로 내밀었다.

자료들을 넘기며 설명하던 코시킨이 경찬의 눈치를 살피며

"대주주가 바뀐다고 해서 뉴코리아조선의 경영 스타일이 크게 달라지지는 않을 거요."

그가 덧붙이기를

"지금까지 잘 해오셨으니까. 송박사 같은 분들은 쭈–욱……."

경찬은 담담한 어조로

"아. 네."

미팅은 약 반 시간 후에 끝났다.

접견실을 나서던 코시킨이 경찬의 손을 잡으며

"송박사. 실사가 끝나는 대로 다시 한번 만납시다."

"네네."

복도를 걸어가던 코시킨이 뒤에 따라오던 남자에게

"오늘 할 일은 다 끝냈나? 비신스키."

비신스키는 진작에 부하들과 함께 연구소의 주요 시설물을 돌아본 터였다.

"물론이쥬."

"사진 촬영은?"

"구석구석 다 찍었수."

"로봇은?"

"파리 몇 마리 더 추가로 뿌렸슈."

비신스키는 다양한 정찰로봇 중에서 유난히 파리를 선호하는 편이었다.

"눈치챈 사람은 없었겠지?"

"그럼요."

"우리 심부름하는 애는?"

비신스키가 코시킨의 귀에 대고 소곤거리듯

"만났수. 조만간 한 건 더 넘기겠다고 하네유. 엄청난 기술이라구. 이번에도 요구하는 금액이 만만치 않을 거 같수다."

코시킨은 고개를 돌리지 않고

"주면 되지 뭐. 어차피 벌 돈에 비하면……."

비신스키가 고개를 끄덕이며.

"당근이쥬. 근데. 송박사 저 친구는 어떤 거 같수?"

자기들 입맛대로 움직일 수 있는 인물인지를 묻고 있었다. 코시킨이 입술을 쭉 내밀며

"만만치가 않은 친구야. 눈빛이 장난이 아냐."

비신스키가 코시킨의 뒤통수를 보며

"글게 말이유. 저 친구 눈빛이 영…… 마음에 안 든다니까."

코시킨이 고개를 끄덕이며

"보통내기는 아냐. 우리도 신중하게 처신하는 게 좋겠어."

비신스키가 바싹 다가서면서

"우리 의도를 눈치챘을까요?"

코시킨이 묘한 미소를 지으며

"아직까지는 모르겠어. 어쩌면 생각보다 더 빨리 캐치할 수도 있겠지."

비신스키가 손으로 목을 긋는 시늉을 하며

"그렇다면. 애초에 문제가 생기기 전에……."

R&D센터 입구에 도달한 코시킨 일행은 대기하고 있던 승용차를 타고 곧바로 떠났다. 그들이 떠난 후 경찬은 자기 방으로 돌아가서 밀린 서류와 이메일을 처리했다.

소파에 등을 기댄 그는

"뭔가 알쏭달쏭……."

그의 뇌리에 지난 몇 개월 동안 일어났던 일들이 떠올랐다.

'연구소 폭발과 연구원 피살사건.'

'타일필름의 도난과 자재 관리병의 잠적.'

'카이저펀드의 M&A 선언과 해커들.'

경찬이 고개를 세차게 흔들며 혼잣말로

"사건사고는 그렇다 치고, 코시킨과 그 일행들도 평범한 사람 같지는 않아. 뭔가 연결고리가 있는 거 같은데……?"

소파에서 몸을 일으킨 그는 책상 끝에 놓여 있는 도청 방지용 전화기를 집어 들었다. 버튼을 누르자 잠시 후 한 남자의 목소리가 수화기를 타고 흘러 들어왔다.

"네. 국과연의 성대령입니다."

얼마 전 중령에서 한계급 진급한 성대령이었다.

"안녕하십니까? 대령님. 연구소의 송경찬입니다."

"오. 송박사. 오랜만이요. 잘 지내고 있습니까?"

반말을 할 법도 한데 성대령은 여전히 경찬을 하대하지 않았다.

"넵넵. 긴히 상의드릴 것이 있어서 연락드렸습니다."

뭔가 이상한 낌새를 느낀 성대령이

"오케이. 급한 일 후딱 끝내고 곧바로 콜백할게요."

약 10분 후 성대령이 전화를 걸어왔다.

"무슨 일이요? 송박사."

"다름이 아니라……."

두 사람의 통화는 한 시간 넘게 지속되었다.

통화 말미에 성대령이 심각한 말투로

"생각보다는 급박하게 돌아가는 거 같소. 상부에 보고하고 곧 연락을 드리겠소."

두 사람의 통화는 그렇게 끝났다.

그다음 주
진해만 부근 해군기지 지하 벙커

벙커 안에 여러 사람이 모여 있었다. 중앙 테이블에는 정부 측과 해군 고위층 인사들이 마주 보고 자리를 잡았고 그 주위로 송경찬 박사, 국과연 소장과 성대령의 모습이 보였다. 또 보안대에서 나온 박대령이라고 오늘 특별히 참석한 사람의 얼굴도 보였다. 박대령을 제외한 나머지 사람들은 핵잠프로젝트 건으로 자주 만나서 서로 잘 아는 사이였다.

정부 측 고위인사가 자리에서 일어나며

"국과연의 요청에 의해서 급하게 미팅을 소집하게 되었습니다."

그가 국과연 측을 바라보자 국과연 소장이 좌중을 둘러보며

"국가안보와 직결된 심각한 보안 문제가 발생한 것 같습니다."

그가 눈짓을 보내자 성대령이 준비해온 자료를 참석자들에게 죽 돌린 후

"몇 가지 사건사고를 보고드리겠습니다."

그가 배포한 보고서에는 남해연구소 폭발사건, 카이저펀드의 뉴코리아조선 인수 등에 대해 주요 언론사의 보도 내용이 담겨 있었다. 또 이와 별개로 자재병의 피살사건에 대한 수사기관의 조사보고서도 첨부되어 있었다.

성대령은 보고서를 요점별로 간단히 설명한 후 곁에 앉아 있는 박대령을 쳐다보며

"보안대에서 보충 설명을 해주시겠다고 합니다."

주위를 둘러보며 가볍게 목례를 한 박대령이 입을 열었다.

"우리는 이번 사건들이 서로 연관성이 있다고 보고 있습니다."

모두들 놀란 듯한 목소리로

"연관성이?"

참석자들은 귀를 쫑긋 세우며 박대령의 다음 말을 기다렸다.

"그 자재병을 살해한 인물들은 러시아 마피아로 추정하고 있습니다."

누군가가 큰 소리로

"러시아 마피아?"

박대령이 고개를 끄덕이며 말을 이어갔다.

"전문 킬러들입니다. 애초에 자재병에게 접근했던 그 여자들도 같은 패거리로 보입니다."

"같은 패거리라구요?"

박대령이 보고서를 흔들며

"첨부된 사진들을 보시죠."

그는 연이어

"이 사진들은 홍대 앞에 설치된 CCTV를 캡쳐한 것인데요. 여기 몇 명씩 떼지어 몰려다니는 애들이 보이죠?"

정부 측 인사가 안경테를 콧등 위로 밀어 올리면서

"그러니까. 그 패거리들하고 남해연구소의 폭발 사고하고 관련이 있다는 겁니까?"

박대령이 손가락으로 동그라미를 만들며

"그렇습니다."

그는 사진 몇 장을 흔들며

"이 사진에서 보면 남해연구소에서 폭발이 나던 날 청소부로 위장하고 연구소에 잠입한 사람과 홍대 앞 패거리 중의 이 친구가 동일 인물로 밝혀졌습니다."

잠시 웅성거리던 소리가 잦아들자 박대령은 다른 사진을 몇 장 꺼내 들며

"카이저펀드랍시고 다니는 애들 그리고 피살된 자재병과 동일한 기차를 같이 탔던 애들 모두 다 한통속으로 밝혀졌습니다. 이 사진에서 다 확인했습니다."

그는, 국가 수사기관에서는 수억 명의 두상과 면상, 특히 턱뼈에 대한 데이터를 보관하고 있는데, 그 데이터를 활용하면 CCTV에 잡힌 인물에 대한 신원 확인 작업은 어렵지 않았다고 덧붙였다.

잠시 침묵이 흐른 뒤 정부 측 인사가 박대령을 쳐다보며

"그 패거리들. 지금 어디에 있소? 아직도 한국에 있소?"

박대령이 잠시 머뭇거리며

"확실치 않습니다. 한국을 떠난 것 같지는 않은데 어딘가에 몸을 숨기고 있는 것으로 추정됩니다."

성대령과 눈짓을 교환한 박대령이

"저희들이 국과연하고 상의를 해보았습니다. 이 모든 사건들이 우리 핵잠수함 기술을 털려는 시도로 보입니다."

누군가가 입을 열면서

"그렇다면 카이저펀드도 결국 불순한 의도를 가진 것 아니오?"

"……."

아무도 말이 없었다.

잠시 침묵이 흐른 뒤 해군 측 인사가 정부 측 인사를 쳐다보며 격앙된 목소리로

"카이저펀드가 우리 잠수함 기술을 몽땅 빼내 간다면, 그것은 말도 안 되는 얘기요. 국가안보 차원에서 막아야 합니다."

정부 측 인사가 턱을 문지르면서

"불순세력이 우리 기술을 빼가는 것을 손 놓고 볼 수 없습니다. 그렇다고 민간업체 계약에 정부가 나서자니 딱히 명분도 약하고…… 저희들도 고민을 더 해보겠습니다."

책임질 일에는 잘 나서지 않는 관리다운 발언이었다.

영 마음에 들지 않는 듯 한 해군 고위층인사가 주먹으로 탁자를 치면서

"그깟 명분이야 만들면 되는 것 아니겠습니까? 우리 핵잠수함 기술은 목숨을 걸고 지켜야 합니다."

참석자들끼리 한동안 설왕설래가 이어진 후 정부 측 인사가 엄지를 위로 가리키며

"알겠습니다. 상부에 즉각 보고드리도록 하겠습니다."

그는 연이어

"기왕에 모였으니 다른 안건으로 넘어가겠습니다. 지난주에 개최된 NSC(국가안전보장회의) 의결사항 중 해군과 연관이 있는 사항을 알려드리겠습니다."

한동안 설명을 마친 그는

"그럼 오늘 미팅은 여기서 끝내겠습니다. 다음번 미팅 일정은 추후에 연락드리겠습니다."

종회가 선언되자 참석자들이 서둘러 밖으로 걸어 나갔다. 뒤에 남아서 얘기를 나누던 박대령과 성대령이 앞서서 걸어가고 있는 경찬을 불렀다.

"송박사 잠깐만요."

경찬이 걸음을 멈추고 고개를 돌려서 쳐다보자 박대령이

"알려드릴 일이 있소. 송박사."

박대령이 경찬의 귀에다 대고.

"조만간 송박사한테 경호요원이 붙을 겁니다. 군 보안대에서 차출했습니다."

"경호원을요?"

박대령이 경찬의 어깨를 툭 건드리며

"아까 말했잖소? 송박사. 그 러시아 친구들. 송박사에게 무슨 짓을 할지 몰라요."

그는 상황이 안정될 때까지 요인들에 대한 신변 경호를 강화할 계획이라고 덧붙였다.

박대령이 선글라스를 끼면서

"밀착 경호를 하다 보면 사생활이 다 노출되어 조금 불편할 수도 있소."

"네. 알겠습니다."

비슷한 시각
마카오 골든 펄 호텔

골든 펄 카지노가 시장에 매물로 나온 지 오래됐지만 특별 세무조사가 나왔다는 소문이 퍼지면서 지금껏 살려고 나서는 작자가 없었다.

다른 대안이 없었던 카심 회장은

"걍. 설렁설렁 해나가자구. 예전처럼 빡세게 장사하지 말고."

얼마 전 중동지역을 둘러보고 돌아온 카심 회장은 줄곧 골든 펄 호텔의 꼭대기 층에 머물고 있었다. 오전에는 잠깐 카지노에 들러서 직원들과 한담을 나누거나 블랙잭 게임을 하면서 시간을 보낸다. 점심때가 되면 호텔 내 푸드코트에 들러 이것저것 사 먹으면서 매점 주인들과 가벼운 농담도 주고받기도 한다.

평소와 달리 느긋해 보이는 카심 회장을 두고 직원들끼리 수군거리기를

“저 영감님. 카지노에 애착이 없나 봐? 완전 딴 사람 같아.”

그러나 겉모습만 보고 사람을 판단할 수는 없는 법. 요즘 카심 회장은 불면증에 시달리고 있는데 바로 뉴코리아조선 때문이다. 저녁으로 가재 요리를 시켜 먹은 카심 회장은 지체 없이 방으로 돌아왔다. 간단하게 샤워를 끝낸 그는 탁자에 놓여 있는 봉투를 집어 들고는 소파에 앉았다. 그 안에서 메모지를 꺼내서 읽어본 카심 회장이 리모컨을 집어 들었다. 잠시 후 벽에 설치된 대형 스크린에 코시킨과 왈라드의 모습이 나타났다.

카심 회장이 맥주캔을 따면서

“쌀라마리꿈. 잘들 지내고 있나?”

“안녕하셨습니까? 회장님.”

화면 속에서 두 사람이 동시에 머리를 수그리는 모습이 보였다.

카심 회장이 가볍게 손을 흔들며

“오케이. 보고할 일들이 있다구? 왈라드군부터 먼저 해보지.”

“네. 회장님. 나머지 돈을 댈 투자처를 확정할까 합니다.”

“고랫? 누구 누군가?”

화면상에는 손으로 입을 가리고 헛기침을 하는 왈라드의 모습이 비쳤다.

“세 군데입니다. 싱가포르 국부펀드, 노르웨이 국부펀드 그리고 마지막으로 오프튜니티펀드라고 하는 헤지펀드입니다.”

“싱가포르나 노르웨이는 꽤 유명한 국부펀드들 아닌가?”

“네. 회장님. 세계적인 펀드들입니다.”

턱을 문지르며 잠시 생각해 보던 카심 회장이

“돈 벌려고 들어오겠지? 국부펀드 애들 말이야. 기술 같은 것에는 관심 없겠지?”

“넵. 회장님. 걔들은 오로지 돈 버는 데만 관심이 있습니다.”

카심 회장이 맥주캔을 입으로 가져가며

“꾸웨이스. 근데 오프튜니티는 뭐 하는 애들이야?”

“생긴 지가 한 20년 되는 중소형 헤지펀드입니다. 뉴욕에 있는 애들입니다.”

“고랫? 20년이면 제법…… 걔들 그렇게 돈이 많아?”

“자체 자금이 충분하다고 합니다. 단 실명 대신에 차명 SPC를 쓰겠다고 합니다.”

땅콩을 몇 알 입에 넣은 카심 회장이 왈라드를 넌지시 쳐다보며

“차명으로?”

“넵. 회장님. 헤지펀드 애들은 세금 이슈나 주주 보호 땜시 차명으로 투자하는 경우가 많습니다.”

잠시 눈을 감고 생각을 해보던 카심 회장이 눈을 깜박거리며

“누구 소개로 만났어? 걔들.”

“주간사의 소개를 통해서 만났습니다. 오프튜니티펀드 외에 몇 군데 소개받았는데 다른 애들은 요구사항이 까다로워서 걍 잘랐습니다.”

왈라드가 손으로 허공을 휘둘렀다.

“그래? 오프튜니티라는 애들…… 한국 잠수함에 눈독 들이는 거는 아니겠지?”

“그런 것 같지는 않았습니다. 주간사 말로는, 여러 번 거래해 봤는데 깔끔한 애들이랍니다. 많이 묻지도 않고 또 자기들에 대해 물

어보는 것도 싫어한답니다."

"고랫?"

"넵 회장님. 이번에도, 우리가 제공하는 정보 외에는 걔들이 따로 요구하는 자료는 없다고 합니다."

왈라드가 두 팔을 벌리고 어깨를 으쓱해 보였다.

잠시 생각해 보던 카심 회장이 씩 웃으며

"하긴 문제 될 것도 없지. 관심이 없다면 그뿐이고 반대로 잠수함 기술을 탐낸다면, 걔들한테 통째로 넘기면 되니까."

"그럼 애들로 정해도 되겠습니까? 회장님."

"자네 생각은 어때? 코시킨."

"별문제 없어 보입니다. 회장님."

"꾸웨이스. 그대로 가자구."

고개를 몇 번 끄덕이던 카심 회장이 왈라드를 보고 가보라는 손짓을 했다.

화면에서 왈라드가 사라진 것을 확인한 카심 회장이 코시킨과 눈을 맞추며

"오케이. 그곳 날씨는 어때 코시킨?"

현재 코시킨은 러시아 상트페테르부르크에 머무는 중이었다.

"지낼 만 합니다. 회장님."

"그래. 할 말이 있다구?"

"네. 회장님. 뉴코리아조선 실사는 거의 끝났습니다. 링 클로버가 잘 챙기고 있습니다."

"고랫? 회사 내부에서 뭐 시끄럽게 하는 녀석들은 없었나?"

"그런 거는 없었고 오히려 그 반대였습니다."

"반대라구?"

"네. 오히려 협조하겠다고 줄을 대는 조무래기들이 많았습니다."

뭔가 안 좋은 기억이 있는 듯 카심 회장이 불쾌한 표정을 지으며

"줄을 대는 녀석들? 대개 찬밥 신세로 지내던 놈들이거나 천성이 더러운 놈들이라고 봐야지."

그는 다시 코시킨을 바라보며 또박또박하게

"그런 놈들은 믿을 수가 없어. 언제 또 배신 때릴지 모르니까. 그런 허접한 놈들은 우리도 한번 써먹고 버리면 되겠지."

"명심하겠습니다. 회장님."

카심 회장이 가장 궁금한 이슈를 꺼냈다.

"계약금은 다 보냈다고 했지?"

"네. 회장님. 계약금의 5%, 5,000억원을 은행에 공탁해 놓았습니다."

"음음. 그리고…… 기존 경영진은 어떻게 처리하기로 했나?"

"그대로 쓰면 될 것 같습니다. 추가로 우리 사람으로 몇 명 더 심을 계획입니다."

"추가로?"

"넵넵. 관리총괄 임원을 우선적으로 파견할 생각입니다. 그다음으로 인사하고 자금흐름부터 챙길 임원을 신규로……."

카심 회장이 코시킨의 말을 자르며

"오케이. 그런 일들은 자네가 알아서 처리하고, 송박사라는 그 친구는 만나보았나?"

코시킨이 미간을 찌푸리면서

"그 친구, 만만치 않았습니다. 적당한 시기에 손을 좀 봐야 할 것 같습니다."

카심 회장이 입술을 내밀며

"흠. 자네가 보기에 쉽지 않다고 하면 보통내기는 아닌 것 같군. 늦기 전에 손을 봐야겠군. 그런 친구때문에 중대사를 망칠 수는 없잖아?"

"네네."

카심 회장이 단호한 어조로

"그 친구를 자르고 당장 후임자를 내보내라구."

"네 회장님. 그러잖아도 이곳에서 후임자를 물색 중입니다만……."

"고래?"

"적당한 인물을 찾기는 했는데…… 그 친구가 선뜻 오케이를 하지 않아서 설득 중입니다."

카심 회장이 눈썹을 치켜올리며

"어떤 친구야?"

"이 지방 출신인데 전직 잠수함 함대장 출신입니다."

"고랫? 좀 더 자세히 말해보게나."

디테일한 내용까지 챙기는 법이 없는 카심 회장이 의외로 추가 설명을 요구하자 코시킨이 흠칫 놀라며

"네. 러시아 발틱 잠수함 전대에서 근무하던 친구입니다. 몇 년 전에 제대하고 이곳 국방연구소에서 강의를 하고 있는 사람입니다."

"흠. 근데 그 친구 망설이는 이유가 뭔가?"

"가족을 떠나기가 싫다고 합니다. 젊을 때 가족과 오래 떨어져 살았는데 또다시 해외로 나가기가 싫다고 했습니다."

카심 회장이 가볍게 코웃음을 치면서

"딴 이유가 있을 거야. 코시킨. 러시아 사람들은 미국 눔들하고 달라. 남자가 하는 일에 가족이 걸림돌이 되는 법은 드물잖아?"

"네?"

"돈 더 달라는 소리로 들려. 잘 얘기해 봐 코시킨."

"아, 네. 잘 알겠습니다. 회장님."

잠시 생각해 보던 카심 회장이

"글구. 잠수함 전대장, 그 친구 이력서를 보내보라구."

'아니. 이력서까지?'

좀 이상하다는 생각이 들었지만 코시킨은 그 이유를 알 수가 없었다.

"네. 알겠습니다. 회장님."

카심 회장이 꼬치꼬치 따지는 것은 다 이유가 있다. 코시킨이 추천한 인물이 러시아인이라는 말을 듣자마자 그의 뇌리에 아프리카의 무기상이 내뱉은 말이 떠올랐던 것이었다. 그 무기상은 분명 잠수함 기술이 러시아로 넘어갈 것이라는 소문을 들었다고 말했다.

'진짜로 뭔가 있는 거 아냐?'

그러나 카심 회장은 의심하는 내색을 드러내지 않고

"자네가 수고를 많이 하는군, 코시킨. 그 외 별일은 없는가?"

"없습니다. 회장님."

내친김에 코시킨이 화제를 바꾸었다.

"중동 출장은 어떠셨습니까? 회장님."

카심 회장이 하얀 이를 드러내며 입술 끝이 올라가는 그만의 특유의 미소를 지었다.

"음. 옛 친구들을 많이 만나보았지."

옛 친구란 예전에 거래했던 무기상들이었다. 그는 뜬금없이

"시리아 수도 다마스커스는 아름다운 도시야. 영산인 카시윤산 옆에 자리 잡은 오아시스지. 자네 그곳에 있는 우마야드사원에 가

봤어?"

카심 회장이 뜬금없이 이슬람 모스크 얘기를 꺼냈다.

"아직 못 가봤습니다, 회장님."

"오, 그랫? 그 사원은 공덕이 특출나서 그곳에서 한 번 기도하면 다른 곳에서 삼만 번 기도하는 것과 맞먹는다고들 하지. 핫핫핫."

뭔가 기분 좋은 일이 생각난 듯 카심 회장은 큰 소리로

"나도 순례자들 틈에 끼어서 3배나 하고 왔지."

코시킨이 맞장구를 치면서

"하시는 일마다 잘 풀릴 것 같습니다. 회장님."

"꾸웨이스. 오늘은 여기까지 하지."

카심 회장이 리모컨의 버튼을 누르자 화면이 꺼졌다.

한편 통화를 마친 코시킨은 핸드폰을 꺼내서 어딘가로 전화를 걸었다

"콤라데(동무). 오늘 만나서 얘기를 끝냅시다. 돈은 원하는 만큼 다 드리겠소."

상대방이 잠깐 망설이다가

"어디서 볼까요?"

"네바강가의 그 커피숍에서 봅시다."

네바강은 상트페테르부르크를 관통하며 발틱해로 흐르는 강의 이름이다.

코시킨은 입술을 깨물고는

'오늘 얘기를 매듭지어야겠어. 이 친구, 정말 회장님 말씀처럼 돈을 팍 올리면 오케이 할래나?'

그다음 주
남해 R&D센터

출근길 방을 나서던 경찬은 건장한 체격을 가진 한 남자가 서 있는 것을 발견했다.

사복 차림의 그 남자는 성큼성큼 다가와

"안녕하십니까? 송박사님. 오늘부터 신변경호 업무를 맡은 보안대 추경덕이라고 합니다."

경호원이 배치된다는 사실을 알고 있었던 경찬이 반갑게 악수를 청하며

"아. 예예. 수고가 많습니다."

"저 친구는 김병만이라고 합니다."

추경덕이 가리키는 곳을 보니 선글라스를 쓴 남자가 숙소 주변을 서성거리고 있었다.

경찬이 사무실로 통하는 길에 접어들자 뒤따라오던 추경덕이

"근접 경호는 사람들 시선을 끌 수도 있습니다. 앞으로 우리 둘다 송박사님하고 적당한 거리를 유지하겠습니다."

"네. 알겠습니다."

2층 사무실로 올라간 경찬은 먼저 이메일을 체크했다.

'별일이 없군.'

그는 곧바로 핸드폰으로 미진을 찾았다.

"굿모닝."

수화기에서 미진의 목소리가 들려왔다.

"출근하셨어요? 나도 회사에 거의 다 도착했는데."

"일전에 내가 얘기했잖아? MJ. 오늘부터 신변경호가 붙었어. 두

명씩이나."

미경이 재미있다는 듯이

"호호호. 중요 인사가 되셨네요. 늘 곁에 붙어 있겠대요?"

"잘 모르겠어. 지금도 사무실 밖에서 서성거리고 있어."

"이제 마음 놓고 통화도 못 하겠네요. 호호호."

"글쎄 말이야. 아침 회의 마치고 다시 전화할게. MJ."

"그래요. 이따 통화해요."

그는 커피를 마시며 조간신문을 펼쳤다.

그때 경찬의 핸드폰이 울렸다.

"경찬아. 나야."

김연준 사장이었다.

"연준 형? 아침부터 웬일이유?"

김연준이 목소리를 낮추며

"경찬아. 내가 카이저펀드에 대해서 더 자세히 알아봤는데, 생각 이상이야. 걔들."

"형. 잠깐만요. 내가 다른 전화로 연락할게요."

핸드폰을 끈 경찬은 보안이 유지되는 유선전화기를 들었다.

"형. 저예요. 잘 들리세요?"

연준은 다짜고짜

"너 몸조심해야겠더라."

"몸조심?"

"그래. 자세히 알아봤는데……."

연준은 미국 연방 정부에서 일하는 지인을 통해서 들었다며 카이저펀드에 대해서 새로운 사실을 전해주었다. 특히 그들이 글로벌 범죄단체와 연계, 수차례 살인이나 불법 해킹을 저질렀다는 얘기를 똑똑히 들었다고 말해 주었다.

"결론적으로 그들은 일종의 경계인이라고 보면 된다. 사업과 범죄의 경계선을 넘나드는 위험한 아저씨들이지."

"그러잖아도 오늘부터 신변경호가 붙었어요."

경찬은 연준에게 저간의 사정을 말해 주었다.

"암튼 몸조심해라. 미리 조심해서 손해 볼 일은 없으니까."

"명심할게요."

전화기를 내려놓은 경찬이 다이어리를 체크했다.

"이번 주도 상당히 바쁘겠는걸."

며칠 후

출근해서 책상에 앉은 경찬은 커피를 마시며 하루를 준비하고 있었다.

그때 비서가 불쑥 들어와서는.

"박사님. 손님이 오셨습니다."

"손님이? 약속 잡힌 게 없었는데?"

경찬이 급히 다이어리를 펼쳐 미팅 스케줄을 확인했으나 이 시간에 잡힌 약속은 없었다.

"네. 본사의 정부사장님께서 오셨습니다. 손님을 여러분 모시고 왔는데요?"

"정부사장님이?"

일 처리가 매서워 면도칼이라는 별명이 붙은 정부사장은 본사의 총괄관리 담당 임원으로서 직제상으로는 경찬의 상급자였다.

일정표를 재차 확인한 경찬은 비서에게

"일단 회의실로 모시도록 하세요."

바깥에서 사람들의 발걸음 소리가 나더니 이내 잠잠해졌다.

잠시 생각해 보던 경찬이

'무슨 급한 일이라도 생겼나? 여간해서는 본사를 안 벗어나는 양반인데.'

"아. 그 일 때문인가?"

고개를 끄덕이던 경찬이 서랍을 열고 미리 준비해둔 하얀색 봉투를 꺼내서 양복 안주머니에 집어넣었다. 잠시 후 경찬이 옆 회의실로 걸어 들어가자 정부사장이 손을 내밀고 악수를 청했다.

"안녕하십니까? 송박사."

그의 곁에는 김부소장과 오박사가 애매한 표정을 짓고 있었다.

경찬이 고개를 숙이며

"오신다는 연락을 받지 못했습니다만……."

정부사장이 손사래를 치며

"번거롭게 연락하지 말라고 했소."

그는 연이어

"오늘 아침에 송박사에게 소개해줄 귀한 손님을 모시고 왔소."

정부사장이 뒤에 서 있는 백인 남성을 가리켰다.

"Glad to meet you, Dr. Song. My name is Alex. (처음 뵙겠습니다. 알렉스라고 합니다.)"

알렉스라고 자기 이름을 밝힌 그 남자가 털북숭이 손을 앞으로 쭉 내밀었다.

"How are you, sir? I am Dr. Song. (반갑습니다. 송박사입니다.)"

정부사장이 옆으로 한걸음 비켜서며 곁에 서 있는 또 다른 백인 남자를 가리켰다.

"그리고 이분은 Mr. Chapman입니다. 인사들 하시죠."

"Hi. (안녕.)"

검은색 안경테를 쓴 금발의 채프만은 무뚝뚝한 표정으로 손만 가볍게 흔들어 보였다.

정부사장이 겸연쩍은 표정으로

"불쑥 들이닥쳐서 미안하오. 송박사."

"아니 괜찮습니다. 일단 차들 한잔하시지요."

경찬이 앞에 있는 의자를 손으로 가리켰다.

"그럽시다."

잠시 후 커피를 마시던 정부사장이 경찬의 눈치를 살피며

"송박사. 들으셨는지 모르겠는데…… 조만간 인사 개편이 있을 거요."

예상하고 있었다는 듯 경찬이 담담한 말투로

"아. 그렇습니까?"

"그렇소. 실사작업도 사실상 끝났고 조만간 본 계약이 체결될 건데……."

정부사장이 팔을 뻗어 알렉스를 가리키며

"카이저펀드에서 이분을 본사의 공동대표이사 겸 남해 R&D센터 책임자로 발령을 낼 거라고 통보해왔소."

그는 통보라는 말에 힘을 주었다. 위에서 결정한 사항이라 자기하고는 상관없다는 의미였다. 말미에, 알렉스는 러시아 발틱잠수함 전대장 출신으로 코시킨이 큰 공을 들여 영입했다는 말도 덧붙였다.

'잠수함 전대장?'

의아한 생각이 들었지만 경찬은 전혀 내색하지 않고 알렉스를

쳐다보면서

"그렇습니까? 축하합니다."

경찬은 곧이어 안주머니에서 하얀 봉투를 꺼내서 정부사장 앞으로 내밀었다.

"이게 뭡니까?"

봉투에서 내용물을 꺼내서 읽어본 정부사장이 알렉스와 몇 마디 말을 주고받았다. 정부사장이 사직서가 든 봉투를 다시 경찬에게 넘겨주었다.

"사직서를 받자고 여기에 온 것은 아니오. 송박사."

그는 연이어

"카이저 쪽에서는 송박사 같이 훌륭한 분은 계속 남기를 바란다고 하네요. 연구소 공동책임자도 괜찮고……."

정부사장의 말에 동의한다는 듯 알렉스가 고개를 끄덕였다. 프로는 자리에 연연하지 않는다.

경찬이 봉투를 정부사장 쪽으로 되밀면서

"네. 알겠습니다. 이거는 보관하고 계시다가 때가 되면 알려주십시오."

그는 연달아

"참. 무슨 일로……."

사직서가 아니라면 무슨 일로 찾아왔는지를 묻고 있었다.

정부사장이 알렉스와 채프만을 가리키며

"이분들에게 조그만 사무실을 하나 마련해줄 수 있겠소? 당분간 이곳에서 지내고 싶다고 하네요."

경찬이 고개를 갸우뚱거리며

"사무실을요?"

알렉스가 끼어들며

“뭐 특별한 의도는 없소. 인수인계 준비도 하고 연구소 분위기도 파악할 겸.”

새로 주인 될 사람들이 회사 분위기를 파악하겠다는데 누가 반대하겠는가?

경찬이 고개를 끄덕이며

“네. 자리를 만들어 보겠습니다.”

정부사장과 몇 마디 말을 주고받은 알렉스가 곁에 서 있는 김부소장의 어깨에 손을 얹으며

“연구소의 자산과 기술 목록을 작성해서 나한테 보고해 주시겠습니까?”

“네네네.”

김부소장이 연신 고개를 조아렸다. 알렉스가 경찬에게 남해연구소의 현황에 대해서 이것저것을 묻는 와중에 채프만이 손목시계를 톡톡 건드리며 자리에서 벌떡 일어났다.

“이메일을 사용할 수 있을까요? 급하게 연락 올 곳이 있어서요.”

사실 채프만은 비신스키의 부하직원으로서 전문 해커였다.

잠자코 서 있던 오박사가 끼어들며

“비서 컴퓨터를 사용하시면 어떻겠습니까?”

채프만을 데리고 방 밖으로 나간 오박사가 비서와 몇 마디를 나누었다.

비서가 싹싹하게 자리에서 일어나자 채프만이 비서의 어깨를 툭 치면서

“생큐. 잠깐이면 됩니다.”

비서의 컴퓨터를 통해서 본인의 이메일을 천천히 검색하던 채프

만이 비서에게 윙크를 하며

"커피 한 잔 부탁해도 될까요?"

"그럼요."

채프만이 그녀가 오른 손목에 차고 있는 티파니 금팔찌를 가리키며

"팔찌, 멋져요. 잘 어울리네요."

"아. 정말요?"

기분이 업된 그녀가 부러 천천히 일어나며 에르메스 신발을 자랑하듯 앞으로 내밀었다.

'이 신발도 자랑해야지.'

그러나 컴퓨터 모니터에 시선이 꽂힌 채프만은 그녀의 신발을 보지 못했다. 삘쭘해진 비서가 자리를 뜨자마자 주변을 살피던 채프만이 빠른 손놀림으로 자판기를 두드렸다. 그는 비서의 컴퓨터를 통해 순식간에 '슈퍼 Root-kit'이라고 하는 스파이웨어를 심었다. 이 스파이웨어는 특정 서버에 저장된 정보를 훔쳐서 딴 서버로 전달하는 기능을 가졌는데 현재 이 스파이웨어를 박멸할 수 있는 백신은 개발되지 않았다.

잠시 후 비서가 다가와

"커피 드세요."

채프만이 능청스럽게 미소를 지으며

"주인을 닮았나요? 컴퓨터가 성능이 좋군요."

동문서답을 하며 자리에서 일어서는 채프만의 이마에는 땀방울이 맺혀 있었다.

그녀는 채프만에게

"Coffee. No?"

채프만이 비서를 향해 윙크를 날리며

"Sorry, lady. Thanks anyway. (괜찮아요. 어쨌든 고마워요.)"

잠시 후 뉴코리아조선 연구소의 메인 서버에 저장된 정보와 데이터가 마카오의 어느 서버로 전송되기 시작했다. 한국 핵잠수함의 운용과 기술 솔루션이 들어있는 프로그램과 데이터가 순식간에 마카오로 넘어갔다.

방으로 들어온 채프만이 알렉스를 보고 눈을 찡긋하며

"이메일을 체크했는데 별 내용이 없는데요."

"오. 그래요?"

잠시 후 알렉스가 오박사와 김부소장을 쳐다보며

"그만 일어납시다. 연구소나 한 바퀴 더 둘러볼랍니다."

"넵."

"살펴들 가십시오."

손님을 배웅하고 자기 방으로 돌아온 경찬이 책상에 앉아서 생각에 잠겼다.

'회사 주인이 바뀌니까 예상치 못한 일들이 벌어지는군?'

'사직서를 왜 돌려주었지?'

'채프만이라는 친구 눈빛이 이상해. 정체가 무엇일까?'

경찬의 머릿속으로 여러 생각들이 불길처럼 떠올랐다.

"혹시?"

이상한 예감이 든 경찬이 컴퓨터로 다가가 'Memory Dump'를 불러내 작동시켰다. Memory dump는 웬만한 불법 스파이웨어는 다 잡아내는 고성능 경찰웨어의 일종이다. 잠시 후 모니터에 추적 결과가 떴다.

〈해당 사항 없음.〉

공항의 보안검색대가 폭발물이나 마약을 모두 잡아내지 못하듯 'Memory Dump'도 '슈퍼 Root-kit'를 잡아내지 못했다.

경찬이 아쉬운 표정을 지으며

'내가 너무 오버했남? 노놋. 뭔가 있어. 석연치 않아.'

그는 두 눈을 감고 다시 깊은 상념에 잠겼다. 머릿속에 지렁이처럼 꿈틀거리는 불길한 예감들이 좀체 사그라지지 않았다. 그것들은 경찬의 뇌리에 찰거머리처럼 들러붙어서 수시로 그를 괴롭혔다. 찰거머리 떼를 일거에 퇴치할 방법이 없을까 한참을 고심하던 경찬이 눈을 번쩍 떴다.

그는 혼잣말로

"음. 그렇지. 이것을 확인해보면 되겠군."

경찬은 곧바로 운용 프로그램의 소스코드를 불러냈다.

소스코드를 자세히 점검한 경찬이 안도의 한숨을 쉬며

"휴. 아직은 괜찮군."

깍지를 낀 채 고개를 돌리던 경찬의 눈에 톰슨 박사의 사진이 들어왔다.

그는 혼잣말로

"박사님. 언젠가 저에게 경고하셨죠? 신무기 개발 기술은 양날의 검이라구. 저는 그 말씀에 따라 핵심 프로그램 곳곳에 저만 풀 수 있는 암호를 걸어놓았습니다."

12
독토르 송을 생포하라

그다음 주
남해 R&D센터

연구소 2층 복도 끝에 위치한 임시 사무실에서 알렉스와 채프만 두 사람이 차를 마시고 있었다. 창가에 있는 테이블 위에는 서류가 한 뭉치 놓여 있었다.

알렉스가 서류 뭉치를 집어 들며

"이것이 인수인계 목록이요."

채프만은 그 서류뭉치에는 전혀 관심을 보이지 않고

"여기서 이런 거나 받자고 죽치고 있는 거는 아니잖아요?"

알렉스가 정색을 하면서

"물론이요. 그러나 너무 표나게 행동하면 곤란하니까. 쟤네들은 우리가 인수인계 작업을 위해 여기 있는 것으로 알고 있잖소?"

채프만이 애꿎은 탁자에 발길질을 해대며

"마카오 돌대가리 시키들. 우리가 프로그램하고 소스코드를 보낸 지가 언젠데, 여태 해독을 못하고 있어?"

알렉스가 손가락으로 딱딱 소리를 내면서

"그러게 말이요. 왜 이렇게 헤매고들 있지요? IT전문가들이라면서 말이야."

채프만이 한심하다는 표정을 지으며

"그 머저리들 말로는, 곳곳에 암호가 설치되어 있는데 슈퍼컴퓨터와 AI를 총동원해도 답이 잘 안나온대나 어쩌구 저쩌구 변명만 늘어놓고 있잖아요."

이들이 말하는 암호는 경찬이 직접 설치해놓은 보안용 알고리즘인데, 이 알고리즘을 깨야만 프로그램을 해독할 수가 있다.

뭔가 생각이 난 듯 알렉스가 채프만을 향해

"이 연구소에 우리를 돕는 친구들이 있다고 들었소만. 이럴 때 써먹으면 될 것 아니겠소?"

채프만이 코웃음을 치면서

"친구는 무슨. 걍 쓰레기들이지. 걔들도 별 도움이 안될 거 같소. 마카오 애들 말로는 송박사 그 친구가 직접 알고리즘을 설치한 모양이요."

알렉스가 주먹으로 손바닥을 치며

"거참…… 지금이라도 다른 방도를 찾는 게 어떻겠소?"

채프만이 씩 웃으며

"뭐 복잡하게 생각할 거 없어요. 마지막 수단을 써야죠."

말을 마친 채프만이 손가락으로 자기 목을 옆으로 긋는 시늉을 했다.

알렉스가 창가로 걸어가며

"송박사 그 친구, 신변경호가 붙은 것 같은데 별문제 없겠소?"

채프만이 안주머니에서 빨간색 만년필을 꺼내서 흔들며

"그 친구 통화와 이메일 모두 도청하고 있으니까 조만간 허점이 노출될 거요."

채프만이 뚜껑을 열고 만년필 몸체를 보여주며

"도청은 물론 사진 촬영도 가능하고 위성과 통신도 할 수 있소."

알렉스가 씩 웃으며

"Mr.Q가 만든 신무기와 비슷하군요."

Mr.Q는 007본드 시리즈에 나오는 신무기 개발자의 이름이다.

금요일

현재 고객사와 합동으로 요트 구조물을 디자인하고 있는 미진은 서울 강남의 어느 빌딩으로 출근하고 있다. 점심을 마치고 사무실로 돌아온 경찬이 핸드폰을 들고 문자를 보냈다.

〈헤이. MJ, 뭐해?〉

〈누구누구 생각 ㅎㅎㅎ. 식사는 하셨나요?〉

〈된장찌개 ㅎ. MJ는?〉

〈야채 샌드위치.〉

〈낼 덕유산 가는 거 잊지 말구?〉

덕유산은 우리나라 중부에 위치한 대표적인 명산이다.

〈알고 있어요. 어디서 봐요?〉

〈무주리조트 산장 호텔에 방 잡아놨어. 낼 오후 3시쯤 호텔 입구에서 보자구.〉

그 둘은 토요일 오후에 만나서 그다음 날 등산을 할 예정이었다. 의자에 걸터앉은 경찬이 인터폰으로 비서를 찾았다.

"경호요원 좀 들어오라고 하세요."

잠시 후 검은 양복을 입은 추경덕이 귀에 이어폰을 낀 채로 방에 들어왔다.

"부르셨습니까?"

"저 때문에 고생이 많습니다."

경찬의 얼굴에는 미안함과 고마움이 함께 배어났다.

"아닙니다. 늘 하는 일인걸요."

"다름이 아니라, 제가 내일 덕유산으로 등산을 가거든요. 알고 계시는 것이 좋을 것 같아서요."

추경덕이 피식 웃으며 손가락으로 이어폰을 툭툭 건드리며

"이미 알고 있습니다. 일정과 동반자까지도."

추경덕은 경찬의 전화를 도청하고 있는 사실을 상기시키며

"그러니까, 숙소는 산장 호텔, 도착시간은……."

경찬과 함께 등산 일정을 확인한 추경덕이 방을 나서며

"아참. 이거 가지고 가세요. 호신용 전기충격기입니다."

추경덕은 경찬의 손에 만년필을 쥐여 주었다.

그는 만년필 뚜껑의 클립에 손을 갖다 대며

"위급한 상황이 발생하면 목표물을 향해서 여기를 눌러주면 됩니다."

경찬이 의아한 눈빛으로

"전기충격기를요?"

추경덕이 클립을 누르는 시늉을 하며

"조심하고 대비해서 나쁠 건 없습니다. 크기는 작아도 굉장히 위력적입니다. 한 방 맞으면 1~2미터 거리에 있는 황소도 픽픽 쓰러집니다. 목표물에 직접 닿지 않아도 효과가 있습니다."

경찬이 신기한 눈빛으로 만년필을 만지면서

"황소가 기절할 정도면…… 사람한테 사용해도 될까요?"

추경덕이 힐난하는 눈빛으로

"사람이 황소보다 더 위험하잖아요? 황소가 사람 죽였다는 얘기를 들어 보셨어요?"

"듣고 보니……."

경찬이 별다른 대꾸를 못하자 그는 연이어

"명심하실 점은, 풀로 충전해도 한 번밖에 사용하지 못합니다. 재충전하려면 만 하루가 걸립니다. 그러니까 제 말씀은……."

경찬이 말을 자르며

"한 번 쓸 때 제대로 사용하라는 말씀이군요."

"그렇습니다."

일요일 아침

덕유산 인근의 무주리조트

경찬과 미진은 아침 일찍 호텔 정문을 나서서 인근에 있는 케이블카 매표소로 발걸음을 옮겼다. 두 사람은 정상 턱밑까지는 케이블카를 이용하고, 그곳에서 정상인 향적봉을 걸어서 오를 생각이었다. 그다음 남덕유산으로 이어지는 길고도 아름다운 능선길을 타고 하산할 계획이었다. 매표소는 전국 각지에서 모여든 등산객들과 수학여행을 온 학생들로 붐볐다. 개중에는 외국인들도 여러 명 눈에 띄었다.

매표소 앞에서 차례를 기다리던 경찬이 외국인들을 턱으로 가리키며

"MJ. 명산이라 그런지 외국인들도 많이 왔네".

"명산도 명산이지만, 한류열풍 덕도 있는 거 같아요."

이윽고 차례가 왔다. 경찬이 고개를 숙여 매표소 직원을 보며

"티켓 두 장 부탁합니다."

"왕복 티켓입니까?"

매표소 여직원이 경찬을 쳐다보며 미소를 지었다.

"아뇨. 올라가는 것만 주세요."

경찬이 미소로 화답했다.

"네. 감사합니다. 탑승하는 곳은 저쪽이에요."

그 여직원이 손가락으로 옆 건물을 가리켰다. 그곳에는 티켓을 든 사람들이 긴 줄을 만들며 탑승 차례를 기다리고 있었다. 순서가 오자 두 사람은 케이블카에 재빨리 탑승했다. 정원이 여덟 명 남짓한 그 케이블카에는 경찬과 미진 외에 백인 남녀 서너 명과 근육질의 동양인도 두 명이 타게 되었다.

그들 일행을 둘러본 경찬이 속으로

'한결같이 검은 선글라스에 등산 모자를 깊숙이 눌러 쓰고 있군. 이제 보니 아까 화단 옆에서 기념사진을 찍던 외국인들 같은데. 나머지 일행은 다음 케이블에 탔나 보지?'

그들 중 한 사람과 눈인사를 주고받은 경찬이 팔꿈치로 미진의 옆구리를 밀면서

"무슨 선글라스 만드는 회사에서 단체연수 왔나 봐?"

그들을 흘깃 쳐다본 미진이 피식 웃으며

"아. 진짜?"

케이블카가 산 중턱쯤 올라갔을 때 미진이 한 지점을 가리키며

"오빠 저기를 좀 보세요."

"응? 어디?"

"저 계곡에. 하얀 가건물이 보이세요?"

"어디 보자. 저 하얀 가건물?"

"그래요. 저기가 영화 촬영장이 들어설 곳이래요."

"촬영장? 이런 산속에 웬 촬영장?"

"어느 유명한 외국 영화감독 말로는 필름 보관하기에 이만한 곳이 없대요. 상온에 습도가 최적이래요."

미진은 그 감독이 조만간 부지를 매입할 예정이라는 말을 덧붙였다. 두 사람이 넋을 잃고 경치를 구경하는 와중에 옆자리에 앉아 있던 외국인이 자기 왼 무릎으로 경찬의 허벅지를 살짝 밀쳤다.

"Sorry."

그 외국인은 고개를 숙여 등산화 끈을 고쳐매는 중이었다.

경찬이 엉덩이를 들며 자리를 조금 내주며

"아 네. 괜찮습니다."

그 순간, 곁에 앉아 있던 다른 외국인이 경찬의 등산가방을 들어서 옆으로 밀어주었다.

잠시 후, 케이블카가 멈추자 경찬은 미진의 손을 잡고 나왔다.

경찬이 덕유산 향적봉 방향을 가리키며

"여기서 정상까지는 한 30분이 걸릴걸."

향적봉으로 이어지는 등산로는 사람들로 넘쳐났다.

"여기가 정상이야."

경찬이 가쁜 숨을 내쉬는 미진의 손을 잡아주면서 말했다.

"와우. 경치가 장난이 아닌데요. 상상 이상이네요."

"그러니까. 이쪽이 경상도고 저쪽은 전라도 땅. 이 밑으로 지나가는 긴 능선 있잖아? 그게 바로 남덕유로 가는 길이야."

경찬이 미진에게 바싹 붙어서 이곳 지형에 대해 설명해주었다.

그러나 경치에 관심이 많은 미진은 연신 탄성을 자아내며

"와우. 능선이 예술이에요. 이 완벽한 색깔의 조화를 보세요. 파란 하늘, 무심한 구름, 푸른 소나무와 검은 계곡, 희미하게 보이는 누런 황톳길, 저 산 아래 장난감 같은 집들……."

미진이 주변을 둘러보며 연신 셔터를 눌러댔다.

"헤이 MJ. 여기서 내려다보는 경치도 멋있지만, 저쪽 능선을 타고 내려가다가 이곳 정상을 올려다보면 경치가 예술이야. 완전 환상적이야."

"그래요? 저 아래 능선이 동화 속의 그림처럼 끝없이 펼쳐져 있네요."

"응. 족히 다섯 시간은 걸릴걸. 해 떨어지기 전에 내려가려면 조금 서둘러야 할 거야."

시간을 가늠해보던 경찬이 남덕유산으로 이어지는 능선길을 걸어 내려가기 시작했다. 정상에 올라온 사람들은 대부분 다른 코스를 택했는지 남덕유로 이어지는 능선길은 비교적 한산했다. 두 시간쯤 걸으니 저 앞에 〈동엽령 쉼터〉가 보였다.

경찬이 물병을 따서 미진에게 건네며

"힘들지 않아? MJ."

"경사가 완만해서 그런지 별로 힘든지 모르겠어요."

물을 한 모금 마신 미진이 물병을 경찬에게 다시 건넸다.

물을 마신 경찬이 배낭에서 김밥을 꺼내며

"서너 시간 더 가야 하니까 여기서 요기를 좀 해야겠네."

사이좋게 김밥을 나눠 먹은 두 사람은 다시 길을 떠날 채비를 하며 일어섰다.

"How are you? (안녕하세요?)"

갑자기 두 사람의 등 뒤에서 영어가 들려왔다. 돌아보니 같은 케이블카를 탔던 외국인들이었다. 깊은 산속에서 낯익은 얼굴을 만나면 반가운 법이다.

경찬이 가볍게 손을 흔들면서 유창한 영어로

"How are you doing? (안녕하세요?) Good day for mountain climbing, isn't it? (등산하기 괜찮은 날인데요?)"

"Perfect. My name is James. You are?"

자신을 제임스라고 소개한 그 남자가 악수를 청하며 경찬의 이름을 물었다.

"My name is Song. Where are you guys heading to? (송경찬인데요. 어느 코스로 가세요?)"

자기 이름을 말한 경찬이 별 의미 없는 가벼운 질문을 했다. 그 사내는 대답 대신 고개를 돌려서 몇 발자국 떨어진 곳에 서 있던 일행을 향해 눈을 찡긋했다.

그런 연후에 경찬을 바라보며

"We are vagabonds. Just enjoy weather and scenery here. (우린 목적지 없이 돌아다니는 방랑자예요. 좋은 날씨와 경치를 쫓아다니는 거죠.)"

그 사내 역시 경찬을 향해 의례적인 말투로

"Where are you going to? (당신들은 어디로 가세요?)"

떠날 채비를 마친 경찬이 미진의 팔을 잡아 일으켜주면서

"We're heading to South Deok-Yu. It's a long way to go. We'd better hurry. (우리는 남덕유로 가요. 갈 길이 멀어서 이만 실례할게요.)"

경치에 흠뻑 빠진 미진은 연신 셔터를 누르고 있었다. 경찬은 조금 더 걷다 보면 경치가 지금보다 더 아름다운 곳이 나온다고 말하면서 미진의 손을 이끌었다.

두 사람이 시야에서 사라지자 제임스라는 사내가 일행들을 바라보며

"송박사 저 친구. 예상했던 대로 남덕유 방향으로 간다고 합니다. 보스."

보스라고 불린 사내가 모자를 벗으며

"남덕유? 굿굿."

모자를 벗으니 드러난 얼굴은 다름 아닌 비신스키였다. 그는 핸드폰을 꺼내 어디론가 전화를 걸었다. 수화기 건너편에서는 귀에 익은 음성이 흘러나왔다. 외국에 체류 중인 코시킨이었다.

"그래 나야. 비신스키. 트래킹은 할만해?"

"힘드네유. 송인가 하는 친구 덕에 팔자에도 없는 트래킹을 하고 있슴다. 근데 형님. 이곳 경치 하나는 죽이는데요. 네팔보다 훨 나은 것 같아요. 급한 일 끝내고 나면 다시 와봐야겠어요."

"그래그래. 한국에 경치가 죽이는 명산이 많다는 얘기는 들어본 적이 있어. 경치는 그렇다 치고, 작전은 제대로 굴러가냐?"

작전이라는 말에 비신스키의 표정이 심각해지며

"타깃에 따라붙었수. 어케 할까요? 지금 처리해유?"

"잘 안 들려. 전화가 왜 이러지? 우씨."

깊은 산속이라서 통신이 자주 끊어졌다. 비신스키가 다시 전화를 걸었다.

"잘 들리세요?"

"그래 잘 들려. 잘들 처리하라구."

경찬 일행이 사라진 방향을 쳐다보던 비신스키가

"빙고. 걔들 동선을 정확히 알고 있으니까 별문제 없을 거유. 슬슬 움직여볼게유."

"고래 고래. 암턴 조용히 그리고 신속하게."

"걱정 마슈. 깊은 산속이라 사람 구경하기도 어렵고, 해도 곧 떨어지고 작업하기는 좋아유."

"굿. 운반하는 데에는 문제가 없겠나?"

"몽골족 짐꾼 두 명을 데리고 왔잖수? 바디백에 쑤셔 넣어서 한 명씩 운반할 생각이유."

"굿. 그중 한 명은 꼭 살리도록 하구. 최종 목적지는 마카오로."

"알았수. 코시킨 형님."

일행을 불러 모은 비신스키가 손을 흔들며

"여기서 한두 시간 거리에 삿갓재 대피소가 있다. 그리고 그 대피소를 지나서 월성리로 내려가는 길에 깊은 계곡이 나온다."

위성사진을 통해 그곳 지형을 완벽히 숙지한 비신스키는 마치 그곳 지형을 잘 아는 양 얘기를 했다.

"지금 속도라면 그 둘은 아마 오후 늦게 계곡을 통과할 것이다. 그때쯤 월성리로 통하는 그 계곡은 인적이 끊어진다고 봐야 한다."

그가 아래쪽을 가리키며

"우리는 일단 저쪽 샛길을 통해 걔들을 추월한 다음 적당한 곳에 숨어서 기다리자구. 두 사람이 나타나면 완력으로 제압한 다음 마취제를 바른 이 손수건으로 자빠뜨리자구. 알겠나?"

"알았습다."

비신스키는 계속해서

"아까 걔들. 둘 다 죽이면 안 되고, 그중 한 아그는 생포하는 거야. 알간?"

"옛썰."

이것저것 꼼꼼히 체크한 그는 마지막으로

"일 마치면 잠시 대기했다가, 밤 열두 시쯤 월성리로 내려온다. 그리고 차를 타고……."

비신스키는 일당들에게 각자의 임무를 재차 설명해주었다. 비신스키 일행은 경찬과 미진을 산중에서 납치한 후 차량을 이용해 서해안으로 데려간 다음, 그곳에서 쾌속정에 태워 마카오로 보낼 계획을 가지고 있었다.

일동이 한목소리로

"네. 알겠습니다. 보스."

경찬 일행보다 앞서기 위해 비신스키 일행이 산길을 뛰기 시작했다. 이 시간 경찬과 미진은 비신스키보다 삼십 분가량 앞서 능선길을 걸어가고 있었다.

미진이 앞서가던 경찬을 불러 세우며

"오빠. 아까부터 오빠 핸드폰이 울리는 것 같은데?"

"그래? 난 못 들었는데?"

경찬이 주머니에서 핸드폰을 꺼냈다.

"어? 부재중 전화도 있고 메시지도 여러 개 있네? 잘 모르는 전화번호인데, 무슨 일이지?"

경찬이 발걸음을 멈추고 그 번호로 전화를 걸었다. 몇 번을 시도한 끝에 겨우 통화가 연결되었다.

"누구시죠?"

"송박사. 별일 없소?"

보안대의 박대령이었다.

"아. 박대령님. 전화를 여러 통 주셨는데 못 받았습니다. 죄송합니다."

박대령은 다짜고짜

"송박사. 지금 어디요?"

"덕유산입니다."

"별일 없소? 자재병을 살해한 그 외국 놈들이 무주리조트에 나타났다는 제보가 들어왔소."

"넷?"

머리털이 삐죽 곤두선 경찬이 미진을 가까이 오라고 손짓했다. 두 사람은 본능적으로 몸을 웅크리며 자세를 낮추었다.

"몇 명씩 뭉쳐 다니는 외국인들을 못 봤소?"

"음. 몇 명 보기는 했습니다만."

"그래요? 혹시 그 외국인들 틈에 여자들과 동양인도 있었소?"

"네. 여자도 있었고 동양인도 있었습니다."

"그 사람들이 어떻게 생겼는지 기억이 나오?"

"잘 안 납니다. 모두 모자를 눌러쓰고 선글라스를 쓰고 있었던 것 같습니다."

옆에서 통화하는 내용을 듣고 있던 미진이 핸드폰을 꺼내면서

"오빠 잠깐만요. 아까 찍은 사진 중에서 그 사람들 얼굴이 나올지도 몰라요."

미진이 핸드폰에서 찍은 사진을 한 장씩 넘기기 시작했다.

"오빠 여기. 좀 흐리게 나오긴 했지만……."

미진이 찍은 사진은 대부분 경치에 초점이 맞춰져 있었기 때문에 그 속에 있는 인물들의 모습은 흐릿하게 보였다. 통화를 잠시 멈춘 경찬이 그 사진들을 쳐다보며 엄지를 치켜세웠다.

"박대령님. 여기 핸드폰으로 찍어서 얼굴이 흐리게 나온 사진이 있는데…… 도움이 될지는 모르겠네요."

"지금 당장 보내주세요. 송박사. 모두 다."

"네. 알겠습니다. 싹 다 전송하겠습니다."

"무조건 조심하시오. 그놈들은 전문 킬러들 같소."

박대령은 전문 킬러라고 한 자 한 자 또박또박 말해 주었다.

"네. 알겠습니다."

통화를 마친 경찬이 핸드폰을 진동모드로 바꾸고 몸을 숨길만한 장소를 찾았다. 등산로에서 약간 벗어난 곳에 서 있는 소나무 뒤로 큰 바윗돌이 덩그러니 놓여 있었다. 그곳으로 달려간 두 사람은 바위 뒤로 가 몸을 납작 엎드렸다. 잠시 후 등산로에서 사람들이 뛰는 소리가 들렸다.

"서두르자구. 이러다가 놓치겠어."

경찬이 고개를 살짝 들어서 쳐다보니 아까 보았던 그 외국인들이었다.

손에 든 핸드폰을 바라보던 한 사내가 비신스키를 향해

"보스. 위치신호기가 안 잡혀요."

비신스키가 주변을 둘러보며

"우씨. 산중이라 안 터지는 거 같은데."

그들이 말하는 위치신호기는 오전에 케이블카 속에서 경찬의 등산백에 붙여놓은 소형 추적기를 말한다. 일부러 몸을 부딪치며 붙여놓았는데 이 신호기가 깊은 산중에서는 제대로 작동하지 않았던 것이다.

비신스키가 인상을 쓰면서

"우씨. 쫓아가면서 또 확인해보자구. 멀리는 못 갔을 거야."

서둘러 산길을 뛰어 내려가는 그들의 뒷모습을 바라보던 경찬이

'그 친구들 같은데? 근데 여자들이 안 보이는 것 같네.'

그때 경찬의 핸드폰에서 진동이 울렸다.

"송박사. 나 박대령이오. 지금부터 내가 하는 말을 명심하세요."

"넵."

"아까 그 친구들. 사진을 스캔해 봤더니 자재병을 살해한 그놈들 맞소."

"네네."

"일단 그곳을 빠져나오시오."

사방을 둘러보던 경찬이 심각한 목소리로

"어느 길로 빠져나가야 할지……?"

경찬과 몇 마디를 주고받던 박대령이

"지도상으로 보니, 일단 동엽령으로 되돌아가는 게 최선이요. 그곳에서 병곡마을로 가는 샛길로 내려오세요. 마을회관 부근에 군용 차량을 대기시켜 놓을게요."

"네 알겠습니다."

통화를 마친 경찬이 핸드폰에서 지도를 검색했다.

"병곡리라…… 여기 있군."

먼저 일어난 경찬이 미진의 손을 잡아 일으켜주면서

"아까 그 외국인들 킬러들이라고 하셔. 아까 우리가 쉬었던 동엽령 쉼터로 되돌아가래."

두 사람은 지나왔던 능선길을 되돌아 오르기 시작했다.

산중의 날씨는 변화무쌍하다. 갑자기 주변이 어두워지며 빗방울이 떨어지기 시작했다.

경찬이 고개를 들어 하늘을 쳐다보며 혼잣말로

"갑자기 웬 비야? 바람도 불고. MJ가 추울 거 같은데."

경찬이 발길을 멈추고 몇 걸음 뒤처져 따라오고 있는 미진을 기다렸다.

경찬에게 다가온 그녀는 뒤를 가리키며 나지막이

"아까부터 등 뒤에서 무슨 소리가 들렸어요. 누가 쫓아오는 그런……."

"소리가?"

미진이 가리키는 쪽을 한참 동안 쳐다보던 경찬이

"아무것도 없는 거 같은데……."

미진을 앞세운 경찬이 뒤에 처져서 일부러 천천히 걷기 시작했다. 가끔 뒤를 돌아보았지만 아무것도 보이지 않았고 또 별다른 소리도 들리지 않았다. 길을 오르던 두 사람 앞에 동엽령 표지판이 나타났다. 가쁜 숨을 몰아쉬던 미진이 쉼터 앞에서 쓰러지듯 땅에 주저앉았다.

경찬이 미진의 등을 뒤에서 껴안으며

"여기는 사람들 눈에 잘 띌 테니까 샛길을 조금만 더 내려가서 쉬자구. MJ."

그녀가 힘없이 고개를 끄덕였다. 잠시 후 오솔길 옆 조그만 공터를 발견한 두 사람은 큰 나무의 밑동에 엉덩이를 붙이고 앉았다.

미진이 배낭에서 초콜릿을 꺼내서 경찬의 입에 넣어주며

"오빠 힘들죠?"

미진은 천성이 착한 사람이다. 아니면 경찬을 너무 사랑하기 때문일까? 지금처럼 체력이 방전되면 만사가 귀찮아지는 게 사람의 본성이다. 그런데도 미진은 여전히 경찬을 챙긴다.

경찬이 초콜릿 반쪽을 이빨로 깨물어 미진에게 건네며

"어, 이거. MJ가 좋아하는 다크초콜릿이네."

"허기졌을 때 초콜릿 한 조각만 먹어도 체력이 지탱된대요."

"맞아. 군인들이 장시간 행군할 때 초콜릿을 먹는다는 얘길 들었어."

초콜릿을 단숨에 삼킨 경찬이 물병을 꺼내 마신 후

"그러고 보니 우리 둘 다 물도 한 모금 못 마셨네?"

물을 마신 경찬이 자리에서 일어서며 볼일을 해결하고 오겠다는 몸짓을 했다. 조금 걷다 나무 덤불을 발견한 경찬은 그 속으로 들어가서 바지 지퍼를 내렸다. 그 순간 나무 덤불 속에서 시커먼 그림자가 나타나더니 경찬을 향해 뭔가를 휘둘렀다.

"퍽."

딱딱한 나무로 머리를 세게 얻어맞은 경찬이 의식을 잃고 앞으로 고꾸라졌다.

"후두둑."

쓰러지는 경찬의 체중에 눌린 잔가지들이 소리를 내면서 부러졌다. 미진이 소리 나는 쪽으로 고개를 돌리며 나직이 경찬을 불렀다.

"오빠? 오빠?"

아무런 대답이 없자 미진이 살포시 일어나 소리 나는 방향으로 걸어갔다. 그때 덤불 속에서 불쑥 나타난 새하얀 손이 미진의 얼굴을 감쌌다.

"읍!!"

마취제가 묻은 손수건으로 얼굴을 공격당한 미진이 제대로 비명소리를 지르지도 못하고 그 자리에 스르르 무너졌다.

잠시 후 등산복을 입은 두 사람이 덤불에서 나와 공터에 모습을 보였다. 그들은 바로 홍대 앞에서 한병장을 유혹했던 안나와 나타샤였다.

그녀들은 지금은 비신스키를 위해서 일하고 있지만

"우리는 프리랜서예요."

누구든지 보수만 넉넉히 챙겨 주면 무슨 일이든 마다치 않는 킬러들이다. 미인계나 납치는 기본이고 살인도 마다하지 않는다. 격투기 선수로 뛴 적이 있는 그녀들은 웬만한 남자는 맨손으로도 쉽게 제압할 수 있는 완력의 소유자들이다. 비상시에는 속옷에 감추어 둔 독침을 꺼내서 상대방을 제압하기도 한다.

"삼십 명은 안 되고 스무 명은 넘는 거 같은데."

언젠가 본인들 손으로 목숨을 빼앗은 사람들의 숫자에 대해 언급한 적이 있었다. 이들이 어떤 연유로 경찬 일행을 뒤쫓아 왔을까?

등산객으로 가장하고 일찍이 무주리조트에서 대기 중이던 비신스키 일행은 경찬이 나타나기만을 기다리고 있었다. 도청을 통해 이미 경찬과 미진의 동선을 파악하고 있었던 그들은 새벽부터 케이블카를 타는 곳에서 서성거리고 있었다. 오늘 아침 경찬 일행을 발견한 그 패거리들은 우연을 가장해서 일부는 경찬이가 탄 케이블카에 잽싸게 올라타고 나머지는 뒷차에 탔던 것이다. 그들은 케이블카 내에서 일부러 몸을 부딪치고 주의를 분산시키며 소형 위치 추적기를 경찬의 등산백에 부착했던 것이다. 이후 그들은 경찬의 동선을 실시간으로 파악할 수 있었다. 그러나 깊은 산속에서 추적기가 작동하지 않는 바람에 그들은 순간적으로 경찬을 놓쳤다.

"혹 만일의 사태에 대비해서, 팀을 나누어 뒤쫓아가자구."

용의주도한 비신스키는 일행을 두 패로 나누었다. 대부분 인원은 자기와 함께 경찬을 추격하고, 여자 두 명은 일부러 한참 뒤처져 따라오게 했던 것이었다.

"아. 재들 되돌아오잖아?"

뒤에 처져서 천천히 능선길을 내려오던 이들은 동엽령으로 되돌아오는 경찬과 미진을 미리 발견하고 길가의 바위 뒤에 숨었던 것이다. 그 후로 그들은 적당한 거리를 두고 경찬을 따라가며 적당한 지점을 골라서 경찬과 미진을 완력으로 제압할 계획을 세웠다.

“거리를 더 두자. 저 여자애가 자꾸 뒤를 돌아보잖아.”

미진이 자꾸 뒤돌아보는 것을 눈치챈 그녀들은 간격을 더 넓힌 채 천천히 따라왔다. 동엽령을 지나서 내리막 샛길의 공터에서 쉬고 있던 경찬과 미진을 발견한 그들은 눈빛을 교환했다.

‘기회가 왔어.’

순식간에 일을 끝낸 그녀들은 경찬 일행이 앉아 쉬던 나무 밑동을 밟고는 물병을 들이켰다.

나타샤가 쓰러져 있는 경찬을 턱으로 가리키며

“안나. 저 친구. 뒈지지는 않았겠지? 아까 퍽 소리가 장난 아니던데.”

“그럼. 힘 조절했지. 딱 한 시간 정도 자다가 깰 거야.”

안나가 발밑에 놓여 있는 나무막대기를 밟으며 피식 웃었다. 그녀가 등산 모자를 벗자 길고 아름다운 금발 머리가 어깨 위로 쏟아지듯 흘러내렸다.

손으로 머리를 대충 매만지던 그녀가 다시 모자를 쓰면서

“저 여자애는 어떻게 처리하지? 나타샤. 걍 없애 버렷? 짐만 되잖아.”

안나가 손으로 목을 치는 시늉을 했다.

나타샤가 손사래를 치며

“잠시 대깃. 일단 보스한테 전화를 해볼게.”

그들이 말하는 보스는 비신스키였다.

핸드폰을 가지고 한참 씨름 하던 나타샤가 난감하다는 표정으로

“우씨. 신호가 안 터지네. 좀 있다 다시 해보지 뭐.”

빗줄기는 더 강해지고 바람은 세차게 불었다. 그녀들은 쓰러져 있는 경찬과 미진을 그 자리에 내버려 둔 채 비를 피할 요량으로 잎이 무성한 큰 나무 밑으로 자리를 옮겼다. 손목시계를 흘깃 쳐다본 나타샤가 주머니에서 담배 두 개비를 꺼내서 한 대를 입에 물고 나머지 한 개비를 안나에게 건넸다. 잠시 후 눈빛을 교환하며 고개를 끄덕인 두 사람은 반쯤 핀 담배를 땅에다 버렸다.

또다시 통화가 터지지 않자 나타샤가

"더 높은 곳으로 이동해서 대장한테 연락하고 올게. 그동안 재들 잘 지키고 있으라구."

산길을 타고 올라가던 나타샤가 고개를 돌려 쓰러져 있는 경찬 쪽을 힐긋 바라보고는 숲길을 걸어 올라갔다.

홀로 남은 안나가 두 손바닥을 펴 빗줄기를 가늠해보며

"빗줄기가 더 강해지잖아?"

담배 한 개비를 꺼내 입에 문 그녀의 눈에 쓰러져 있는 미진의 모습이 들어왔다.

담뱃불을 붙인 그녀는 축 늘어져 있는 미진을 빤히 내려다보면서 진심 감탄하며

'예쁘네. 같은 여자가 봐도 참 예쁘게도 생겼네.'

요모조모 미진의 얼굴을 한참 들여다보던 안나가 미진의 등을 두 팔로 감쌌다.

"엽."

기합 소리와 동시에 미진을 가볍게 들어 올린 그녀는 미진을 안고 경찬이 쓰러져 있는 잡풀 속으로 걸어갔다. 두 사람을 한꺼번에 감시할 요량이었다. 미진을 내려다 놓은 그녀는 경찬의 얼굴을 손가락으로 쿡쿡 찔러보았다. 하지만 경찬은 죽은 듯 아무 반응이 없

었다.

손목시계를 다시 쳐다본 그녀는

"이 아찌 깨어나려면 한 삼십 분은 더 걸리겠네."

"후두둑. 후두둑."

바람이 세차게 불고 빗방울은 더 굵어졌다. 얼굴에 차가운 빗방울을 맞은 경찬이 조금씩 정신을 차리기 시작했다.

그는 눈을 감은 채로

'머리가 왜 이렇게 아프지? 뭔가로 얻어맞은 거 같은데……'

경찬은 아직도 무슨 일이 일어난 건지 정확하게 알지 못했다. 팔다리는 힘이 다 빠져서 움직일 수가 없었다. 경찬이 살포시 눈을 뜨고 누운 채로 고개를 좌우로 움직여 보았다.

'어? 내 발밑에 사람이 쓰러져 누워있네. MJ 같은데……? 담배를 피우고 있는 금발의 저 여자는 누구야? 고개를 돌리고 있어서 얼굴이 안 보이네.'

차가운 빗방울을 얼굴에 계속 얻어맞은 덕에 경찬은 킬러들의 예상보다 더 빠른 시간에 정신을 차릴 수 있었던 것이다.

'음. 조금씩 생각이 나는군. 능선길에서 우리 뒤를 쫓아오던 그 전문 킬러들하고 같은 패거리들 같은데…… 우리를 뒤쫓아 오다가 급습을 했구나. 근데 MJ는?'

경찬은 고개를 움직이지 않고 곁눈질로 미진을 바라보았다. 미동도 없이 쓰러져 있는 미진의 얼굴은 백지장처럼 하얬다.

'MJ에게 무슨 일 생긴 거 아냐?'

경찬의 가슴이 쿵쾅쿵쾅 뛰기 시작했다. 갑자기 경찬의 몸속에서 불같이 뜨거운 무언가가 솟구쳐 오르며 몸속의 피가 돌기 시작했다. 그는 뻣뻣이 굳어 있던 손가락을 서서히 움직여 보았다. 잠시 후 경찬이 감시자의 눈을 피해 주머니에서 만년필을 빼내 손에 쥐었다. 그 만년필은 경호요원 추경덕이 경찬에게 준 일회용 전기충격기였다.

"큰 소 한 마리도 쓰러집니다."

추경덕의 말이 떠올랐다.

"무슨 소리야?"

담배 연기가 공중으로 퍼져나가는 것을 멍하게 쳐다보고 있던 안나가 고개를 휙 돌려 경찬을 뚫어지게 쳐다보았다. 잠시 후 별거 아니라는 듯 고개를 돌린 그녀는 공중을 향해 담배 연기를 내뿜었다. 그녀가 내뿜는 담배 연기가 하트 모양을 만들면서 하늘로 올라가다가 이내 바람에 흩어졌다.

"슛."

경찬이 만년필의 버튼을 누르자 강한 전류가 안나의 등을 강타했다.

"헉."

신음 소리와 함께 안나가 앞으로 픽 고꾸라졌다. 두 손을 땅에 짚고 힘들게 일어선 경찬은 곧바로 미진에게 다가가 그녀의 얼굴에 손을 갖다 대었다. 창백한 그녀의 얼굴은 얼음장처럼 차가웠고 하얀 손은 나무처럼 딱딱했다.

'무슨 일 생긴 것 아냐? 손이 왜 이렇게 차지?'

그녀를 잃을 수도 있다는 생각이 든 경찬의 눈가에 눈물이 맺혔다. 그 눈물은 누군가를 진심으로 사랑하는 사람만이 흘릴 수 있는 서러운 눈물이었다. 그는 미진을 부둥켜안고는 자기 얼굴을 그녀의 얼굴에 갖다 대고 미친 듯이 부벼대기 시작했다. 잠시 후 죽은 듯 미동도 없던 그녀의 몸이 꿈틀거리기 시작했다. 눈을 뜬 미진이 힘들게 손을 들어서 경찬의 얼굴을 쓰다듬었다.

"오빠."

"MJ."

경찬은 미진을 꼭 껴안았다. 주위를 둘러보던 그녀는 땅바닥에 쓰러져 누워있는 백인 여자를 보았다. 이내 그녀는 모든 것이 이해가 된다는 듯 고개를 끄덕였다. 경찬이 배낭에서 물병을 꺼내서 그녀의 입에 갖다 댔다.

잠시 후 경찬이 그녀의 손을 잡고 일으켜주며

"MJ. 걸을 수 있겠어?"

"네에."

미진이 힘들게 대답했다. 공터를 벗어난 두 사람은 한걸음 한걸음 산길을 내려갔다. 경찬은 이따금 발걸음을 멈추고 추격자가 있는지 뒤를 돌아보았지만 따라오는 자들은 보이지 않았다.

앞서가던 경찬이

"저기가 병곡리 마을회관 같은데."

시동을 켠 채로 부근에서 대기하고 있던 군용 차량이 쏜살같이 다가왔다. 두 사람을 태운 차량은 곧바로 그 자리를 벗어났다. 좁은 농토 길을 따라 시골 마을을 지나 한참을 달리던 차량은 저 멀리 산기슭 외딴곳에 자리 잡은 2층 벽돌집 앞에서 멈추었다. 이 벽돌집은 겉으로는 평범한 농가주택 같이 보였지만 실제로 보안대에서 운용하는 안가였다. 실내에는 사복 차림의 요원들이 여러 명 근무하고 있었는데 얼핏 보면 대학생들 같았다.

그들은 경찬 일행에게 따듯한 차를 권하며

"고생 많으셨습니다."

"고맙습니다."

차를 마시며 실내를 둘러보던 경찬이 내심

'실내 곳곳에 통신장비가 설치되어 있구나. 벽에 걸린 화면도 엄청 크군.'

잠시 후 한 요원이 나타나 리모컨으로 화면을 켰다.

박대령이 화면 속에서 불쑥 튀어나오며

"송박사. 정말 큰일 날 뻔했소."

경찬이 꾸벅 인사를 하며

"여러모로 고맙습니다."

"무슨 일이 생겼소? 중간에 연락이 안 되서."

경찬은 박대령에게 방금 일어났던 습격 사건에 대해 소상히 설명하기 시작했다.

"네. 중간에서 방향을 틀어서 산을 내려오다가……."

중간에 박대령이 말을 자르며

"여자가 혼자였다구요? 걔들은 늘 두 명이 쌍으로 움직이던데."

"한 명뿐이었는데요?"

잠시 생각해 보던 박대령이

"그렇다면 한 여자가 잠시 자리를 비운 거요. 생리적인 현상이거나 핸드폰 통화거나…… 어쨌거나 운이 좋았소. 송박사. 본인도 모르는 새에 천당 갔다 온 거요."

"그런 거 같습니다."

"참고로 그 여자애들은 격투기 선수권자들이요. 혼자서 남자 네댓 명은 가볍게 처리할 수가 있는 애들이요."

화면에서 양팔을 휘두르는 박대령의 모습이 보였다.

경찬이 고개를 꾸벅 숙이며

"넵넵. 다시 한번 감사드립니다."

손목시계를 들여다본 박대령이

"우리 군경 수색대가 걔들 잡으려고 삿갓재 부근으로 출동했소."

"네? 삿갓재로요?"

"걔들 통화를 인터셉트했더니, 삿갓재 아래 계곡 길에서 송박사를 납치할 계획을 세웠더구먼. 어쨌든 상황이 종료된 것은 아니니, 오늘 밤은 그곳에서 지내는 것이 어떻겠소?"

경찬이 미진을 쳐다보자, 그녀가 고개를 끄덕였다.

"네. 그렇게 하겠습니다."

박대령이 손가락으로 동그라미를 만들며

"오케이. 또 연락드리겠소."

비슷한 시각

덕유산 인근 어느 능선의 바위 틈새

비신스키가 핸드폰으로 코시킨에게 전화를 했다.

"형님. 그 자식을 놓쳤슈."

코시킨의 목소리 톤이 올라가며

"놓쳤다고? 위치 추적기까지 붙였다면서?"

"붙이기야 붙였죠. 추적기가 안 터지는 바람에……."

"그래서?"

비신스키가 입을 쩝쩝거리면서

"그 녀석이 멀쩡히 산을 내려오다가 갑자기 방향을 틀었다니까유. 이유를 모르겠슈."

"갑자기 방향을 틀었다구?"

"혹시나 해서 여자애 둘을 뒤에 남겨 놓았는데…… 그 자식이 갔던 길을 되돌아오더니 샛길로 허겁지겁 내려가더래유."

"그래서?"

"여자애 둘이서 뒤따라가다가 적당한 곳에서 그 자식하고 여친을 제압했는대유."

"그런데?"

"한 애가 언덕에 올라와서 저와 통화한 후 다시 그 장소로 돌아가 보았더니 걔들은 보이지 않고, 친구만 뻗어 있더랍니다."

잠시 생각해 보던 코시킨이

"그 여자애들 격투기 했던 애들이라면서?"

비신스키가 입맛을 다시면서

"전기충격기로 얻어맞았대유."

"오마이갓."

코시킨은 연이어

"그 여자애들도 보통 애들이 아닌데…… 흠. 걔들 지금 어디에 있어?"

"나대지 말고 일단 산속에 죽은 듯이 숨어 있으라고 했슈."

잠시 침묵이 흐른 뒤 코시킨이 입을 열었다.

"아우야. 느낌이 안 좋아. 너희들 신분이 노출된 거 아냐?"

"노출되었다고유?"

"응. 노출됐다구. 그렇지 않으면 그 녀석들이 옆길로 샜을 리가 없잖아?"

머리 회전이 빠른 코시킨은 사태를 금방 알아차렸다.

"듣고 보니 형님 말이 맞는 거 같네요."

"아우야. 너희들도 조심하는 게 좋을 거 같아."

"알았슈."

통화를 마친 비신스키는 부근에 대기하고 있던 부하들을 손짓으로 불러 모아 저간의 사정을 설명한 뒤에

"당분간 이곳에서 땅 파고 죽치고 있어야겠어."

그들은 곧바로 소지품을 챙겨 어깨에 둘러메고는 은신처를 찾아 나섰다.

앞장서 가던 비신스키가 발길을 멈추고 눈을 감은 채

"우씨. 벌써 수색을 개시했남? 개 짖는 소리가 들리잖아."

비신스키 일당은 땅을 파기 시작했다. 그들은 한길 넘는 비트를 구축해서 그 속에서 며칠 더 버틸 작정이었다.

다음 날 잠을 설친 경찬과 미진은 새벽같이 안가를 나섰다. 문 앞에는 소형 차량 2대가 대기하고 있었다. 목적지가 다른 두 사람을 따로 싣고 갈 차량이다.

경찬이 두 팔로 미진을 보듬고 이마에 입을 맞추며

"몸조심하구. 도착하면 문자 보내줘. MJ."

미진이 양손으로 경찬의 얼굴을 감싸며

"오빠야말로 몸조심하세요."

차 속에서 깜빡 잠이 든 경찬이 덜컹거리는 소리에 눈을 떴다. 손목시계는 7시를 가리키고 있었다.

창밖을 내다보던 경찬이 중얼거리며

"어! 연구소에 벌써 다 왔네."

잠시 후 차가 끼익 소리를 내면서 멈추었다.

사복 차림을 한 운전병이

"도착했습니다."

"고맙습니다."

짤막한 인사를 건넨 경찬이 빠른 발걸음으로 자기 방으로 향했다. 샤워를 마친 경찬이 핸드폰을 들여다보니 미진의 문자 메시지가 기다리고 있었다.

〈서울에 거의 다 왔어요. 오빠는?〉

〈나도 도착. ^_^〉

경찬이 양복을 꺼내 입고 출근하기 위해 방문을 열고 나갔다.

"안녕하십니까? 박사님."

방문 앞을 지키고 있던 추경덕 요원이 인사를 했다.

추경덕에게 만년필을 돌려주며

"고맙습니다. 이 만년필 덕분에 목숨을 건진 거 같네요."

만년필을 건네받은 추경덕이 사무적인 말투로

"박사님. 오늘부터 신변경호가 더 보강됩니다. 이 친구가 밀착 경호를 할 겁니다."

추경덕이 옆에 서 있던 한 남자를 가리켰다.

"Jay라고 합니다. 당분간 박사님하고 하루 종일 붙어서 지낼 겁니다. 화장실 갈 때만 빼고요."

호리호리한 체격을 가진 Jay는 대학생 같은 앳된 얼굴을 하고 있었다.

"네. 고맙습니다. 근데 잠은 어디서 자지요?"

Jay가 경찬의 방을 가리키며

"박사님하고 같은 방에서 잘 겁니다. 간이침대를 준비해 놓았습니다."

"허 참. 저 때문에 고생 많습니다."

경찬이 방을 나와서 연구실로 발걸음을 옮기자 Jay도 바싹 붙어 따라왔다. 추경덕 요원과 김병만 요원은 저만치 거리를 두고 뒤처져 걸었다.

덕유산에서 돌아온 지 벌써 두 달이 지났다. 그동안 경찬에게는 별다른 일이 일어나지 않았고 미진도 마찬가지였다. 경찬은 매일 매일 연구에 몰두하면서 예전의 일상을 되찾았다. 가끔 보안대의 박대령이 전화를 걸어와서

"킬러들 아직도 못 잡았소. 긴장을 풀지 마시오. 송박사. 그놈들 한번 시작하면 끝장을 보는 놈들이니까."

"넵. 조심하겠습니다."

어느 목요일 오후

퇴근을 하기 전 커피를 마시던 경찬이 핸드폰을 집어 들었다.

"MJ가 문자를 보냈네."

미진의 문자는 언제나 경찬의 안부를 묻는 것으로 시작했다.

〈오빠. 별일 없죠? 나도 별일 없음^^ 보고 싶어요. 그리고 오늘 최진경씨와 김미경씨, 저 이렇게 셋이서 저녁 먹기로 했어요.〉

문자 내용을 확인한 경찬이 혼잣말로

"아, 참. 최진경씨가 저번 주 서울로 출장 갔지. 언제 저녁 먹는 그런 사이들이 됐지? 세 사람 성격이 잘 맞기는 한 건가?"

눈망울을 굴리며 생각을 해보던 경찬이 피식 소리를 내며 웃었다. 경찬이 곧바로 문자 메시지를 보냈다.

〈나두 보고 싶어. MJ. 저녁 마치면 일찍 집에 들어가구. 이번 주말 트래킹도 사람이 붐비는 곳으로 갈 계획임.〉

곁에서 경찬의 문자 메시지를 실시간으로 체크하고 있던 Jay가

고개를 절레절레 흔들며

"휴우. 이번 주말에도 못 쉬겠네."

옆방에서 문자 메시지를 들여다보고 있던 추경덕 요원과 김병만 요원이 마주 보며 어깨를 으쓱했다. 주말에도 쉴 수 없기는 이들도 마찬가지였다.

그날 저녁
서울 근교 어느 골프장 부근의 음식점

맛집으로 소문난 그 음식점은 저녁때가 되자 손님으로 가득 찼다. 대부분 라운딩을 마치고 온 골퍼들이었는데 오늘 라운딩을 놓고 옥신각신 설왕설래, 실내는 소란스러웠다.

스코어가 마음에 안 들었던지 맥주를 벌컥벌컥 마시는 사람이 있는가 하면

"언제 시간이 됩니까?"

복수전을 위해 다음 라운딩 날짜를 잡자며 달력을 들이대는 사람도 있었다. 익지도 않은 고기를 쌈에 싸서 입안 가득히 넣는 사람도 있었고 반대로 음식에는 별 관심이 없고 다른 사람들이 입은 옷에 정신이 팔린 여성 골퍼들도 몇 있었다. 그 시간, 맨 안쪽의 창가 테이블에 한 여자가 홀로 앉아 있었다. 그녀가 앉은 테이블은 멀리 골프장이 내려다보이는 명당이었기 때문에 많은 사람들이 선호하는 자리였다.

주인장이 말하기를

"그 자리는 미리 예약을 해야 합니다."

워낙 인기가 있다 보니 그 자리는 최소 일주일 전에는 예약을 해

야 한단다. 손목시계를 들여다보던 그녀가 고개를 들었다. 낯익은 얼굴의 그녀는 바로 최진경이었다.

입구 쪽을 뚫어지게 쳐다보던 그녀가 혼잣말로

"올 때가 지났는데……."

"어서 오십쇼."

잠시 후 종업원들이 손님을 맞이하는 소리가 들렸다. 곧이어 두 젊은 여자가 식당 안으로 들어섰다. 바로 김미경과 전미진이었다. 두 사람은 각자 다른 곳에서 택시를 타고 출발했지만 비슷한 시간에 도착해 입구에서 마주친 것이다. 갑자기 등장한 두 미인에게 사람들의 시선이 집중됐다.

실내를 둘러보던 김미경이

"최진경씨를 찾는데요?"

"네네. 안내하겠습니다."

두 사람은 웨이터의 안내를 받으며 최진경이 앉아 있는 창가 쪽으로 걸어 들어갔다. 워낙 미인들이다 보니 많은 사람들의 시선은 여전히 그녀들의 주위를 맴돌고 있었다.

김미경이 최진경에게 눈인사를 보내며

"오래 기다렸지요? 길이 많이 막혀서."

상대방에 대한 배려인가? 최진경은 전혀 지루한 내색을 비추지 않고

"아니요. 나도 방금 도착했어요."

예전에 최진경과 김미경, 그리고 최진경과 전미진 두 사람이 만난 적은 있지만 오늘처럼 셋이서 함께 만난 적은 없었다. 범띠생 최진경이 토끼띠인 두 사람보다 한 살 위였다.

"나이가 뭐 그렇게 중요한가요?"

최진경의 제안에 따라서 이들은 친구처럼 편하게 지내기로 했다. 이들은 가끔 이메일을 주고받기도 하고 통화를 하며 수다를 떨기도 했는데, 먼저 연락하는 쪽은 항상 최진경이였다. 오늘 만남도 최진경이 나서서 어렵게 만든 자리였다.

"내가 조만간 서울 출장가는데 우리 셋이 함 뭉치는 거 어때요들? 아주 유명한 맛집 하나 골라놨어요."

최진경의 제안에

"옳은 말씀."

김미경이 곧바로 맞장구를 치면서 만들어진 모임이었다.

"이번 말고 다음 달이 어때요? 컨디션이 안 따라주네요."

얼마 전 덕유산에서 큰 변을 당한 미진이 몸이 안 좋다는 핑계를 댔지만 두 사람은 들은 척도 안했다.

특히 최진경이 매달리다시피 애원 조로

"다들 서울에서 모이기도 힘든데…… 뒤풀이 없이 식사만 하고 가는 거는 어때요?"

김미경도 최진경을 거들며

"그래요. 이번에 노래방은 생략하구 식사만 하고 깔끔하게 헤어져요. ㅎㅎ."

미진은 차마 그 제안마저 거절하지는 못하고

"네에……."

세 사람이 다 모이자 짙은 눈화장에 양쪽에 은색 귀걸이를 길게 매단 남자 웨이터가 메뉴판을 내밀었다.

최진경이 메뉴판을 낚아채며

"오늘은 내가 쏠게요."

미경이 손사래를 치며

"아니에요. 엔분의 일로 가요. 한 사람이 다 내면 자주 모이기 어렵잖아요."

최진경이 못 이기는 척

"그래요. 더치페이로 가요. 참 여기는 안심하고 등심이 예술이래요. 와인도 맛있구요."

세 사람 모두 등심을 선택하자 주문지에 몇 자를 적은 웨이터가 와인 리스트를 앞으로 내밀었다. 최진경이 웨이터를 올려다보면서

"적당한 거 하나 추천해 주세요."

그 웨이터가 생각해 보는 척 인상을 쓰더니

"네. 손님들이 선택한 등심에는 2007년 캘리포니아산 멜롯이나 2013년 보르도산 까베르네 쇼비뇽이 어떨까요?"

최진경이 지체 없이

"2007년산 멜롯으로 주세요."

잠시 후 음식이 나왔다. 효소에 절여서 숙성시킨 고기에는 향내가 배어 있었고 육질도 연했다. 이 집이 자랑하는 검붉은 소스는 새콤하면서도 달콤했다.

식사 도중에 틈틈이 창밖을 내다보던 김미경이

"진경씨 고마워요. 이런 데를 알려주어서. 맛도 예술이고 뷰도 끝내주네요."

고기를 다 해치운 세 사람은 디저트 아이스크림을 시켜 먹었는데 한입 맛본 김미경이

"아이스크림도 죽이네요."

미진도 빙그레 웃으며 고개를 끄덕였다.

잠시 후 최진경이 자리에서 일어나며

"잠깐 실례. 화장실에……."

식당 안을 둘러본 미경이 미진의 어깨를 슬쩍 건드리며

"미진씨. 우리가 먹는 데 정신이 팔렸었나 봐요. 다른 사람들은 거의 다 빠져나가고 식당에 우리밖에 없네요."

미진이 손목시계를 쳐다보며

"그러게요. 바깥은 벌써 깜깜해졌네요."

김미경이 립스틱을 꺼내며

"진경씨 오면 우리도 곧바로 일어나야겠어요."

잠시 후 최진경이 자리에 돌아왔다.

그녀는 자리에 앉으면서

"콜택시를 한 대 불렀어요. 가까운 지하철역까지 우리 함께 타고 가요."

두 사람이 동시에

"네."

손가방에서 손거울을 꺼낸 최진경이

"도착하면 연락 준대요. 커피 한잔 하면서 기다리면 되겠네요."

몇 분 후 택시가 도착했다는 메시지를 받은 세 사람이 자리에서 일어섰다.

미진이 최진경의 손을 꼭 쥐면서

"다음번 모임 장소는 내가 골라볼게요."

계산을 마친 세 사람이 입구를 나서는 순간 최진경이 두 사람의 등을 살짝 떠밀면서

"먼저들 내려가세요. 전화 한 통화만 하고 곧바로 따라갈게요. 나가서 조금 걸어 내려가면 큰 길이 나올 거예요. 콜택시가 그곳에서 대기 중이래요."

"그래요. 먼저 내려가고 있을게요."

미경과 미진이 먼저 문을 나섰다. 언덕에 위치한 음식점에서 큰 길까지는 약 300미터 정도 거리였다. 그곳까지 가는 길은 시멘트로 포장되어 있었고 폭은 차 두 대가 다닐 수 있는 정도였다. 길 양 옆으로는 숲이 보였는데 그곳은 가로수와 야생화들이 빽빽이 심어져 있었다. 드문드문 서 있는 가로등의 희미한 불빛은 땅에 닿기도 전에 소멸된 듯 길이 어두웠다.

"공기가 정말 맑네요."

어둠 따위는 문제가 아니라는 듯이 미경이 앞장서서 걷기 시작했다.

미진이 앞서가는 미경을 불러세우고는 숲속을 가리키며

"미경씨 잠깐만요. 무슨 소리가 난 것 같아요."

덕유산의 아픈 기억을 떠올린 그녀는

"그냥 차를 여기까지 올라오라고 하면 안 될까요?"

미경이 큰 길가에서 비상등을 깜박거리며 서 있는 차량을 가리키며

"그냥 가요 미진씨. 조금만 더 걸어가면 되겠는데요. 뭐."

저만치 앞서가던 미경이 발걸음을 멈추고 고개를 돌려 미진에게 손짓하자 미진이 말없이 뒤따라 걷기 시작했다. 미진이 두 번째 가로등을 지나갈 때 오른쪽 길가에서 풀잎을 스치는 소리가 났다.

미진이 고개를 돌리는 순간

"슉슉."

시커먼 두건을 둘러쓴 괴한이 나타나서 미진의 얼굴에 스프레이를 뿌렸다.

"으읍!!"

미진이 신음 소리를 내면서 옆으로 쓰러지자 그 괴한은 미진을

등에 메고는 순식간에 수풀 속으로 사라졌다.

'무슨 소리가 난 것 같은데?'

미경이 발걸음을 멈추고 뒤를 돌아보았다.

"어. 미진씨가 어디 갔지?"

미경은 눈을 찡그리며 걸어왔던 길을 살펴보았다. 그때 길 옆 큰 나무 뒤에서 검은 복면을 한 괴한이 나타나 미경을 등 뒤에서 덮쳤다. 미경이 본능적으로 옆으로 피하자 제힘을 주체하지 못한 괴한이 앞으로 고꾸라지며 가벼운 신음 소리를 냈다.

"헛."

벌떡 일어선 괴한이 미경에게 곧바로 덤비지 않고

"휘익."

대신 손가락을 입에다 넣고 짧은 휘파람 소리를 냈다. 그 즉시 큰 길가에 대기 중이던 차량에서 모자를 눌러쓴 남자가 뛰쳐나왔다. 미경에게 다가온 그는 다짜고짜 미경의 목을 노리고 팔을 뻗었다. 미경이 옆으로 재빠르게 피하면서 들고 있던 핸드백을 마구 휘둘렀다.

"퍽."

얼굴을 얻어맞고 모자가 벗겨지자 콧수염을 기른 백인 남자의 얼굴이 드러났다.

'얘는 뭐 하는 애야? 격투기 하는 앤가?'

그 백인 남자는 당황한 기색이 확연했다. 그는 곧바로 허리춤에서 칼을 꺼내 손에 들었다. 희미한 불빛 아래에서 칼날은 시퍼렇게 번쩍였다.

"Help me! 도와주세요!"

졸지에 낯선 남자들로부터 협공을 당하게 된 미경이 소리를 질렀지만 주변에는 아무도 없었다. 그녀는 덜컥 겁이 났다.

'이러다가 진짜로 죽는 거 아냐?'

궁즉통이라고 했던가? 미경이 핸드백을 열어서 무언가를 꺼내는 시늉을 했다. 그녀는 손에 잡히는 대로 아무거나 꺼내서 호신용 전기총인 양 두 사람을 겨누었다. 미경을 향해 돌진하던 그들이 움찔하며 그 자리에 멈추었다. 그 짧은 순간을 이용해서 미경은 길옆의 숲속으로 내달렸다.

"Stop!!"

두 사람이 고함을 지르며 그녀를 뒤쫓아 숲으로 뛰어들었다. 잡히면 죽을지도 모른다는 두려움에 사로잡힌 미경은 앞만 보고 달렸다. 큰 나무를 발견한 그녀는 재빨리 나무 뒤로 몸을 숨겼다.

뒤에서 쫓아오는 소리가 들리지 않자

"휴우."

긴 숨을 내쉰 그녀는 손에 쥐고 있던 립스틱을 다시 핸드백 안에 집어넣었다.

'누구야 쟤들은? 참. 미진씨하고 진경씨는?'

그녀는 핸드폰을 꺼내서 불빛이 새 나가지 않게 품속에서 번호를 눌렀다.

"뚜뚜뚜."

신호는 가지만 그녀들은 전화를 받지 않았다.

"웬 차 소리?"

미경이 조심스럽게 고개를 내밀고 바라보니 길가에 서 있던 그 차가 식당 쪽으로 빠르게 올라가는 게 보였다. 잠시 후 누군가를 태우고 내려오던 그 차가 수풀을 향해 전조등을 몇 번 깜빡거렸다. 곧바로 길가에서 튀어나온 두 사람이 트렁크를 열고 등에 멘 검은 포대를 던져넣었다. 큰길로 접어든 차는 이내 서쪽으로 사라졌다. 그 차가 시야에서 사라지자 미경이 나무 뒤에서 천천히 걸어 나왔다. 큰 길가로 나온 그녀는 택시를 기다렸지만 한참을 지나도 지나가는 택시가 보이지 않았다.

그녀는 핸드폰을 꺼내서

"오빠. 나야."

"집에 안 들어오고 웬 전화?"

김연준 사장의 목소리가 들려왔다.

"오빠. 나 좀 데리러 와라. 자세한 얘기는 만나서 하자."

"그래. 거기 어디야?"

그날 밤

퇴근 후 저녁 식사를 대충 때운 경찬은 일찌감치 자기 방으로 돌아와 컴퓨터와 씨름을 하고 있었다. 그는 저명한 학술지에 소개된 한 편의 논문에 흠뻑 빠져 있었다.

잠수함 소음 제거에 대해 한 러시아 과학자가 쓴 논문이었는데

"오. 그렇게 해결할 수도 있겠군."

경찬은 그 논문을 읽고 또 읽으며 그 이론을 얼티밋 워리어에도 활용할 수 있는지를 놓고 고심 중이었다. 모니터에서 눈을 떼고 창밖을 내다보니 주변에는 이미 칠흑 같은 어둠이 내려앉아 있었다.

손목시계를 들여다본 경찬이

"어. 시간이 벌써 이렇게 됐나? 그런데 왜 MJ한테서 연락이 없지? 오늘 저녁 식사 간다고 했었는데?"

미진에게 저녁 약속이 있다는 사실을 떠올린 경찬이 핸드폰을

들고 메시지 함을 체크했다.

부재중 통화기록에 한 통이 남아 있었다.

"MJ 전화 소리를 못 들었구나."

경찬이 씨익 웃으면서 부재중 통화목록을 체크했다. 미진이 아니라 뜻밖에도 김연준 사장의 전화였다.

"조금 전에 전화했네. 연준 형이 왜 했지?"

고개를 몇 차례 갸우뚱거리던 경찬이 발신키를 눌렀다. 그러나 김연준은 전화를 받지 않았고 뚜뚜뚜 소리만 들릴 뿐이었다. 그때 경찬의 컴퓨터가 삐삐 소리를 냈다. 동시에 모니터상 인스타그램 계정에서 발신인을 알 수 없는 문자 메세지가 떴다.

〈Hello. Dr. Song? We want to talk to you. (안녕하슈? 송박사. 얘기 좀 합시다.)〉

경찬이 방문을 열고 밖에서 대기하고 있던 Jay에게 들어오라는 손짓을 했다. 그가 들어오자 경찬이 손가락으로 컴퓨터를 가리켰다. Jay가 알았다는 듯 고개를 끄덕이자 경찬이 빠른 손놀림으로 자판기를 두드렸다.

〈Who are you? (누구신가요?)〉

경찬이 키보드를 두드리자 곧바로

〈Well. We are nobody. (걍, 별 볼 일 없는 보통 사람들이요.)

We now inform you that your girl is with us. (당신 여친이 우리하고 함께 있다는 사실을 알려주는 거요.)

You'd better follow our instruction for the sake of her safety. (그녀의 안전을 위해서 당신은 우리 지시를 따르는 게 좋을 거요.)〉

'여친? MJ가 납치당했나?'

경찬의 손바닥에 땀이 배어났다. 메시지를 함께 읽던 Jay가 핸드폰으로 상관인 추경덕에게 긴급사태가 발생했다는 연락을 취했다.

〈Who are you? (댁들은 누구요?)〉

경찬이 재차 같은 질문을 날렸지만 쿨한 대답만이 돌아왔다.

〈You will soon find out who we are. (조만간 알게 될 거요.)〉

Jay가 경찬의 어깨를 툭툭 치면서 신문지에 '타임'이라는 글자를 크게 써서 경찬의 코앞으로 들이밀었다. 위치 추적을 위해 일부러 시간을 끌라는 시그널이었다. 경찬이 고개를 끄덕이며 자판기를 두드렸다.

〈What do you want? (원하는 게 뭐요?)〉

〈We want a deal with you. (우리하고 딜을 합시다.)〉

경찬이 고개를 돌려서 Jay를 쳐다보자, Jay는 연이어 신문지에다가 5분이라고 썼다. 시간을 5분만 더 끌라는 신호였다. 그것을 본 경찬이 자판기를 쳤다.

〈What kind of deal? (무슨 딜을 하자는 거요?)〉

〈We want to exchange your girl with your Algorism. (당신 여자하고 암호하고 바꿉시다.)〉

경찬이 입술을 깨물며 답신을 보냈다.

〈What do you mean by Algorism? (무슨 암호를 말하는 거요?)〉

〈Are you kidding? You know the answer, don't you? We want to break Algorism guarding 'ultimate warrior sonar program'. (장난치는 거요? 당신. 무슨 말 하는지 알고 있을 텐데? 핵잠수함 소나에 깔려 있는 암호해독문 말이요.)〉

'아 역시. 소나프로그램을 노리는 악당들이었군.'

그의 머릿속에 자욱했던 안개가 사라지는 기분을 느꼈다. Jay는 여전히 누군가와 통화를 하고 있었다. 경찬의 손이 다시 자판기로

갔다

〈Where is she? Is she safe alive? (그녀는 어디에 있소? 안전하게 살아는 있소?)〉

대답을 기다리는 그 짧은 순간에 경찬의 가슴이 쿵쾅쿵쾅 뛰기 시작했다.

〈Don't worry. She is absolutely well. (걱정 마시오. 매우 안전하게 잘 있으니까.)〉

그녀가 안전하다는 말에 가슴이 진정된 경찬이 잠시 생각하더니 다시 글을 써서 보냈다.

〈How are the other ladies? Are they fine? (그녀 말고 다른 여자분들은 어디 있소? 무사한가요?)〉

〈No idea. They are no concern to us. let's meet. Can you come to our place? (잘 모름. 걔들이 잘 있는지 없는지는 별 관심이 없소. 함 만납시다. 당신이 우리 쪽으로 올 수 있겠소?)〉

어느 틈에 방 안에 들어온 추경덕이 경찬의 등을 두드리며 신문지에 1분이란 글자를 적었다. 시간을 조금만 더 끌라는 얘기였다.

〈Sure. Advise me when and where. (함 만납시다. 시간과 장소를 알려주시오.)〉

〈Good. We will advise you shortly. (좋소. 조만간 연락드리죠.)

In the meantime, don't ever talk to anybody else on this matter. We really mean it. (그리구 이 일을 아무에게도 말하지 마시오. 허투루 하는 소리가 아니오.)〉

〈I got it. Who are you? (잘 알아들었소. 댁들은 뉘시요?)〉

경찬이 시간을 끌기 위해서 재차 누구냐고 물었지만 더 이상 응답이 없었다.

추경덕과 Jay가 안도의 한숨을 내쉬며

"이 정도면 발신자의 위치를 찾을 수 있을 것 같습니다."

잠시 후 경찬의 컴퓨터에 새로운 문자 메시지가 도착했다. 이번에는 발신자가 아까와 달랐다.

〈At 18:00 on this coming Saturday. Lobby floor, Golden Pearl Hotel, Macao. (이번 토요일 저녁 6시. 마카오 골든 펄 호텔 로비.)

Deal done? (올 수 있소?)〉

추경덕이 경찬을 향해 손가락을 구부려서 OK 사인을 주자, 경찬이 메시지를 적어 보냈다.

〈Deal done. (가겠소.)〉

〈See you then. Dr. Song. (그때 봅시다. 송박사.)〉

한동안 컴퓨터를 쳐다보던 경찬이 고개를 돌려서 추경덕을 응시하며

"내가 가겠습니다. 마카오에."

추경덕이 양손을 가로저으며

"조금만 기다려 보시죠. 지금 우리 요원들이 발신지를 파악하고 있는 중입니다. 오늘은 그냥 주무십시오. 내일 아침에 뵙겠습니다."

추경덕이 경찬과 Jay를 남겨두고 방을 나섰다.

"소장님. 잘 주무십시오."

Jay가 방구석으로 걸어가 간이침낭을 깔았다. 경찬을 보고 씩 웃는 jay의 점퍼 사이로 권총 손잡이가 살짝 보였다. 잠자리에 들기 전에 경찬은 혹시나 하는 마음으로 미진에게 전화를 걸었지만 응답이 없었다.

경찬이 침대 머리맡에 놓인 사진 속의 미진에게 입을 맞추며

"무사해야 할 텐데……."

몇 해 전 미국의 어느 해변에서 찍은 사진이었다.

경찬은 사진 속에서 수줍게 웃고 있는 미진을 쳐다보면서

"MJ. 죽으면 안 돼. 꼭 살아있어야 돼."

마치 주문을 외우는 것처럼 같은 말을 반복하던 경찬은 스르륵 잠이 들었다.

"No. No."

경찬이 갑자기 소리를 내질렀다. 오른손에 권총을 든 Jay가 다가와서

"박사님. 괜찮으세요?"

침대에서 벌떡 일어나 앉은 경찬이 Jay를 보고 멋쩍은 웃음을 지으며

"내가 꿈을 꾼 모양이요."

Jay가 손에 쥐고 있던 권총을 안주머니에 집어넣으며

"악몽을 꾸셨군요."

시계를 쳐다본 경찬이 다시 이불 속으로 들어갔다.

흘린 땀으로 등줄기가 서늘해진 경찬은 몸서리를 치면서

"미진이 죽는 악몽이야. 노놋."

다음 날 아침, 출근 준비를 마친 경찬이 방을 나서려고 할 때 추경덕이 방으로 들어섰다.

"박사님. 드릴 말씀이 있는데요."

"네?"

경찬이 소파에 앉으면서 추경덕에게 의자를 권했다.

"어젯밤에 그 친구들 서버를 추적해 봤더니……."

경찬이 말을 자르며

"찾아내셨군요?"

"네. 앞엣것은 마카오였고, 뒤엣것은 러시아 상트페테르부르크였습니다."

경찬이 고개를 갸우뚱하면서

"그래요? 마카오는 그렇다 치고 상트페테르부르크는?"

"뭐 좀 짚이는 거 없으세요? 박사님."

경찬을 쏘아보는 추경덕의 눈매가 날카로웠다.

"제 생각으로는, 그들은 한국 핵잠의 소나프로그램을 노리는 국제무기상이거나 테러 단체들과 연관이 있지 않을까요?"

경찬이 추경덕에게 잠수함 소나프로그램과 카이저펀드, 알렉스 함대장 등에 대해 간략하게 설명해주었다.

추경덕이 손가락으로 딱 소리를 내면서

"박사님 설명을 들으니 뭔가 감이 왔습니다. 즉시 상부에 보고하겠습니다."

방을 나간 지 한 시간 후에 돌아온 추경덕이 경찬을 찾아와

"우리 측 요원들은 곧 마카오로 출발할 겁니다."

"추요원님."

방을 나서던 추경덕이 발걸음을 멈추고는 고개를 돌렸다.

경찬이 굳은 표정으로

"아까 말씀드렸듯이 저도 마카오로 가겠습니다."

추경덕이 경찬을 제지하듯 손바닥을 보이며

"직접 가시겠다구요? 그 문제는 윗분하고 상의를 좀 더…… 이런 경우 보통 미끼를 내보냅니다만."

경찬이 눈을 질끈 감으며

"나에게 좋은 방법이 있소."

추경덕이 고개를 저으며

"방법이 문제가 아니라 생사가 달린 문제입니다. 잘못되면 목숨을 잃을 수도 있습니다. 박사님."

"그쯤은 나도 잘 알고 있소. 그래도 가야겠습니다."

경찬의 말투나 표정으로 보아 이미 결심이 선 것 같았다. 그런 경찬을 물끄러미 바라보던 추경덕이 조용히 방을 나서며 핸드폰을 꺼내 들었다.

"대령님. 중간 보고 드리겠습니다."

보안대 박대령과 긴 통화를 하던 추경덕이 통화 말미에

"대장님. 마카오로 가겠다는 송박사의 뜻이 워낙 강경한 거 같습니다."

"거참. 오히려 우리 작전에 방해만 될 텐데?"

아까 경찬이 했던 말을 떠올린 추경덕이

"대장님. 아까 송박사가 좋은 아이디어가 있다고 했습니다."

"아이디어? 내가 직접 들어는 봐야겠군."

그는 연이어

"송박사 신변경호는 더 신경 쓰도록."

"넵. 알겠습니다. 참, 최진경의 소재는 파악됐습니까?"

박대령이

"군경 합동수사팀이 나서서 다 뒤지고 있는데 여태 못 찾았어. 어딘가로 잠수타버렸어."

"네네."

"좀 있다가 송박사하고 통화시켜주게."

한 시간 후 경찬과 통화를 하던 박대령이

"그 방법이라면 통할 것 같기도 한데…… 정말 가시겠어요? 송박사.”

“네네. 꼭 보내주세요.”

통화를 마친 박대령이 추경덕에게 전화를 걸었다.

“송박사가 가는 게 도움이 되겠어.”

“넵. 알겠습니다.”

“항공편 등 필요한 조치를 다 취하도록.”

“넵넵.”

“글구 난 지금 김미경씨를 만나러 가는 중이야.”

“네네.”

“그래. 수사에 도움이 될 만한 사람은 김미경씨밖에 없잖아? 유일한 목격자이자 사건의 당사자이니까. 그 아가씨, 수사에 굉장히 협조적이야.”

미진의 납치 소식에 가장 놀란 사람은 경찬이었지만 사실 김미경의 마음도 편치 않았다.

그녀는 밤새 자신의 경솔함을 자책하며 내심

‘내가 괜한 짓을 했어. 싫다는 미진씨를 괜히 불러내가지고.’

잠시 후 검은색 가방을 든 Jay가 경찬에게 다가왔다.

가방에서 큰 주사기를 꺼내든 Jay가 다짜고짜 경찬의 팔을 잡아채며

“잠깐 소매 좀 걷어 올려 주시겠습니까?”

“어! 이게 뭡니까?”

주사기를 쳐다본 경찬이 움찔하며 본능적으로 팔을 뿌리쳤다.

“주사기는 주사기인데, 주사기가 아닙니다. 팔에 예쁜 장난감 하나를 심겠습니다.”

Jay가 다시 경찬의 팔뚝을 붙잡고 소매를 걷어 올렸다.

"장난감을요?"

Jay가 경찬의 팔에 주사기를 찔러 넣으며

"위치 추적 장치입니다. 마카오 가신다면서요?"

주사기를 빼낸 Jay가 경찬을 쳐다보며

"군사위성과 연결되어 있습니다. 지금부터 우리가 송박사님의 위치를 실시간으로 파악하고 있다고 보면 됩니다. 단 전파가 통과하지 못하는 깊은 물속을 제외하고 말입니다."

비슷한 시간, 미진은 로프에 손발이 묶인 채 어선을 가장한 화물선의 짐칸에 갇혀 있었다. 그녀가 의식을 찾은 지도 반나절은 지났지만 들리는 것은 파도 소리와 엔진소리뿐이었고, 얼굴에는 아직도 화학물질 냄새가 남아 있었다. 그녀는 로프를 풀기 위해 몸을 움직여 보았으나 별 소용이 없었다.

"대체 여기가 어디쯤일까? 무슨 일이 생긴 거지?"

그녀는 오감을 총동원해서 상황을 파악하려고 했으나 허사였다.

토요일 오후
마카오 골든 펄 호텔

굳은 표정으로 비행기에서 내린 경찬이 손으로 안주머니에 꽂혀 있는 만년필을 만져보았다. 덕유산에서 사용했던 것과 동일한 일회용 전기충격기였다.

출발 전 박대령이 경찬에게 만년필을 직접 건네주며

"송박사. 우리 요원들을 마카오에 급파하기는 했지만 그곳은 우리 나와바리가 아니오."

경찬이 마카오 공항 터미널을 걸어 나가고 있을 때 핸드폰으로 문자 메시지가 도착했다.

〈골든 펄 호텔에 도착하면 진주목걸이에 선글라스를 머리에 걸친 검은 옷을 입은 여자를 따라오시오.〉

약 30분 후 호텔 로비에 들어선 경찬이 한쪽 구석으로 걸어갔다.

잠시 후, 검은색 정장을 입은 중년의 동양 여자가 경찬의 옆을 스쳐 지나가며

"Dr. Song. Follow me, please. (송박사. 저를 따라오시지요.)"

선글라스를 머리에 얹은 그녀의 목에는 진주목걸이가 걸려 있었다. 앞서가던 그녀는 로비 구석의 비상구 옆 VIP 전용 엘리베이터 앞에서 멈추었다. 그녀와 경찬을 태운 엘리베이터는 한참을 올라가다가 멈추었다. 문이 열리자 그녀는 초록색 카펫이 깔린 기다란 복도를 앞장서서 걸어갔다. 복도 끝에 있는 룸 앞에서 멈춰선 그녀는 경찬에게 안으로 들어가라는 손짓을 했다. 경찬이 들어선 그 방은 대회의실인 듯 실내는 넓고 천장은 높았다. 그 방에는 이미 여러 사람들이 자리를 잡고 있었지만 실내 조명이 어두운 탓에 경찬은 그들의 얼굴을 제대로 볼 수 없었다.

그중 한 명이 강한 동구권 악센트가 들어간 영어로

"Welcome here. Dr. Song. (잘 왔소. 송박사.)"

경찬이 소리 나는 쪽을 바라보며

"당신들은 누구요? 원하는 게 뭡니까?"

"Deal이요. 우리는 거래를 원하오."

이번에는 다른 사람의 목소리였다.

경찬이 소리 나는 쪽을 향해

"우린 서로 모르는 사이인데 무슨 거래를 하자는 겁니까?"

"풋후."

가벼운 코웃음 소리가 나더니

"송박사. 이미 거래를 하기로 합의한 것으로 아는데…… 알고리즘을 푸는 키는 가져왔겠지?"

차가운 말투였다. 경찬도 쿨한 목소리로

"소나프로그램은 내 개인 소유가 아닙니다. 내 맘대로 할 수 없다는 것을 잘 알지 않소?"

"송박사. 시시한 말장난이나 하자고 우리가 만나는 게 아니잖소? 수십 장 수백 장 카피할 수 있는 그깟 프로그램에 니꺼 내꺼가 어디 있소? 단도직입적으로 묻겠소. 여친 목숨을 살릴 생각이 있소? 확실하게 말해보시오."

거친 말투 속에는 냉혹함이 서려 있었다.

이들의 비위를 거슬러 좋을 게 없겠다는 생각이 든 경찬이 목소리를 누그러뜨리며

"그녀는 안전하게 잘 있소?"

"당연히 잘 있소. 백문이 불여일견이지. 직접 눈으로 확인해보시겠소?"

경찬이 고개를 끄덕이며

"그렇소. 내 눈으로 직접 확인해야겠소."

딱하고 손뼉 치는 소리가 나더니 천장에서 한줄기 불빛이 내려와 경찬의 주위를 밝게 비추었다. 잠시 후 큰 베이지색 군용 백을 맞든 두 남자가 나타났다. 그들이 지퍼를 열자 속에는 두 손이 결박당하고 청색 테이프로 입이 봉해진 미진이 자는 듯 누워있었다.

미진을 바라본 경찬은 속으로

'얼굴에 핏기가 전혀 없잖아?'

경찬이 미진에게 달려갈 태세를 취하자, 주변에 있던 경호원들이 총 끝으로 그를 제지했다. 미진을 쳐다보는 경찬의 눈망울에 눈물이 맺혔다.

경찬이 고함을 치며

"다친 거 아니오? 그녀는…… 괜찮은 거요?"

"노프라블럼. 조금 있다 깨어날 거요."

경찬이 손을 뻗으며

"함 확인해봅시다."

"노놋. 데리고 나갓!"

누군가의 지시를 받은 남자들이 경찬을 제지했다. 그들이 군용백을 챙겨 방을 나가자 중앙을 비추던 조명이 사라졌다.

다시 어두워진 실내에서 한 사람이

"그대가 약속을 지키면 그녀는 안전할 것이오."

아까 냉혹한 말투로 프로그램의 알고리즘을 요구했던 그 목소리였다.

잠깐 생각을 하던 경찬이 소리 나던 곳을 향해서

"좋소. 먼저 그녀를 풀어주시오. 연후에 당신들이 원하는 것을 넘겨주겠소."

"오케이. 암호 해독키는 가져왔다는 말이군."

경찬이 허리춤을 올려 벨트를 풀었다. 벨트 안쪽을 만지작거리던 경찬의 손에는 소형 USB가 들려 있었다.

어둠 속에서 누군가가 다가오는 기척을 느낀 경찬이 날카로운 목소리로

"억지로 뺏을 생각은 마시오. 손가락으로 힘을 조금만 주어도 망가지게 되어 있소."

방 안에 있는 모든 사람들의 시선이 경찬의 손을 따라 움직였다.

그중의 한 명이

"하핫. 힘으로 뺏는다니 무슨 말씀이요? 우린 비즈니스맨이요. 송박사. 말해보시오. 그녀를 어디에다 풀어주면 되겠소?"

이미 생각해 두었다는 듯 경찬은

"마카오 영국 영사관으로 보내주시오. 내 눈으로 직접 확인해야겠소."

"눈으로 확인하고 싶다?"

소근대던 소리가 나더니 그들은 어딘가로 통화를 했다.

잠시 후 실내에 있는 대형 스크린에 불이 켜지면서 큰 영상 화면이 들어왔다. 실내가 조금 밝아진 틈을 타서 경찬이 재빨리 주변을 훑어보았다. 중앙에는 대형 탁자가 있었고 그곳에는 몇 사람이 앉아 있었는데 그들은 모두가 대형 스크린을 향해 시선을 고정시키고 있었다. 방 출입구와 한구석에 있는 비상문에는 무장한 경호원들이 여럿 버티고 서 있었다.

잠시 후 대형 스크린에 동영상이 잡혔다. 검은색 대형 벤츠 한 대가 마카오 영국 영사관 앞에 도착하는 것이 보였다. 곧바로 문이 열리고 한 여자가 차에서 내리자 한 남자가 그 여자를 부축하며 걸어가는 모습이 보였다. 그들은 영사관을 지키는 위병 앞으로 걸어가서 잠깐 말을 나누었다. 잠시 후 그녀가 영사관 건물 안으로 걸어 들어갔다.

"잠깐만요."

남자가 소리치자 그녀가 고개를 돌려서 뒤를 돌아보았다. 전미진이었다. 잠시 후 그녀의 모습은 영사관 안으로 사라졌다. 다시 화면이 꺼지고 실내가 어두워졌다. 한 남자의 목소리가 들렸다.

"우리는 약속을 지켰소. 이젠 송박사 차례요."

긴 한숨을 내쉰 경찬이 손에 들고 있던 USB를 발밑으로 던지며

"이 속에 암호 해독 코드가 저장되어 있소."

잠시 후 한 남자가 박수를 치자 비상문을 통해서 한 여자가 걸어 들어왔다. 바로 최진경이었다.

그녀가 경찬 앞으로 걸어오자 경찬은 말문이 막힌 사람처럼

"어어?"

그녀는 일부러 경찬과 눈을 맞추지 않고 앞만 응시하고 있었다.

어둠 속에서 한 남자가 빈정거리는 말투로

"놀라지 마시오. 송박사. 미스 초이는 진작 우리의 동업자였소."

"동업자라구요? 설마?"

경찬과 눈을 마주치지 않고 앞만 바라보고 있는 그녀의 몸짓은 그들의 말이 사실임을 보여주고 있었다.

〈적은 혼노지에 있다.〉

일본에서 내부 배신자와 관련해 예전부터 전해오는 말이다. 혼노지는 일본의 고도 교토 인근에 있는 큰 절인데, 일본 전국시대의 영웅 오다 노부나가가 자결한 곳이다. 노부나가는 이곳에서 측근에게 기습공격을 당해 죽임을 당했는데 이 사건 이후 내부 배신자를 얘기할 때면 혼노지가 자주 등장하게 된다. 어찌 노부나가뿐이겠는가? 이제 내부자의 배신은 일상이 되지 않았는가?

잠시 침묵이 흐른 뒤 한 남자가

"미스 초이. 일단 그 USB가 제대로 작동하는지 확인해 보시오."

최진경이 USB를 집어 들고 홀 중앙 테이블에 있는 컴퓨터로 걸어갔다. 그녀는 무표정한 얼굴로 경찬을 쳐다보며 손으로 컴퓨터를 가리켰다. 비밀번호를 말하라는 것이다. 경찬이 천천히

"ultiwarr–kcmjts2020."

패스워드를 입력하던 최진경이 패스워드의 함의를 추측해보며

'Ultimate warrior하고 Kyungchan과 Mijin은 알겠는데, ts2020은 뭐야? 쳇. 송박사하고 오래 일했는데도 아직도 내가 모르는 게 많군.'

당연하다. 경찬은 최진경에게 톰슨 박사를 2020년에 만난 사실을 얘기한 적이 없었다.

잠시 후, 대형 화면에 알고리즘이 해제된 소나프로그램의 솔루션이 적나라하게 떠올랐다. 어두컴컴한 실내의 한편에서 두 남자가 주고받는 대화 소리가 들렸다.

"어떤가 채프만. 이것만 있으면 되겠나?"

"충분합니다. 이제 소나프로그램은 우리 마음대로 가지고 놀 수 있습니다. 코시킨 대장님."

"이번에는 확실하겠지? 채프만."

"물론입니다. 대장님."

채프만의 대답을 들은 코시킨이 고개를 돌려

"이제 다 끝난 거 같습니다. 회장님."

잠시 후 손뼉 치는 소리가 나자 방안의 조명이 대낮처럼 환하게 밝아졌다.

"음. 이것이었군. 한국 핵잠수함의 비밀. 수고 많았네. 코시킨."

구석에 앉아 있던 카심 회장이 중앙으로 걸어 나와서 코시킨의 등을 가볍게 두들겨 주었다.

카심 회장이 손가락을 구부려 동그라미를 만들며

"이제 돈을 챙기는 일만 남았군."

"그렇습니다. 회장님."

카심 회장은 팔을 쭉 내밀며

"실물이나 함 구경해봄세."

USB를 받아 든 카심 회장이

"이렇게 쬐끄만 게…… 그거참."

팔짱을 낀 채 방안을 둘러보던 코시킨의 시선이 경찬과 최진경에게 멈추었다.

그는 카심 회장을 바라보며

"회장님. 저 두 친구는 어떻게 처리할까요?"

여전히 USB에 시선이 꽂힌 카심 회장이 쿨하게

"깔끔하게 처리해 버리게."

흔적을 남기지 말고 죽이라는 소리였다. 그들의 섬뜩한 대화를 듣고 있던 경찬의 표정은 의외로 담담했다. 목숨도 잃고 또 소나프로그램을 통째로 뺏기게 생겼는데 이게 별일이 아니라는 말인가? 경찬이 그런 평온한 표정을 짓는 데는 다 이유가 있었다. 덕유산에서 이미 생사고비를 한 번 넘긴 적이 있었던 그는 인명은 재천이라는 생각을 가지고 있었고 또 나름 믿는 구석이 있었기 때문이다.

'전기충격기도 있고 위치 추적기도 작동 중이니까 한국 보안대가 구해줄 거고, 또 USB도…….'

사실 경찬이 통째로 넘겨준 USB는 내부에 자기삭제장치가 설치되어 있는 일회용이다. 즉 이런 USB는 한 번 작동하고 나면 모든 데이터가 자동으로 삭제되므로 재사용이 불가하다. 이런 사실을 알 턱이 없는 카심 회장은 아무런 쓸모없는 USB를 소중한 신줏단지 모시듯 하고 있었다.

카심 회장을 물끄러미 바라보던 코시킨이

"그럼 재들은 제가 알아서 처리하겠습니다. 회장님."

"맘대로 하게나."

코시킨이 눈짓을 하자, 옆문을 통해서 서너 명의 건장한 남자들이 들어왔다. 코시킨이 귓속말로 뭔가를 지시하자, 그들은 경찬의 손목을 밧줄로 묶은 다음 최진경의 팔을 거칠게 잡아당겼다.

"저는 동업자 아닌가요?"

그녀가 몸을 흔들며 거세게 항의했다.

손에 밧줄을 든 그 남자가

"동업자였었지. 하하. Not any more. 이제는 아냐."

그 남자가 손으로 그녀의 목을 가격하자 그녀가 의식을 잃고 바닥에 쓰러졌다. 그 남자가 그녀를 어깨에 메고 문을 열고 나가자 또 다른 남자가 총 끝으로 경찬의 등을 밀었다. 곧이어 경찬과 최진경은 비상 엘리베이터에 태워져 지하 주차장으로 끌려 내려갔다. 그곳에는 호텔 전용 부식 컨테이너 차량이 대기하고 있었다.

운전석에 앉아 있던 남자들이 총을 든 채 경찬을 끌고 오는 남자들에게

"컨테이너에 처넣기 전에 개인 소지품은 모두 없애라는 지시요. 흔적을 남기면 곤란하니까."

"오키도키."

총을 내려놓은 남자들이 경찬과 최진경의 몸을 수색하며 소지품을 다 압수한 후 운전자들에게 엄지를 치켜세웠다. 잠시 후 짐칸에 경찬과 최진경을 태운 부식 차량이 시동을 걸고 주차장을 벗어났다. 호텔을 벗어난 부식 차량이 사거리에서 방향을 틀자 아까부터 길가에 주차해 있던 중고 소나타 한 대가 그 뒤를 따르기 시작했다.

같은 시각

USB에서 눈을 떼 주변을 둘러보던 카심 회장이 코시킨을 향해

"자네 표정이 왜 그런가? 무슨 고민이 있나? 코시킨."

"회장님. 이 USB는 제가 접수하겠습니다."

코시킨이 야릇한 웃음을 지으며 카심 회장을 쏘아보았다. 그 눈초리는 이제까지 볼 수 없었던 차가운 눈빛이었다.

카심 회장이 눈을 찡그리며

"접수? 자네, 지금 뭐라 그랬나?"

코시킨이 단호한 어조로

"제가 좀 가져가야겠다고 말씀드렸습니다."

카심 회장의 안면이 심하게 일그러졌다. 하지만 산전수전 다 겪은 노련한 카심 회장은 곧 냉정을 되찾으며 말했다.

"좀 쉽게 설명을 해주게나. 코시킨. 돈이 필요한 겐가?"

손목시계를 쳐다본 코시킨이

"돈은 아니고…… 애국심 때문이라고 해두죠."

이번에는 코시킨이 회장님이라는 호칭을 빼고 말했다.

"애국심이라구?"

카심 회장이 손가락으로 탁자를 톡톡 두드리며 야릇한 미소를 지었다.

"내가 말씀을 안 드렸었나? 나는 조국 러시아를 무지막지하게 사랑하는 애국자요. 결코 돈을 바라보고 이 짓을 하는 게 아니오."

코시킨의 이 말은 거짓이었다. 코시킨이 카심 회장을 배신키로 한 이유는 순전히 돈 때문이었다.

경찬의 후임자로 잠수함 함대장 알렉스를 접촉할 때 알렉스가

분명히 말하기를

"한국 핵잠의 소나시스템은 억만금을 주고도 구하기 어려운 기술입니다. 아마도 구매자가 수십 군데는 될걸요?"

이 말을 들은 코시킨의 마음이 흔들리기 시작했다.

'이전에도 그렇게 말한 친구들이 많았는데…… 진짜 큰돈 되는 거 아냐?'

그날 이후 코시킨은 카심 회장 몰래 매수처를 물색하고 다녔는데, 의외로 많은 구매자들이 있다는 사실에 깜짝 놀랐다. 그는 마음을 고쳐먹기로 한 터였다.

'그렇다면 카심 회장에게 넘기지 말고 내가 직접 팔아야겠어.'

"뭐 하고 있나? 채프만. 저 영감 손에 있는 USB를 뺏지 않고."

코시킨이 눈짓을 하자, 주변에 서 있던 경호원이 카심 회장에게 총을 겨누었다. 상황 판단이 빠른 카심 회장이다.

"뺏을 것 없네."

USB를 순순히 건네준 카심 회장은 중앙에 있는 소파에 앉아 몸을 기댔다.

카심 회장이 탁자 위의 물병을 집어 들며

"목이 마르군. 몇 시나 됐나?"

목을 축인 그는 물병을 내려놓고는 손목시계를 바라보았다. 잘 보이지 않는다는 듯, 시계를 눈 가까이 가져간 그는 시계 몸통에 돌출해 있는 빨간색 단추를 살짝 눌렀다. 개인 경호원들에게 비상신호를 보낸 것이었다. 이제 몇 분 내로 호텔의 모처에서 대기 중인 카심 회장의 무장 경호원들이 들이닥칠 것이었다.

카심 회장이 일부러 코시킨에게 말을 걸며

"어쨌거나 자네는 큰돈을 챙길 수 있겠군? 애국심은 괜한 말일

테구?"

자기를 대놓고 무시하는 듯한 카심 회장의 태도에 기분이 상한 코시킨이

"돈이 아니라 그랬잖수? 이 기술을 러시아 정부 측에 공짜로 넘겨줄 수도 있다니까."

카심 회장의 시간 끌기가 이어졌다.

"공짜로 넘긴다구? 그래, 러시아 정부하고 얘기는 해보았나? 아직 안 해봤을 거 같은데. 아마 앞으로도 그런 일은 없을걸?"

화를 돋우는 카심 회장의 말에 얼굴이 빨개진 코시킨이 성난 목소리로

"조만간 만나기로 되어 있소."

카심 회장이 코웃음을 치며

"거짓말. 그러고 보니까 한국 잠수함 기술이 러시아로 흘러간다는 얘기가 헛소문은 아니었군. 그 러시아가 바로 코시킨, 자네였군. 흣흣."

"노놋. 저번 케냐에서 영감님이 전화하셨잖소? 그때까지만 해도 그럴 맘이 없었지."

그는 연이어

"그렇지만 어차피 영감님도 나를 전적으로 신뢰한 것은 아니지 않소."

이제 코시킨도 카심 회장을 영감이라고 부르면서 노골적으로 적대감을 드러냈다.

'역시 눈치가 빠르군.'

대답 대신 손목시계를 들여다본 카심 회장이

"오케이. 나를 어쩔 셈인가?"

코시킨도 손목시계를 들여다보며

"지금 우리하고 함께 옥상으로 가서 헬기를 탑시다."

카심 회장이 입구 쪽을 응시하며

"허허. 이 늙은이를 어디로 데려가는 겐가?"

"늙은이? 그러나 예사 늙은이가 아니지. 국경만 벗어나면 곧 풀어드리겠소."

이때 복도에서 요란한 총성이 들려왔고 누군가가 문을 열고 방안에 연막탄을 던졌다. 매캐한 연기 냄새가 방안을 가득 채웠다. 곧이어 총성이 울리고 비명 소리가 난무했다. 연기가 가득 찬 방 안에서 카심 회장의 경호원들과 코시킨의 부하들 간의 총격전은 한동안 계속되었다. 방안에는 성한 사람이 보이지 않았고 총소리도 그쳤다. 한참 후 중절모를 쓴 한 남자가 방으로 들어와 전등 스위치를 켰다.

방안을 살피던 그는 뒤따르는 사람들에게

"살아 있는 놈들 찾아서 다 죽여 버렷."

그의 뒤를 따라 들어온 사람들이

"넵."

잠시 후 총소리와 비명 소리가 실내에 울려 퍼졌다.

"탕, 탕, 탕."

"헉. 헉."

"으악."

잠시 후 중절모를 쓴 남자가

"다 뒤졌군. 모조리."

그는 뒷짐을 진 채 뒤따르는 사람들을 바라보며

"철수하자구."

옥상으로 올라간 그들은 대기 중인 헬기를 타고 황급히 현장을 벗어났다.

약 한 시간 전

호텔에서 끌려 나와 부식 차량의 어두운 짐칸에 갇힌 경찬과 최진경 두 사람, 이들은 두 손이 등 뒤로 묶인 채 바닥에 쓰러져 있었다. 목을 얻어맞고 정신을 잃었던 최진경이 몸을 꼼지락거렸다.

주변을 둘러보던 그녀는

"소장님. 누워 계신 분, 소장님 맞죠?"

"네. 맞소. 송경찬이요."

그녀는 울먹이는 목소리로

"정말 죄송해요. 제가 어리석었어요. 아무리 돈이 아쉬워도 그런 짓을 해선 안 되는 거였는데……."

매듭을 풀기 위해 두 손을 꼼지락거리며 애쓰던 경찬이 천장을 바라보며

"이렇게 된 걸 어쩌겠소. 빠져나갈 궁리나 해봅시다."

그는 연이어

"최진경씨. 몸을 이쪽으로 돌려 입으로 이 노끈을 풀어보세요."

한참 동안 노끈과 씨름을 하던 최진경이

"박사님. 됐어요. 매듭이 풀린 거 같아요."

잠시 후 양손이 자유로워진 경찬이 최진경의 손목을 감고 있는 매듭을 풀어주었다.

손목을 아래위로 움직여 보던 최진경이

"대체 우리를 어디로 데려가는 걸까요?"

"음. 신호등에 안 걸리고 쭉 달리는 것으로 보아서는 긴 다리를 건넌 것으로 보이고…… 아마도 항구 쪽으로 가는 것 같소."

사실 경찬은 컨테이너 속으로 내던져진 후 온 신경을 집중시켜 자동차의 진행 방향을 가늠하고 있었다.

"항구 쪽으로요?"

경찬이 위치 추적기가 심어진 팔을 만지며 혼잣말로

"통째로 바다에 던져버릴 작정인가? 바닷속에서는 작동이 안 된다고 했는데?"

최진경이 고개를 돌리며

"네? 뭐라고 하셨어요?"

경찬이 고개를 저으며

"아무것도 아니오."

한 번 배신한 자를 어떻게 믿을 수 있겠는가? 경찬은 그녀에게 위치 추적기에 대해 굳이 말해 줄 필요를 느끼지 못했다.

한편 경찬을 태운 부식 차량의 운전자는 이 길이 꽤나 익숙한 듯 느긋한 자세로 차를 몰고 있었다.

라디오에서 흘러나오는 노래를 따라부르던 그 운전자가 갑자기 옆자리에 앉아 있던 남자를 향해

"헤이 촘스키. 노랫소리 좀 줄여봐."

"왜?"

운전자가 눈짓으로 사이드미러를 가리키며

"아까부터 차 한 대가 우리 뒤를 따라오는데."

사이드미러를 들여다본 촘스키가

"평범한 승용차로 보이는데. 너무 신경 쓰는 거 아냐? 쟈므카."

쟈므카로 불린 운전자가 손으로 붉은 콧수염을 쓰다듬으며

"노놉. 쟤들 아까 호텔에서부터 줄곧 우리를 쫓아왔어."

다시 사이드미러를 쳐다본 촘스키가

"그러고 보니 저 차가 눈에 익네. 수상한데……."

두 사람은 의미심장한 눈빛을 교환하더니 서로 고개를 끄덕였다. 조수석에 앉은 촘스키가 허리를 굽히더니 의자 밑에서 큰 배낭을 끄집어냈다. 그 속에서 기관단총 2정을 꺼낸 그는 탄창을 총신 속으로 끼웠다. 그는 총 한 정을 무릎에 내려놓고 다른 한 정은 운전석 옆 빈자리에 내려놓았다.

"헤이 쟈므카. 일단 속도를 좀 줄여봐. 쟤들이 어떻게 나오는지 좀 보자구."

"오키."

뒤따라오는 중고 소나타에는 추경덕과 Jay, 그리고 의외의 인물이 타고 있었는데, 바로 김미경이었다.

경찬이 마카오로 날아간다는 소식을 전해 들은 그녀는 박대령과 통화 시 마카오로 보내달라고 부득부득 우기면서

"제가 그 납치범들 얼굴을 생생히 기억한다니까요. 두 사람 다 백인이었어요."

"어? 정말 기억납니까?"

"그중 한 명은 콧수염을 달고 있었어요. 나머지 한 명은…… 내가 가면 큰 도움이 될걸요?"

"그래도 다 큰 여자를 보내기가 좀…… 부모님이 허락할까요?"

"대장님. 이제 스스로 결정할 나이가 지났거든요."

우여곡절 끝에 미경은 보안대구조팀에 뒤늦게 합류한 터였다. 추경덕, Jay 그리고 미경은 소나타 속에서 경찬의 팔 속에 심어둔

위치 추적기가 보내는 신호를 스마트폰으로 확인하면서 부식 차량을 뒤쫓는 중이었다.

운전석에 앉은 Jay가 뒷좌석에 앉아 있는 추경덕을 돌아보며

“추선배. 쟤들이 갑자기 속도를 줄이는데요. 우리도 줄여요?”

“어 정말? 쟤들 급한 볼일이 있는 모양이지. Jay. 그냥 그 속도를 유지해. 우리도 속도를 줄이면 오히려 이상하잖아?”

앞차의 눈에 띄지 않게 일정 거리를 유지하면서 미행하는 것은 결코 쉬운 일이 아니었다.

“넵.”

추경덕이 앞차에서 눈을 떼지 않은 채

“그리고 김미경씨는 쟤들보고 손 한 번 흔들어 주세요. 여행객처럼 보이게.”

“넵.”

모처럼 할 일이 생긴 미경이 씩씩한 목소리로 화답했다. 함께 가겠다고 따라나서기는 했지만 딱히 할 일이 없어서 다소 의기소침해 있던 차였다. 그녀는 선글라스를 벗어서 머리에 걸치고는 한 팔을 창가에 걸쳤다.

앞서가던 부식 차량이 비상 깜빡이를 켜면서 길가에 서자, 그 뒤를 따르던 소나타가 앞차를 스치듯 추월해 나갔다. 잠시 후 부식 차량이 서서히 움직이기 시작했다.

“헤이 촘스키. 앞자리에 앉은 여자애가 이쁘더라. 히히.”

“정신 차리고 운전이나 잘해, 이 친구야.”

운전을 하던 자므카가 갑자기 브레이크 페달을 밟으며

“아까 그 여자애. 낯이 익어.”

촘스키가 킥킥대며

"에이 설마? 예쁜 애들은 다 낯이 익대."

아무런 대꾸를 하지 않고 운전을 하던 쟈므카가 왼손으로 자기 마빡을 쳤다.

"아 기억났다. 뒷좌석에 탄 놈. 홍대 앞에서 몇 번 본 적이 있어."

"그래?"

"헤이 촘스키. 잘 생각해 봐. 그 여자애도 한국에서 본 적이 있는지……."

인상을 쓰며 생각해 보던 촘스키가 손뼉을 치며

"아 맞다. 나도 본 적이 있어. 그 어디냐? 예술의 전당 부근 레스토랑."

그렇다. 관광객으로 위장한 촘스키는 얼마 전 예술의 전당 부근 레스토랑에 나타나서 경찬과 김연준 일행을 미행한 적이 있었다.

촘스키가 운전석을 바라보며

"일단 대장한테 연락부터 하자구."

멀리 앞서가는 소나타를 응시하던 쟈므카가 핸드폰을 꺼냈다.

"우씨. 왜 이렇게 전화를 안 받아."

핸드폰을 옆으로 내던진 쟈므카가 전방을 바라보며

"헤이 촘스키. 그렇다면 쟤들 한국 정보원 애들 아냐?"

그는 연이어

"방금 생각났는데, 그 여자애 골프장에서 총 꺼내 들고 옆길로 튄 애 같은데?"

"맞다, 맞아. 그 여자애가 맞는 거 같아."

촘스키가 손가락으로 뒤를 가리키며

"컨테이너 속 송박사인가 뭔가 하는 친구를 쫓아온 게 분명해."

"흥. 남의 나라에 와서 설치면 안되지! 손 좀 봐줘야겠어."

핸들을 잡은 쟈므카의 팔뚝에 시퍼런 힘줄이 솟았다.

붉은 콧수염을 만지면서 무릎에 뉘어둔 총을 내려다보던 쟈므카가 촘스키를 쳐다보며

"대장이 연락이 안 되니 우리끼리 처리하자구. 멀리서 오신 손님들 어디쯤에서 접대를 할까?"

이들은 대장 비신스키가 호텔 내 총격전에 휘말린 사실을 아직 모르고 있었다. 이들은 대장으로부터 새로운 지시가 없으면 미리 약조된 행동 절차에 따를 생각이었다.

잠시 생각을 해보던 쟈므카가 엑셀레이터를 힘차게 밟으며

"조금 더 가다가 현지인들만 다니는 지름길로 빠지자구. 그 길로 조금 가다 보면 삼거리가 나오는데, 그쯤에서 조져버리자구."

촘스키가 총의 안전장치를 풀며

"오케바리. 그곳에서 미리 기다리고 있다가 한 방 박아주자는 야그구만."

한편 앞서서 달리고 있는 소나타를 운전하던 Jay가 추경덕을 쳐다보며

"이제 어떻게 할까요, 추선배?"

"그냥 달려. 운전석에 앉은 그 붉은 콧수염 달구 다니는 친구. 우리가 찾고 다니던 패거리들 중 한 명 같아."

추경덕은 피살된 한병장 사건을 조사하던 중 그 사내를 용의자 리스트에서 본 것 같다고 말했다.

"그래요?"

"저도 본 거 같아요."

미경이 며칠 전 골프장 입구에서 자기를 공격했던 남자도 콧수염을 달고 있었다고 말했다.

Jay가 백미러를 통해 뒤따라오고 있는 부식 차량을 턱으로 가리키며

"선배. 좀 이상치 않아요? 걔들, 왜 길가에 차를 세웠을까요? 볼일이 급했으면 누군가 차에서 내렸을 텐데, 아무도 내리지 않았거든요."

추경덕이 엄지로 등 뒤를 가리키며

"좀이 아니라 많이 이상해. 아무도 내리지 않았고 둘이서 우리 얘기를 한다는 느낌을 받았어. 저 친구들이 무슨 낌새를 챈 것 같은데……."

"낌새를요?"

"그렇. 김미경씨 같은 미인이 손을 흔들어 주면 휘파람을 분다거나 미소를 날리는 게 인지상정 아냐?"

일급 수사관답게 이들은 상대방의 사소한 움직임 하나도 놓치지 않았다.

"그렇죠."

"근데, 걔들은 의식적으로 고개를 돌리지 않더라고. 걍 곁눈질만 하면서."

말을 마친 추경덕이 다시 뒤를 돌아보았지만 아무것도 보이지 않았다.

이미 부식 차량은 수풀 사이로 난 지름길로 방향을 틀었지만 그 사실을 알 길이 없었던 추경덕이 Jay를 쳐다보며

"어 걔들이 안 보이네. 우리가 너무 앞서 나갔나? 우씨. 위치 추적기도 먹통이잖아?"

추경덕이 Jay의 등을 툭툭 치면서

"이봐 Jay. 속도 좀 줄여봐. 저 친구들하고 너무 멀어지지 않게."

"넵."

속도를 줄였는데도 불구하고 뒤따르던 부식 차량은 보이지 않았다. 정보요원의 촉이 발동한 것일까?

잠시 고개를 갸우뚱거리던 추경덕이 총알이 장전된 권총을 품속에서 꺼내 김미경에게 건네주면서

"김미경씨는 이거 쏘는 법 알죠? 만일의 경우에 대비해서……."

그녀가 손가락을 방아쇠에 걸면서

"이 방아쇠만 당기면 되잖아요? 영화에서 자주 봤어요."

한동안 운전을 하던 Jay가 뒤를 돌아보면서

"추선배. 저 앞에 삼거리가 보이는데, 어디로 갈까요?"

추경덕은 대답 대신 냅다 고함을 지르며

"Jay. 속도 확 줄여봐."

"넷? 속도를 줄여요?"

위치 추적기를 쳐다보던 추경덕이 큰 소리로

"거참 이상하군. 왜 송박사 위치 신호가 우리 코앞에 뜨는 거지?"

추경덕이 창문을 열고는 고개를 내밀고 사방을 훑어보았다. 주변에 보이는 것이라고는 깎아지른 절벽뿐이었다.

바로 그 순간

"뚜뚜뚜. 탕탕탕."

수십 발의 총성과 함께 소나타의 유리창이 깨지면서 유리 조각들이 운전석으로 흘러내렸다. 술 취한 사람처럼 좌우로 비틀거리며 요동치던 소나타가 중앙선을 넘어 길가에 있는 가드레일을 들이박았다.

"찌찌직."

차의 무게를 견디지 못한 가드레일이 무너지는 소리가 났다. 김

미경이 고개를 돌려서 운전석을 바라다 보니 Jay의 고개가 힘없이 아래로 떨구어져 있었다. 운전석은 피로 물들었고 총알 구멍이 난 Jay의 얼굴은 온통 피투성이였다.

"쿵쿵."

길가 옆 절벽 아래로 기운 차는 가속을 받으며 추락하기 시작했다. 김미경이 본능적으로 발바닥에 힘을 주며 손으로 문 손잡이를 꽉 잡았다.

"추요원님."

그녀가 다급한 목소리로 추경덕을 불렀지만 아무런 대답이 없었다. 그 순간 뒷자리에 앉아 있던 추경덕이 쓰러지듯 그녀의 등을 덮쳤다. 가슴을 관통당한 듯 그의 하얀 셔츠와 점퍼에는 검붉은 피와 살점이 어지럽게 섞여 있었다.

"쿵쿵 쾅쾅."

곤두박질치던 자동차는 바위와 나뭇가지에 부딪히며 계곡 아래로 굴러떨어졌다.

'아. 이렇게 죽는구나.'

그리운 얼굴들과 옛 추억들이 김미경의 머리를 번개처럼 스치고 지나갔다.

"우찌직."

천만다행이라고 해야 하나? 곤두박질치던 차가 운 좋게도 절벽에 외롭게 서 있는 큰 나뭇가지에 걸렸다.

"뿌지직."

그러나 차 무게를 감당하지 못한 나뭇가지가 부러지면서 미경을 태운 차가 다시 계곡으로 굴러떨어지기 시작했다. 그러나 아까보다는 훨씬 속도가 줄어 있었다.

"쿵."

차가 바닥에 부딪히는 충격에 머리를 부딪힌 미경이 의식을 잃었다. 잠시 후 고갯길에서 차 한 대가 나타났다. 지름길을 이용해서 미리 도착해서 추경덕 일행이 타고 있던 자동차를 습격한 그 부식 차량이었다.

촘스키가 아래를 내려다보며

"짜식들. 나와바리를 벗어나면 조심해야지!"

쟈므카가 아쉬운 눈빛으로 계곡 아래를 바라보면서

"아무튼, 그 여자애는 아까워."

이 순간에도 여자 생각을 하는 쟈므카가 이해가 안 된다는 듯 촘스키가 손목시계를 쟈므카의 눈앞에 갖다 대며

"헤이. 서둘러야겠어."

"우씨. 그 이쁜 조개는 정말 아까워."

쟈므카는 연신 씨부렁대며 차의 시동을 걸었다.

약 한 시간 후 미경이 눈을 떴다. 나뭇가지에 걸리면서 충격이 완화된 탓에 극적으로 목숨을 건졌던 것이었다. 그러나 인대와 관절을 크게 다친 그녀는 팔을 움직일 수 없었다.

"안전벨트를 풀 수가 없네."

그녀는 욱신거리는 팔을 몸에 붙인 채 이빨로 안전벨트 걸이를 꽉 깨물었다.

"챙."

안전벨트를 풀고 차 속에서 간신히 빠져나온 미경은 핸드폰으로 긴급구조를 요청하였다.

한참이 지난 후 현지에 도착한 구조요원은 미경을 바라보며

"당신은 정말 운이 좋았습니다. 차가 폭발할 수도 있었어요."

심장에 직격탄을 맞은 추경덕 요원과 머리를 관통당한 Jay는 현장에서 즉사한 것으로 판명되었다. 한편 사고 현장을 벗어나서 한참을 달리던 부식 차량이 멈춘 곳은 인적이 드문 한 어촌마을이었다. 차에서 내린 쟈므카가 핸드폰을 꺼내 들었다.

"방금 도착했소."

쟈므카의 말이 끝나기가 무섭게 소형 화물선 한 척이 선착장으로 다가왔고 거의 같은 시간에 어디선가 나타난 이동식 기중기 한 대가 부식 차량 뒤에 붙었다. 잠시 후 그 기중기는 부식 차량에서 가볍게 컨테이너를 떼어내고 화물선에 옮겨 실었다. 화물선 선장이 부식 차량 운전석으로 걸어가 몇마디를 나눈 후 어딘가로 통화를 시도했다. 여러 번 통화를 시도했지만 통화가 되지 않자 화물선 선장이 몇 마디 욕지거리를 내뱉고는 핸드폰을 주머니에 집어넣었다. 잠시 후 화물선에 오른 선장은 배를 몰고 먼바다를 향해 빠른 속도로 나아갔다. 흔들리는 컨테이너 속에 갇혀 있는 두 사람은 몸의 균형을 잡기 위해 안간힘을 쓰고 있었다.

"최진경씨. 바닥에 가슴을 붙이고 손가락을 홈 속에 끼우세요."

"네. 박사님. 자꾸 미끄러지네요."

한편, 영국 영사관으로 피신한 전미진은 그곳에서 휴식을 취하고 있었다. 국제 테러에 대응, 한영 양국은 공조를 하는 사이였다. 미진이 연락을 받고 달려온 한국의 보안대 고위 간부에게 지금까지 일어난 일을 소상히 풀어놓자, 그 간부는 생생한 그녀의 진술에 놀라움을 금치 못했다.

"전미진씨. 다시 한번 확인합시다. 한국에서 납치된 장소가 어디라구요?"

"아까 말씀드린 대로……."

미진은 그간에 겪은 일을 다시 한번 말해 주었다.

미진의 말이 끝나자 그 간부가 심각한 표정으로

"송박사의 생명이 위험하겠는데요. 그 양반, 국보급 박사라며 꼭 구해내라는 지시를 받았는데……."

그 간부가 몇 차례 벽을 두드리자 옆방에서 보좌관이 뛰어 들어왔다.

헤드폰을 머리에 두른 그 보좌관이

"통신위성 지도상에, 송박사 위치가 계속 변하고 있습니다."

"그래요? 지금은 어디쯤이요?"

"마카오 인근 해역입니다. 배를 타고 서쪽으로 이동 중인 것 같습니다."

그는 연이어

"현재 한국 해군구조대가 마카오 인근 공해상에서 대기 중이라고 합니다."

그 간부가 허공을 바라보며

"영내 진입 허가가 떨어져야 구조작전을 개시할 텐데…… 어쨌든 위치 추적을 계속하세요. 나는 상부에 보고를 하고 오겠소."

잠시 후 방으로 돌아온 그 간부가 긴 한숨을 내쉬며

"큰일 났소. 마카오 당국이 우리 해군구조대의 영해 진입을 허락하지 않고 그냥 자기들이 알아서 처리한다는 말만 되풀이하고 있으니……."

가만히 듣고 있던 미진이 그 간부를 바라보며

"마카오 당국이 왜 허락하지 않는 건가요? 설마 테러리스트 잡는 걸 방해하지는 않겠지요?"

그 간부가 미진을 물끄러미 쳐다보며

"허락해 봐야 그들에게 득 될 일이 없지요. 시간을 끌다 보면 배는 마카오 영해를 벗어날 것이고, 그러면 자연히 없던 일로 될 테니까요."

핸드폰을 꺼내든 미진이

"마카오 당국의 허락만 떨어지면 한국 해군구조대가 직접 나설 수 있다는 말인가요?"

"그렇다고 봐야지요. 우리가 직접 나선다고 꼭 구조에 성공한다는 보장은 없지만 가능성은 높아진다고 봐야죠."

듣고 보니 그 간부가 틀린 말을 한 게 아니다. 그 넓은 망망대해, 그것도 남의 나라에서 사람을 구출한다는 것이 말처럼 쉬운 일이겠는가? 막상 핸드폰을 꺼내 들었지만 미진은 전화를 걸지 못하고 망설이고 있었다.

'그러나 가능성은 높아진다고 했어.'

입술을 만지작거리던 미진이 어딘가로 전화를 걸었다. 주변 사람들은 중국말로 이어지는 대화 내용을 알아듣지 못했지만 이 순간 미진이 누군가에게 매우 절실하게 도움을 요청하는 것은 느낄 수 있었다. 그녀는 차분한 목소리로 얘기하다가 화난 듯 갑자기 언성을 높이기도 하였고 또 어떤 때는 절박한 목소리로 애원하는 것 같았다.

통화 말미에 미진이 지친 표정으로

"고마워. 오빠."

미진이 통화한 사람은 오빠 전원기였다. 사실 중국 공산당 내에서 한창 잘나가는 전원기가 적극 나선다면 마카오 당국의 허락을 받아내는 것쯤은 별 어려운 일이 아니다. 테러리스트들에게 납치된 사람을 구조하자는 대의명분을 거부할 정부 당국이 이 지구상에 몇이나 되겠는가? 그러나 이번 일은 전원기에게도 껄끄러운 측면이 없는 게 아니다. 송경찬이 누구인가? 단순하게 보면 절친이고 또 사랑하는 여동생의 약혼자가 맞다. 그러나 국가적 입장에서 보면 잠수함 패권을 놓고 경쟁하고 있는 국가의 과학자가 아니겠는가? 머뭇거리는 원기를 움직인 것은 미진이 내뱉은 경고성 발언이었다.

"그 사람은 내 목숨을 구하기 위해 이곳까지 왔는데, 만약 경찬씨에게 무슨 일이 생기면, 그때는 내 얼굴을 못 보게 될지도 몰라."

죽음도 불사하겠다는 여동생의 섬뜩한 말이 전원기의 가슴을 파고들었다. 이 세상에서 가장 소중한 동생이 자기 목숨을 내걸고 애원을 하고 있지 않은가?

전원기는

"지금 바로 조처할 터이니 제발 죽는다는 말은 꺼내지도 마."

전원기와 통화를 마친 미진은 매우 지친 듯 팔을 벽에 기대며 숨을 헐떡거렸다.

그녀는 초조한 표정을 짓고 있는 간부를 쳐다보며

"좋은 소식이 올지도 모르니, 조금만 기다려 보시지요."

말을 마친 그녀가 쓰러질 듯 약간 비틀거렸다. 그 간부가 그녀의 팔을 잡으며

"괜찮으세요?"

"네."

그녀는 소파에 몸을 기대며 눈을 감았다.

잠시 후 보좌관이 방문을 열고 뛰어 들어와 그 간부에게 전통문

을 건네주었다.

전통문을 읽은 그 간부가 보좌관에게

"지금 막 마카오 당국의 허락이 떨어졌소. 우리 해군에게 즉시 연락하시오."

"넵."

그 간부는 전통문을 다시 들여다보며

"웬일이지? 해경국 소속 해안경비대까지 출동한다고?"

그 간부는 잘 이해가 안 된다는 듯 고개를 갸우뚱거렸다. 사실 그 시각 경찬을 실은 화물선은 마카오 영해를 벗어난 직후였다. 소파에 앉아 있는 미진의 핸드폰에 문자 메시지가 하나 도착했다.

〈북경에서 마카오 당국과 남부 해경국으로 지시가 갔다. 너무 걱정 마라. 널 사랑하는 오빠가.〉

비슷한 시각

경찬을 실은 화물선은 마카오 내항을 벗어나 깊은 바다를 향해 나아가고 있었다.

"아아. 어디쯤 될까요? 박사님?"

"배로 30분 정도 이동한 것 같으니, 마카오와 홍콩 사이 어디쯤인 것 같소."

그러나 경찬의 예상과 달리 마카오를 벗어난 화물선은 홍콩이 아니라 서쪽 베트남 방향으로 나아가는 중이었다. 컨테이너를 바다에 던져버릴 계획을 가지고 있는 화물선 선장은 적당한 장소를 놓고 고민하다가

'교통량이 적은 서쪽이 낫겠지?'

물살을 가르며 나아가던 배가 서서히 속도를 낮추었다.

망원경으로 주변을 살피던 선장이 곁에 있던 선원을 쳐다보며

"시야에 들어오는 배는 없는데, 혹시 레이다에 걸리는 선박이 있나?"

"반경 5킬로미터 내에는 아무것도 안 잡힙니다."

선장이 턱으로 갑판에 놓여 있는 컨테이너를 가리키며

"걍 이쯤에서 끝내자구. 지나다니는 선박도 없고 수심도 이 정도 깊이면 충분해."

"넵넵."

선장의 지시를 받은 선원이 조종석 옆에 있던 레버를 당기자 컨테이너가 공중으로 떠올랐다. 곧이어 컨테이너가 바닷속으로 곤두박질치며 시야에서 사라졌다.

선장이 하얀 거품이 나는 바다를 내려다보며

"완전히 가라앉는지 잘 지켜봐!"

"넷."

한편 컨테이너 안에 있던 두 사람은 중심을 잃고 이리저리 굴러다녔다.

"바닷속으로 가라앉는 것 같아요. 박사님."

"하나, 둘, 셋."

경찬은 대답 대신 입으로 숫자를 세고 있었다. 물속에 잠긴 컨테이너는 거침없이 수직으로 낙하했다.

"박사님. 머리가 깨지는 거 같아요."

수압이 머리를 짓누르자 최진경이 고통을 호소했다.

"열하나, 열둘."

잠시 후 '쿵' 하는 소리와 함께 컨테이너가 바닥에 부딪히는 소리

가 났다.

경찬은 내심

'족히 100미터는 되는 거 같은데.'

"흡!!"

가쁜 숨을 몰아쉬던 최진경이 의식을 잃고 쓰러지며 바닥에 얼굴을 부딪쳤다. 숨쉬기가 점점 힘들어진 경찬도 바닥에 누운 채 눈을 감았다. 그는 안주머니에 있는 만년필을 꺼내서 필사적으로 바닥을 두드리기 시작했다.

"팅…… 팅팅…… 팅팅…… 팅……."

잠시 후

컨테이너가 사라진 곳을 내려다보던 선장이 고개를 들며

"이제 떠나자고!"

화물선이 마카오 쪽으로 방향을 틀었다.

"웽웽웽."

선장이 눈을 치켜뜨며

"뭔 사이렌 소리여?"

"정지하라. 정지하라."

갑자기 나타난 해경국 소속 경비정 두 척이 화물선에게 멈출 것을 요구했다. 선원들이 우왕좌왕하며 화물선의 선내가 소란스러워졌다.

그중 한 명이 선장을 보고

"해경국 경비정입니다. 어떻게 할까요? 선장님."

눈망울을 바쁘게 굴리며 주변을 살피던 선장이 차분한 말투로

"경비정 두 척뿐이잖아? 지원 병력은 없는 거 같은데?"

그는 선원들을 향해

"사격 준비하고 기다렷. 쟤들 별거 아냐. 두 배를 모두 합쳐봐야 20명 정도고, 화력도 별것 없어."

"넵넵."

큰소리치는 선장을 보고 자신감이 급상승한 선원들이 각종 화기를 꺼내 들고 바닥에 엎드렸다. 경비정이 정체불명의 선박에 접근할 때는 먼저 안전거리를 확보한 다음 선발대를 보내서 수색을 하는 것이 기본 수칙이다. 화물선이라 상대를 얕잡아본 탓인가? 해안 경비정은 그런 조치도 없이 무작정 화물선에 접근했다. 그런 모습을 바라보던 선장의 얼굴에 야릇한 미소가 떠올랐다.

"훗훗. 우릴 우습게 보다간 큰코다친다."

이제 육안으로도 상대방의 얼굴이 보일 정도로 거리가 좁혀지자 선장이 손을 들었다.

"빵빵빵. 뻥뻥뻥."

각종 개인화기가 불을 뿜었고 연달아 휴대용 미사일이 발사되는 소리가 울려 퍼졌다.

"쉬쉭. 쉬쉭."

"펑펑."

폭발음이 들림과 동시에 두 대의 해안 경비정에서 검은 연기가 치솟았다. 미사일을 옆구리에 정통으로 얻어맞은 한 경비정은 그 자리에 멈추었고, 뱃머리를 피격당한 다른 경비정은 화염에 휩싸인 채 제자리를 맴돌고 있었다. 인명피해도 많은 듯, 경비정 곳곳에 사람들이 피를 흘리면서 쓰러져 있었다.

이 광경을 지켜보던 선장이 큰 소리로

"날래 이곳을 뜨자구. 지원 병력이 몰려오기 전에."

"선장님. 선장님."

화물선이 속도를 올리기 시작할 때 한 선원이 통신문을 흔들며 선장에게 달려와서는

"선장님. 긴급 통신 메시지가 떴습니다."

"웬 메시지?"

〈지금 즉시 정선하고 무장 해제하라. 1분 내로 의사표시가 없으면 격침시키겠다. 얼티밋 워리어.〉

통신문을 읽어본 선장이 곤혹스런 표정으로

"이건 무슨 개소리얏? 얼티밋 워리어가 왜 여기서 나와?"

짠물을 먹을 만큼 먹었고 비신스키 일당과 협업을 하는 선장이 얼티밋 워리어의 존재를 모를 리 없다. 도무지 이해가 안되는 듯 선장은 연신 머리를 흔들면서 바닷속만 쳐다보았다.

선장이 얼핏 생각키로

'일단 도망치는 게 최선이야.'

그는 동쪽 하늘을 향해 팔을 뻗으며

"최대 속력으로."

선장의 지시에 화물선이 쿵쿵거리며 앞으로 나아가기 시작했다.

"퓽."

이때 화물선 배 앞머리에서 불과 20미터 지점에서 흰 물기둥이 치솟았다. 선체가 심하게 요동쳤다.

아까 그 선원이 선장에게 다가와서는

"선장님. 새 메시지가 왔습니다."

〈마지막 경고다. 지금 즉시 정선하라. 얼티밋 워리어.〉

메시지를 받아 든 선장이 하늘을 쳐다보며 잠시 생각에 잠겼다.

그도 잘 안다. 최강 잠수함과 싸울 때는 선택지가 딱 두 가지밖에 없다는 사실을.

'항복할 것인가? 격침당할 것인가?'

잠시 후 선장은 부하들에게 백기를 올리라고 지시했다. 동시에 태극마크가 선명한 한국의 최신 이지스함 한 척과 중국 해경국 소속 경비정 한 척이 현장에 도착했다. 그 뒤로는 수중 로봇 탐색정과 구조장비를 실은 구조선이 따라오고 있었다. 해경국 경비정의 주도 하에 진압작업은 순조롭게 진행되었는데 그들은 먼저 화물선 선원들을 전원 체포한 후에 총격전에서 발생한 부상자들을 돌보기 시작했다. 곧이어 도착한 의료선이 중상자들을 실어 나르며 구조작업은 막바지 단계에 이르렀다. 이제 물밑에 가라앉은 컨테이너를 들어 올리는 일만 남았다. 그러나 해경국에서 제공한 무인 잠수정과 로봇을 동원한 구조작업은 더디게 진행되었다.

"바닥에 쌓인 펄 때문에 위치 추적이 어렵고 또 물살이 급해서 건져내기도 쉽지 않겠는데요."

현지 구조대장은 지형과 물살 탓을 늘어놓았다. 시간이 더 지체되면 컨테이너를 찾아낸다고 해도 그 속에 있는 사람들이 생존할 확률은 거의 없다. 생존한다 해도 장기나 뇌세포에 심각한 손상을 입는다면 식물인간으로 살아야 한다.

절망적으로 보이던 구조작업이 아연 활기를 띠기 시작했다. 워리어 음파탐지병들이 맹활약을 한 덕분이었다.

"모르스 신호입니다. 누군가 컨테이너 안의 철판을 두드리고 있습니다."

경찬이 만년필을 가지고 컨테이너를 두드리는 소리를 워리어호가 포착한 것이었다. 워리어가 찍어준 지점까지 내려간 구조 로봇이 컨테이너에 쇠사슬을 걸었다. 잠시 후 컨테이너가 물밖으로 모습을 드러냈다. 문을 부수고 안을 들여다보니 두 사람이 바닥에 쓰러져 있었다.

"산소 부족으로 기절한 것 같습니다."

두 사람의 맥박을 짚어보고 안구를 검사한 마카오 해안경비대 소속 군의관이 청진기를 벗으면서

"조금만 더 늦었으면 큰일 날 뻔했습니다."

잠시 후 물밖으로 솟구쳐 올라온 워리어가 두 사람을 싣고는 순식간에 물속으로 사라졌다. 잠수함에서 응급 치료를 받은 경찬과 최진경 두 사람은 곧바로 한국의 국군통합병원으로 이송되어 약 한 달가량 입원 치료를 받을 예정이었다.

"추가조사를 받아야 합니다."

수사기관은 응급 치료 조처가 끝난 최진경을 모처로 데리고 갔다. 다음 날 한국으로 날아온 미진은 매일 경찬의 병실을 찾아와 경찬을 간호했다.

경찬은 병실에 둘만 있을 때면 언제나

"MJ. 내가 말했잖아? 누구도 우릴 갈라놓지 못할 거라구."

그러나 그의 바람과 달리 경찬은 생에서 가장 힘든 이별을 맞이하게 된다. 경찬의 병실을 지키던 미진의 몸 상태가 급격히 나빠진 것이었다. 어느 날 경찬 곁에서 책을 읽어주던 그녀가 갑자기 어지럼증을 호소하면서 바닥에 쓰러졌는데, 그 이후로 그녀는 다시 깨어나지를 못했던 것이다.

미진의 집안에서 엄마를 비롯해 불치병으로 일찍 돌아가신 분들이 많다는 사실을 새삼 떠올린 경찬이 망연자실한 심정으로

'아아. 결국 이런 일이 오고야 말았구나.'

죽음을 예감이라도 한 듯 그녀는 유서를 미리 준비해두었는데, 그 유서의 말미에 이렇게 적어 놓았다.

"내가 먼저 죽으면, 늘 오빠를 볼 수 있는 곳에 묻어주세요."

미진이 숨을 거둔 다음 날 겨우 기운을 차린 경찬이 병실에서 전원기에게 전화를 걸었다.

"아아아…… 흑흑흑."

말없이 울기만 하던 원기가 말미에

"경찬아. 난 안 갈 테니 장례는 니가 알아서 해라. 걔 얼굴을 쳐다볼 엄두가 안 나."

에필로그

1개월 후

실사를 중단한 카이저펀드는 뉴코리아조선에 대한 인수를 포기한다고 선언하였고, 뉴코리아조선의 경영권은 드래곤그룹의 손에 그대로 남게 되었다.

'왜 위약금까지 물면서 인수를 포기했을까?'

카이저펀드가 인수를 포기한 이유를 밝히지 않았기 때문에 시장에서는 여러 가지 루머가 떠돌았다. 카심 회장과 코시킨의 죽음 때문이라고도 하고 또 드래곤 측이 막판에 단가를 올려 계약이 깨졌다는 소문도 떠돌았다. 어쨌거나 잔금을 지불하지 못한 카이저펀드는 계약금만 날리는 꼴이 되었고, 적지 않은 위약금을 챙긴 드래곤그룹은 심각한 자금난을 해소할 수 있었다.

그 후 드래곤 경영층은 짧은 성명을 발표했는데

〈뉴코리아조선을 잘 운영해서 세계적인 회사로 키워나가겠다.〉

어쨌든 뉴코리아조선이 외국 자본에 팔리는 일은 없었고 남해연구소는 예전의 일상을 되찾았다. 한편, 남해연구소는 경찬에게 빠른 시일 내에 연구소로 복귀할 것을 권유했고 그는 그러겠다고 답했다. 미진의 죽음으로 가슴에 구멍이 뻥 뚫린 그가 바라는 것은 단 한 가지, 이 괴로운 순간을 벗어나는 것뿐이었다.

'차라리 연구 활동에 매진하면 고통이 완화될는지?'

통증을 달래줄 모르핀을 손에 쥔 사람처럼 경찬은 현장에 복귀한 첫날부터 미친 듯이 일에 몰두했다. 그러나 그것도 별무소득이었다. 연구 성과는 지지부진했고 그의 머릿속은 여전히 미진 생각으로 가득했다. 명상과 영화, 독서 등 아무것도 위안거리가 되지 못했다.

"저러다가 큰 병 생기겠네."

"휴우. 그럴 만도 하지."

말수가 적어지고 확연하게 볼살이 빠진 그를 두고 주변에 걱정하는 사람들이 늘어났다. 김연준 사장도 그중 한 사람이었다. 궁리를 모색하던 김연준이 경찬에게 전화를 걸어 한 가지 제안을 했다.

"경찬아, 우리 카일라스산으로 함 가보는 것이 어때?"

카일라스산은 히말라야산맥에 있는 산으로서 불가에서는 수미산이라고 부르는 성산이다. 예전 MIT 시절 세계의 명산 중 한두 곳은 함께 답사하기로 약속을 한 두 사람이었다. 경찬은 네이버에서 카일라스산을 검색해 보았다.

"정말 잘생겼네. 성스러운 분위기는 아라라트산하고 비슷한데?"

아라라트산은 터키 북부에 있는 산으로서, 그 산 중턱에 노아의 방주로 추정되는 잔해가 묻혀있다는 전설을 품고 있는 산이다.

"형. 바로 날짜 잡아요."

출발하는 날, 여행복 차림의 김미경이 공항에 나타나자 두 사람은 깜짝 놀랐다.

"어? 니가 왜 거기서 나와?"

눈을 동그랗게 뜬 연준이 고개를 돌려서 경찬을 바라보았다.

경찬이 당황스러운 표정을 지으며

"아니 아니. 내가 연락 안 했는데요."

연준이 황당한 표정으로

"야 임마. 너, 엄마한테 얘기했니?"

그녀는 뾰루퉁한 표정을 지으며

"웬 엄마? 나두 같이 가면 안 돼?"

미경은 고개를 가로저으며 비행기 티켓을 보여주었다. 두 사람과 같은 비행기였다.

1년 후

연구소 소장으로 복귀한 경찬은 연구 활동에 매진했다. 카이저 펀드 건은 지난 일이 되었고, 대부분의 임직원들도 평상시와 다름없는 생활을 하고 있었다. 그동안 연구소에는 한두 가지 사건이 일어났었다. 구속되어 재판을 기다리던 최진경과 관리업무를 담당하던 오박사에 관한 얘기였다. 그 무렵 조사를 받던 최진경은 욕실에서 목을 매고 죽은 채로 발견되었다. 장례식장에는 아무도 나타나지 않았고 그녀의 시신은 유서에 적힌 대로 화장되었다.

최진경을 조사하던 과정에서 섹스 비디오의 주인공으로 판명된 오박사는 수사기관의 조사를 앞두고 홀연히 자취를 감추었는데 주변 사람들의 말로는

"어디 숨어지낼 거야. 스스로 목숨을 끊을 사람은 못 돼. 독한 사

람이 아녀."

어느 금요일 오후, 일과를 마치고 연구실에서 걸어 나오던 경찬의 핸드폰이 울렸다.

"오빠. 나 지금 입구에 도착했어요."

미경의 목소리가 들렸다.

"벌써? 알았어, 나 곧 내려갈게."

남해연구소 본관 입구에서 서 있던 미경은 계단을 내려오는 경찬을 보고 반갑게 손을 흔들었다.

"하이, 경찬 오빠."

"MK. 날씨는 어땠어?"

"헬기 타기에 완벽한 날씨였어요. 가는 헬기편도 미리 예약을 해야겠어요."

미경은 남해연구소에 올 때면 서울을 정기적으로 왕래하는 헬기를 애용하는 편이다.

"색깔이 예쁘네."

경찬이 미경의 손에 있는 꽃다발을 가리켰다.

"신경 좀 썼어요. 미진씨에게 어울리는 꽃으로."

남해연구소 뒷문을 빠져나온 두 사람은 오솔길을 따라서 말없이 걸어갔다. 길이 끝나고 조그만 언덕이 나타났다. 언덕 한편에 전미진의 무덤이 있었는데, 그녀의 바람대로 그곳에서는 늘 경찬의 사무실을 볼 수 있었다. 무덤 앞에는 짧은 비문이 새겨져 있는 조그만 비석이 홀로 서 있었다.

"No woman can have a better man. Forever yours, MJ. (이 세상 어넌 여자도 당신보다 더 좋은 남자를 만날 수는 없을 거예요. 영혼의 동

반자, 전미진.)"

이 비문은 미진이 유언에 따라 새겨진 글귀였다. 경찬은 비석을 껴안고 얼굴을 부비면서 하염없이 눈물을 흘렸다. 한동안 흐느끼던 경찬이 고개를 들어보니 하얀 나비 한 마리가 무덤가를 날고 있었다. 그 순간 경찬은 그 나비에서 미진의 환영을 보았다.

경찬은 큰 소리를 치면 그 나비가 날아갈까 두려운 듯 나직한 목소리로

"MJ. 가지 마."

곁에서 이 장면을 바라보다 눈시울이 붉어진 미경이 손에 들고 있던 꽃다발을 비석 앞에 살며시 내려놓았다.

"미진씨. 보고 싶어요. 그리고 너무 죄송해요. 미진씨를 대신해서 오빠를 잘 보살필게요."

미경의 눈가에도 이슬이 맺혔다. 두 사람은 언덕에 앉아서 말없이 먼바다를 내려다보았다. 무덤가를 날던 나비는 한동안 두 사람의 머리 위를 맴돌다 구름 속으로 자취를 감추었다.

어느 월요일 아침

출근하기 위해 숙소를 나서던 송경찬이 발길을 멈추었다.

"무슨 폭발음이 들렸는데?"

내려다보니 연구소로 통하는 바다에 설치한 전자방어벽에서 검은 연기가 피어오르고 있었다. 이 방어벽에 물고기가 걸리는 법은 없었다.

"침입자인가?"

그가 보기에 소형 잠수정이거나 스파이로봇의 소행 같았다.

경찬이 혼잣말로

"예감이 안 좋아. 또 다른 사건의 시작인가?"

고개를 들어 하늘을 쳐다보는 그의 눈에 미진의 모습이 떠올랐다. 그 순간 핸드폰이 울렸다.

"여보세요. 송경찬입니다."

"안녕하쇼? 송박사. 나는 알렉스라는 사람이요. 기억나시오?"

"알렉스라구요? 그 러시아 잠수함 함대장? 마카오에서 총격을 당하지 않았나요?"

"하핫. 한번 만납시다. 내 친구들이 워리어호의 소나시스템에 관심이 많소."

—끝—

저자소개

찰리는 필명이며 하이파이브는 이 소설의 발간에 큰 도움을 준 독서클럽이다. 찰리는 여러 금융 관련 서적을 저술한 금융인으로, 소설은 여전히 낯선 영역이라 필명을 사용키로 하였다. 하이파이브는 금융전문가, IT종사자, 통역사, 학생, 일반 직장인 등 다양한 인원으로 구성된 소규모 독서클럽이다. 서로 협업하여 옛 원고를 손질하고 줄거리를 리메이크했다는 점에서 하이파이브는 사실상 이 책의 공동저자라 할 수 있다.

E-mail : hifivedokseo@gmail.com